魅丽文化 桃天工作室

玫瑰信徒

著 爆炒小黄瓜

广东旅游出版社
GUANGDONG TRAVEL & TOURISM PRESS
悦读书·悦旅行·悦享人生

中国·广州

图书在版编目（CIP）数据

玫瑰信徒 / 爆炒小黄瓜著 . — 广州 ：广东旅游出版社，2023.11
ISBN 978-7-5570-3107-7

Ⅰ．①玫… Ⅱ．①爆… Ⅲ．①长篇小说－中国－当代 Ⅳ．① I247.5

中国版本图书馆 CIP 数据核字 (2023) 第 141492 号

玫瑰信徒

MEIGUIXINTU

出 版 人：刘志松
总 策 划：曾英姿
责任编辑：陈　吉
责任校对：李瑞苑
责任技编：冼志良

广东旅游出版社出版发行
地址：广州市荔湾区沙面北街 71 号首、二层
邮编：510130
电话：020-87347732（总编室）　020-87348887（销售热线）
投稿邮箱：2026542779@qq.com
印刷：湖南天闻新华印务有限公司
（湖南望城湖南出版科技园　电话：0731-88387578）
开本：880 毫米 ×1230 毫米　1/32
字数：281 千字
印张：9.5
版次：2023 年 11 月第 1 版
印次：2023 年 11 月第 1 次印刷
定价：48.60 元

目录

目录

CONTENTS

第一章
王冠

"给女人戴上王冠，就像把马鞍套到一头难以驯服的牛身上一样有悖常理。"——约翰·诺克斯

艾丝黛拉走进锦缎覆盖的殿堂。

她垂下脖颈，任由神使为她戴上镶嵌宝石的黄金冠冕，手持权杖与宝珠，转身望向身后的贵族与大臣。

她刚满十六岁，生着黑发白肤长睫毛，面庞如玫瑰般红润娇美，神态有一种孩子似的天真无邪。

她也确实还是一个孩子。

没人嫉妒她小小年纪就坐在了王座上，大家都在心中怜悯她。

女人掌权，有违自然规律。

她头顶的王冠迟早被男人摘下来。

艾丝黛拉应该是一个身世凄惨的小姑娘。

她的父亲——约翰二世，去年就因病去世了，至今都没能查出病因。

医生们蜂拥而入，拿着特制放大镜，对着国王的尸身研究了半天，也没研究出个所以然来。

神圣光明帝国崇尚一切与"光"有关的元素，于是国王下葬时选择了火化。

据说，焚尸当天，尸体突然浑身冒汗，嘴唇止不住地哆嗦，手脚像活人似的痉挛起来。甚至还有人听见了尖锐的惨叫声，地狱里鬼魂的哀号也不过如此。

如此恐怖离奇的事件，却没有在王宫内掀起任何波澜，似乎所有人都觉得那只是一个无稽的鬼怪传说。

没过几天，她的兄长——布兰维利耶亲王，王位的第一继承人，也去世了。

他去世的当天，正在大臣面前虔诚地念诵悼词。忽然，他像疯了似的冲向灵柩，双眼通红，像畜生似的啃咬自己父亲的棺材，随后便倒地而亡，症状跟传说中巴比伦国王发疯时一模一样。[1]

艾丝黛拉站在旁边，吓得动弹不得，眼泪直流，差点跟哥哥一起进了灵柩。但约翰二世除了布兰维利耶亲王这个长子，就只剩下不到三岁的小王子。她只能含着悲痛的热泪，主持了父兄的葬礼。

可是厄运却没有远离这个可怜的小姑娘。

一个星期后，小王子失踪了。

艾丝黛拉听到这个噩耗时，正拿着紫罗兰逗弄蝴蝶幼虫，她腿一软，差点儿晕倒在地。

她提着烦琐的裙摆，在迷宫似的王宫找了小王子整整一夜。最后，她听侍女说，小王子可能被发疯的乳母抱走了。至于乳母为什么会发疯，没人给出一个确切的答案。

两天后，有人在码头看到一个身材矮胖的女人抱着黄色的襁褓，登上了前往东方的船只。

艾丝黛拉得知这个消息后，立刻派人去追他们，却无论如何也追不到那艘在迷雾中若隐若现的渡船。

就在这时，人们忽然发现，约翰二世留下的血脉里，居然只剩下艾丝黛拉一个人。

按照法律，她要么将王国拱手送给自己的丈夫，要么自己成为国王。

历史用鲜血讲述了一个道理：王位继承人必须尽快定下来，不然国家将动荡不安。

1　出自［日］涩泽龙彦《毒药手帖》："有一则传说，称巴比伦国王尼布甲尼撒突然发疯奔向荒野，四肢着地前行……或许，这就是吃了茵陈的根部而中毒的后果。"

艾丝黛拉却坚决不愿成为国王。

她认为女人生来有罪，旧教的教义里写得清清楚楚，如果不是女人受了蛇的诱惑，吞下了禁果，导致人类堕落，人类也许就不会被赶出伊甸园。女人若要偿还原罪，就必须侍奉男人，为男人养育后代，怎么能肖想男人的权力呢？

大臣们也觉得她说得有理。谁知，在她的带领下，原本元气大伤的帝国却燃起了重回巅峰的火光。

首先是席卷大半个王国的麻风病被遏制住了，没人知道艾丝黛拉对医官说了什么，似乎只是抚慰了几句。医官却坚称，麻风病能被遏制，都是艾丝黛拉的功劳。

然后，是她批阅公文时，周围人看见一支蜡烛掉到了她的身上，裙摆却没有燃烧起来，反而缓缓浮现出秩序之光的纹样——光明神的手上就有一团纯净无比的秩序之光。

最后，是她第一次为重病之人吟诵《颂光经》，就借到神力治愈了那名患者。

种种奇迹表明，艾丝黛拉是被神承认的国王。

然而民间却不断涌现诋毁女王的言论。

有人说，女王只是看起来像天真的小女孩，实际上是一个凶残狠毒的魔鬼，她冷酷无情地毒杀了自己的父兄，怎么能把王国交到这样一个毒妇手上呢？

有人说，女人生来孱弱，女王更是他们见过的最孱弱的女人。如此孱弱的女人成为整个王国的领袖，比国家落入异教徒的手中还可怕。

随着诋毁女王的言论越来越多，人们口中女王的形象也越来越荒诞。

两个月后，甚至有人赌咒发誓，说在王宫当差的家人看见女王用蜂蛇编织头冠，用黑色的毒汁浸泡手套，用曼陀罗和蝾螈的毒血涂抹嘴唇。凡是与她亲近的男人，都变成了她后花园的一堆尸骨。

艾丝黛拉听说以后，无措极了，连忙传召神学院的教授，对着他哭诉了一番。

听说她一见到教授就泪盈于睫，哭得停不下来，把白蕾丝长手套都打湿了。

凡是见过这一幕的人，都不会再相信外界的流言蜚语——女王是如此脆弱，惹人怜爱，怎么可能心狠手辣地毒害自己的父兄呢？

要知道，她的父亲和哥哥都身强体壮，尤其她的父亲，曾是帝国最骁勇善战的人，在战马上用过敌国将领的头骨饮酒。她作为柔弱的少女，怎么可能同时放倒两头猛兽？

教授一只手抚胸，向女王承诺，一定会以光明神的名义消除那些恶毒的流言。

艾丝黛拉得到承诺以后，一步三回头，大眼睛里盈满了恐惧和依依不舍的泪光，然后走向自己的寝殿。

女人果然不适合掌权。要是艾丝黛拉早些意识到这一点，找一个丈夫，再生一个儿子，跟自己的丈夫共同统治光明帝国，或许她就不会被这样羞辱和诋毁。

她头顶的王冠根本不是荣耀，而是随时会落下的达摩克利斯之剑。

真是一个可怜的女人——不，她甚至不是女人，还是小女孩。

教授摇摇头，叹了一口气，离开了王宫。

艾丝黛拉走进寝殿。

她眼中的泪光早已消失得无影无踪，神色冰冷，如锋利的垂冰。

她张开双臂，让侍女为她脱下斗篷、手套，还有沉重的罩裙和裙撑，换上轻便的睡裙。

脱掉外衣后，她的身上还有一件轻薄的锁子甲。那是由数千颗禁魔石打造的小锁环联结而成的软甲，即使把手贴在上面，也不会感受到禁魔石的质感，只会觉得这是一件较为坚硬的内衣。

这是艾丝黛拉的习惯，她无论去哪儿，哪怕在母亲身边睡着，都会穿上这件柔软的锁子甲。

这件锁子甲也的确救了她一命。

那是一个酷寒的冬日，她和她的哥哥布兰维利耶亲王前去剧院看戏。

虽然她有高超的演技，却无法鉴赏歌剧演员的演技。

她不能理解那些人的志向——明明有一身本领，却不去争取更高的地位，只是在舞台上演一些滑稽可笑的角色，以让观众哈哈大笑为人生目标。

她不理解。

自从她有意识开始，就十分清楚自己想要什么——她要王位，要历史上君王都曾拥有的荣耀，还要载入史册的不朽。

当她哥哥还不懂得志向的意义时，她就意志坚定地看向了王座，预感自己有一天会坐在上面。

当她哥哥因毒杀事件四起而手足无措时，她就已经能从一篮水果中嗅出被下了毒的苹果。

她愚蠢的哥哥不知道身边的侍女是敌国细作，要将戒指里的巫毒播撒到土地里，让国家颗粒无收。她察觉到以后，立刻将侍女带到酷刑室，在侍女的嘴上放了一个漏斗，不停地灌入大量冷水，使她窒息，继而救活，如此反复循环。

在这样恐怖的拷问下，侍女很快便招供了一切。她说自己叫玛戈，是罗曼帝国的女巫，在光明帝国潜伏了五年之久。

艾丝黛拉将她收为己用，拿走了她的戒指，戴在了自己的大拇指上。

她天生自信而又野心勃勃，知道自己无论是智慧还是手段，都要比普通王公高出一大截。同时她也知道，如果她锋芒毕露，将招致杀身之祸，于是一直假扮娇弱无力的小女孩，冷眼旁观宫廷斗争。

十五岁那年，她忽然发现自己出落得极其美艳，不再像可爱的小女孩，便问玛戈有没有改变容貌的巫术。

光明帝国是一个极度崇拜光明神的王国，除了神职人员和王室成员可以偶尔借用神力以外，其他人禁止使用魔法，包括豢养或交易带有魔法元素的生物，一旦发现，即是死刑。

玛戈见过很多宁死也不用魔法的迂腐信徒，还是第一次见到艾丝黛拉这样离经叛道的人。

她完全不在乎那个赐予光明、掌控世间万物的至高神，晨间祈祷也一直是敷衍了事。

有一回，她甚至看着穹顶画上光明神的艺术形象，大逆不道地说："神只不过是国王统治人民的工具罢了。"玛戈被她的大胆言论吓出一身冷汗，差点跌倒在地。她却微微一笑，继续看书。

不过艾丝黛拉思维的缜密也超出了玛戈的想象，她在墙内加了一层柔软的海绵，再加上寝殿的特殊构造，只要不是故意大声说话，外面的人很难听见内部的声音。

也就是从那时起，玛戈明白了一个道理——想要在光明帝国活下去，依附艾丝黛拉，是最好的选择。

艾丝黛拉也是她见过的最聪明、最果断、最冷酷、最无畏的女人。

那天，她和她的哥哥看戏剧看到一半，剧院内突然闯入一群异教徒。

那群异教徒不知从哪里打听到，公主将出现在白塔剧院，于是一窝蜂冲进来，劫走了她。

他们以为艾丝黛拉是一个娇气的小姑娘，假如没有侍女的搀扶，她恐怕连路都走不远，就把她扔在一旁，一心一意地讨论起如何勒索赎金。

玛戈却知道，她的主人比很多男人还要残忍，如同一条色彩斑斓的毒蛇。

她痴迷于研究毒药，阅读量极大，把所有与毒药有关的书籍都看了一遍。

其他国家的贵族有喝微毒药剂的习惯，令自己对普通毒素免疫。约翰二世却没有这种习惯，原因是他担心长期服毒会造成不育。

艾丝黛拉却不在乎这一点，她的意志力超乎常人。她第一次服毒时，正值溽热的夏季，毒性发作后，她全身上下长满了血红色的毒疮，不得不戴上宽大的帽子，穿着厚衣裙在炎热的日光下行走。她没有喊一声疼，甚至没有向侍女诉苦。要不是玛戈看见她的内衣被脓血浸透了，根本不知道她在忍受难以想象的痛苦。

她忍不住想，也许这个女孩能成为光明帝国的第一个女王呢？

那群异教徒自然没能困住艾丝黛拉。

她用戒指在他们的食物里下了有剧毒的马钱子，面不改色地看着他们一个接一个地倒下。

令她微感惊讶的是，异教徒的首领也像她一样经过毒药训练，有抗药性。他瘫倒在地上，颤抖着摸出匕首，竭尽全力朝她扔了过去。

匕首刺进了她的胸口。

她的表情却没有丝毫变化。

首领骇然睁大眼睛。

他眼睁睁看着艾丝黛拉走到他的身边，半蹲下来，歪着脑袋，用一种天真的目光看了他一会儿——在这种情况下，天真的目光只会令人毛骨悚然。

她一句话也没有说，用戴着白手套的手掰开他的嘴，打开大拇指戒指上的机关，朝他的喉咙里滴了两滴毒药，动作迅速而利落，如同一名专业的、做过千百次实验的炼金术士。

首领扼住喉咙，使劲咳嗽了几声，几近惊恐地道："你……你不是一个柔弱的小姑娘吗？外界都说你是一朵一折就断的玫瑰……"

艾丝黛拉微微一笑，声音甜美如银铃："谁说玫瑰的棘刺不能杀人？"说完，她拔出卡在锁子甲上的匕首，放在异教徒首领的手中，紧接着握住他的手，狠狠地朝自己的大腿捅去，一时间鲜血四溅。

她狠厉的气场与娇美的外貌形成了强烈的反差，彻底震住了异教徒的首领。直到他气绝身亡，都没敢再嘲讽眼前这个看似柔弱的小姑娘。

艾丝黛拉被迟来的援军救下以后，她对援军说，自己被可怕的异教徒首领吓得晕了过去，醒来后就发现他们全死了。骑士长看着她惨白的脸色和狰狞的伤口，对她的说辞毫不怀疑。

布兰维利耶亲王是一个优柔寡断、贪生怕死的人。虽然他生得人高马大，却过分迷恋美人和艺术，身上总是散发着各种各样的高级香水味。他看到艾丝黛拉被劫走，他明明看见了劫匪逃离的方向，却不敢追过去，而是对着身边的骑士撒气，骂他们没有保护好公主。

可当骑士请命要去追回公主时，他又吞吞吐吐地否决了，怕骑士追过去后，自己的安全会得不到保障。

玛戈把这件事告诉了她，她却毫不在意。她早知道哥哥是一个平庸无能的人，闲暇时只会拿着捕蝶网和仆人一起捕捉色彩斑斓的蝴蝶。要是他能带领骑士勇敢地救下她，倒是会令她忌惮了。

她对亲情看得很淡，只想攫取权力，戴上那顶镶满宝石的王冠。

她想要成为这片国土的君主，而不是一个用来联姻的公主，或者是默默无闻的妻子。

她野心勃勃，不仅想要王冠，还想去征服其他富饶的国土，像男人一样开疆拓土——不，她会比男人做得更好。

她的野心之火一直在燃烧着，火焰从未熄灭。

为了实现这些目标，她努力扮演一个天真无邪的小姑娘，残忍地扫清了所有潜在的障碍。

她终于戴上了王冠。

谁又能想到，她居然会因为一个不存在的神，丢掉来之不易的王位。

"神晓谕我，光明帝国禁止女人摄政……你们若顺服她的统治，神将降天灾，到时候城邑荒凉，寸草不生，牲畜骨瘦如柴，妇人肚里的婴孩全部夭折，这就是你们想要的吗？

"神不会允许一个女人成为他的仆人！你们若无视神的训诲，神将震怒，伸出手遮蔽太阳，让太阳再不发光，让你们浑身沾满罪孽！

"神降下的罪，谁都无法赦免！为你们的家人孩子想想吧，只要推翻女王的统治，一切尚有回旋之地……"

…………

光明历 182 年 12 月 3 日，艾丝黛拉女王因涉嫌谋杀、藐视律法、违背神旨、触怒神明等罪名，被剥夺王位继承权。

与此同时，光明神殿宣布，从此以后禁止女子继承王位以及摄政监国。

翌日，神殿裁判官签署了对女王的判罚令：火刑。

行刑当天，无论是贵族还是平民，都蜂拥而至火刑法庭。

那是整个王都最为阴郁的建筑，以恶魔般黝黑的石料砌成，檐瓦泛着深蓝色的冷光。内部只有一个前厅、一个正殿，没有侧廊，两侧镶嵌着数十个深灰色的巨型窗户，漏下昏暗而冰冷的自然光。

人们踮着脚，抻长脖子，摩着肩膀，擦着脚跟，等待女王现身。

他们其实对女王的品性一无所知，但神殿的裁判官说女王"恶毒、凶残、粗暴、虚伪无耻、亵渎神明"，就认定这是一场正义惩治邪恶的判决，呼吸急促地等待女王被处以火刑的场面。

然而，当行刑官庄严而肃穆地揭开囚车上的罩布时，却发现里面空无一人。

女王逃跑了。

此时此刻，逃跑的女王正在侯爵的庄园里享用下午茶。

她丝毫没有被神殿势力追捕的焦急，正在往一片面包上涂抹奶油。

她的口味重得吓人，面包上不仅撒了雪一样的砂糖，还点缀着圆叶当归、杏仁、提子和糖渍草莓。她抹完奶油和蜂蜜后，就微启红唇，把这份可怕的杰作一口吞掉了。

一个年轻男子推开门，急匆匆地走进来："陛下，您不是说会有人替您顶罪吗？现在整个王都的人都知道您逃走了！外面全是暴怒的信徒，他们像猎狗一样搜寻您的踪迹……您能跟我说一下您的对策吗？"

"别担心，他们找不到我的。"艾丝黛拉用舌尖卷掉了嘴角的奶油，用比奶油还要甜蜜的声音问道，"有巧克力酱吗？"

"有，我这就让厨师去准备。"年轻男子答得有些粗暴。

这不能怪他，他实在是太害怕了。没人能和神殿作对，要是被神殿的人发现他私藏了女王……光是想想，他的膀胱就感受到一阵难以言喻的灼热感，那是恐惧到极致的感觉。

可他又没办法说服自己把女王交出去——艾丝黛拉太美了，昨晚当她突然出现在庄园的花园里，并用柔软的手指抵住他的嘴唇时，他就为她倾倒了。

当时，她站在清冷的黎明和漆黑的灌木丛中，穿着带蕾丝的红天鹅绒长袍，一头黑发如流瀑倾泻而下，脚上是一双黑丝缎拖鞋，裸露苍白的脚趾，在顷刻间令花丛中最鲜艳的花朵失色。

如果能让他吻一吻她那优美的脚趾，那么作为交换，他情愿被神殿的人拖出去烧死。

他愣怔地望着她，过了好一会儿才想起她应该被软禁在王宫中，而不是在自家的花园里。

不等他开口询问，她忽然眨眨眼睫毛，哭了，扑进他的怀里。

与大多数贵族一样，他沉迷于调制香水，以掩盖多汗的体质，因而一下子就被艾丝黛拉身上的香味吸引了。

那似乎是肉豆蔻、广藿香和玫瑰调制的高级香水，他曾在很多女人身上闻到过。

但没有哪一个女人能像艾丝黛拉这样，把玫瑰的香气诠释得这样动人。

她简直是绿叶玫瑰幻化而成的美丽生灵。

怪不得她还未即位时，不少文学家就说，她是吮食诗歌的血液长大的玫瑰。

那一刻，即使他知道包庇她会死，也还是胆大包天地把她藏在了卧室里。

假如裁判官没有签署判罚令的话，他或许可以包庇得更久一些。但判罚令一下来，他就害怕了。裁判官将她比喻成一条冷血无情、毒害国家的毒蛇，他该相信吗？她真的做了那些事吗？真的残忍地毒害了自己的父亲和兄弟，还亵渎了光明神？她一个柔弱的女孩，怎么可能有这么大的胆子？

早晨，父亲叫他去观看女王的火刑，他称病推辞了。他生性害羞，不爱社交，不爱出行，连和仆人说话都不愿抬头。他的父亲没有任何怀疑地离开了。

但他和父亲住在一个庄园里，他包庇女王的事情迟早会被发现，到时他将受到怎样的责罚？父亲会把他扭送去火刑法庭吗？他会被裁判官判处死刑吗？

不行，他不能死——他虽然生性腼腆，身上却也流动着渴望权力的男性血液。他要是死了，不仅侯爵的爵位及财产都会由弟弟继承，他本人也会沦为整个上流社会的笑柄。那些绅士和淑女会一边品酒，一边议论他因为一个有罪的女人而放弃应有的一切的故事，那太糟糕了。

然而这些顾虑在他看见真正的女王以后，竟又都烟消云散了。

她白瓷一般的皮肤刺激着他的眼睛，肉豆蔻和玫瑰的清香像攀缘植物一般绞缠着他的身躯，使他情不自禁地战栗。

她的黑发白肤，冷淡而高贵的眼睛，洋娃娃一般小巧娇美的嘴唇，如同一股热流席卷了他的头脑。

假如失去她，他这辈子都不可能再占有一个曾经头戴王冠的女人了。她象征着神圣的光明帝国，占有她等于占有帝国，哪个男人能拒绝这样致命的诱惑？

昨晚，艾丝黛拉扑到了他怀里，说明她是愿意被他占有的。他只需要走到她的身边，触碰她没戴手套的柔荑，就能得到她。

未来的侯爵急促地呼吸着，走到了女王的旁边。

艾丝黛拉察觉到他狂热的情绪，若有所思地看他一眼。

强烈的喜悦猛地涌上他的心头。他想，她是愿意的，这个落魄的女王在等待他的进攻！狂喜震颤着他的头脑，令他几乎有些眩晕。

就在这时，艾丝黛拉放下餐刀，将沾了奶油的手指放进嘴里，吮吸了一下。

"轰"的一声，他彻底失去了思考能力。

他眼巴巴地望着她，声音沙哑地说道："尊敬的陛下，我想吻您……可以吗？可以吗？就一下，求求您，就一下。只要能吻您，我愿意付出任何代价，哪怕被剁了胳膊和腿也没关系。"

艾丝黛拉似乎笑了笑，说："那你愿意为我上断头台吗？"

他脑海里全是艾丝黛拉舔奶油的画面……她洁白的牙齿、鲜红的舌头、动人的玫瑰幽香。他彻底沦为一个被欲望驱使的傀儡，渴望征服帝国玫瑰的想法如同烈焰一般在他的心中熊熊燃烧着。

"我愿意，我愿意！"他焦急地道，"求您了，求您了……"

艾丝黛拉端详着他，非常轻柔地伸出一只手："你跪下来，我就允许你吻我。"

他立刻跪下来，感激而粗鲁地吻上了她的手背。

"真粗鲁。"艾丝黛拉说，"你介意我也很粗鲁吗？我不是一个好女孩，有很多男人才有的坏习惯。"

他马上联想到很多男人才懂的风流情趣，心脏顿时激烈地跳动起来。

他下意识咽了一口唾液，更加期待接下来的事情……如果能占有她，如果能占有她，他愿意使尽浑身解数，给她一个新身份，把她藏在一个远离王都的乡村里，然后尽情享受金屋藏娇的快乐。等到父亲去世后，他再回王都继承爵位。

他设想的未来是如此美好，以至于当眼前寒光一闪时，他完全没想到是桌上的餐刀——直到被锋利的餐刀割断咽喉。

他瞪大双眼，倒在了艾丝黛拉苍白如凝脂的脚背上。

她随手丢掉餐刀，拿起腿上的餐巾擦了擦手上的血迹，慢条斯理地吃掉了最后一片甜得发腻的面包。

"我说过我会很粗鲁的。"她一脚踢开他，一边优雅地吮吸手指，一边走进了卧室的衣帽间。

玛戈没想到女王逃出王都的方法，竟然是假扮成侯爵的长子。

更让她没想到的是，这个方法居然成功了。

侯爵的长子生性害羞，不管是说话还是出行，总是低垂着脑袋。他皮肤苍白，长得像女孩一样清秀，给艾丝黛拉省去了很多麻烦。

艾丝黛拉没有让玛戈用巫术为她改变相貌——王都里除了王宫，到处都是禁魔石，只要禁魔石感应到魔法涌动的气息，就会如烽火般接二连三地亮起，届时所有追兵都会知道她们的位置，她只能用墨汁、软木炭和假发套简单伪装一下。

她取下耳环、项链和手镯，戴上男士三角帽，穿上白衬衫、紧身马甲和深蓝色外套。

没了鲸骨裙撑和罩裙，她的步伐比以前更加矫健。

她看了一眼倒在血泊中的年轻男子，纡尊降贵地给他盖上白布，就大步离开了卧室。

等可怜的侯爵长子的尸首被发现时，她们早就离开王都了。

她没有一直用侯爵长子的身份，那太愚蠢了，会成为活靶子。

一路上，她和玛戈换了几十种身份：农妇、贵妇、难民、马戏团的杂技演员、吉卜赛女郎、吟游诗人……有时候甚至会扮成被驱逐的麻风病人。

不得不说，麻风病人的身份比侯爵长子的还好用，只要她们穿上白斗篷，摇着乞食铃，人们就会自动避开她们。

要不是艾丝黛拉自己下令严管王都的麻风病人，她们或许可以省去刺杀侯爵长子这一个步骤。

等她们抵达边境的村庄时，已经过去了两个月。

因为严禁使用魔法，整个王国犹如史前的国度一样闭塞，人们只能从神殿设置在各地的教堂获取王都的消息。

在位三个月，艾丝黛拉一直想知道至高神殿里到底供着什么东西——据说供奉着真正的光明神——至高神使却拒绝了她想要一探究竟的要求。

理由很简单，从古至今，从未有过女人踏足至高神殿的例子。

她隐约有不祥的预感，于是日夜不息地研究父亲留下的炼金密室。

她的父亲是一个可怖的恶魔，为了永戴王冠，背着神殿找了许多女巫炼制延长寿命的神药。但他的欲望并没有止步于此，为了确保王位稳固，不会被长子篡位，甚至不惜给亲生儿子喂抑制智力发育的毒药。

艾丝黛拉能逃过一劫，并不是因为约翰二世对她宠爱有加，而是因为他对"女子生来愚蠢无知、胆小怯懦"的观点深信不疑，再加上光明帝国从未有过女人当权，便越发没把艾丝黛拉当回事。

说到底，她能顺利即位，她的父亲起到了至关重要的作用。

假如他没有狂热地追求长寿，盲目地吞服炼金药丸，也就不会进入假死状态，被她抓住机会，立即举行火葬；假如他没有广招女巫，囤积了许多传说中的药草，也就不会被她找到茵陈的根部——传说中使巴比伦国王发疯的药草，使她的哥哥当众发疯。

不过她一开始并无毒杀亲哥哥的想法，她的哥哥已经被约翰二世养成了彻头彻尾的废物，她只想让他在朝臣面前失去威信。但她从地下室拿茵陈的时候，顺手拿了蟾蜍、蝮蛇、蝾螈和蝎子炼成的毒粉，可能是途中不小心洒到了茵陈上。

只能说，她哥哥的死是一个意外，是他们这个阴郁的家族一起造就的意外。

她虽然在约翰二世的教养下变得病态般冷漠，但假如没有约翰二世言传身教，她也许就被不知名的人毒死了，或是被突如其来的刺客刺中心脏，抑或是在湖边散步时死于溺水"意外"。

她的心性变得跟约翰二世一样吊诡，却也学会了如何在宫廷生存。

最关键的是，她探索密室时，无意中发现了一条秘密通道。而密道的终点，竟然是卡莱尔侯爵的后花园。

三个月来，她曾在侯爵的花园里漫步无数次，硬生生记住了所有复杂的路线。

所以，当她被神殿宣判有罪以后，她一点儿也不慌张，反而对着裁判官微微一笑："我的确是一条毒蛇，而且是一条想盘绕在光明神像上的毒蛇。"

这可能是裁判官这辈子听到的最离经叛道的话。他愤怒到涨红了脸颊，一口气给她安上了数十个罪名。

艾丝黛拉全部坦然接受，坚决不悔改。

虚伪而傲慢的神殿允许她在自己的寝殿等待行刑，使她有充足的时间打开密道，让玛戈进来，把蓬松的枕头变成她的模样，再从容不迫地离开。

谋权篡位、亵渎光明神、在王宫使用敌国的巫术、戏耍神殿、让裁判官在整个王都的人面前出丑……她和神殿之间的仇怨注定无法善了，她也不想善了。

她毫无敬畏之心，始终不相信至高神殿里真的供奉着"光明神"，也不相信这个世界真的有神。

假如真的有神，却禁止女子继承王位以及摄政监国，这样肤浅短视的神，凭什么受万民膜拜？

想到这里，艾丝黛拉突然灵光一闪，想到一个夺回王位、摧毁神殿的绝佳办法。

前提是渎神，彻底地渎神。

"我打算混入神殿。"艾丝黛拉忽然开口说道。

玛戈以为自己听错了："您说什么？"

"我不想重复第二遍。"

"可是……"

艾丝黛拉竖起一根手指，抵在嘴唇上。她走到窗边，打开百叶窗，目不转睛地打量着马路上的情景。

她们歇宿在一家肮脏的小旅馆里，窗缝、墙纸和桌上都积满了令人厌恶的油垢。墙壁脱了漆，露出黑色的石灰。

附近有一个洗衣场，不时就会有一股股热肥皂水，伴随着捣杵声从污水沟里漫延到街道上。

熙来攘往的人们似乎见惯了这样的场面，连一声抱怨都没有，就轻捷地跨了过去。

马路对面是一家较为体面的饭店，几个教士正在里面享用肉汤。他们穿着整洁的白袍，头戴银冠，一边高声谈笑，一边抽动着唇髭发出"噗噗"的喝汤声。

旁边的工人朝他们投去敬仰和羡慕的目光，用力擦了擦脸上的泥点子，拿起没吃完的面包棍，匆匆地离开了。

王都的教士都是冷漠刻板的教徒，对荤腥和女人敬谢不敏。这里的教士却不忌荤腥，过得相当滋润。

"修士可以吃肉？"

玛戈答道："他们不是普通的修士，而是教士，教士的地位要比普通修士高很多，还可以四处走动，传播神音。除了发誓一辈子追随光明神的苦修士，大多数信徒都可以像正常人一样生活。有的教士甚至富得流油，毕竟人人都想得到神的眷顾。"

艾丝黛拉若有所思地点点头。

"我也想得到神的眷顾……"她眨着眼睫毛，露出两个甜美可人的酒窝，"希望他们不要拒绝我。"

玛戈知道女王对神殿的态度，听见这话，不由得吓了一大跳："陛下……您真的打算混入神殿？光明神殿的教阶制比旧教的还要森严，必须由当地的司铎推荐，才能去教区的神殿……很多修士在教堂修行了一辈子，都没能见到教区神使一面……"

艾丝黛拉轻描淡写地道："那就让他推荐我。"说完，她一把扯掉头巾，释放出一头浓密的黑发。

想到马上就能接触神殿，她忍不住兴奋起来，脸颊浮现鲜艳的红晕。

她已经很久没有这样兴奋了。

　　在很小的时候，她就意识到自己的离经叛道——不愿意学刺绣，也不愿意学音乐和绘画，更愿意去靶场看卫兵们打枪。当弹丸迸射而出的一刹那，她情不自禁地低下了头，不想让周围人看见自己兴奋得发亮的眼睛。

　　趁他们彼此恭维枪术时，她悄悄将一把小巧的燧发枪藏在了淡粉色的罩裙里，带回卧室，一边研究燧发枪的装置，一边吃了好几个奶油小蛋糕。

　　她是天生的反叛者，眼中既无尊长，也无神明，血管里流动着一股炽热的、几近凶暴的血液。

　　同样的年纪，她的兄长梦见的是蝴蝶、美人和美酒，她梦见的却是一把准度极高的燧发枪，以及一头倒下的羚羊。

　　她渴望刺激，渴望对手，当生活趋于平静时，她甚至会感到痛苦和煎熬。

　　她即位之前，父亲是她唯一的对手。

　　约翰二世年轻的时候是一个勇猛的战士，一个远见卓识的智者，一个英明神武的帝王。晚年的他却因为沉湎于各种延年益寿的药物，变得昏庸无能，轻而易举就被她击败了。

　　她即位之后，原以为会无聊一段时间，谁知马上来了一个新对手——神殿，或者说是不存在的光明神。

　　神殿的权力太大了。

　　与神殿相比，王室的权力压根儿不算什么。人们畏惧王室，却敬畏神殿，将生老病死、婚丧嫁娶都交予神殿负责。

　　他们称呼光明神为"父神"，认为他创造了人世间的一切，包括时间、秩序、力量、命运、法则、智慧等虚无缥缈的概念。

　　王宫、法庭、教堂的穹顶上均绘制着他的艺术形象——手持秩序之光的悲悯天神。当初她被加冕为王时，他就在王宫的穹顶上冷漠地俯视着她，看着她手握象征他的光明宝珠，发誓永远当他的仆人。后来，她被剥夺王位继承权，也是因为对他不够尊敬，亵渎了他的神圣。

　　自始至终，他都压制她一头，如同冰冷不容违逆的法则，不允许她更进一步。

不仅是她，所有人都是这样。

人们遇到困难时，无论是否有用，都会祈祷他的庇佑；发生天灾人祸时，人们第一反应不是自救，而是跪地祷告，祈求他收回降下神罚的左手；人们想要忏悔时，也是去神赦院请求他的宽恕，而不是反思自己的过错。

"神"冷漠而威严的伟大形象，就像是一种狡猾的毒虫、一种可怖的病菌，咬啮和腐蚀着人们的思想，使他们变得易于操控。

不得不说，第一个发明这种统治模式的人是一个天才。

她喜欢这种统治模式。

想到这里，她忍不住咬住下嘴唇。通常来说，她都是喜怒不形于色的，可是现在她却能听见自己急促的呼吸声、血液燃烧的震颤声，以及心脏剧烈跳动的声响。

她像小时候渴望燧发枪那样，对神殿的权力产生了强烈的渴望。

她喜欢神殿——光明神这个新对手。

当地的司铎是一个脸颊凹陷、眼皮长疱的老头儿，他的皮肤松弛，呈蜡黄色。但不知是否善事做多了，他的眼睛完全没有衰老之人的混浊，反而显得十分明亮，如少女般清澈诚挚。与其他衣袍崭新的教士不同，他穿着一件有些发黄的白袍，戴着玳瑁边眼镜，胡须刮得很干净。

玛戈在旅馆里候命，艾丝黛拉穿着带风帽的白斗篷，在楼下观察车水马龙。如此两三天后，她终于等到了司铎的马车。

她立刻扑到马车前面，同时闪电般摊开手掌，让马儿闻了一下她手上的镇静剂——她只想拦下马车，并不想被受惊的马儿一脚踹断肋骨。

司铎连忙伸出脑袋，见马儿没有伤人后，才长舒一口气，跳下车，把她扶了起来。

艾丝黛拉趁机扯下风帽，露出自己的脸庞。

因为无法使用魔法，所以她的长相失去了少女的天真和娇美，如同粲然怒放的野玫瑰一般，迸发出一种极具刺激力的美感。

她的头发和眼睛，则使那种极具刺激力的美感更上一层楼。

司铎瞪大眼睛看着她，差点儿说不出话来。他曾见过一位用羊绒脂、牛奶、蛋清养护头发的贵妇，可即使那位贵妇如此重视头发，也没有这个女孩的头发浓密，富有光泽。

她那头浓黑的长发简直像鸦羽一般稠密，如瀑布般流淌在她纯白色的衣袍上。她的眼睛则比头发更加惹人注意，仿佛是传说中的俄斐黄金，又仿佛是一汪倒映着金橘色霞光的粼粼碧水。

她似乎特别紧张，不停地咬着红润的嘴唇。对虔诚的光明教徒来说，这种红是邪恶的、不健康的，仿佛是让人触目惊心的魔鬼之血，恶狠狠地攫住了司铎的心神。

他不由自主地握住她冰凉的柔荑，关切地问道："这位小姐，请问你是遭遇了什么不好的事情吗？你的家人呢？哦，你的手冷得像冰！可怜的孩子，你一定遭遇了十分不幸的事，才会这样神志不清地走到大马路上。"

艾丝黛拉垂下眼睑，不动声色地瞥了一眼司铎的手——她很不喜欢这个老头儿的手，温热、湿滑，像雨后泥巴里湿漉漉的蚯蚓。

她的内心满是厌恶，面上却噘起嘴，道："我……我没有家人了。"

她的话是真的，眼泪却是假的。

"可怜的孩子，"司铎叹了一口气，示意马车夫放下小楼梯，邀请她坐进去，"快上去吧，孩子。神也不忍心你在寒风中站那么久，再站一会儿，你恐怕就要晕倒了。"

他热心得不太正常。

艾丝黛拉没怎么在意，她有信心应对一切突变状况。这个老头儿要是敢对她不利，她有很多种手段惩治他。

等她在车厢里坐好以后，司铎也坐了进来。

车厢很狭窄，她能清楚地看见他眼皮上丑陋的肉疣，也能清楚地感受到，他的目光正以一种十分迟缓的速度，在她的脸上慢慢攀爬着。他既像在品评她的长相，又像在思考她的来历。

然后，他递给她一尊被红绸包裹的袖珍神像。

司铎和蔼地道："你吻一下神像的衣摆，神就会把你从厄运的泥沼里拯救出来。”

艾丝黛拉接过神像，细声细气地说了声"谢谢"。

她低头看向这尊袖珍神像，虽然尺寸只有一个手掌那么大，却雕刻得栩栩如生，尤其是那双冷漠而威严的眼睛，和她在王宫、教堂和法庭的穹顶上看到的一模一样。

她闭上眼睛，故作虔敬地吻了吻神像的衣摆。

不知是不是她的错觉，几乎是吻上去的一瞬间，她的脑海里就浮现出一片空旷、安静、金光闪耀的海洋。

一个高大挺拔的身影出现在金色海洋的前面。

她看不清身影的穿着，也看不清他的面目，却能感受到他身上强大的力量，强大到她双手颤抖，有些生理性恐惧。

不知是不是她的错觉，她总觉得那个身影并不是神，更像是神的化身。一缕黑雾飘浮在身影的周围，用毒蛇般阴冷的目光俯视着身影。

艾丝黛拉刚要继续观察下去，脑子里就传来一阵刺痛。

神不想她继续看下去。

金光闪耀的海洋消失了。

艾丝黛拉睁开眼睛，回到了车厢里。

她低下头，困惑而难以置信地看向手里的神像。

她刚刚看到的是神？世界上真的有神？这怎么可能？

她跟至高神殿的掌权者待过一段时间……那个人可是传说中神的化身，体内蕴藏着一丝圣洁的神性。可即使是他，也没有让她目睹神迹……边境的一个司铎，怎么可能让她看见光明神？

"神没有让你吻他的衣摆，是吗？"司铎似乎看穿了她的想法，温和地安慰道，"你不要难过，也不要去揣测神的想法。神的作为，凡人是不可能参透的。神在天上，你在地下，他看到的、知道的、掌控的，远比你想象的还要多。你别多想了，不管你过去遭遇过什么，只要你够虔诚、够忠贞，按时祷告，神的灵都会拯救你的。"

他的话，艾丝黛拉一个字也没有听进去。

她定定地凝视着神像，凑上去，鼻子耸动着，想要闻闻上面有没有迷药的气味。

　　司铎却一下子变了脸色，猛地夺过神像，怒斥道："你在做什么？这是大不敬，知道吗？只有异端分子才会像你这样对待神像！我念在你年幼无知的分上，这次只是警告，下次再让我看见你这么做，我会直接把你扭送至裁判所！"

　　两人一路无话。

第二章
神像

两个小时后，马车抵达司铎的住宅。

对于一个市镇的司铎来说，这个住宅显然奢侈了一些：帕拉第奥式的建筑风格，后面是葱郁的花圃，前面是碧绿的田野。

司铎谦虚地说，这全靠百姓的爱戴，然后为他在马车上的失礼行为道了歉。

艾丝黛拉连忙摇了摇头，黑漆漆的睫毛颤动着，她说都是她的错。

她谦卑的姿态令司铎很满意。他温和地问道："孩子，你信神吗？"

艾丝黛拉当然不信，但她的头脑转得极快，几乎是立刻想起了接触过的一位虔诚的夫人。

那位夫人认为欢乐都是神赐予的，而悲伤、愤怒、厌憎等负面情绪则是因为不够虔诚咎由自取的。她每天醒来就会向神祷告，餐前也会感谢神的恩赐，午后、睡前更是会如饥似渴地阅读神殿编纂的《神子言行录》。

不过，即使她如此虔诚，神殿也不允许她进殿膜拜，但特许她在台阶上做祷告。为此，她流下了不少感恩的泪水。

艾丝黛拉并不鄙夷那位夫人的虔诚。大多数时间里，她都感受不到正常人的情绪——快乐、难过、焦虑、绝望、满足，她都感受不到。

她只能感受到日益加重的贪欲与巨大的野心。

她有着绝佳的模仿天赋，却没有感同身受的能力，但她并不难过，也不会难过，她会观察，观察身边人的情绪，然后记忆、学习、模仿，有需要的时候拿出来使用，搭成一座通向权力顶端的桥梁。

艾丝黛拉轻声说："母亲告诉我，信仰不该是一件到处炫耀的事情……

只要心中有神，神自会记得你，切忌四处宣扬自己多么虔诚。"

"你有一位好母亲。"司铎赞许地点点头。

两人穿过花圃，走进大门，古怪的感觉涌上艾丝黛拉的心头——门后面居然嵌着四把带铁栓的大锁，门框上还挂着一个小巧的风铃，人进出它都会发出清脆的叮当声。鞋柜里除了男士鞋，还有几双大小不一的女士鞋。艾丝黛拉忍不住多看了两眼。

司铎解释道："休息日会有几位尊贵的夫人来这里做祷告。"

他将她安置在一楼最里面的房间里。经过旋转楼梯时，艾丝黛拉看见二楼的走廊空荡荡的，房门都锁死了。

她眨巴着眼睛，故作天真地问道："楼上有人在睡觉吗？"

司铎似乎回答了很多这样的问题，对答如流："是我的妻子在睡觉——是的，感谢宽容的神，神甫也可以结婚。我的妻子得了很严重的失眠症，晚上无论如何也睡不着，只有白天才能入睡。你千万别去打扰她，她是暴脾气，连我都怕她。晚上你听到动静也不要出来，因为多半是她下床活动了。"

艾丝黛拉听话地点了点头。

司铎把她送进房间就离开了。

不知是有意还是无意，他完全把她当成了孤儿，既没有询问她的来历，也没有询问她的名字。虽然他的做法给她带来了极大的便利，但是丝毫不符合"司铎"的信条和守则。

换一句话说，他给她一种感觉——即使她没有走过去拦下他的马车，他碰到她以后，也会把她带回家，不管用什么方式。

想到这里，艾丝黛拉不仅不觉得害怕，反而有些玩味地微笑。那是夜行动物嗅到血腥味时，不受控制流露出的兴奋状态。

她喜欢危险，喜欢刺激，喜欢征服一切令人恐惧的未知事物。

因为过于兴奋，她忍不住咬起了大拇指上贝壳似的指甲。可怜的指甲好不容易才被玛戈修剪整齐、用工具抛光，又被她咬得残缺了。

她期待司铎暴露真面目的那一刻。假如他真是一个做尽善事的老好人，倒是要令她失望了。

傍晚，女仆推着餐车送来了晚餐。

女仆是一个膀大腰圆的黑人老妇人，头发花白，脸上均匀地布满了寿斑。她点燃屋内的煤油灯，从餐车上的罐子里舀了一碗肉汤，放在艾丝黛拉的面前，并嘱咐艾丝黛拉在落日前吃完它。

艾丝黛拉拿起勺子，扒拉了一下浓稠的汤汁，蹙眉问道："要是落日前我吃不完呢？"

"随你的便。"女仆冷冰冰地道，"反正太阳下山后我就回家了，到时候你自己去厨房洗碗。"

她冷笑一声，接着道："晚上夫人会下楼活动。老爷生性善良，喜欢收留你们这些好吃懒做的小姑娘，给你们屋子住，给你们肉汤喝，但夫人就没那么好心了，她最讨厌你们这些尖嗓门儿的小姑娘——总之，你快吃就是了，别给自己找麻烦。"说完，女仆推着餐车，转身要走。

在她打开房门的一刹那，艾丝黛拉忽然扔下勺子，恐惧地尖叫了一声。

女仆被她吓了一跳，浑身一僵，差点儿一头撞在门框上。女仆发现无事发生后，难以置信地回过头，望向她："你干什么？"

艾丝黛拉不紧不慢地说道："抱歉，我只是想听听自己是不是尖嗓门儿。"说完，她慢条斯理地喝了一口肉汤，含在口中。

女仆像看怪物似的看了她两眼，就急匆匆地离开了。

艾丝黛拉闭上双眼，仔细品尝了一下汤汁，就吐回了碗里。

她用腿上的餐巾擦了擦嘴角，起身关上房门，开始打量屋内的陈设。

非常普通的房间，陈设也没什么特别的。她弯下腰，仔细地闻了闻煤油灯的灯罩，并没有闻到异味。她敲打墙壁，挪动屋内的摆件，也没有出现王宫里常见的那种密室。这就是一间普通的屋子。那为什么司铎和女仆表现得那么怪异呢？是故意吓唬她吗？

太阳已经沉下去一大半，鲜红如血的晚霞覆盖了屋子，马上到晚上了。

这时，艾丝黛拉忽然想起她还没有看过窗外。

她轻轻地走到窗边，掀开窗帘的一角，望向外面修剪整齐的花圃。

每一株花，每一株草，每一丛灌木，都被落日的余晖泼上了令人胆寒的肉红色，就像泼上了带肉末的鲜血。

更令人胆寒的是，那些花儿，那些草儿，那些灌木，都有剧毒。

艾丝黛拉把额头抵在窗户上，眼睛一眨不眨地看着花圃，呼吸渐渐急促起来。

她再次感到兴奋。

谁能想到，边境最德高望重的司铎家里居然培育了这么多毒物——颠茄、乌头、毒参、马钱子、曼陀罗、毛地黄苷……要不是怕房间不隔音，她差点儿快乐地笑出声来。

这真是一个有意思的地方，有意思到她有些忘了接近司铎的目的——让他推荐自己进入神殿。

她现在只想等到夜幕降临，瞧一瞧女仆口中的"夫人"。

让艾丝黛拉深感失望的是，入夜后，第一个前来探望她的人居然是司铎。

老头儿换了一身干净的便服，满脸和气地走进来。他看了一眼桌上的肉汤，用粗大的手掌拍了拍艾丝黛拉的肩膀："晚餐不合胃口？"

他的手就像搬运工的手一样健壮有力，这对一个养尊处优的神甫来说极不合理，但她想到窗外那些难以打理的毒物，竟又觉得合理了。他的指甲盖又黄又黑，还有点儿发硬，跟一些经常在毒雾中工作的炼金学徒一模一样，指甲盖的边缘凝着一些洗不掉的血痂。

艾丝黛拉不好意思地笑笑，说："我更喜欢吃奶油蛋糕。"

司铎愣了一下，随即哈哈大笑，像被她纯朴的话语逗乐了似的。

然而不到两秒，他脸上的笑意就隐没了，语气阴沉地道："你以为这是什么地方？你以为我带你回来是干什么的？享乐的吗？你差点儿死在马车下，是我命令车夫停下来，救了你一命，我还让你吻了神圣的神像，你应该对我感恩，像对神一样感恩！你要做一个虔诚的女孩，我给你吃什么，你就吃什么，不要对我提要求，知道吗？"

他似乎很容易激动，说着说着，眼珠子就鼓了起来，脸也涨得通红："你记住了，不要对我提要求！"

他又大又塌的鼻子凑到艾丝黛拉的面前，直直地盯着她，命令道："你把汤喝完，然后洗碗，睡觉。"

艾丝黛拉似乎被他吓到了，面色苍白地点点头，端起汤碗，一滴不剩地喝完了肉汤。

要不是这个老家伙十分有用，这个汤碗她就直接砸到他的头上了。

她一点儿也不生气，没什么好生气的，没有地位和权力，就会被这样欺凌。

当彼此的实力不对等时，她不会冲动行事，等到彼此的实力平等时，她再冲动也不迟。

她现在头脑里只有一件事——这碗肉汤有没有毒。

她没有尝出毒药，但有的毒药是没有味道的，比如著名的托法娜仙液[1]，无色无味，如泉水一般澄澈透明，只要逐步增加剂量，不管是死者还是验尸官，都察觉不出异样。

不过这种毒药极其昂贵，应该不会用到她身上。

司铎见她温顺地喝完了肉汤，平静下来，又对她说了一番道歉的话，叮嘱她记得洗碗，便转身离开了。

刚好这时太阳彻底没入地平线，肉红色的晚霞消失了。

群星闪耀的夜幕降临。

艾丝黛拉端起汤碗，最后望了一眼窗外黑黢黢的毒草，走出了房门。

走廊里没有点灯，一片昏黑，像要故意把她绊倒似的。

艾丝黛拉面不改色，按照记忆，摸黑找到了厨房。

墙上点着一盏小而昏暗的灯，铜炉还烧着，炉子里的煤闪着微弱的红光。

艾丝黛拉打开水龙头，流出来的果然是热水。

这个司铎绝不是普通的司铎，普通的司铎根本用不起铜炉烧热水，光是煤就是一大笔开销。就连一些富裕的人家，也不会让水箱里一直有热水，最多在炉灶上多放几个煮沸的水壶，有需要时再提走。

1　出自［日］涩泽龙彦《毒药手帖》："托法娜仙液像山泉清水一样透明，而且无臭无味……若造成死亡，则很容易被当成肺炎致死。"

不得不说，艾丝黛拉虽然冷静又聪明，但是仍然受到了见识的局限——在逃亡的日子里，她虽然见到了不少贫民，但是没有和他们真正地生活过。能接济她和玛戈的，都是有不少闲钱的家庭，她压根儿没见过真正普通的司铎——白袍肮脏，饿得面色发黄，骨瘦如柴，靠给同样面黄肌瘦的百姓证婚和做祷告为生。

她随意地用热水冲洗了一下汤碗，就把汤碗放进了壁橱里。

她并不着急回屋，取下墙壁上照明的烛台，从容不迫地扫视了厨房一圈。整个厨房大得超乎她的想象，除了烧红的铜炉，炉灶上还有两壶热水备用。壁橱里全是名贵的东方瓷器，水池里晾着洗好的洋蓟和芦笋，菜板上有一根切了一半的腌火腿。

艾丝黛拉拿着烛台找了好一会儿，才找到放调料瓶的地方。她踮起脚，拿起第一个调料瓶，打开盖子，用鼻子嗅了一下，是盐，第二个调料瓶装的白糖，第三个调料瓶装的胡椒粉。

第四个调料瓶——果不其然，是有剧毒的斑蝥粉。

她合上盖子，刚要将调料瓶放回去，走廊那边忽然响起了脚步声。

千钧一发之际，她只来得及把瓶子塞进衬裙的衣兜——放调料瓶的地方在壁橱的最上方，然后不紧不慢地把烛台放回墙壁的凹槽里。

来人果然是司铎。

才半小时不见，他的面容居然发生了极大的变化：眼白上布满了可怖的血丝，眼皮不停地抽搐着，鼻孔、皱纹也在颤动，如同抽风的蜡黄色的老猴子。

他似乎特别愤怒不安，脸绷得紧紧的，眼里冒着火苗，嘴里念叨着："'他'不理我了，'他'不理我了……"他看见厨房里的艾丝黛拉后，无处发泄的怒火一下子喷涌出来："你还站在那儿干什么？还不快滚出来！"

艾丝黛拉不动声色地握紧了衣兜里的斑蝥粉。

她歪了歪头，露出一个小猫似的迷惑表情："我刚洗完碗，谁惹您动气了？"

她虽然长相美艳，但装起小女孩来仍然有一股令人放松的天真稚气，那是她孜孜不倦练习好几年的成果。

司铎神色阴狠地打量她。

自从他把教区神殿里的袖珍神像带回家后，已经很久没被年轻女孩诱惑了，艾丝黛拉是这个月的第一个。她太美了，美得像一块剔透的红宝石，焕发着天然的、华美的光彩，却也透着一种不正派、不洁净、不谐和的艳丽。

艾丝黛拉进入车厢后，他立刻让她摸了摸神像，也是为了了解"他"的态度。"他"什么都没有表示，说明他这次接近女色是被允许的。

谁知到了晚上，他再次触碰神像时，"他"却不再给予他任何反应。"他"不理他了，"他"不理他了！

他虽然不靠司铎的手段谋生，但十分享受司铎的身份带来的光辉。他喜欢人们用敬仰、崇拜、畏惧的目光望着他，尊称他为"神甫"。金钱只能给他带来便利，信仰却能赋予他前所未有的强大权力。

当他是司铎时，他就是这个小镇的神使，是光明神的化身。人们争先恐后地找他诉说内心的苦楚，倾诉连枕边人都不知道的隐秘，虔敬地聆听他的开解。他挥一挥手，对他们而言都是巨大的宽慰。在这个封闭的小镇，他俨然是一个威严的神。

他拿到袖珍神像后，担惊受怕了好些天，生怕被教区的神使发现自己盗窃的行为。教区的神殿却一点儿反应也没有，就像没有这尊袖珍神像一样。

几天后，他让一位前来忏悔的贵妇人摸了摸袖珍神像。

那位贵妇人闭着眼睛，摸着神像的手抽搐着、颤抖着。她一会儿满脸畏惧，一会儿满脸崇敬，过了片刻，她直接晕厥了过去。她醒来后，立刻哭着朝他跪下，称他是神的使者："至高神殿那位神的化身跟您比起来，压根儿不算什么！"

"请您不要将这件事外传。"他面容严肃地说道，"信仰切忌四处炫耀。"

贵妇人保证不外传，虔诚的她也的确没有外传，是司铎自己泄露了这个消息。

随着他的名声越来越响亮，当地教士的地位也水涨船高，从面黄肌瘦变得面色红润。外地的教士听闻此事，也纷纷赶了过来，争着抢着要当他的学生。他不管说什么，都会被学生当成箴言记录下来，供人传阅。他的身影比从前高大了不止一倍。

同时，他也明白自己的威信和地位都是袖珍神像给予的，所以他清心寡欲，跟之前的情妇们断绝了关系。他下定决心要当一个真正的教士，谁知这时艾丝黛拉出现了。要不怎么说女人是邪恶的生灵呢，她一碰到那尊神像，"他"就不理他了。

他急得浑身发抖，胸口发胀，眼睛里涨满了不甘和恼恨。然而错误已经铸成，事情已经无法挽回了！

他想不通的是，他从前也不是好人，甚至比现在坏十倍、百倍——他和他的妻子又坏又贪婪，他诱骗天真的少女回家，他的妻子把少女毒倒（毒倒之前，他会美美地品鉴一番少女的美貌），把她们的血、油脂和白蜡混合在一起，炼成能祛皱的胭脂膏，卖给那些年老色衰的贵妇人。

除此之外，他们还贩卖堕胎药，以及用少女莹白的脂肪熬制滋补药丸，只消一粒，就能让使用者恢复过去的容光。

他们行恶了十多年，早已十恶不赦，怎么可能因为收留艾丝黛拉，就失去神明的眷顾呢？

对了……袖珍神像是突然出现在他的皮箱子里的。

神像为什么会选中他呢？难道是因为他的虔诚？他自己都不信。

很明显，神像选中他，就是因为他的恶。

他因为神像放弃了行恶，怪不得"他"不理他了。

他想通了这一点，整个人放松下来，用温和的口吻向艾丝黛拉道了歉，并请她回到自己的房间里。

艾丝黛拉把他的神色尽收眼底。

这个人显然不是好人，身上那股邪恶劲都快透出来了。这里也显然不是安全之地。按理说，她应该立即离开，可她还惦记着司铎的推荐信。她也懒得再骗一个司铎，谁知道下一个司铎是好还是坏呢。

两个人各怀心思，走在了一起。

艾丝黛拉怯生生地道："司铎先生，我能拜托您一件事吗？"

"当然可以，孩子。"

"我母亲是一个虔诚的信徒，"她仰起头，满眼无助地说，"她最大的心愿就是我能当一个坚贞的神女，可是您知道，神女七岁左右就会进入神殿，把一辈子都奉献给神……我的年纪早就过了，必须要您的推荐信才能去神殿，您能满足我这个小小的愿望吗？这既是我母亲的心愿，也是我这辈子唯一的愿望。"

她说着，惹人怜惜地哭了起来，泪水流进她薄薄的红唇里。神殿认为，纯洁的女孩应当有一张苍白而丰满的嘴唇，她的唇形却薄而锋利，泛着天然的、邪恶的红色。但正是这血一般的鲜红诱惑了他，让他带她回来。

而且，要是没有她，他也不会知道袖珍神像的秘密，多亏了她。唯一有些遗憾的是，她太瘦了，估计没什么油脂，不然会是上好的滋补丸原料。

司铎毫不客气地打量她半晌，终于出声："我知道你的虔诚，但神女必须是纯洁的女孩，假如你做过不道德的事，我再把你推荐到神殿，我也会被你牵连。"

"我当然是纯洁的女孩！"艾丝黛拉一脸不知所措，"我真的是纯洁的，我该怎么证明？"

"纯洁不纯洁，可不是说说而已。"司铎说，"明天晚上，我会到你房里来。你放心，我会把推荐信一起带来。只要你是一个纯洁的孩子，就能拿走那封象征光明与荣耀的推荐信。"

"好，我都听您的。"艾丝黛拉点点头，喜极而泣，"不管您说什么，我都答应您！"

"好孩子。"

司铎看向她满是泪痕的脸庞。她哭过以后，不仅嘴唇显得更红了，脸颊也涨得通红，十分讨人喜欢。

不知是不是他的错觉，她眼中似乎有森然的冷光一闪而过，仿佛燧发枪的一粒弹丸，带着烟雾和火光从他的面上冲过。

等他回过神再看过去时，她又像孩子似的抽噎。

她似乎没有他想象的那么单纯。

不过，不管她是否单纯，他都不在意。他有袖珍神像，他的妻子是炼金术士，他不信这个柔弱的女孩能把他怎样，她总不至于割了他的喉咙。

他想到这里，忍不住笑了，割喉？她拿过刀子吗？杀过鸡吗？恐怕她一见到血就会双腿发软吧？

要不是今晚有客人，他现在就可以办了她。

司铎把艾丝黛拉送到房门前，嘱咐她按时睡觉。他刚要离开，突然听见她轻声问道："自从家人去世后，我总是整夜整夜地做噩梦……您可以给我一块禁魔石吗？没有禁魔石，我怕是睡不好觉。"

他怎么可能有禁魔石，他特意把住址选在郊外，就是为了避开城镇禁魔石的影响。

司铎敷衍地拍了拍她的头，连自负的语气都懒得掩饰："你不要害怕，你住在整个边境实力最为强大的神甫家里，那些妖魔鬼怪不敢侵害你的。你要什么禁魔石，我就是活生生的禁魔石。"

司铎离开以后，艾丝黛拉快如闪电地换了表情，冷漠地垂下了眼睫毛。

她一边咬着大拇指的指甲，一边陷入了沉思。

很明显，司铎对她生出了邪念，但他没有马上动手，说明他还有更要紧的事要办。她回来的时候，状似不经意地瞥了一眼二楼，有个房间虽然房门紧闭，但是飘散出桃红色的烟雾，那应该就是炼金室。

目前只有一个消息对她有利，那就是这幢宅子里没有禁魔石——谅他们也不敢放置禁魔石。她刚刚那么问，只是为了确定心中的猜测罢了。她或许可以用巫术联系玛戈，但玛戈在镇内，不一定能收到她的消息。

她唯一能使用的工具是斑蝥粉末，但斑蝥粉末并不能一下子毒死人。

她必须得有一件称手的利器，可她上哪儿去找利器呢？厨房的刀子都被收了起来。

也许，她不该那么自信地摘下戒指，把它交给玛戈保管。不过，就算她有那枚戒指，作用应该也不大。司铎既然敢在家里种那么多毒株，肯定和她一样，身体有一定的抗毒性。

看来，她不可能简单地杀死他了。

这时，她忽然踢到了一个东西，她低头一看，竟然是司铎视如珍宝的神像，这不可能是司铎主动把神像放进来的。

即使他不是一个虔诚的信徒，从他轻视女人的态度来看，也不可能让女人和神像共处一室。

那么只剩下一种可能——神像自己找到了她。

"他"是什么？

"他"不知道。

"他"似乎自诞生起，就是一团冰冷的、空洞的、阴冷的黑雾。

"他"似乎以欲念为食，只要发现欲念，就想把它含在口中。

司铎的欲念肮脏、污秽，散发着一股霉味，已使"他"感到厌倦。

这时，"他"看见了她。

她好像是一个美丽的少女，又好像不是。

她看似天真无邪，实则冷酷无情。她天生缺乏感情，却又拥有原始的兽性和贪欲。

"他"对她充满了兴趣和食欲。

于是，"他"服从本能，来到她的身边，想要将她的欲念含在口中。

艾丝黛拉拿起神像，躺在床上，毫无敬畏之心地把它看了个遍，甚至把它放在耳边使劲摇晃了几下。

只是非常普通的神像，看不出任何特别之处。

她像在马车里那样，把嘴唇贴在神像的衣摆上，却没再出现之前的幻象。

难道这真的是普通的神像？

可普通的神像绝不会长出"脚"，跑到她的房间里来。

"你到底是什么东西？"她眯起眼睛，靠近神像的耳朵，自言自语般说道，"是罗曼人豢养的魔物还是魔兽？你为什么来我的房间？你其实听得懂我在说什么，对吗？"

她等了一会儿，神像还是没有反应。

艾丝黛拉皱了皱眉头，意兴阑珊地把神像丢到一旁。

就在某一瞬间，她居然认为这尊神像有意识，而且能和人对话。太可笑了，她为什么会生出这样的想法，那她跟那些迷信花瓣可以用来占卜的小孩子有什么区别。她这么想的时候，完全忘了自己正值十六岁。

她摊开手脚，继续思考怎么弄死司铎。

她没有考虑用花圃里的毒草毒死司铎——假如她是那些毒草的主人，绝对会在花圃里设置几个隐蔽的陷阱折磨窃贼，就算没有陷阱，一些毒草在被人触碰时，也会发出刺耳的尖叫声，要是被司铎听见，窃贼的下场估计比掉进陷阱好不到哪儿去。

难道她真的要在嘴唇和手上涂抹斑蝥粉，用这种低级且令人恶心的方法弄死他吗？

她沉思着，翻了个身，却看见那尊神像在不知不觉间移到了她的身后。

艾丝黛拉没有惊讶，也没有尖叫，甚至连瞳孔都没有放大。

"偷偷跑来跑去，这就是你的全部本事？"她一只手撑着脸颊，另一只手扣住神像的咽喉，几不可闻地说道，"既然如此，你为什么要待在神像里呢，诅咒娃娃不是更适合你？"

神像仍然不发一言。

艾丝黛拉的眼睫毛闪动了两下，她猛地坐起身，扯下白色的衬裙，把神像包裹起来。

假如旁边有一个观众，肯定会以为她害怕了，想用蹩脚的方法把这尊可怕的神像藏起来。

然而她包裹完神像后，就狠狠地将它砸向了地板。

"砰！"

一声闷响后，神像碎了。

艾丝黛拉的表情没有任何变化，瞳孔却放大了一些。

破坏东西使她兴奋。

这尊神像果然不是普通的神像，内部是空心的，底座靠近衣摆的位置，赫然有一颗小小的、圆润的、色泽如黑玉的晶石。

她把手伸向那颗晶石，几乎是同一时刻，她感受到如毒蛇般阴冷的恶意。

那股恶意在一秒内化为可见的黑雾，追随着、缠绕着、侵袭着她的手指。

与此同时，在她看不见的身后，更多、更浓的黑雾以徐缓的速度填满了整个房间。

黑雾像危险的蛇一样游弋着，遮住屋内所有能发光的地方。

刹那间，整个房间被黑雾吞没了。

她也被冰冷而汹涌的阴暗吞没了，置身于伸手不见五指的黑暗之中。

直到这时，艾丝黛拉仍保持着冷静和镇定。

但下一刻，她就蹙起了眉，快哭了似的问道："你到底是什么？你要杀了我吗？"

黑雾不带感情地俯视着她。

很明显，她在撒谎。

面对未知的、不知善恶的物体，她的第一反应不是惊讶，也不是害怕，更不是盲目地跪地膜拜，而是把"他"当成人类，对"他"使用戏弄人类的那些小把戏。该说她聪明、自负，还是愚蠢呢？

黑雾游到她的面前，居高临下地审视她的面貌。

她长着一张与虚伪内心完全不符的美丽脸蛋——黑发白肤，饱满却不突出的前额，挺直秀美的鼻梁，光彩夺目的金色眼睛，薄而小巧的红嘴唇。

黑雾看了看她苍白纤细的五根手指，模仿出了相似的手掌。但倘若要扼住她的喉咙，必须有一只更大更强壮的手掌，最好还有野兽的关节和尖刺。

"他"伸出一只极其丑陋的手掌，强硬地扼住了艾丝黛拉的喉咙。

黑雾指关节的尖刺割伤了她的肌肤，一颗颗红玛瑙似的血珠渗了出来。

她终于蹙起了眉，吃痛地"咝"了一声。她的表情，她的眼神，她的声音，是真还是假？

她的欲望似乎真的很浓，浓到血液都染上了贪婪的香气。

黑雾盯着她雕塑般的鼻子，模拟出同样的器官，缓缓凑过去，嗅了嗅她艳红的伤口。

艾丝黛拉虽然一言不发，但她重重地咬住了下嘴唇。

她的血和她的欲望一样甘美。

"他"感到口渴。

要怎样才能尝到她的鲜血？

"他"盯着她的嘴唇看了几秒,然后果断且毫不怜惜地掰开了她的上下颌,望向里面整齐的牙齿、鲜红的舌头和软腭。

"他"从前似乎做过这样的东西,立刻明白了其中的原理,并变幻出一模一样的唇舌。

"他"用仿造的唇舌——更像是一条黑色的毒蛇信子,穿过她一绺绺浓密的黑发,舔掉了她脖子上的血迹。

艾丝黛拉抿紧嘴唇,什么也没说。

事到如今,即使她不想承认也必须承认,这个世界的确有像神一样神秘莫测的力量。

她之前看玛戈使用巫术,只觉得像是一种障眼法,好比从礼帽里变出鸽子那样的街头魔术。

后来,她听玛戈提起罗曼帝国的女巫、魔物和各种守护神的传说,也觉得更像是一种精怪传说。

她以为神明、魔法和巫术只是人们对无法理解的力量的一种概括,谁能想到,世界上居然真的存在无法解释的生灵。

眼前的黑雾在观察她,模仿她,戏弄她。

"他"明明没有舌头,却紧盯着她的口腔内部,变出一模一样的器官,舔掉了她脖子上的血液。

当"他"吃到血液的那一刻,似乎满意极了,连黑雾都沉沉地涌动起来,仿佛野兽打了个餍足的哆嗦。

她和黑雾之间的差距太大了。

当她被那只丑陋而粗硬的手扼住喉咙时,连反抗的想法都消失了,就像羚羊被猎豹咬住喉管——羚羊是不可能生出咬住猎豹喉管的想法的。

她十分厌恶这种感觉。

自从她对权力生出渴望后,就很少再体会这种无能为力的感觉。上一次她体会这种感觉,还是在火刑法庭上,裁判官以"亵渎神明"这样可笑的罪名,剥夺了她的王位继承权。

她以为那是她这辈子最后一次无能为力。

谁知，才过去没多久，她又一次被挟制了。这一回，还是一个连形状都没有的黑色怪物。

是她太屏弱了吗？

那她怎样才能摆脱屏弱的现状，改变这种无论是谁都可以挟制她的局面？

黑雾有些惊讶，没想到艾丝黛拉被威胁后，不仅没有害怕，反而生出了更为浓重的贪欲。

欲念从她略显急促的呼吸中散出来，鲜活，强韧，像有生命似的游动，形成一股甘美的微风，融入了"他"如雾般的身体。即使在生死关头，她也没有意志消沉，而是像野兽一样被激发出了凶狠的好斗心。

她不是完美的傀儡，却是"他"品尝过的最甘美的食物。

也许，"他"不该那么粗暴地对待她。

她的贪欲比"他"尝过的任何一种欲望都要丰盛和甘美，假使她因为气愤或恐惧而自杀，"他"可能要过很长时间才能找到下一个能与她相媲美的食物。

就在这时，艾丝黛拉冷不丁开口问道："你是小狗吗？舔够了没有？"

她生气了，声音变得像冰一样冷。

"他"想要她消气。

于是，"他"沉吟着，将丑陋的手掌贴在她的前额上，攫取了她关于欢乐的记忆。

她是一个如磐石般冷静且善于控制情绪的女孩，很少大喜大悲，最高兴的时刻也不过是——吃到合口味的蛋糕、喂养的毒虫开始化蛹、偷到合乎心意的燧发枪，以及戴上镶满宝石的王冠。

"他"现在还很虚弱，没办法用王冠讨好她，但可以送她一把精巧的燧发手枪。

艾丝黛拉久久没有得到回应，皱眉望过去，却看见黑雾模仿人类的双手，呈上了一把小巧的燧发手枪。

等她接过手枪后，黑雾又像小狗小猫那样讨好地蹭了蹭她的脸颊。

艾丝黛拉的所有注意力都集中在燧发手枪上，完全没察觉到"他"的讨好。这黑雾不通人性也无法交流，她以为自己死定了，谁知峰回路转，"他"

竟然像知道她此刻最想要什么一样，送来一把精巧的燧发手枪，并且刚好契合她手掌的尺寸，仿佛是为她量身打造的一般。

这黑雾究竟是什么？有意识吗？有智慧吗？能和她交流吗？

她抬起头，直直地看向黑雾："你为什么给我这把枪？"

一片静默，没有声音回答她。

是她想太多了吗？还是说，这个怪物真的没有智慧，没办法用言语和她沟通？

艾丝黛拉垂下眼睑，试着把火药压入燧发手枪的枪管。黑雾貌似听不懂她在说什么，却十分配合地递上了燧发手枪的配件。

"我在屋里试用这把手枪，屋外的人会听见吗？"她问。

仍是没有回应。

当她快要放弃和"他"沟通时，一道低哑、古怪、如刀刃般锋利的声音响了起来："他们……不会……听见。"

"他"像是刚学会这门语言一般，还无法适应咬字和发音，过了好几秒，才能流利地说出下一句话："送你，是为了讨好你。"

"讨好我？"艾丝黛拉眨眨眼睫毛，语气说不上是惊讶还是讽刺，"讨好我干什么？"

黑雾用了一秒去思考讨好她的原因，然后游动了起来。

"他"没有具体的形状，所以全身上下都是感官，都能品尝她的美丽。刚刚"他"学习语言时（因为虚弱不堪，学得有些慢），顺便消化了一下司铎的欲念。司铎的欲念和艾丝黛拉的欲念大相径庭，那老头儿满脑子都是对纯真少女的邪念，幻想像牲口一样去糟践她们。

"他"接收了司铎肮脏的邪念，不禁变得躁动不安。

这时，"他"再用无所不在的感官去感受艾丝黛拉，感觉完全变了。

她变得像极端的恶一样鲜美，令"他"的每一个感官都活跃蠕动了。

"因为我渴望你，""他"俯视着她，描绘着她，感受着她，直白而露骨地说道，"渴望你的皮肤，你的骨头，你的内脏，你的欲望……你是我见过的最甘美的食物。"

第三章
黑雾

司铎的心情很不错。

昨天晚上，他说服了一位出手阔绰的贵妇人购买滋补药丸。

那位贵妇人戴着宽檐帽和黑面纱来到这里，因着急离开，话都没听完，就扔下一袋金约翰，低声要求他拿出最好的货品。

要是以前，他肯定不会答应这种要求，毕竟少女莹白滑嫩的脂肪可遇不可求，但眼下屋子里就住着一个黑发白肤的绝代美人，绝代美人怎么都能炼出绝佳的货品。

第二天早上，他在床上享用完早餐后，让女仆（当然不是那个黑人老妇人，而是一个妩媚而忧郁的小美人）为他抹上发油，然后用獾毛刷子打出肥皂泡沫，涂在他的鬓角和下颌处，用剃须刀刮掉刚冒头的胡须。

司铎深知自己已近垂暮之年，再有钱也享受不了多久，所以吃穿用度都极尽奢侈，就算浪费了也不在意。他甚至有个病态的爱好，那就是把自己的花销换算成少女。

打个比方，一个少女价值一百个金约翰，一个金约翰等于二十个银币，一个银币等于二十个铜币。

他每年的房租是一千四百个银币，即七十个金约翰，他每在这幢别墅里住一年，就有一个——大半个少女为此献出宝贵的性命。

他是一个挑剔的老饕，最爱吃鲜嫩的牛犊肉、昂贵的鱼子酱和美味的小牛肝菌，一顿日常餐下来，就是一百个银币，普通人两个月的开销。可怜的少女被剜去了水灵灵的眼珠，满足了他的口腹之欲。

除此之外，他还颇有贵族气派，聘用了马车夫，一个月付他两百个银币，一年就是一百二十个金约翰。

当他乘坐四轮马车，以神的名义四处传道时，就有一个少女在马车轮子下香消玉殒——仔细一看，车轮里还夹缠着另一个少女纤细的胳膊，因为一个少女并不足以支付私人马车的费用。

他的妻子虽然是一个炼金好手，但始终无法炼制出真正的延寿药。所以，他热衷诱拐少女，掐着她们稚嫩的喉咙，看着她们充满活力的眼睛逐渐暗淡无光。

他没办法活得更久，却可以像宰杀牲畜一样，扼杀那些青春洋溢的少女，感受她们还未消散的生命力。

她们的死虽然没办法延长他的寿命，但给他提供了无与伦比的愉悦感和满足感，这就够了。

今晚，则是他再一次获取满足感的时刻。

司铎原本不想花时间写推荐信，但一想到那个小妮子眼里蓦然闪现的冷光，就知道她绝不像之前几百个少女那样好糊弄。

如果他不把货真价实的推荐信摆在她的面前，她肯定不会让他碰她那双白皙柔嫩的手。

就在司铎戴着老花镜，吭哧吭哧地写信时，不长眼的女仆敲了敲门，打断了他的思路："老爷，厨房里好像少了……"

司铎的记性不好，被这么一打断，顿时忘了下面该写什么，立刻火冒三丈，劈头盖脸骂了回去："你没看见我在忙吗？厨房里少了什么跟我有什么关系，还是说我长得很像新来的伙夫？"

女仆当即闭紧嘴巴，关上房门，不再拿这件事烦扰他。

于是，直到司铎写完推荐信，妥帖地将它塞进白袍的衣兜里，也没能知道厨房里到底丢了什么。

傍晚，他喝了一大碗滋补的汤药，紧接着一阵肉疼——这种药是由雄鹿的眼泪、毒芹的根部、黑弥撒的蜡油和少女的一条长腿制成，非常受欢迎。毕竟只要是男人，没有不担忧生殖力下降的，因此这种药要价极高。要不是为了更好地享用艾丝黛拉的玉体，他也不会下如此血本。

他重重地撂下汤碗，让妻子半小时后过来收尸，然后步履矫健地走向了艾丝黛拉的房间。

艾丝黛拉将头发往后梳成丝绸般光滑的粗辫子，换上了他准备的浅粉色长裙，正在吃一块锥形蛋糕。

蛋糕上铺着厚厚的杏仁奶冰激凌，点缀着砂糖、葡萄干和裹着糖衣的樱桃和蓝莓——这是他慷慨给予的临终关怀。

这块蛋糕贵得吓人，起码价值少女的一根手指头。艾丝黛拉两口就把它吃掉了，真是贪婪的小馋猫！

司铎柔声问道："蛋糕好吃吗？"

"要我说实话吗？"艾丝黛拉边说，边慢条斯理地舔着手指上柔软的奶油，"不算特别好吃，我更喜欢吃香草味的奶油。不过，你能在乡下买到这么甜腻的蛋糕，也算是费心了，做得很不错。"

她优雅而慵懒的餐桌礼仪，甜美却高高在上的语气，令司铎忍不住哈哈大笑。

他走到她的身后，半是威胁半是暧昧地按住她的肩膀，声音沙哑地道："你真是一个漂亮、古怪、诱人的小姑娘！老天，我真想把你一口吃掉……那些做派是谁教你的？你刚刚那样子简直像一个女王！其实你就是逃跑的女王，对吧？"

艾丝黛拉说："我的确是。"

司铎很乐意跟她玩这种角色扮演的小游戏："那么女王陛下，我是不是该向你下跪呢？"

艾丝黛拉别过头，漫不经心地望了他一眼，轻描淡写地吐出两个字："跪下。"

司铎刚要对她的命令发出善意的嘲笑，下一秒，却冷不防撞入了她野兽般的眼瞳里。

她的虹膜是金黄色的，眼睫毛和瞳孔则是神秘的黑色。当她微笑时，腮颊上两个妩媚可爱的酒窝使她金黄色的眼睛像金子一样纯美。即便是神殿穹顶上的天使，也不会有这样纯洁善良的眼睛了。

可当她收起笑容时，眼神就彻底变了，变得如德谟克利特的井一样深。那漆黑的瞳孔里闪着艳丽却吊诡的冷光，使人不寒而栗，完全想不到任何有关美的词汇，只能想到"恐怖""地狱""恶魔""残忍""狠毒"这样的负面字眼。

司铎控制不住地打了个冷战。

一定是他看错了，她今年才多大，怎么会有这样凶狠可怕的眼神。

为了完美地控制艾丝黛拉，也为了给自己增加底气，司铎拿出写好的推荐信，在艾丝黛拉的面前晃了晃："这是你的推荐信，想要吗？"

果不其然，刚刚艾丝黛拉那个眼神是他的错觉。

艾丝黛拉顿时像小猫一样被那封信吸引了注意力，金色的眼珠跟着他的手转动，怎么看也不像有城府。

想想也是，十六七岁的少女，能有什么城府？

要知道女子生来孱弱，为了保护脆弱的子宫，大多数女子都是被禁止外出的。尤其是贵族少女，只能待在屋里做女红。艾丝黛拉可能都没有见过几个男人，怎么可能拥有比男人还要凶恶的眼神？

司铎越想越觉得自己刚才的想法可笑，居然会惧怕一个小女孩，这太可笑了。

他说："你想要这封信吗？想要的话，就按我说的做，脱下你的裙子。"

他说着，把信拆开，给艾丝黛拉看了看信的内容，让她确定信的真实性，然后装好信，将它放在了柜子的最上方，坐下来，好整以暇地望着她，看她会如何抉择。

每当这种时候，女孩们都会陷入前所未有的痛苦中，边啜泣边解裙子。有的女孩甚至会因为羞耻和恐惧晕厥过去，也有已经尝过禁果的女孩，故作镇定地问他有没有海绵和羊肠，说她不想怀孕。

这是他最爱看的节目之一，足不出户就能看到人生百态。每当他看见那些受挟制的女孩被迫拙劣地讨好他，都会产生一种居高临下的快意。

他传道授业解惑，宣讲神和神使的荣美事迹，只能吸引一群敬虔的信徒。他们敬仰的是神，与他没有半点儿关系。只有在欺凌、虐待和生吞那些可怜的少女时，他才能感受到真切的权力。

与此同时，药效开始发作，热血在他的脉管里奔腾。他的眼睛变红了，呼吸也变得灼热了，艾丝黛拉却迟迟没有下一步动作。

她仍在舔手指上的奶油和糖渍，像没有听见他说话一样。

他只能耐着性子重复一遍，然后颇为恼怒地说道："你别再舔了，过来伺候我！只要我高兴了，你想吃什么蛋糕，我都会给你买。"

"是吗？"艾丝黛拉歪着脑袋，轻柔地笑起来，"难道不是将我打晕，剥下我的皮，再用刀子剖去上面的脂肪，丢到炼金炉里炼药？"

这句话仿佛惊雷般在司铎的耳边轰然炸开。

他震惊地瞪大双眼，难以置信地看向艾丝黛拉。

这情景就好比一个猎人刚磨好刀烧好水，拎起兔子的耳朵准备下锅，这时即将死去的兔子却转过头，用两只红眼睛直勾勾地盯着他，问他打算怎么吃自己。

这场景要多诡异就有多诡异。

司铎勉强镇定地道："你这是从哪儿听来的？我怎么可能那样对你……假如我真的做了这种事，别说周围的老百姓不答应，神也会降下愤怒的惩罚的。"

艾丝黛拉朝他笑了一下。

她舔完了手指上的奶油，用餐巾擦了擦手指，从桌子底下拿出一把燧发手枪。

司铎再次震惊地瞪圆了眼睛。

他只在一个伯爵的贴身护卫那里见过这种枪，而一般的护卫只能佩戴骑士剑和刺刀。因为燧发枪的制作工艺极难，需要技艺极高超的枪匠手工雕琢膛线，以确保弹丸的杀伤力和精准度。

不过燧发枪的填弹过程相当烦琐，需要把弹丸嵌入膛线，再用送弹棍捅下去。填弹的速度很慢，准度低，再加上效率低下，除了王室的护卫，很少有人精通这个玩意儿。

司铎想到这里，又放松下来，就算艾丝黛拉的手上是货真价实的燧发枪，她也不可能会用。退一万步说，就算她会打枪，燧发枪的后坐力极强，准度还不高，她那么堂而皇之地拿枪出来，就不怕打不中他，被他徒手夺下来吗？

"你确定要用这个打我吗，我的小天使？"司铎说，"虽然我不知道你是从哪儿弄到的这个玩意儿，但我敢肯定，你不会开枪。你知道怎么装填弹丸吗？要不要我去请一个老师教你怎么打枪？不要再做无谓的挣扎了，小可爱，乖乖地顺从我，我会给你想要的……"

他还未说完话，就看见艾丝黛拉闪电般给燧发手枪填上了弹丸。

她利落的动作、精准的手法，使他面容僵硬，后背发冷。

她似笑非笑地看着他，抬手，瞄准，黑黢黢的枪口对准了他。

司铎僵在原地，一动也不敢动。更要命的是，随着时间的流逝，药效发作到了极致。他的脸庞涨得通红，热汗大颗大颗滚落，肢体痉挛似的颤抖起来，可谓是丑态百出。

艾丝黛拉歪了歪头，纤细苍白的手指缓缓扣住扳机。就在她即将扣动扳机，发射弹丸的那一刻，她却猛地往前倾身，故作娇俏地嘟起嘴唇，模仿打枪的声音："砰——"

司铎意识到这只是一个玩笑，提到嗓子眼的心倏地放松下来。

他一边用手帕揩额上的热汗，一边干巴巴地笑道："我的小天使，我的小猫咪……你真是太调皮了，我从来没有见过像你这样调皮的女孩……"

然而下一秒，他就再也笑不出来了。

艾丝黛拉扣动了扳机。

"砰——"

烟雾四起。

一枪毙命，司铎倒在了血泊中。

艾丝黛拉的脚踩在椅子上，她拿到了柜子上的推荐信。

感谢细心的司铎，信封上一片洁白，没有沾到半点儿血迹。

艾丝黛拉将信封对折，平整地塞进胸衣里，穿上来时的白斗篷，走出房间。

她看也没看被黑雾吞噬得一干二净的司铎，径直朝二楼走去。

除了推荐信，她还要司铎这些年来积累的家产，以及价值不菲的炼金原料。

或许是因为二楼极少有人涉足，布置得比一楼更加气派。走廊上贴着玫瑰色天鹅绒墙衣，挂着镶有镀金画框的镶嵌画和油画，五彩斑斓的陶片、珐琅和油墨在烛光的映衬下熠熠生辉。最里面是一个珍品柜，陈列着各个国家的值钱玩意儿：瓷器、玉石、贝壳、牙雕、铜器等。

艾丝黛拉从黑雾那里得知，司铎积攒金钱的手段是祸害少女，也不知他祸害了多少无辜的少女，才有这样可观的成果。

她虽然天生没有同情心，难以怜悯那些可怜的少女，但也十分厌恶司铎以少女的躯干谋利的行为。

她看得出来司铎非常轻视那些少女，却又离不开她们温软芳香的身体。

他的所作所为，让她想起了那群反对女子摄政的王公贵族。他们均像司铎一样贪恋女子的柔情。

他们将女子束缚在方寸之间，仅允许她们在房间、院子和花园里活动，不教她们做学问，也不教她们锻炼身体，只教她们保持优美的体形，以及套牢丈夫的心，然后严厉抨击女子"生来愚蠢，软弱无能，只会以男人马首是瞻"。

在艾丝黛拉看来，发出这样抨击的男人，才是真正的蠢货，毫无思辨能力。

她冷淡地扫了珍品柜一眼。

如果玛戈能收到她的消息的话，应该已经在来的路上了。

她会拿走需的东西，然后让玛戈将剩下的财物分还给那些少女的家人。

走廊第一个房间是衣帽间。艾丝黛拉径直朝长衣柜走去，她拉开绸帘，里面挂着十来件熨烫妥帖的白袍，还有几件带大风帽的羊毛披风。

她现在最需要这种能掩盖面孔的披风，毫不客气地将它们收入囊中。

除此之外，衣柜的抽屉里还有假衣领、领结、衬衫、背心等柔软的奢侈衣物。

这些东西对艾丝黛拉没有用处，她也懒得拿去换钱，她准备让玛戈拿它们去抚慰被司铎压榨的穷苦家庭。

她在抽屉里挑挑拣拣，只拿了几个闪亮的宝石袖扣和贵重的黄金袖链，以及一对散发着香气的山羊皮手套。

等她搜刮完衣帽间，玛戈刚好赶到。

玛戈听说了女王的遭遇，非常震惊。她没想到当地德高望重、庄重严肃的司铎，居然是一个吃少女不吐骨头的恶人。

幸好陛下比他更加凶恶，玛戈不无庆幸地想道。

"你在想什么？"艾丝黛拉若有所思地望了她一眼。

玛戈连忙答道："我在想，幸好陛下聪明过人，躲过了司铎的毒手。"又问道，"陛下，抽屉里那些细麻衬衫和丝绸晨衣，都要还给那些女孩的父母吗？"

艾丝黛拉漫不经心地应了一声。她并不需要司铎的贴身衣物，因为太过肮脏，但那些衣物不仅沾着司铎令人厌恶的体味，也浸满了少女悲苦的血泪，与其把它们放在这里让陌生人捡走，不如"物归原主"。

玛戈说："可是，我要怎样才能找到那些女孩的父母呢？"

"司铎已近垂暮之年，却狂热地迷恋青春蓬勃的少女，你以为他仅仅是因为好色吗？"艾丝黛拉淡淡地道，"只有在少女的身上，他才能感受到逐年流失的生命力。他以为杀了那些少女，吃下她们的肢体，就能间接地掌控命运。实际上，除了作恶的罪孽和身上的肥肉，他什么也没有得到。"

玛戈："……"

陛下不仅手段凶狠，还言语犀利。

"对他而言，那些少女既是强身健体的灵药，又是筑成权力金字塔的基石。"艾丝黛拉一边戴皮手套，一边神色冷静地陈述司铎的想法，"他一定会记下每一个被残害的少女的姓名，甚至是住址，以便日后回味和欣赏。你找到那个记名簿，抄录一份，用来分发司铎的财产。原版的保存下来，我有用处。"

玛戈连连点头，立刻去寻找艾丝黛拉口中的记名簿。

艾丝黛拉看向散溢着桃红色烟雾的炼金室，戴上斗篷宽大的风帽，推开房门，从容不迫地走了进去。

房间里却空无一人。

司铎的妻子逃了。

艾丝黛拉偏了偏脑袋，露出兴致盎然的表情。

司铎倒在血泊中的一刹那，司铎的妻子——玛丽娜就察觉到不对劲。

她是神圣光明帝国数一数二的炼金术士。光明帝国严令禁止民众学习使用魔法、巫术，以及豢养带有魔法元素的生物，但允许符合规定的炼金术士存在。

玛丽娜的嗅觉极为灵敏，能闻出两种原料相同的炼金溶液之间极细微的差别。几乎是在司铎倒地的一瞬间，她就嗅到了燧发枪的火药味和那个老头儿的血腥味。

她是绝不可能给那个老头儿报仇的。他们之间压根儿没有感情，结为夫妻，只是为了方便合伙赚钱——司铎利用名气招揽客人，她则负责炼制各种各样的炼金药丸。

此时此刻，司铎死了，她的第一反应只有逃跑。

那个女孩太邪门了。

要知道她把蛋糕送过去的时候，舀了一勺加了迷药的金黄糖浆淋在上面。倘若女孩没动一口蛋糕，司铎会给她警示，让她过去帮忙，但她从头到尾都没有收到司铎的信号，这说明什么？这说明女孩在吃了迷药蛋糕的情况下，用准度极低、填弹效率极慢、后坐力极强的燧发枪击毙了司铎。并且，没人知道女孩是怎么在封闭的别墅里搞到那把枪的。她这都不跑，什么时候跑？

一时间，玛丽娜连二楼那些财物都不想要了。她急匆匆地收拾好一个包袱，戴上灰斗篷的风帽，马不停蹄地朝别墅附近的树林跑去。

她跑得太急，完全没留意到一缕黑雾如暗中狩猎的巨蟒，悄无声息地跟在她的身后。

她边逃边冷汗直冒，非常后悔帮司铎干那些龌龊事，也非常后悔同意司铎，往药丸里混入少女肢体和内脏的提议。

司铎认为这么干能提高药丸的价格，大赚一笔，她也就鬼迷心窍地答应了。现在想想，她简直错得离谱！那些少女对炼药毫无作用，她帮他杀了那么多无辜的少女，以后绝对会遭报应。

"都是那个老东西的主意，我是被迫的……"她六神无主地呢喃，"你们要报仇的话，千万别找错人了……我是无辜的。"

她这么说的时候，完全忘了是她将那些少女迷倒，送到司铎的血盆大口里。她也忘了是她亲手将那些少女的血肉扔进炼金炉里；她更忘了她这些年来穷奢极侈的生活，都是建立在那些少女惨白的骸骨之上。

她根本没有资格祷告。

玛丽娜却相信了自己的谎言，松了一口气。

就在她快要逃离树林时，一缕冰冷的黑雾猛地拦住了她的去路。

那黑雾如同汹涌而来的黑色洪水，带着死神般阴郁的气息，骤然覆盖了整片树林。

玛丽娜靠着斑驳的月光前行，这黑雾一来，最后一丝寒冷的月华都被它吞没了。

她整个人被黑雾缠绕着、包围着，就像被一群残忍奸猾的野狼环伺一般，冷汗不由得流得更加汹涌。

她小心翼翼地回过头，却发现退路也被无边无际的黑雾霸占。

这是一种她抵抗不了的邪恶生物。

玛丽娜害怕了，颤声问道："你是什么……为什么追我？我和你无冤无仇……"

黑雾一言不发。

"他"在想，昨天晚上自己与艾丝黛拉的对话。

在她知道"他"对她的渴望以后，脸上就露出了天使般的笑颜，那是一个甜美的、可爱的，充斥着兴味的微笑。

"他"几乎渴望她的一切，她的欲望、她的皮肤、她的鲜血、她的骨头、她的内脏……她却对"他"一无所求。

于是，她一下子就占据上风，成了主导谈话的人。

她眨巴着眼睛，故意装出天真无邪的样子，眼里却是毫不掩饰的恶劣和算计："你渴望我，想要我成为你的食物，对吗？"

对，又不完全对。

"他"虽然渴望她珍馐一般的血液与欲望，但不想杀死她。

"他"想永久地享用她。

就在"他"思考如何表述这个想法时，艾丝黛拉居然上前一步，直接走进了雾气里。

她的侵略性太强了，头脑也太灵活了，还有那野兽般坚韧的好胜心，简直令"他"难以招架。假如"他"是一个男人的话，肯定倾倒在她散发着麝香的裙边了。

"他"惊讶过后，随即感受到她的一切。

她黑瀑般的长发，过分白皙的皮肤，晶莹剔透的内脏，马尾藻似的血管，还有她的后背，她不时收紧的肩胛骨，她优雅颀长的脖颈，她一双纯洁而又邪恶的金色眼睛……她的一切，"他"都能感受到，因为她在黑雾里。

"我可以答应你的要求，但是，"她面带笑容地道，"你要为我所用。只要你效忠于我，我就是你的了。"

这简直是一句令人眩晕的情话——如果"他"是人类的话，但"他"不是，这只是赤裸裸的交易。

"他"答应下来。

"我将效忠于你，""他"的声音低沉而沙哑，"只要你给予我渴望的食物。"

艾丝黛拉微微笑着，伸出一只手。

"他"愣住了，不知如何是好。这是要"他"吻上去吗？"他"该怎么亲吻？像之前那样，变幻出头颈与双手，吻上她的手背吗？

一秒后，艾丝黛拉已经收回手，说："既然如此，只有下次了。"

下次又是哪次？

自有记忆起，"他"从未与女人这样交锋过。

"他"的雾气彻底被她搅乱了。

在她杀死司铎以后，"他"就像一条忠诚的猎犬出动了。"他"先是将司铎的尸首吞噬得干干净净，然后去追逃跑的玛丽娜。

要是能带回这个女人，应该能讨她的欢心。"他"的想法很单纯。

"他"支使雾气，缓缓地朝玛丽娜蔓延——只有艾丝黛拉能安全地待在雾气里，对于普通人来说，这是可怕又致命的瘴气。

就在这时，玛丽娜忽然喊道："别杀我，别杀我……我和骷髅会有过交易，你是不能杀我的！"

黑雾停下蔓延的动作，声音冰冷地问道："什么是骷髅会？"

"你不知道——不对，你……你会说话？这怎么可能！"玛丽娜诧异了一下，然后殷勤而谄媚地解释道，"骷髅会信仰黑暗，他们认为光明已死，只有信仰黑暗才能永生。他们以瘴雾为黑暗神的神迹，只要有瘴雾的地方，就有他们……你是我见过的、唯一会说话的瘴雾。"

黑雾似乎在思考。

玛丽娜咽了一口唾液，更加卖力地讨好道："我可以带你去见骷髅会的首领，他们会把你当成神供起来的！我给你指了一条成神的路……你别杀我了，求求你！"

成神？

黑雾一边沉思，一边毫不留情地绞杀了玛丽娜，然后化为一条黑色的巨蟒，将玛丽娜的尸首拖了回去。

"他"的第一反应不是成神，而是以此为筹码，讨艾丝黛拉的欢心。

她一开心，就会给予"他"许多美妙的食物，比如欲念，比如鲜血。

玛戈按照艾丝黛拉的吩咐，很快在司铎的床头柜里找到了记名簿。

那个作恶多端的神甫，生怕别人找不到他的罪证似的，将自己缔结的恶果藏在了每天晚上睡觉头部朝向的位置。

他这么做，就不怕遭报应吗？就不怕那些惨死的少女向他索命吗？

玛戈皱着眉头，按捺住心中的怒火，打开记名簿，然后就被司铎的恶行震惊了。

不到十年的时间，他竟然毒杀了将近七百名少女。那些少女如同被肢解的麋鹿一般，从头发丝到指甲盖，无一不被当成商品出售。

司铎却丝毫不觉得愧疚，还在她们的名字后面用简短的拉丁字母标注了她们的长相特征，以确保日后回忆起来，她们的一举一动足够活灵活现。

玛戈看得手指直抖。

被陛下一枪毙命，真的是太便宜这个老头儿了！

像这样的恶人，应该被扔进可怖的炼狱里，被滚烫的岩浆煮熟，被凶残的恶鬼折磨，被充满毒素的沼泽腐蚀，永生永世都不得超脱！

她合上记名簿，正要去找女王禀报这件事，却看见女王的面前立着一条无比庞大的蟒。

那条巨蟒生着魔鬼一样瘆人的鳞片，每一片鳞片都散发着梦魇般的黑色雾气。

令人惊奇的是，如此可怖的巨蟒，却拥有一双绮丽的眼睛。

是的，绮丽。

通常来说，蛇瞳都是琥珀色的，这头巨蟒的眼瞳却是美丽的紫蓝色，紫中透蓝，仿佛笼罩着紫色晨雾的沉沉群山，雨过天晴的绚丽彩虹，泼溅了海水的紫蓝色宝石。

巨蟒的眼瞳太美丽，太柔和，简直像一个引人沉溺的梦，以至于当它猛地将司铎妻子的尸首甩过来时，吓了玛戈一大跳。

眼睛再好看，也掩盖不住它身上浓浓的危险气息。

这是一个极其强大的邪恶之物！

巨蟒的眼瞳尽管有一种流光溢彩的美感，却仍然拥有蛇类尖锐的竖瞳，说明它仍然是可怖的野兽。

巨蟒根本不需要发动攻击，也不需要立起庞大的身躯，只需要一个不带感情的眼神，令人汗毛倒竖的压迫感便山呼海啸般袭来。

玛戈的第一反应是冲过去保护女王。

虽然她曾受到艾丝黛拉冷酷无情的拷问，性命悬于一线，但她也知道，当时的拷问是针对罗曼帝国的细作，并不是针对她。再说了，这些年以来，她也在艾丝黛拉身上得到了不少好处。

艾丝黛拉虽然生性冷淡，感情淡薄，却爱憎分明，只要你发誓效忠于她，并且真的效忠于她，她就会百倍千倍回馈你呈上的忠心。

玛戈一直记得一个事实：要是没有艾丝黛拉，她早就死在清理罗曼帝国细作的刺客的刀下，或死在层出不穷的宫廷毒药之下了——她不知道光明帝国哪儿来的那么多毒药，她连跟人握手，都要提防对方的手套是否事先浸泡过毒药。

或许更惨一些，她会成为两个贵族间明争暗斗的牺牲品，被安上莫须有的罪名，倒在断头台上。

没有女王，就没有她。

她说什么也要救下艾丝黛拉！

然而就在她冲过去的一瞬间，那头庞大的巨蟒忽然垂下了头，任由艾丝黛拉抚摩它的扁形蛇头。

玛戈："……

不愧是陛下。

艾丝黛拉一边轻抚蛇头，一边饶有兴味地看了一眼地上的尸首："你想用这个讨好我？"

玛戈过了一会儿才反应过来，女王在跟巨蟒说话。

她要怎么告诉女王，即使是罗曼君主豢养的最高等级魔物，也没办法与人交流，更不会有人类的感情，除非受到罗曼神明的点拨。

但罗曼人崇尚力量，只要力量足够强大，任何人都可以成为万民敬仰的神明，真正的神明早就被遗忘在历史的洪流中了。

魔物再怎么强大，终究是魔物，听不懂也说不出人话。

她想劝女王远离这条危险的巨蟒。

谁知，下一秒，巨蟒竟然发出了低沉而嘶哑的声音："我……想……讨你欢心。"

玛戈："……

她今天怎么想什么，什么就不灵验？

艾丝黛拉微微一笑，不置可否。

她没有别过头，朝玛戈伸出一只手："记名簿。"

玛戈连忙把记名簿送到她的手上。

艾丝黛拉垂下头，打开记名簿，流瀑般的黑发自然垂落，露出秀美白皙的后脖颈。

朦胧的月光透过树叶投射到她浓密的头发上。她那头得天独厚的黑发编成辫子时，足有一个人的胳膊那么粗，就算披散下来，也仍然显得沉甸甸的，映衬得她的脸蛋极小巧，极可爱。

她边看记名簿，边笑意盈盈地用手指在记名簿上画圈的行为，更是让人感到难以言喻的亲切和喜爱。

如果玛戈不知道女王的性格和记名簿的内容的话，或许会这样认为，但她知道，女王那不是甜美的微笑，而是邪恶的微笑。

"原来他不只想剥掉我的皮，刮掉上面的油脂，还想把我的头发和指甲当成商品出售。"艾丝黛拉合上记名簿，皱眉说道，"好坏好坏的人，一枪打死他真是便宜他了。"

"讨好我的机会来了，小蛇。"她说，"我要你帮我报仇。"

她蹙着眉，眼中却闪动着狡黠的光彩。她根本不在乎司铎有多坏，只是想试探"他"的实力。

无所谓，反正"他"也不知道自己实力的深浅，更不知道自己的来历。

"他"吸收了司铎和司铎妻子的邪念，虚弱的感觉减轻了一些，刚好可以满足她一些小愿望。

要是她能因此猜出"他"的来历，"他"反而要感谢她。

最关键的一点，"他"始终记得她的血与欲多么甘美，多么可口。只要她能一直为自己提供丰盛的食物，"他"会永远效忠于她。

"你想我怎么帮你？"

艾丝黛拉弯起眼睛笑起来，脸颊两侧露出两个纯美的酒窝，两片红唇却吐出冷漠尖锐的话："以牙还牙，以血还血。按照律法，司铎应该被处以火刑，但那太便宜他了，我想要他被剥夺转世资格，永远在炼狱里饱受折磨，你可以做到吗？"

再简单不过的要求。这是"他"的第一个想法。

"他"以前究竟是什么，才会认为生杀予夺、剥夺转世资格是一件再简单不过的事？

"他"的地位似乎很高，高到连生、死、转世都不放在眼里。

"他"不在乎秩序，也不在乎命运。假如站在这里的是完整的"他"，那么整个世界都处于"他"的掌控之中。

但"他"的地位又似乎很低，从未满足过口腹之欲。

"他"像捕猎的夜行动物一样，在森林、山川、湖泊中飘来荡去，只为尝一口最鲜美的欲念。

要不是艾丝黛拉打破了神像，"他"从未想过幻化为具体的生灵，更别说与人对话。"他"似乎早就习惯了像光与雾一样无所不在。

"可以。""他"说，同时用两只竖瞳紧紧地盯着艾丝黛拉，想知道她对自己的身份有什么猜测。

"真厉害。"艾丝黛拉赞许了一句，然后问了一个"他"毫无准备的问题，"你为什么变成这么漂亮的蛇？你知道我喜欢蛇？"

"他"不知道，"他"只是想让那些躁动的雾气安静下来。原本每一丝、每一缕的黑雾都由"他"控制，但自从吞噬司铎的欲念以后，黑雾就疯了似的蠕动起来。

它们也消化了司铎的欲念，有了等同于低级魔物的智慧。如同滚烫的血在脉管里横冲直撞一般，那些黑雾燃烧着、沸腾着，狂躁地催促"他"去了解更多男女方面的事。

黑雾化为蟒蛇后，本来已经冷静下来，谁知她轻描淡写的一句话，又令"他"那些愚蠢的雾气陷入了躁动。

它们蠢蠢欲动，无声地尖叫着，发狂似的想要逃离"他"坚固的蛇鳞，冲到艾丝黛拉的身边，钻入她的口鼻，尽情地享用她的每一个组织。

为了让这些丢脸的小东西安静，"他"只能快速地揪出司铎的灵魂，狠狠地踩踏一遍，然后当着艾丝黛拉的面将其扔进火海般的炼狱里。

能量耗尽后，那些躁动的小东西自然就安静下来了。

回到人间不到几秒又被扔进炼狱里的司铎："……"

艾丝黛拉一脸赞扬，拍拍手说："真厉害！"

她毫不犹豫地用匕首划破了手掌，伸到巨蟒的面前："喝吧，奖励你的。"

巨蟒闻到她血液的气味，蛇鳞上的黑雾更加蠢蠢欲动，仿佛疯狂燃烧的黑色烈焰，扭动着、跳跃着，试图挣脱巨蟒的控制，奔向她手掌上血红色的甘泉。

巨蟒盯着她掌心的鲜血看了几秒钟，化为一条细长的黑色小蛇，沿着她的裙摆、腰身、手臂，蜿蜒行至她的掌心。

离她的鲜血越近，巨蟒眼里暴露的兽性越多。到最后，"他"几乎就是一条处于进攻状态的毒蛇，猛地大张上下颌，咬在她的伤口上，大口大口地啜饮了片刻，才学会吮食的动作。

旁边的玛戈担心极了，她觉得眼前的场景怎么看怎么诡异。

艾丝黛拉却歪着脑袋，优哉游哉地看着欢快进食的小蛇，眼里透着兴味。

因此，玛戈更不敢提醒女王小心了。她怕自己提醒之后，女王变得更加兴奋。

等小蛇吃完，艾丝黛拉的伤口刚好愈合。

"你有名字吗，小蛇？"艾丝黛拉用食指了点巨蟒的蛇头，口吻甜蜜得就像捉到了一条心仪的毛毛虫，"要不要我给你取一个？还是说，你想一直被叫小蛇？"

"我没有名字。""他"刚用完了这几天积攒的能量，又吮食了艾丝黛拉鲜美至极的血液，一时间不由得困极了，简洁地说道，"你可以叫我'洛伊尔'，我会一直效忠于你。等我醒来后，还有一件事要告诉你。"

"他"还有一件可以讨好她的事没说。

巨蟒说完，在她的手腕上以头衔尾，伪装成一个漂亮的黑手镯，堕入了黑暗的梦乡。

艾丝黛拉被"他"勾起了兴趣，叫了"他"好几声，都没能得到回应，捉到心仪毛毛虫的高昂兴致一下子熄灭了。

她心不在焉地玩了一会儿蛇镯，别过头对玛戈说道："你去抄写记名簿，按照我标注的顺序，把司铎这些年搜刮的财产分还回去，半个月后我们去教区神殿。"

"陛下，半个月用来善后和分还财产，恐怕不够……"

艾丝黛拉嫣然一笑："谁说我要善后了？"

玛戈一脸震惊地问道："您不想善后？这个司铎的门徒如此之多，他失踪的消息至多能隐瞒两个月。到时候全城的人都会知道他不见了，届时您在教区神殿如何自处？所有人都知道您是他推荐过去的，他们会一直追问您司铎的下落，说不定还会以为是您谋害了他。”

艾丝黛拉笑意盈盈地颔首：“我知道，我要的就是这个效果。”

玛戈忍不住狠狠地打了个寒战。

女王每次露出这样甜美的笑容，都不会有好事发生。她上一回这样笑的时候，司铎就被打入炼狱，永远无法转世了。

第四章
嫉妒

玛戈毕竟曾是罗曼帝国的细作，稍一思索，就明白了艾丝黛拉的想法。

她想利用司铎的死，去腐蚀神殿的声誉。

试想一下，在民众如此盲目相信神殿的时代，神殿突然曝出一个惊天丑闻——边境最为德高望重的司铎居然是满手血腥的杀人犯，十年间毒杀了将近七百名少女，并且在庭院里种满了致命的毒草，还将少女的姓名、特征详细地记录下来，藏在床头柜里，日日欣赏……民众会作何感想？

这样的惊天丑闻，如果艾丝黛拉主动曝光，绝对会被神殿利用各种势力打压下去，但她进入神殿后，神殿主动来追查她，结果就不一样了。

当教区的神使发现她涉嫌谋杀时，必然会勃然大怒——神女、神甫、谋杀，这三个词语无论怎样组合，都会给神殿的名誉造成难以想象的污损。

神使的第一反应必然是暗杀她，让她悄无声息地死去。所以，她必须赶在司铎失踪的事被发现前，让每一个人都记住她，注意到她，喜欢上她。

在万众瞩目下，她虽然无法免罪，却免去了被暗杀的风险。神殿不可能再让一个人莫名失踪了。

不过同样的，她也会成为神殿肃清风气、树立权威的祭品。

毕竟神殿以信仰与权威统治人民——神权是至高无上的，没人能污损神华美而圣洁的衣摆。

她被审讯的现场一定会是有史以来最热闹的、最盛大的，说不定整个教区的平头百姓都会过来围观。假如她在那种时刻再说明真相，澄清自己的冤屈，神殿的权威自然就立不起来了。

这是一着险棋，一环扣一环的险棋，只要有一个人，包括她自己，没有按照预期行事，她就会没命。

比如，她没能让每一个人都记住她，喜欢上她。再比如，教区神使尸位素餐，不想追查下去，武断地给她判了火刑，她就得再经历一次逃亡。最关键的是，那些少女的父母要是畏惧神殿的权威，不敢出来做证，她的计划也会失败。

她完全是在豪赌，赌手腕上的洛伊尔能耐有多大。

之前短暂的交锋，她让洛伊尔剥夺司铎转世的资格，把司铎打入地狱，其实就是想试探洛伊尔的能力。

她不仅在赌洛伊尔的能力，也在赌自己的判断力。

要是她的判断失误，同样是满盘皆输。

玛戈服气了。

她忍不住想，假如她是艾丝黛拉的话，有勇气那么赌吗？答案是否定的。她根本不确定教区神使的反应，也不确定自己能否被所有人喜爱，更不确定洛伊尔的能力。

她没有胆量，在前景还是一片迷雾的情况下，将手上所有的筹码投掷出去。

女王真的太疯狂了。

她早该想到，女王就是这样一个疯狂的人。

还记得当初她被女王带到酷刑室里受刑，寻常贵族都会远离那个阴暗的肮脏之地，女王却坐在一旁，目不转睛地盯着她，黄宝石般的眼睛亮得惊人，脸上带着红晕，仿佛一个小女孩第一次领会到玩具娃娃的妙处。

当时，她以为艾丝黛拉是因为她这个"玩具娃娃"而兴致盎然，现在想想，艾丝黛拉的眼里自始至终都没有她。

她从头到尾看的都是行刑的过程。她渴望的"玩具娃娃"，是那些千奇百怪的刑具。

这样一来，一切就都解释得通了。

为什么艾丝黛拉不愿意先善后司铎的事，等进入神殿后再从长计议？

因为那样效率太慢，她是一个危险人物，骨子里渴望的就是千钧一发时刻的刺激。

而现在，正好有一个办法，既能给她带去惊险的刺激，又能给予她可观的收益。

她当然会选择这个办法了。

玛戈却有些忧心忡忡：女王的洛伊尔，真的能对抗神殿吗？

她曾熟读罗曼帝国的魔物图鉴，但没有哪一种魔物能跟洛伊尔对上号，也没有哪一种魔物拥有与人类相近的智慧，且能口吐人言。

洛伊尔究竟来自哪里？其接近女王、吮食女王的鲜血，又有什么目的？

玛戈的想象渐渐离谱：难道女王身上藏着灭世的秘密，洛伊尔接近她，是为了利用她毁灭世界？但转念一想，洛伊尔都有插手世间秩序的能力了，假如洛伊尔真的在图谋什么的话，又何必依附女王？依附在罗曼帝国的武士身上不是更好？

罗曼帝国崇尚力量，只要洛伊尔展现实力，很快就会成为罗曼人心目中的至高强者。洛伊尔会轻而易举地受到君王的器重，得到炙手可热的地位，继而成为整个世界的霸主。

玛戈想破了脑袋，也没想到洛伊尔对征服世界压根儿不感兴趣。

"他"渴望的只有甘美的欲念和艾丝黛拉的鲜血。

"他"仅仅是因为焦渴的食欲，才向艾丝黛拉效忠。

第二天早上，玛戈拿到艾丝黛拉标注的记名簿时，一下子愣住了。

她找不到艾丝黛拉标注的规律。

由于神圣光明帝国消息闭塞，普通百姓只能从各地的教堂获取消息。艾丝黛拉让她按照标注的顺序分还财产时，她还猜测过，女王是不是想以教区神殿和各个教堂为中心，优先补偿那些离得近的家庭，以便日后她被送到裁判所审讯时，那些人能第一时间出现。

可眼前的记名簿，却完全不是按照地域远近标注的，更像是艾丝黛拉一边享用黄油面包，一边用羽毛笔随手勾了几个名字。

事关女王的安危，玛戈不敢盲从，连忙捧着记名簿去问艾丝黛拉："陛下，我不明白，为什么第一个补偿的是这家？"

"你别叫我陛下，叫我主人。"艾丝黛拉说着，用勺子卷了一圈厚厚的糖浆，敷在涂了浓奶油的面包上，"现在就改口，以免被人抓住口误的把柄——为什么不明白？"

"好的，主人。"玛戈一脸困惑地道，"我是真的不明白，这户人家离教堂那么远，教堂清晨宣布的消息，起码要日落才能传到他们的耳朵里，您为什么不选离教堂最近的那家呢？那家也失去了女儿呀，他们还是大户人家！"

艾丝黛拉一口吃掉了半边奶油面包，嘴角沾了一点儿亮晶晶的糖浆。

她好整以暇地道："大户人家？你在名册上查了他们的姓氏？"

玛戈点点头："书架上有一本教区名册。他们死的是二女儿，大女儿嫁给了男爵，最小的弟弟正在神学院读书，打算一毕业就成为神甫。二女儿失踪后，他们一家人都非常悲痛，尤其是母亲，差点儿跳河自杀。所以弟弟才选择当神甫，想要超度姐姐的亡灵，想用毕生所学送姐姐一个安宁。这难道不是最好的选择吗？"

"他们的确是最好的选择，"艾丝黛拉缓缓地道，"但同时也是最糟糕的选择。"

玛戈愣了一下，脱口问道："为什么？"

艾丝黛拉用腿上的餐巾擦了擦手指，指向"男爵"的勋衔："这就是答案。"

玛戈还是没明白。在她眼里，贵族的力量比平民的大多了，要是贵族都不敢站出来做证，那平民还有可能吗？

艾丝黛拉看透了她的想法，一边用餐巾擦嘴，一边说道："神圣光明帝国是怎么建立起来的，又是怎么在群狼环伺下屹立不倒的，从前的我被困在闺房里，怎么想也想不明白。当时的我以为是靠手腕和兵马，现在想想，真正使神圣光明帝国立于不败之地的，是信仰，是思想，是那个无论存在与否都被神殿利用透了的神明。"

听见她这样形容光明神的玛戈："……"

"罗曼帝国在旁边虎视眈眈那么久，在他们的国土上，魔法、巫术和魔物均不受限制，自由发展，按理说应该早就攻破我们这个禁魔的国家了。但直到现在，罗曼人都不知道怎么瓦解神圣光明帝国的内部。是因为他们不够强大吗？"艾丝黛拉面带笑意地摇了摇头，声音越发甜美，她非常享受剖析神殿的过程，"是因为他们不知道如何攻破神殿。"

玛戈从来没有想过这一层，她以为罗曼人攻破不了神圣光明帝国，就是因为实力不够。

玛戈一脸愕然地问道："难道罗曼人用武力侵略了神圣光明帝国，也没办法统治整个光明帝国吗？"

艾丝黛拉用赞许的目光看向她，点点头："你说对了。至高神殿的神使只允许神的仆人继承王位。罗曼人没有信仰，又怎么可能甘愿成为神的仆人呢？"

她吃了一块巧克力，继续不紧不慢地道："那群人为什么反对我继承王位？除了对女子有诸多偏见，还有一个至关重要的原因，他们不想'神'的权威受到玷污。在他们撰写的神话里，女子生来就是男人的附庸，是丈夫的奴隶——神却同意一个附庸、一个奴隶来当他的仆人，这严重违背了他们编撰的教条。他们害怕我的存在引起民众的质疑，所以毫不犹豫地剥夺了我的继承权。

"连王室都难以撼动神权，你觉得一个小小的男爵，会有对抗神明的想法吗？"

玛戈明白了，男爵无论如何也不会同意妻子出来指认司铎的。

假如德高望重的司铎吃少女的传闻成真，神殿在民间建立起来的权威就会出现一条极细的裂纹。也许当时不会对神殿造成太大的影响，但谁知日后会不会出现更多的裂缝？

神殿想要保证自身屹立不倒，最好一条裂缝都不要有。

王室倒塌了没关系，神殿要是倒塌了，光明帝国将不复存在，那些贵族的爵位和财富也会在顷刻间化为乌有。

男爵虽然比不上侯爵、伯爵富有，却也有世袭的家产，他怎么可能放弃荣华富贵，转而支持妻子揭露神甫的丑恶面目呢？

"所以，我才会选另一户较为贫穷的人家。"艾丝黛拉轻轻地放下杯子。

玛戈彻底明白了女王的意思。

当司铎的丑闻被公之于众时，那些身世显赫的人，即使失去了至亲，为了保护自己世袭的爵位和家产，也会缄口不言。

但穷人不同，有没有神殿，他们都要受苦。

有神又怎样，他们还是瘦得像骷髅，衣衫褴褛，在救济院和医院的走廊上苟且偷生。神是谁，君主是谁，跟他们又有什么关系呢？

他们麻木、冷淡，面黄肌瘦，每时每刻都在气若游丝中度过。神殿的兴衰荣辱对他们毫无用处，他们只想要温饱。

假如这时有人告诉他们，他们失踪的女儿被大人物杀了吃了，这是补偿，想要更多的补偿，就必须在联名起诉书上按手印。起诉的对象当然是司铎。

拜神殿所赐，每一份起诉书都是具有极轻微的神力的，起诉人一旦心甘情愿地按下手印，就有了神圣的效力，心越诚，效力越大。

事先，艾丝黛拉会让玛戈跟他们讲清楚，起诉的对象是谁，他们的女儿是怎么惨死的，又是怎样被这个人换成金钱，成为腹中之物。

有人可能会被司铎的背景吓到，怕惹上麻烦，拒绝指认这个人；有人可能早就忘记了惨死的女儿，不想为死去的人招惹这样一个大麻烦。但大多数人都是过了今天没明天的贫苦百姓，多一点儿钱就多活一天，按个手印又怎样？

不管他们是否签署起诉书，败坏神殿名誉的效果都达到了。她会让那一份份起诉书变成供她驱策的白蚁，在神殿的基石上啃啮出一个小小的蛀洞。

这样的景象，用光明教徒的话怎么说来着？

感谢仁爱的神，让她遇见劣迹斑斑的司铎和忠诚又强大的洛伊尔，省去了她不少算计的时间。

这只是她渎神的第一步，希望神殿的反应不要让她失望。

洛伊尔藏在艾丝黛拉的手腕上，看着她看书、学习、游说人们起诉司铎。

她有一种神秘而甜美的魅力。

只要她轻启红唇，人们就会相信她说出的每一个字。

洛伊尔看见她引诱一个软弱无能的女人，杀死了自己恶毒的丈夫。

那个女人的丈夫是赌鬼，靠着英俊的面孔四处拈花惹草——今天在舞场里勾三搭四，明天在酒馆中大赌特赌，输光了钱，就把她的衣服送到当铺去，继续赌博。

因为丈夫的败家行径，女人已经好几年没穿过像样的衣服了，手指关节因劳作变得又粗又大，跟老铁匠的手似的。她白天在洗衣场搓衣服裤子，晚上在小酒店擦地板和柜台，回到家后还得伺候喝得醉醺醺的丈夫上床睡觉，以及两个孩子的吃食。她被贫穷的生活磨没了脾气，唯一的心愿就是不被毒打。她的母亲说过，只要丈夫不打妻子，就是好丈夫。

结婚前，她的丈夫再三保证，绝不会打她；结婚后，他却几次把她打得鼻青脸肿，甚至把她捆在床脚，用鞋子抽打她的脸颊。凡是见过她的人，都会为她的惨状流泪。女人也觉得自己命苦，却不敢反抗丈夫。因为她有罪，弄丢了他们的第一个孩子——一个结实漂亮的女孩。

这是女人这辈子最大的心结，每当她被毒打到想要还击时，男人就会用这件事堵得她哑口无言。

渐渐地，她忘了反抗，像被驯服的狗一样任由对方拳打脚踢。

艾丝黛拉改变了她。

不知道从哪里听说了她的事迹，艾丝黛拉如同黑发白肤的天使，降临到她身边，脱下鹿皮手套，用娇嫩的小手握住了她粗糙的大手。

"你是塔妮娅，对吗？"艾丝黛拉钻进她的怀里，泪流满面地道，"我可算找到你了！"

塔妮娅有些茫然："我是，怎么了？"

"我是你女儿的好朋友，"艾丝黛拉抬头，咬住下嘴唇，"这一切说来话长……但我觉得，你有必要知道真相。"

她掀开风帽，露出一张苍白的小脸。她的头颅和身材都很娇小，黑发上扎着一个绿绸蝴蝶结，面孔如天使般纯美无邪。

女人立刻对她的话信了一半："你是索菲的朋友？"索菲就是她当年不小心弄丢的孩子。

艾丝黛拉点头："她和我一样，都被最亲近的人卖到了坏人手里……"

"最亲近的人？"塔妮娅身体一震，"那她有没有跟你说过，是谁把她卖到坏人手里的？"

艾丝黛拉摇了摇头："这件事对我们来说太痛苦了，我们从不谈论这个话题。"

要是艾丝黛拉直接告诉她卖女儿的人是谁，她绝不会轻信自己的话语。但自己摇头不说，她联想到女儿沉默腼腆的性格，立刻相信了其"女儿朋友"的身份，甚至隐隐猜到卖女儿的人是谁……只是不敢相信。

答案对她来说太残酷了。

"那我女儿还活着吗？"半晌，塔妮娅问道。

艾丝黛拉却陷入了沉默。

塔妮娅的心顿时凉了半截："她死了……对吗？"

艾丝黛拉垂下眼睑，后退一步："你不会想知道她的下场的。"

"你告诉我。"塔妮娅上前一步，急切地道，"我是她的妈妈，我想知道自己的女儿是死是活……告诉我！"

艾丝黛拉还是低着头，不吭声。直到塔妮娅也哭了，几乎泣不成声，艾丝黛拉才低声开口："她被坏人杀了……死得很惨。我看见她被坏人捂住嘴，拖到房间里……惨叫声太响了。"艾丝黛拉的声音颤抖起来，"直到现在，我都还能听见。鲜血从门缝漫出来，浸湿了我的鞋子。那个人是恶魔，当之无愧的恶魔！把我们卖到那种地方的人，也是恶魔……可是我不能说他们是谁，没人相信他们会做出那种事……我不能说……"

塔妮娅听完这段话，已经对艾丝黛拉深信不疑，哭着说："你说，你说，我相信你……我为什么不信你呢，你和我都是可怜人，都在被命运折磨！你告诉我，是谁把她卖到了那里，又是谁杀害了她。"

这时，艾丝黛拉突然止住了哭泣。

"如果我说，是你的丈夫卖了你的女儿，换了将近二十个金约翰，你会信吗？如果我说，是镇上的司铎杀害了你的女儿，你会信吗？"她擦了擦眼泪，把一张纸扔到一旁，"你不会信，我只是在做无用功。"

塔妮娅的第一反应当然是觉得难以置信。

但很快，她就想起了一些令人头皮发麻的细节：比如，男人没有工作，全靠她养活，女儿失踪后那几天，他却破天荒出手阔绰，到处大吃大喝，甚至请酒馆里的工人喝酒，流连于各种低俗的舞场，跟一些舞娘眉来眼去。她怯怯地问他哪儿来的那么多钱，他却凶神恶煞地说这是他从赌场辛辛苦苦赚来的，还骂她是多嘴的蠢妇，没有见识。她被他凶悍的语气吓住了，不敢再问。

谁知道，那居然是用她女儿的性命换来的钱。

塔妮娅浑身颤抖，差点儿被痛苦折磨得晕过去。等她回过神来时，上唇已经被咬破了，表情也接近麻木。她看到地上的纸，捡了起来，本来想还给艾丝黛拉，却看到这是一份起诉书。

"你要起诉司铎？"塔妮娅用沙哑的声音说道。

"我想过，但想想也知道，不会成功的……"艾丝黛拉说，她的黑睫毛脆弱地闪了两下，眨出一颗很大的泪珠，"其实不管成不成功，我都想试一试……但司铎是神职人员，在这份起诉书上签名，等于得罪神职人员。谁会愿意为了自己的女儿，冒这样的风险去得罪神职人员呢？"

是啊，谁会愿意为了女人去得罪神殿呢？

塔妮娅看着这张纸，想要还给艾丝黛拉，却伸不出手。

她隐约意识到，假如她不在这张纸上签名，可能这辈子都无法给女儿申冤，也可能这辈子都直不起脊梁骨，当一个堂堂正正的人。

因为是女人，过去的她过着猪狗不如的生活，挨打几乎成为她的工作，就像马儿想吃草，就必须被马夫鞭打似的。可是，马儿依靠马夫生活，她却不依靠丈夫生活，反而是丈夫要靠她挣钱才能活着。

塔妮娅想来想去，都想不明白自己为什么要这样活着。

丈夫吃她的肉，喝她的血。女儿是她肚子里掉下的一块肉，一块脱离了她、独立呼吸的肉。就这样，他还是不愿意放过女儿，卖了她，喝酒取乐。最过分的是，他宁愿用卖女儿的钱请不认识的工人吃饭，也不愿意给家里的孩子买点儿吃的。

这些年来，他就像一条细虫子，趴在她的身上大口吸血，她被他吸得骨瘦如柴，营养不良。

既然如此，她为什么不把这条虫子剔走呢？

还有司铎，杀了她的女儿，为什么不能偿命……她为什么不在这张纸上签字，指认司铎的罪行呢？

难道，仅仅因为她是女人，就要忍受这些匪夷所思的苦难吗？

许久后，塔妮娅说："我签。"

这是一张具有神力的纸，只要起诉人是真心想起诉对方，按上手印，就能生效。

只见一道白光闪过，起诉书生效了。

塔妮娅喃喃："原来反抗一个人那么容易。"

艾丝黛拉像没听见她的话似的，收起纸张，低声道谢，想要离开，却不小心落下了一个瓶子。

塔妮娅捡起瓶子，发现是斑蝥粉。

斑蝥是什么东西，她心知肚明，只需要一点儿就能让人丧命。很明显，艾丝黛拉在司铎那里受尽了折磨，已经有不想活的念头。可真正不该活的人绝不是这个心地善良的女孩，而是司铎，以及她的丈夫。

塔妮娅重重地闭了闭眼，没有告诉艾丝黛拉掉了东西。她握紧手上的斑蝥粉，打定主意，让丈夫为她的女儿偿命。

她知道，假如她不那么做，她和另外两个孩子迟早会变成那畜生在赌桌上的筹码。

为了自己和孩子，她必须亲手送那畜生下地狱。

玛戈站在拐角处，围观了全过程，对女王的话术佩服得五体投地。

人往往更愿意相信自己探查出来的真相。

所以，从一开始，艾丝黛拉就没想过告诉塔妮娅真相，而是不紧不慢地引导她，让她自己去探查。

这样一来，塔妮娅对自己拼凑出来的真相深信不疑，几乎是毫不犹豫地就按下了手印。

不过——

玛戈一脸迟疑地道："主人，她真的会像你设想的那样，毒死那个男人吗？她只是一个村妇……万一下毒的时候动摇了，告诉了那个男人真相，最后死的就是她了。"

艾丝黛拉瞥了玛戈一眼，说："你错了，如果她因为心软，告诉了男人真相，最后死在了对方手里，这跟她是不是村妇没有关系，只跟她是不是蠢货有关。作恶多端的司铎不也是村夫吗？他有心软过吗？"

玛戈这才反应过来，自己竟在无意间轻视了女人。

是啊，假如塔妮娅知道了真相，还不能把握住自己的命运的话，跟她是不是村妇又有什么关系，只跟她的愚蠢有关。

想到这里，玛戈不禁对艾丝黛拉产生了一丝崇拜。

女王一直非常清醒，从不轻视女人，也从未对自己女性的身份感到自卑。

能为这样的主人效忠，真的是她的幸运。

艾丝黛拉并没有把所有时间都用在劝说上。

在塔妮娅之后，她又劝说了几户人家在起诉书上按下手印，然后让玛戈全权负责这件事了。

她还有别的事要做。

她要在半个月内把《颂光经》《神使言行录》《创世录》这些书全部背完。

她的手托着下巴，一边背书，一边思考。

神殿的手段比她想象的还要高明，以劝人向善的方式传播自己的教义。

打个比方，一位信仰光明神的富豪聆听了神甫的教导，决定奉神之命救济穷人。穷人被救济以后，在感恩富豪的同时也会感激神明，认为假如没有神甫的劝导，他们也得不到富豪的帮助。

除此之外，无论是富人还是穷人，都会沉溺在一种美好的幻想中，认为如果人人都信仰光明神的话，世界将会变成一个无忧无虑的净土乐园，人人相亲，个个和爱，再没有俗世的烦恼。在这样的氛围下，就算有人不信光明神，但看见街坊邻里都在谈论《颂光经》《神使言行录》，为了融入乡里，也会参与进来。[1]

神殿劝导信徒向善、行善、心怀仁爱、爱人如爱己，看上去像为人民和国家着想，实际上一旦发现有人违背了神殿的教义，或公开表示不信神，便会被神殿扭送至裁判所，被判处极刑。

神殿的教义，不过是裹着蜜糖的毒药罢了。

顺从神殿的统治，才能品尝甜蜜的糖衣；反抗神殿的统治，迎来的将是致命的毒药。

罗曼人之所以失去信仰，就是从前罗曼帝国的神庙太多，信仰太杂。信仰不同，战争不断，导致生灵涂炭，民不聊生，罗曼人这才揭竿而起，将神明从神座上拽下来，发展成今天看似野蛮的强者文化。

假如神殿继续给民众喂裹着蜜糖的毒药，迟早像罗曼帝国的神庙一样化为瓦砾。

她会使一些小手段，让这个进程变得快一些，再快一些。

艾丝黛拉微微勾起嘴角，继续背书。

她背书的速度极快，全靠约翰二世遗传的好头脑。

她父亲年轻的时候是杰出的明君，具有超世之智慧，能将任何一种语言的《颂光经》倒背如流。他用伪装出来的虔诚模样，骗过了至高神殿的神使，成功戴上了神圣光明帝国的王冠。然而随着年岁渐长，他怕儿子的智慧比自己的更出众，也怕儿子像自己一样心狠手辣，于是先下手为强，给儿子下了抑制智力发育的毒药。

约翰二世可能死也没想到，他引以为傲的智慧、优秀的军事才能、举世无双的语言天赋，还有那疯狂而诡异的行事作风，并未遗传给他忌惮的儿子，而是全部遗传给了他从未放在眼里的女儿。

他早年攻占周边小国时，曾以冷静沉着、不轻视敌人著称，哪怕对方的国力仅有己方的五分之一，他也会以最狂热和最坚定的战士意志去侵略对方。

可他却因轻视自己的女儿而死，不可谓不讽刺。

艾丝黛拉仅用一周就背完了那些书，她闲着没事，开始翻阅司铎书架上

1　出自《宗教学基础十五讲》，王晓朝著，北京大学出版社。

的其他书。

一本没有书名、斜插在书架最里面的硬壳书引起了她的注意。

她踮脚取下书，随手翻了翻。

这是一本讲骷髅会起源的书，司铎应该是把骷髅会当成了最后的退路。

骷髅会成立于一百多年前，一开始只是想反抗神殿裁判所的暴行，但随着势力逐渐强大，对抗恶龙的骑士也变成了恶龙。他们开始效仿神殿的规章制度，像神殿一样四处宣扬教义，甚至将违背规矩的教徒关进瘴气室，看着他们浑身长满毒疮而亡。

艾丝黛拉偏了偏脑袋，用一根手指把玩着一绺柔软的黑发，眼中透出狡黠的、恶劣的、浓烈的兴味。

她对这个骷髅会非常感兴趣。

洛伊尔察觉到她的情绪，苏醒过来，化为一缕蛇形的黑雾，沿着她的手臂、肩背、颈项蜿蜒爬行，盘绕在她浓密丰盈的秀发上，往前探出一截身体，吐出黑色的蛇信子。

这段时间，"他"又吞噬了不少恶念，变得强大了一些，却总觉得距离真正的"他"还差得很远很远。

"他"学会了一种新的情绪——嫉妒。

透过恶念，"他"渐渐明白了男人和女人的差异，也渐渐明白了什么是情欲，跟野兽捕猎没什么区别。

野兽追捕猎物时，会猛扑到猎物的身上，在猎物的咽喉留下鲜明的齿痕，以此宣告猎物的归属权。

"他"已经在艾丝黛拉的手掌上留下了齿痕——看来，她就是自己的猎物。

她是"他"的。

不过，她为什么总是不看"他"？那本书真的让她这样感兴趣吗？

"他"像雄性野兽忌惮另一头雄性野兽那样，对她手上的书产生了深深的忌惮。

蛇在感受到威胁时，蛇尾会发出剧烈的震响。"他"变成蛇，自然也有了蛇的习性。

于是，艾丝黛拉一偏头，就看见洛伊尔冷冰冰地盯着她手上的书，蛇尾咝咝作响，紫蓝色的竖瞳射出攻击性极强的寒光。

艾丝黛拉："……"

她眨巴了两下眼睛，不明白这条小蛇哪儿来的这么大的怨气。她想了想，用手轻轻拍了拍"他"的脑袋，随口哄道："怎么了，我的小蛇？"

她哄完这条蛇，又继续看书，目光在"他"的身上仅停留不到两秒，语气也是非常敷衍了事。

洛伊尔克制住毁掉那本破书的冲动，冷冷地、快速地扫视了它一遍。

那本书由四种语言写成，除了神圣光明语，还有拉丁语、罗曼语以及由波浪线和圆点组成的生僻文字。

随着"他"吞噬的恶念越来越多，其头脑里的知识也越来越多。普通人苦苦研究一辈子的事物，"他"只需要一两秒就能明白。

"他"一眼就看到了"骷髅会"的字眼。

骷髅会，瘴雾，成神。

洛伊尔想起那个女人说的话，紫蓝色的竖瞳狡黠地转了两圈。

假如现在就向艾丝黛拉全盘托出，只能得到她奖励宠物似的奖赏，而"他"早已无法满足于此。

"他"需要的是另一种奖赏，但具体是哪种，"他"也说不清。

等"他"把整个骷髅会攻陷下来，吞噬更多恶念之后，肯定能明白究竟是哪种奖赏。

德蒙·皮埃尔是骷髅会在边境分会的小头目，他在黑黢黢的冷杉林里站了一晚上，终于等到了黑暗气息最浓重的时刻。

他环视四周，抬起双手，示意祭祀仪式可以开始了。

身材高大的骷髅会教徒立刻围住一口打开的棺材，对着棺材里浓稠的血水念诵拗口的咒语。

这些教徒均是身强体壮的白人男子——骷髅会和神殿一样，拒绝女子以及有色人种加入。

他们身穿黑色的长斗篷，手中握着鲜血淋漓的骷髅头。

棺材里是浸泡在牲口油脂和血水里的尸骨。仪式结束后，为了表示对黑暗神的忠诚，他们还要排队膜拜棺材里的污血秽物。

这只是例行祭祀。正如神殿从未在祭台上得到光明神的回应一样，两百多年来，他们也从未得到黑暗神的回应。不过他们相信，只要献祭的物品足够丰美，献祭的心足够虔诚，总有一天黑暗神会降下神迹。

德蒙虽然是骷髅会的小头目，却不是因为信奉黑暗神才加入的骷髅会，而是因为骷髅会成员的身份可以让他肆无忌惮地作恶。

他嗤笑着环视虔诚念咒的教徒，觉得他们是一群脑子不清醒的傻瓜。这个世界上怎么可能有神？

神殿裁判所一年烧死将近六千名异教徒，在那里，鞭子、车轮、木马只不过是最普通的刑罚，重刑犯所遭受的刑罚更是触目惊心，神殿裁判所甚至一度严禁民间议论此事。

骷髅会的手段则比神殿更加残忍。

如果真的有神的话，为什么不替民众管管这些邪恶的信徒呢？

当然，德蒙这么想，并不是因为他怜悯那些被蒙骗的民众，而是因为他鄙夷那些虔诚的信徒，觉得他们是一群被教会操纵的蠢货。

他们真的太蠢了，对神那么虔诚，却还是小小的教徒，而他对神是如此不敬，却爬到了现在的高位，比那些蠢货要聪明太多了。

想到这里，德蒙不禁得意扬扬起来。

他本以为今天的祭祀也会像之前一样毫无动静，谁知念咒的声音刚停，无边无际的黑雾便从四面八方汹涌而来。

这黑雾绝对不是普通的夜雾。

黑雾还未彻底蔓延过来，德蒙就感受到了一股刺骨的凉意。

他控制不住地打了个寒战。

黑雾仿佛无孔不入的瘟疫，将山峦、田野和黑黢黢的冷杉林感染成黑色，连高悬于夜空的明月都逃不过它的摧残。

刹那间，整个世界都陷入了黑暗中。

难道说这个世界真的有黑暗神？德蒙惊疑不定地张望四周。

那他刚才想的那些大逆不道的话语，岂不是全被黑暗神听见了？

德蒙的头上冒出一层密密麻麻的冷汗。

与此同时，棺材里发出森冷的、邪恶的、令人目眩神迷的白光。

骸骨死而复生。

浸泡在血水里的人类骸髅缓缓站立起来，头颅、手脚、关节均像活人一样灵活而轻巧。

它转动头颅，用两个恶鬼一般恐怖的眼洞扫向骸髅会的成员。

德蒙的冷汗冒得更加厉害，浑身止不住地颤抖。

尽管骸髅并没有触碰到他，他却感觉自己的精气神在迅速流失。几乎是眨眼间，他就像枯败的植物一般委顿下去。他原本打算祭祀结束后，去折磨几个人助助兴，现在一点儿那种想法都没有了。骸髅把他的恶念啃噬得干干净净，他现在整个人疲惫不堪，心中除了恐惧还是恐惧。

这个世界真的有神！除了神，还有谁能做到这种程度？

德蒙双膝一软，跪在了地上。

其他教徒也纷纷跪倒在地。

洛伊尔垂下头颅，看向森白可怖的骸髅手掌。

刚刚，"他"又学会了一项新技能，懂得了分辨美丑。

"他"现在这个模样，可以说很丑陋，很恐怖，若自己贸然出现在艾丝黛拉的面前，肯定会招致她的厌恶。

"他"需要一具强大而完美的躯壳，以及一副符合艾丝黛拉审美的面孔，然后才能出现在她的面前，以人类男性的身份去讨要自己想要的奖励。

"从今天起，"洛伊尔微启唇，声音低沉嘶哑，"我是你们的主人。你们敬畏我、信仰我，奉我的名祭物供物，我便庇佑你们。你们若背叛我、厌弃我，不听我的差遣，我便惩罚你们。"

"他"的话音落下，德蒙第一个满脸狂热地表示臣服，其他教徒也无比狂热地磕头。

洛伊尔一脸愕然地看向骨手。

原来，除了恶念，"他"还能从信仰中汲取力量。

很好，"他"向艾丝黛拉讨要奖励的筹码又多了一样。

第五章
交锋

半个月后，玛戈完成了艾丝黛拉交给她的任务。

她们雇了一辆套着两匹马的轿式马车，准备前往教区神殿。

马车夫一边抽着烟，一边目不转睛地打量艾丝黛拉。

他第一次看见美成这样的少女——几乎带上了辛辣的刺激力，仿佛多看她一眼，就要被她的美貌刺扎一下。

她戴着一顶装饰了白鹭鸶羽毛的阔边草帽，浓密的黑发被编成一条粗大的辫子，沉甸甸地搁在肩上，下垂的帽檐遮住了她半边脸庞。从马车夫的角度望去，只能看见她挺拔的鼻尖和两片鲜红的薄唇。

尽管看不见她的正脸，但她露出来的珍珠般洁白的牙齿、鹅蛋般秀美的下颌、优雅而美丽的肩颈线，无一不昭示着她是一个难得的小美人。

马车夫望着望着，不禁生出了邪心。

他不是一个好人，经常借着职务之便，占一些贵族小姐的便宜。那些贵族小姐均受过良好的教育，知道贞洁是她们最重要的东西，所以无论他怎样作恶，都没有披露他的无耻行径。今天，他又想故技重施了。

就在这时，艾丝黛拉忽然抬起宽大的帽檐，充满恶意地看了他一眼。

马车夫被她的眼神吓了一跳。

他还是第一次在一个少女的眼中看见这样纯粹的恶意，简直像被魔鬼附身了一样。

马车夫咽了一口唾液，擦了擦额上的冷汗。

等他再望过去时，艾丝黛拉已变了一副模样：她歪着头，像孩子似的用手缠绕着脖子上的绸帽带。仅仅看这天真无邪的举动，谁也不会把她和"魔鬼"两个字联系起来。

也许是他看错了。

想想也是，他又不是第一次偷看那些漂亮的贵族小姐。

以往那些贵族小姐被偷看时，要么羞得满脸通红，要么急切地避开他的目光，没有哪个贵族小姐会用这种充满恶意的目光回望过来，肯定是他看错了。

马车夫重重地抽了一口烟，正要继续欣赏漂亮的女雇主，却再一次对上了艾丝黛拉的眼神。

这一回，他确信自己没有看错——尽管艾丝黛拉的脸上挂着两个甜美的小酒窝，眼神却冷锐如鹞鹰，而且是那种已经用爪子钩住猎物的鹞鹰。

她一边充满恶意地看着他，一边把玩手上的小刀——假如她真的天真无邪，绝不可能随身携带一把开了刃的小刀。

他再看下去，绝对会出事。

马车夫连忙低下头，佯装忙碌，拍打着马脖子，后背却缓缓渗出一层冷汗。这个女孩太诡异了！

他打定主意，接下来就算艾丝黛拉主动搭话，他也绝不乱看乱瞟，性命重要。

艾丝黛拉完全不知道马车夫的心理活动，她只是想警告他老实赶车，别想有的没的。谁能想到，简单的两次对视，竟让他像夹紧尾巴的狗一样温驯听话。

她摇了摇头，坐进了车厢。

教区神殿距离司铎的住所大概三个小时的车程。艾丝黛拉看着窗外后退的风景，无意识地抚摸了一下手上的蛇镯。

这段时间，洛伊尔极容易焦躁不安，有时候她和玛戈多说两句话，洛伊尔都会进入攻击状态，对着玛戈震颤蛇尾。

艾丝黛拉只是喜欢蛇的外形，并不了解蛇的习性（蛇毒倒是了解不少），不禁暗暗琢磨，难道是洛伊尔进入发情期了？

可洛伊尔不是一片黑雾吗？黑雾也会产生繁殖的冲动？

艾丝黛拉头一回觉得触及了知识盲区。

她一脸迷茫，思考了一会儿，就把洛伊尔抛到脑后了。等她忙完了手头的事，再去解决他的繁殖冲动也不迟，她现在脑子里只有神殿。

四个小时后，马车穿过黑漆漆的冷杉林，进入教区神殿的范围，宏伟壮观的白色建筑群赫然在望。

最先映入眼帘的，是一片翠绿色的草地，后面是空旷的广场，以及城堡般高大典雅的象牙色殿堂，殿尖高耸入云。听说每一座神殿的位置，都是无数建筑师精细计算的成果，直到能让阳光自然洒落在落地窗的地板上，营造出神圣感。这座神殿也不例外，在灿烂金光的笼罩下，简直像传说中神明居住的宫殿。

玛戈在艾丝黛拉的耳边低声说道："主人，这里到处是禁魔石，您一定要小心。我在教区的旅馆等您的消息。"

艾丝黛拉拍了拍她的手背："你放心。"然后艾丝黛拉在她担忧的目光里走下马车，走向神殿的侧门。

每天都会有数不清的神女被主教或司铎推荐到教区神殿，这些被推荐的神女，大多是家中不受重视的女孩，为了家族被神眷顾才来到这里。

她们穿着白色斗篷，低眉顺眼地排成一列，安静地从侧门走进神殿。

艾丝黛拉将推荐信递给守侧门的护卫，很快被允许进入神殿。

进去之前，她瞥了一眼神殿正门的方向。

迟早有一天，她会光明正大地从正门进去。

递交推荐信只是成为神女的第一步，接下来，她还要脱下衣服，包括内衣，让老神女检查身体，记录身上各个部位的尺寸。

老神女原以为会看见一个战战兢兢、羞愤欲死的少女，没想到艾丝黛拉脱完衣服就坐了下来，神色慵懒地翻看一本书，完全没有赤身裸体的羞耻感。

她见老神女进来，对老神女微微额首，站起身，优雅地张开双臂，就像是恩赐对方过来欣赏自己美丽的胴体一般。

老神女："……"

老神女面无表情地检查完她的身体，冷冷地道："腰围 22 英寸，你是乡下来的？"

艾丝黛拉从容不迫地穿上衣服："您为什么这么说？"

"我们这儿的大多数神女都是贵族小姐，都上过贵族学校。"老神女说，"贵族学校要求女孩的腰围每个月要减少 1 英寸。有的刻苦的女孩，甚至会把自己的腰勒到 13 英寸[1]。像你这么粗的腰，如果是贵族的话，早就被踢出学校了！"

艾丝黛拉似笑非笑地道："是吗？"

"你以为我在骗你这个小村妇？"老神女嘟囔，"我跟你实话实说吧，女人的器官非常脆弱，尤其是子宫，如果不用束腰带固定住的话，它会在身体里到处乱跑[2]！别以为你长得漂亮，就可以不束腰，子宫是你最重要的器官，要是不保护好，你会和我一样变成没人要的老处女。"

艾丝黛拉原本眉头微皱，听到后半句话，眉毛又舒展开来。

她微微一笑："是吗？您可能不知道，我这辈子最大的梦想，就是像您一样活得自由自在。没有丈夫管束，多好的生活呀！"

老神女因为为人刻板，总是被年轻人排挤，说她身上有一股腐朽的老处女的气味。她原以为艾丝黛拉和那些年轻人一样牙尖嘴利，谁知艾丝黛拉居然说出了这样一番话，语气不带一丝嘲讽，她不由得对艾丝黛拉大为改观。

老神女冷哼一声，没再刁难艾丝黛拉，给她安排了一个采光不错的房间。

艾丝黛拉在屋子里换好了神女的法衣，一条镶金边的白绸裙子，没有任何花纹。耳环、头饰和手镯都要摘下来，除非是对神女有特殊意义的首饰，这样的首饰，每位神女只允许留下一件，艾丝黛拉留下了洛伊尔。

不知为什么，她一踏进神殿，洛伊尔就安静下来，像是去了一个她无法触及的地方。

不过她并不担心，对她而言，洛伊尔的存在仅是锦上添花，有没有洛伊

1　参考 [英] 露丝·古德曼《成为一名维多利亚人》，里面写道，紧身胸衣时代，一些女性的腰围竟然从 23 英寸（58 厘米）瘦到了病态的 13 英寸（33 厘米）。

2　"子宫会在女人的体内四处游走"的理论出自古希腊的"医学之父"希波克拉底，该理论早已过时。

尔都一样。就算没有洛伊尔，她也有信心对抗神殿。

同一时刻，洛伊尔站在冷杉林深处，吞噬完了那名马车夫的精气神和邪念。

"他"非常厌恶旁人觊觎艾丝黛拉，即使只是想想也无法忍受。

"他"别过头，望向冷杉林外的神殿。

这座神殿似乎也能给予"他"力量，不管是信仰还是欲念。

"他"能从这座神殿中感受到色欲、贪婪，还有如饕餮一般无止境的强烈食欲……人类史上的七原罪都能从这片神圣的土地上攫取到。

"他"被这座神殿滋养着，力量在无限膨胀。有那么一瞬间，黑雾几乎浓重如实质。

这个地方，可能和"他"的来历有关。

洛伊尔沉思了一下，快如闪电地潜入神殿，随手抓了一个年轻神甫，附在他的身上，强硬地夺取了他身体的掌控权。

洛伊尔控制这具躯体的一刹那，就皱紧了眉头，男性的躯体比自己想象的还要脆弱，太容易被欲望控制了。

在这具脆弱的躯体里，洛伊尔仅仅是想了一下艾丝黛拉，就生出一种无法形容的焦灼感，骨头缝里也传来一阵隐秘的抽痛。这是蛇身从未给予"他"的感受。

这时，另一个年轻神甫推门进来，开口说道："克莱德，你走大运了！主教派你去给新来的小姑娘讲课，里面有个叫'艾丝黛拉'的小姑娘，长得特别漂亮，就是不知道脑子怎么样，能不能背下那么多书……不过你知道的，女人嘛，都天生愚笨，可能需要你多花些心思了。"

话音刚落，年轻神甫就被洛伊尔一只手拽住了衣领。

洛伊尔并没有大动干戈，只是冷冷地扫他一眼："注意你的言辞。"

年轻神甫虽然不知道要注意什么言辞，却明白眼前的"克莱德"绝对惹不得，连忙一个劲儿地连连点头。"克莱德"的五官原本有一种贵族的正派的俊美，现在却变得异常冷漠，充满了绝对的压迫感和威慑力，旁人一看就有种臣服的冲动。

"我错了，我错了……"年轻神甫哀求道，"我以后不会乱说话了，松手吧，克莱德，我真的知道错了！"

洛伊尔松开了手。

他看也没看一眼不停擦冷汗的年轻神甫，理了理长法衣里的白色衣领，走了出去。

年轻神甫愣愣地看着"克莱德"，觉得他像被什么东西附身了。

刚刚他理衣领的动作，走出去的姿态，竟然有一种浑然天成的威严气势，以及一种不可侵犯的、强大的魅力，让人不敢在他的面前大声呼吸。

难道说克莱德真的被什么东西附身了吗？

应该是他的错觉，神殿里怎么可能出现附身的邪祟。他晃了晃脑袋，打消了疑虑。

艾丝黛拉走进神殿上课的地方，正在七嘴八舌聊天的女孩们一下子安静下来，她们好奇地打量着新来的神女。

这些女孩的年纪都很小，不过十六七岁，穿着紧绷绷的束腰，面庞呈现出病态的苍白。为了迎合神殿的审美，她们在脸颊和嘴唇上都涂了白色的铅粉，一张张稚嫩的小脸浮现不健康的病气。

艾丝黛拉的面貌却和她们完全不一样，她的皮肤虽然白皙，却不是那种贫血的苍白，脸庞、脖颈和耳垂都透着娇美的玫瑰红。她的嘴唇更是红得诱人，微微张开的嘴唇里是洁白的牙齿，衬得她的嘴唇更红了，红得几乎带上了凶狠的、邪性的侵略意味。

这是一张与神殿审美完全相悖的脸庞。

神殿希望女子温和内向，毕生顺从自己的丈夫和命运，不在脸上涂抹象征着罪恶的脂粉。

一时间，女孩们面面相觑，愣在原地，不知该不该上前打招呼。

艾丝黛拉朝她们微微颔首，不管她们的态度是疏远还是忌惮，都波澜不惊。她选了一个空位坐下，随手拿起一本书看了起来。

一个圆脸女孩左看看右看看，跑到她的身边坐下，在她的耳边小声说道："你不要介意，不是她们不理你，而是神殿的规矩……"

圆脸女孩欲言又止，想了半天，掏出一罐铅粉，塞到艾丝黛拉的手里："神甫和凯瑟琳嬷嬷马上要来了，如果凯瑟琳嬷嬷看见你的嘴唇红成这样，会用藤条抽你的！你赶紧涂一下！"

艾丝黛拉接过罐子，用几根手指把玩了一圈，别过头，学着圆脸女孩的样子，凑到她的耳边低笑着问道："你知道这个有毒吗？"

她的声音压得很低，带着善意的笑容，如同一滴甜蜜的蜂蜜滴进了圆脸女孩的耳朵里。

女孩的脸立刻红了，小声嗫嚅："我……我不知道，这个真的有毒吗？"

艾丝黛拉却答非所问："你涂这个多久了？"

"没涂多久，也就一两个月。"

"你每次涂了它以后，是不是都觉得心浮气躁，食欲不振，肠胃绞痛？"

圆脸女孩满脸诧异地问道："你怎么知道？你也有这些烦恼？凯瑟琳嬷嬷说这是富贵病，是对我们又懒又馋的惩罚。她说，只要我们少吃一点儿，把腰勒紧一点儿，就不会有这么多毛病了。"

"傻姑娘，"艾丝黛拉温和地叹息，"你这是中毒了。我母亲就是因为它，在我很小的时候就去世了。"

没人会拿父母开玩笑，单纯的圆脸女孩立马相信了她的话，点头应和："对不起，让你想起了伤心事。以后我会少涂这个的，谢谢你告诉我这些。"

艾丝黛拉托起圆脸女孩的下巴，用手帕擦掉了她嘴唇上最里面的铅粉，微笑着说道："不客气。"

她的身上本就有一种迷人的、亲切的、讨人喜欢的力量，当她主动亲近一个人时，这种力量更是被发挥到极致。

一时间，圆脸女孩对她的好感都要溢出来了。

就在这时，神甫和凯瑟琳嬷嬷走了进来。

教室里一下子变得落针可闻。

神甫出乎意料年轻英俊，身穿简朴的长法衣，银色纽扣从衣摆一直系到领口的最上方，里面是白袍、马裤，脚上穿的是擦得锃亮的牛皮短靴。

他的神色显得极为冷漠，那是一种高高在上、漠视一切、缺乏人情味的冷漠。垂怜众生的至高神使的眼神和他比起来，都是那么和蔼可亲。

他一边听着凯瑟琳嬷嬷的话，一边微微点头，目光冷淡而缓慢地从教室里女孩的脸上扫过。

最终，他的目光定在了艾丝黛拉的脸上。

艾丝黛拉的注意力却不在他身上。

她用拳头支着脸颊，一脸感兴趣地听着凯瑟琳嬷嬷的话。

凯瑟琳嬷嬷说："你们进入神殿，就成了神一辈子的仆人，这是你们的荣幸和福分。你们要用所有的爱去爱神，只有当你们掏心掏肺地爱'他'时，才能成为真正的神女。你们要记住，神是全知全能的，你们如有半点儿不虔诚、不洁净，神都能看见！"真有意思，神殿明明一直声称神没有性别，所有人却都以"他"称呼神。

说到这里，她开始威严地扫视台下的神女，像在检查她们的仪容。

忽然，她的目光像用爪子抓住鸟儿的鸥鹰一样，狠狠地抓在了艾丝黛拉身上。

"你，新来的神女，"凯瑟琳嬷嬷冷冷地开口道，"你来到这里之前，没读过《颂光经》吗？你为什么把嘴唇涂得那么红？你难道不知道神最不喜爱红色吗？"

凯瑟琳嬷嬷的话音落下，所有女孩都看向艾丝黛拉。

有的女孩满眼迷惑，不明白艾丝黛拉为什么这么做；有的女孩则一脸嘲讽，抱着胳膊等着看好戏；更多的女孩双眼空洞，像围栏里的绵羊一样温驯，并不关心外界发生了什么。她们转头望向艾丝黛拉，只是一种惯性而已。

圆脸女孩刚来没多久，还没有被驯服，连忙举手说道："嬷嬷，您也知道她是新来的，不熟悉《颂光经》很正常。而且，她也没有故意涂红唇呀，她的嘴唇天生就这样红！"

"闭嘴。"凯瑟琳嬷嬷呵斥道，"我让你说话了吗？还是说，你想和她一起挨藤条？"

圆脸女孩瑟缩了一下，闭上了嘴。

凯瑟琳嬷嬷严厉地道："天生嘴红就涂铅粉，这里又不止你一个嘴红。你要是家境贫寒，就到我这儿来赊一罐铅粉，以后连本带利还给我就是了。"

艾丝黛拉明白了，怪不得这里的女孩都涂铅粉，原来是有利可图。

她轻笑一声，站起身，对着凯瑟琳嬷嬷行了一个标准的神女礼节。

凯瑟琳嬷嬷本想挑剔她的礼节，抽她一顿，让她滚出去罚站，谁知她每一根手指的朝向都是正确的，即使是最苛刻的礼仪老师也挑不出错误。凯瑟琳嬷嬷憋了半天，只憋出一句："上课的时候不必行礼。"但只要她不行礼，凯瑟琳嬷嬷就会以不尊重长辈为由把她逐出课堂。

凯瑟琳嬷嬷的心思怎么可能逃过艾丝黛拉的眼睛。

她莞尔一笑，没有点明，而是抬头望向不远处不言语的神甫："神甫大人，接下来我要说一些诚实却不动听的话，请您保护我不受责罚。"

洛伊尔平静且专注地看着她。她果然聪明又敏锐，即使没有看他，也洞悉了他对她特别的关注。于是，她毫不留情地把他当成了可利用的工具。

他心甘情愿，非常乐意。

洛伊尔颔首，声音低哑地吐出一个字："好。"

凯瑟琳嬷嬷冷笑道："神告诉我们，诚实的话必然是动听的。我很好奇，你要说出怎样一番诚实却不动听的话。"

艾丝黛拉狡黠地笑了笑，满足了她的好奇心："嬷嬷，您最近不是经常喉咙发干，无故流冷汗，肚子绞痛，小解困难？"

凯瑟琳嬷嬷的脸色顿时变了。

她最近的烦恼全被艾丝黛拉说中了——其实也不是最近，这些烦恼至少困扰了她几年。她被医官用神力治愈以后病情又会反复，久而久之，她就疑心这压根儿不是病而是神罚，不敢再找医官治疗，慢慢地，她连脸部都开始溃烂，不得不贴上贴纸，掩盖那些丑陋的斑点。

她心虚极了，下意识地提高音量："是又怎么样？你也不看看我多少岁了，哪个老人家的身体没点儿毛病？"

艾丝黛拉摇摇头，轻言细语地道："您错了，您并不是生病了。"

"不是生病那是什么？"凯瑟琳嬷嬷更心虚了。

"是中毒了。"艾丝黛拉说，"您经常在脸上、嘴上涂抹的铅粉，含有砷毒。不只您，教室里其他涂抹铅粉的女孩，或多或少也中了砷毒。现在停止涂抹铅粉，喝下解毒剂，或许还来得及挽救她们的生命。"

艾丝黛拉这句话说完，一些女孩已开始擦掉脸上的铅粉。

凯瑟琳嬷嬷虽然已经相信铅粉有毒，却不肯舍弃卖铅粉的路子——要是她同意那些女孩今后不擦铅粉，她囤积的铅粉就卖不出去了，那是多大一笔钱呀！

凯瑟琳嬷嬷呵斥道："都住手，不许擦！你们都忘了我的教导了吗？一切以神为大，只要神一天不喜红色，你们就得涂这铅粉！有毒又怎样？神要是知道你们因为惧怕这点儿毒素，就舍弃了对神的虔敬，等你们真正出事时，神还会管你们吗？"

话是这么说，凯瑟琳嬷嬷的额头上却冒出了一层冷汗。她只想赚钱，不想被毒死，回去以后她一定要漱几十遍口，把嘴上的铅粉都洗掉。但是以后怎么办？还涂铅粉吗？她不知道。

她抱着一种愚昧的期望：也许砷毒并没有这个妮子说的那么可怕，只要她勤看医官就行了。至于那些女孩中毒了怎么办，她不知道，也没想过，不关她的事。

艾丝黛拉的话却打破了她的幻想："嬷嬷，砷毒是剧毒，有一种砷毒甚至能瞬间致人死亡。而且，神从来没有说过，他不喜爱红色。"

艾丝黛拉说完，不等她反驳，微笑着拿出一本《颂光经》，双手呈上："您要是不信，我可以把里面神的话语都背诵一遍。"

凯瑟琳嬷嬷："……"

这个小姑娘也太狂妄了！

想要擦嘴却被呵斥住的女孩们："……"

她们到底是擦嘴呢，还是擦嘴呢，还是擦嘴呢？

圆脸女孩看呆了。她没想到艾丝黛拉不仅眉眼美得充满侵略性，一举一动也像玫瑰棘刺般扎人。艾丝黛拉居然把凯瑟琳嬷嬷撑得哑口无言，要知道，凯瑟琳可是神殿里出了名的刻薄嬷嬷，经常为了一点儿小事，就用藤条把班上的女孩抽得浑身是血。

可她却没办法惩罚艾丝黛拉，因为她自己说了，"诚实的话必然是动听的"，也间接承认了"铅粉是有毒的"。

现在，艾丝黛拉又拿出了《颂光经》，除非凯瑟琳嬷嬷能证明她背的《颂光经》是错误的，否则只能在旁边干瞪眼。

果然，凯瑟琳嬷嬷惊讶之后，就走过来，接过了《颂光经》，冷笑道："是吗？看来你是一个天才，做神女真是可惜了，你应该去当神学教授才对——手伸出来，摊开，对，就是这样。背吧，你要是背错一个字，我就抽你一藤条，让你知道说大话的后果。"

艾丝黛拉十分从容地照做了。

洛伊尔将目光投向凯瑟琳嬷嬷的身上。

他的眼神不再是目空一切、洞察一切的漠然，变得极幽深、极可怖，只有当魔鬼想要人下地狱时，才会露出这样冷若冰霜的神色。

当艾丝黛拉一字不落地背完《颂光经》时，整个教室都安静了。

她不仅背出了神的语录，连神在说这句话之前发生了什么，都一字不差地背了出来。

女孩们手边都有《颂光经》，她背的是正确的还是错误的，一看便知。

而且，她们也背过《颂光经》，虽然只是节选，却也知道这本书到底有多难背。与其说这是一本书，不如说是一本详尽的编年史，记载了神与不同时代的信徒的对话。每一个信徒的背景、身份、国家都不一样，有贫有富，子女繁多，姓名与姓名之间也毫无关联。

她们曾因为背错年份，挨了不少藤条，艾丝黛拉却一个数字也没有背错。凯瑟琳嬷嬷没说错，她的确是一个天才。

凯瑟琳嬷嬷看着女孩们纷纷朝艾丝黛拉投去佩服和崇拜的目光，气得手直颤抖。这不是她想要的结果，她想要的结果是这个多嘴多舌的女孩因为背错几个字而被藤条抽得皮开肉绽！

然而表面上，她只能挤出一个虚伪的笑容，夸奖道："你背得很好，即使是神学院的学生，也没有你背得流畅。但你看，没有哪一句写了神喜欢红色。"

艾丝黛拉颔首，语气带了一丝玩味。

"是的，没有哪一句写了神喜欢红色，也没有哪一句写了神不喜欢红色啊。所以，我才想请教嬷嬷，"她歪了歪脑袋，故作天真地问道，"您是怎么知道，神不想看见我们的嘴唇是红色的呢？"

凯瑟琳嬷嬷听见这句话，额头顿时遍布冷汗。

的确，《颂光经》上并没有写神不喜欢红色，是他们这些人为了在神殿里敛财，让那些单纯的神女涂抹她们贩卖的铅粉，故意把红色和邪恶画上了等号。

毕竟，不管是旧教还是新教，都认为生育是神明给予女子的惩罚，尤其是月经，每月流一次鲜血，更是她们罪愆的证明。女孩们一直在承受鲜血淋漓的罪罚，自然会觉得鲜血是污秽的，从而坚信不疑他们的谣言。

不对，不能算是谣言，红色一直是恶魔的象征。神说过，他的眼不看邪僻，不看虚妄。红色作为恶魔的颜色，当然既是邪僻，也是虚妄。

凯瑟琳嬷嬷想到这里，长舒了一口气。

她努力装出慈眉善目的样子，把这些观点说了出来。

女孩们认真地听她讲话，一边听一边点头，觉得她说得有道理，并没有因为她曾虐待她们，就对她心怀怨恨，不再相信她说出的每一个字。

谁知凯瑟琳嬷嬷的话音刚落，艾丝黛拉就笑了，像是在等她说出这些话一般。

凯瑟琳嬷嬷的心"咯噔"了一下。

艾丝黛拉柔声说道："嬷嬷，红色象征恶魔，只是民间的说法，民间的说法怎么能代表神意呢？还是说，您认为神容易偏听偏信，别人说什么，他就信什么？"

"当然不是……"凯瑟琳嬷嬷反驳道，声音却气若游丝，根本不能给予人信服的感觉。

"玫瑰有红色的，神禁止人们以玫瑰示爱了吗？火焰也有红色的，神禁止裁判所对异教徒处以火刑了吗？阳光有时候也是红色的，神禁止人们晒太阳了吗？"艾丝黛拉的笑容越发甜美，声音也越发温柔，"我劝嬷嬷收回刚才那些话，要是被有心人传到神使的耳朵里……嬷嬷失去的可就不只是钱财了。"

话音落下，艾丝黛拉意味深长地看了她一眼。

凯瑟琳嬷嬷被看后却如遭雷劈。

这个看似稚嫩的女孩什么都知道！她不仅记忆力出色，眼力也出色，一下子就看透了自己，知道自己是为了钱财才强迫那些女孩涂抹铅粉的。

有那么一瞬间，凯瑟琳嬷嬷的脸色变得比纸还白。这件事要是被神使知道了，她失去的当然不可能只有钱财，还有性命！

她头脑发晕，几乎是佝偻着身子走到艾丝黛拉的身边，浑身轻颤着，几不可闻道："你太聪明了……你不是来当神女的，神女只能在神殿里孤独终老，你究竟是来干什么的？"

艾丝黛拉莞尔一笑，同样几不可闻地道："您错了，我就是来当神女的，我想当至高神殿的神女。"

"至高神殿没有神女。"凯瑟琳嬷嬷看着她的眼睛，"你能背下《颂光经》，我不信你不知道。"

"我知道，所以我才想当。"

凯瑟琳嬷嬷深深地看了她片刻："我会把你引荐给教区的神使。"

艾丝黛拉微微颔首。"谢谢嬷嬷。作为交换，嬷嬷做过的事情我也可以当不知道。只是，您可不能再让这些女孩涂铅粉了，"她的目光和语气在一秒内变得极为复杂，"她们本就疾病缠身了。"

凯瑟琳嬷嬷察觉到她语气中的复杂情绪，没有多想，只当她是在可怜那些女孩。凯瑟琳嬷嬷却不知道，她压根儿就没有怜悯的情感。

凯瑟琳嬷嬷摆摆手："知道了知道了，我会买些葡萄酒给她们解毒的。"

葡萄酒的确是有效的解毒剂。

艾丝黛拉拍手赞同，这件事就算过去了。

凯瑟琳嬷嬷长长地吐出一口气，她决定把艾丝黛拉引荐给神使后，就再也不见这个邪乎的小姑娘。

距离下课还有几分钟，凯瑟琳嬷嬷上台简短地说了几句话后，就宣布休息，带着年轻神甫离开了。

艾丝黛拉勾了勾嘴角，拿起桌上的《颂光经》，刚要起身回房，下一秒就被热情的小姑娘吞没了。

这是她想要的结果，进入神殿之后，让所有人注意到她，喜欢上她，为她渎神的计划铺路。

可当她真被这些小姑娘亲吻拥抱时，却情不自禁地露出茫然的神色。

自从出生起，她就没有见过这么多同龄人。

她扮演了好几年天真无邪的小姑娘，直到这时，她脸上才真正露出了天真的表情。

凯瑟琳嬷嬷一边走，一边哼歌。

艾丝黛拉答应不把这件事捅到神使那儿去，她少了一个大麻烦，心情好极了，完全没想过要是没有艾丝黛拉，她根本不会有这些麻烦。

走到拐角处时，她忽然发现一直有人跟在身后。

她没有当回事，觉得有可能是同路，这里毕竟是神殿，没人会在神的目光下行凶。

谁知她刚刚走进拱廊的阴影里，脖子就被一只结实的手强硬地扣住。

凯瑟琳嬷嬷惊诧地瞪大眼，回头一看，居然看见了一张熟悉的英俊脸庞——是那个和她一起上课的年轻神甫。

她认识他，他叫克莱德，是一位相当虔诚且受人尊敬的神甫，不近女色，也不爱钱财，日子过得非常简朴，却经常无偿为穷苦的人家祷告，帮他们主持婚礼和葬礼，请他们享用圣餐。

可是此时，他无比冷漠地看着她，就像在看一头可以随意宰杀的牲畜。他生出了杀意，想要杀死她！

"克莱德神甫……"凯瑟琳嬷嬷声音嘶哑地说，"您为什么要这样做？"

为什么？因为我闻到了你对艾丝黛拉的恶念，即使只有几秒，我也要对你赶尽杀绝。

洛伊尔神色不变，手臂上的力道逐渐加重。

"克……克莱德神甫，您也发现我是为了钱财，才让那些孩子涂铅粉的吗？"凯瑟琳嬷嬷想来想去，只能想到这个理由，"我知道错了，知道错了！我会带她们去看最好的医官，花钱为她们治病……求求您，饶我一命……我……我想活着……"

随着空气的流失，她布满皱纹的脸庞涨得通红，苍老干瘪的手开始胡乱扑腾。

洛伊尔却不为所动，手劲儿没有一丝一毫减弱。

他极其冷淡地审视着她，就像神审视凡人一样轻蔑。

神怎么可能垂怜凡人？

你见过天、地、山川、江海怜悯凡人吗？

凯瑟琳嬷嬷绝望地闭上了眼睛，干瘪的手无力地垂下。

这是报应。

原来真的有报应，冥冥之中因贪得无厌而得到的一切，都会还回去。她知道错了，懂得忏悔了，再也不会只图眼前的蝇头小利了……假如仁慈的神在聆听她悔过的话，请原谅她这一回吧，她再也不敢了。

这可能是凯瑟琳嬷嬷这辈子最虔诚的时刻。她的脉管里从未流动过如此赤诚的血液，她的胸腔里也从未涨满过如此炽热的宗教情感。

人只有到了万不得已的时候，才会对忏悔充满热情。

她的呼吸越发微弱，心中的祝祷却越发虔敬。她从未如此痛恨从前的自己，假如再来一次，她绝对不会做贩卖铅粉的缺德事。

这时，大量的新鲜空气猛地涌入她的肺部。

凯瑟琳嬷嬷"扑通"跪倒在地，双手撑着地板，剧烈地咳嗽着。

她的祷告灵验了。

感谢仁爱的神，饶了她一命，她以后绝对不会再作恶了。

对了，刚刚掐她的是谁来着？她为什么一点儿印象都没有了？

洛伊尔大步离开了拱廊。

他走到神殿中央的喷泉旁边，双手撑在冰凉的白色大理石上，狠狠地闭了一下眼睛。

他听见了凯瑟琳嬷嬷的祝祷，于是无法控制地松了手。

她的祷告激发了他体内的一丝神性，使他清醒过来。他不知道自己为什么会有神性，也不知道自己为什么要松手，只知道自己似乎又犯错了。

为什么是"又"？

难道他以前有过欲望、冲动和嫉妒，甚至幻想过成为一个男人？

然而，他绝不该成为一个男人。

有性别就会有弱点，他应该凌驾于性别之上，不看尘世间的事情。

然而他却试图成为一个男人，用男人的眼睛打量世界，用男人的头脑理解爱欲。

他感觉自己的精神裂开了一条微小的纹路，再也回不到从前那种神圣不可侵犯的状态，但他从前究竟是谁，又找不到答案。

他找不到答案的事情还有很多，比如他为什么会变成一团黑雾，又为什么会以恶念为食物。

最重要的是，他不知道自己为什么会对艾丝黛拉感兴趣。

如果只是普通的吞噬恶念，他根本不会想要成为男人，更不会产生欲望和嫉妒。

他是因为艾丝黛拉，才开始学习人世间的俗务；他也是因为艾丝黛拉，才被唤起嫉妒等不洁净的感情。

这就像他注定被她引诱一般。

洛伊尔在大理石上坐下来，一只手撑住额头。

他究竟做了什么？

他隐隐约约地意识到，艾丝黛拉不过是他的创造物。

他创造她的时候，没有任何感情，也没有任何偏爱。

她的性别，她的血肉，她的骨架，跟千千万万的造物一样平凡。

她不是他为自己创造的，他却为她变成了具体的男人。

此刻，他待在男性的躯体里，用男性的头脑思考这件事，就是最好的证明。

男性的躯体是如此野蛮而脆弱，欲念轻而易举就能将其愚弄。

这一丝神性没有使他彻底清醒过来，反而让他学会了新的情绪——后悔，他在欲望的深渊里又下坠了一寸。

更可怕的是，他还是会回到艾丝黛拉的身边，还是会效忠于她，还是会为她甘美的欲念神魂荡漾。

区别在于，他有了这一丝神性以后，会十分清晰且深刻地意识到，这一切是不该发生的。

然后，他用清醒的目光看着自己继续沉沦。

第六章
渴望

艾丝黛拉毫不意外地出名了。

几乎所有人都知道，新来的神女里有一个叫"艾丝黛拉"的女孩，不光长得漂亮，而且头脑异常灵活，几句话就把刻薄的凯瑟琳嬷嬷堵得哑口无言。

最关键的是，她丝毫没有因为自己的聪慧而感到得意，也没有因为让凯瑟琳嬷嬷吃瘪而傲慢不已，待人处事始终亲切又温柔。女孩们都愿意亲近她，跟她说话。

但就像神殿里不止凯瑟琳嬷嬷贩卖铅粉一样，也并不是所有人都喜欢艾丝黛拉。

另外几个被断绝财路的嬷嬷就恨她恨得要死，恨不得把滚烫的热油灌进她那张多嘴多舌的小嘴里。

尽管凯瑟琳嬷嬷曾苦口婆心地劝她们换一条财路，但要她们舍弃囤积在小隔间的铅粉，无异于在她们身上剜下一块肉。她们原本可以大赚一笔的，都怪艾丝黛拉！

几个嬷嬷凑在一起，开始讨论怎么惩治艾丝黛拉。

她们能在神殿里贩卖铅粉，自然有进货卖货的渠道和人脉。那些唯利是图的行脚商人，能给她们提供一切可以买卖的东西。

嬷嬷们集思广益，翻遍了图书馆里的古籍，终于想出了一个绝佳的惩治办法——诱骗艾丝黛拉喝下"爱情药水"，让她失去贞洁和声望，被狠狠地赶出神殿！

几个嬷嬷兴奋得直搓手，越想越觉得这个办法可行。

试想，一个庄重自尊的女孩，刚成为神女，就靠聪慧的头脑赢得了所有人的喜爱，却在旦夕间变得放荡不堪，跟男人——并且有可能是洁身自好的神甫——行苟且之事，她会被人怎样议论呢？

她会被尖刻的谣言害死，被积少成多的唾沫星子淹死。即使她被赶出神殿，也会被人戳着脊梁骨恶毒地咒骂。她的脸蛋再漂亮也没用，头脑再聪明也没用，女人一旦背上不贞的骂名，一生就结束了，哪怕她的身体还活着，她的精神也已经死了。

嬷嬷们越想越兴奋，当即展开行动。

她们在行脚商那儿买下了所有能制成"爱情药水"的材料，比如刺荨麻、红罂粟、鳄鱼卵、犀角粉，以及蜥蜴的眼睛。这些都是她们在古籍上看到的配方，其中刺荨麻的配方来自亚述帝国的楔形文字板，鳄鱼卵、蜥蜴眼、犀角粉则来自神秘的东方。

神殿禁止神职人员炼药，一旦发现，即是重刑。

几个老嬷嬷为了毁掉艾丝黛拉的一生，不得不在几平方米的小隔间里，睁着一双半瞎的老眼，轮流守着炼药炉。

因为隔间十分窄小，嬷嬷们只能挨着药材坐下。谁知没过多久，她们的皮肤就被刺荨麻蜇得又刺又痒。她们一边龇牙咧嘴地挠痒痒，一边被炼药炉散发出来的热气闷得满头大汗，差点儿晕厥过去。

就这样，三天之后，嬷嬷们历经苦难熬制出来的"爱情药水"出炉了。

尽管为了这瓶药水，她们失眠了好几天，青黑的眼圈拖到了蜡黄的脸颊上，胳膊腿上全是刺荨麻蜇出来的毒包，但想到艾丝黛拉马上要失去现有的一切，她们兴奋地狂笑起来。

艾丝黛拉睡了一个不太美妙的午觉，面色阴郁地坐起身，伸了个懒腰，懒散地披上神女的法衣。

她梦见了死去的母亲。

她一直以为母亲对自己的影响很小，小到可以忽略不计，现在她才发现，自己可能从未忘记母亲苍白的脸庞。

她的母亲是一个美丽而庸俗的女人，出身贵族，头脑简单得让人相信她的灵魂是纯白色的。她相当迷信，坚信梦见蛇会有厄运；梦见老鼠则是神灵发出警示，有人马上要谋害她；梦见被小猫咬了一下，则预示着丈夫马上要有新的情妇，婚姻生活即将动荡不安。

　　为了能留住丈夫的心，她在脸上涂铅粉，口服由砷毒制成的美白丸，甚至强忍着恐惧，吩咐侍女把水蛭放在自己的耳后，任由水蛭吸血，使脸庞失去血色，变得像纸一样苍白。

　　在神圣光明帝国，女子十四岁即为成年，男子则是十六岁。所以，十四岁之前，艾丝黛拉一直和母亲住在一起。

　　几乎每天早上，她都能听见母亲一边命令侍女勒紧束腰，一边因束腰过紧而发出凄婉的哀号声。

　　她母亲不仅自己疯了似的追求细腰，而且勒令她也必须穿上束腰，每个月还会检查她腰围的尺寸，要是发现她的腰一点儿也没瘦，就会发出母牛般沉闷的哀叹。

　　她十三岁那年，她母亲在火红的枫树下陷入了永眠。

　　当时是深秋，她愚蠢的母亲仍然穿着薄如轻纱的长裙，脚蹬露出脚趾的丝绒拖鞋，毫无血色的脸庞上贴着闪闪发光的星形贴纸。那些贴纸却早已盖不住她脸上丑陋的斑点。

　　没有人害她，她是为了美丽而死，是最不值当的一种死法。

　　艾丝黛拉没有难过，她也不知道怎么难过，她只希望母亲下辈子能有一个聪明的头脑，不要再琢磨这些无用的驻颜手段了。

　　她一直以为母亲对她来说就是篝火燃烧时迸出的几点儿火星，猛地闪亮一下，便隐没在黑暗中，直到看见这群女孩，她才发现，自己从未忘记那个美丽庸俗的女人。

　　这些年来，她几乎不敷粉，不追求纤细的腰肢，也不追求苍白的肌肤，都是因为她的母亲。

　　她表面上只想着权术、生杀予夺，不受周围的事物干扰，也不为身边发生的一切所动，实际上一直在与不公的命运搏斗。

她不想重复母亲的命运，也不想看见身边的女孩屈从于那样的命运。

这大概是她心中唯一正派的想法。

艾丝黛拉眉头微蹙，两只手捂住胸口，感受了一会儿心脏的搏动。

真不可思议，她居然也有一颗善心。

善良的艾丝黛拉被敲门声打断了思路。

她站起来，打开门。

门外站着一个和蔼可亲的老嬷嬷，她端着一碗热气腾腾的汤药，隔着一段距离，艾丝黛拉都能闻到汤药散发出来的催情药味。

艾丝黛拉："……"

她眨了眨浓密纤长的黑睫毛："嬷嬷？"

"我听说你完整地背出了《颂光经》，"老嬷嬷满脸慈祥地道，"这可了不得！要知道，从来没有神女能背完那本难以理解的经书，你却做到了。你当之无愧是这一批神女里最优秀的，神使阁下会注意到你的虔诚和才华的。"

艾丝黛拉对老嬷嬷回了一个微笑："能得到嬷嬷的认可，我很高兴。"

"这是主教阁下奖励给你的汤药，"老嬷嬷将汤药递到她的面前，"喝下它，你就能听见你渴望听见的天机……只有历届最优秀的神女才能享用这么神奇的汤药，你快喝下吧，然后感谢主教阁下的恩赐。"

艾丝黛拉非常轻柔地笑了笑。

老嬷嬷听见她的笑声，心中突然闪过一丝不好的预感。

艾丝黛拉怎么可能喝下这碗汤药，虽然她体内有一定的抗药性，普通毒药都对她无效，但她又不是失去了双手双脚，凡是喂到嘴边的毒药都会乖乖地喝下去。

"嬷嬷，您知道我为什么来到这里吗？"她目不转睛地看着老嬷嬷，用那种十分乖巧的小女孩才有的语气说道，"因为我不是一个好女孩，我的心肠很坏，满肚子坏心眼……"

她说着，往前倾身，凑到老嬷嬷的耳边，发出轻柔的声音："我毒死了爸爸和哥哥，我妈妈觉得我无药可救，把我送到了德高望重的司铎身边，希望我能忏悔犯下的罪行，从此踏上正路……然后，您猜发生了什么？"

刚好此时，神殿低沉的钟声响了起来。

那钟声是如此神圣，仿佛一首气势恢宏的史诗，响彻午后的晴空。

艾丝黛拉则像是钟声幻化成的纯洁精灵——她纯朴无邪的眼神、小扇子似的黑睫毛、粉红的脸颊、玫瑰花瓣一样小巧鲜红的嘴唇，无一不向人们展示她是多么天真无害。

然而这个无害的精灵却说着无比恶毒的话语："我把司铎也杀了。"

她竖起两根手指，大拇指微微翘起，比成手枪的模样："'砰'的一声，他就倒下了。"

艾丝黛拉说完，歪了歪脑袋，吹了一下食指和中指上不存在的烟雾。

老嬷嬷吓得心脏都要裂开了。

她为神殿服务了这么多年，自然去过异端裁判所，见过一些穷凶极恶的罪犯。艾丝黛拉眼中的凶光是真是假，她一眼就能看出来，这个女孩的手上真的沾过血！

老嬷嬷的手心顿时像死人一样又冷又湿。她滑稽地张着嘴，倒退两步，身体抖如筛糠，想要逃跑。

与此同时，艾丝黛拉上前一步。

老嬷嬷看着放大的漂亮脸蛋，吓得魂都飞了，全身上下的鸡皮疙瘩都冒了出来，她完全忘了自己到这里来也是做杀人的勾当。她手足无措地挥着手，想要把艾丝黛拉赶开，却失手摔了手上的汤碗。

艾丝黛拉柔声说道："嬷嬷，这碗汤药根本不是主教命令您送来的吧？假如我把地上的碎瓷片交给主教，告诉他，您想用催情药陷害我，您猜他会怎么处置您呢？"

老嬷嬷连她是怎么发现这是催情药的都忘了计较，连忙蹲下来，慌里慌张地收拾地上的碎瓷片。

艾丝黛拉饶有兴味地看了她一会儿，见时候不早了，午课要开始了，便一脚踩在了老嬷嬷收拾碎瓷片的手背上，然后走了出去。

碎瓷片扎进手心，老嬷嬷疼得龇牙咧嘴，满头都是冷汗。她想要大声惨叫，却怕引来旁人围观，只能一边"哎哟哎哟"地痛呼，一边用血淋淋的手捡完了碎瓷片。

这个狂妄又恶毒的小妮子！

等着吧，她会让这个小妮子为自己的傲慢付出代价的！

杀了司铎是吧？这可是上火刑架的大罪，她会禀告神使大人，让律法来伸张正义！

午课的主讲人是克莱德神甫，那天一直盯着她看的年轻男人。

他仍然穿着那件黑色平绒长法衣，脖颈间系着一条白色圣带，下半身则是长裤和锃亮的高腰靴，显出高雅大方的气质。他冷漠的蓝眼睛不管望向哪里，都会流露出一种上位者般垂悯的神色。

艾丝黛拉对他感兴趣极了。

那天，她和凯瑟琳嬷嬷对峙时，他几乎是目不转睛地注视着她，眼神比火山还要炽热。可今天，她离他这么近，只要他低下头，就能对上她含着笑意的眼睛，他却从头到尾都没有看她一眼。

如果他不是欲擒故纵，那可太有意思了。

不知道那几个嬷嬷什么时候才会把她的事情告诉教区神使，在这之前，她只能自己找点儿乐子解闷了。

当然，这并不是说她对克莱德神甫生出了那方面的兴趣，她只想知道这个人在盘算什么，而且他的表情也太有趣了。

他的神色有一种超脱世俗的冷淡，仿佛洞察一切，漠视一切，不为一切能入眼的事物所动，眼睛深处却潜藏着一种类似于痛悔的情绪。尤其是当他讲解《颂光经》时，那种痛悔几乎化为自我厌恶。

他似乎想摆脱什么，却又情不自禁被其引诱。

假如他想摆脱的是她，她愿意帮他一把，保证他再也不敢想她。

临近下课时，克莱德神甫手捧《颂光经》，带领女孩们做了一次祷告。神女每天必须祷告三次，分别是晨祷、晚祷和睡前祷。

祷告结束后，艾丝黛拉发现，他眼中的痛悔更浓重了，同时自我厌恶也加深了。他究竟在痛悔什么？又在厌恶什么？

这时，下课铃响了，她对克莱德神甫的细赏也随之结束。

艾丝黛拉面带微笑地站起来，她还没来得及走出教室，就被一群香气袭人的小姑娘围住了。

自从她帮她们摆脱凯瑟琳嬷嬷的压榨后，这样的情景几乎每天要上演几次。

她们亲昵地拥抱她，亲吻她的脸颊，紧紧地握住她的手，细声细气地对她嘘寒问暖。

一开始艾丝黛拉还有些茫然无措，经历几次后，她就恢复了泰然自若和镇定，能面不改色地和她们打交道。不过当她们挨个儿吻她的脸颊时，她的耳朵都快红透了。

艾丝黛拉忙着应付热情的小姑娘，没注意到被她品赏的"克莱德神甫"此刻也在品赏她。

他其实一直在观赏她。表面上他一眼也没有看她，实际上只要他愿意，世间万物都是他的耳目，都可以看她。

微风拂过，椴树叶子发出簌簌的声响，每一片椴树叶子都是他的眼睛。它们是一颗颗鲜绿色的心脏，笼罩在她的头顶，在她的耳边轻轻摇晃，发出"怦怦"的声响。树脂散发出来的清香也是他的眼睛，它们能四处游动，贴近她的呼吸，潜入她的内脏，视野范围比椴树叶子更广。

除了芬芳的椴树，无处不在的空气、阳光和雾气也是他的眼睛。

他的耳目覆盖了整座神殿，或者说，神殿也是他的耳目。所以，即使他把克莱德神甫的眼睛闭上，也能看见她身上的每一处细节。

她是一个美人儿，但真的美到了独一无二的地步吗？究竟是什么令他如此着迷？是她的黑发白肤，还是她那双像狼一样充满恶意和攻击性的眼睛？

距离他恢复一丝神性已经过去了两天，这两天里，他看了不少书。这是一种危险的行为。他看的书越多，对造物了解得越多，能理解的情感也就越多。他明知不该继续了解自己的造物，却还是了解了下去。

奇怪的是，即使他对造物了解得很多，也没能遏制对她的痴迷，反而对她越发好奇。

从世俗的角度来说，她显然不是一个完美的女子。她虚伪、贪婪、卑鄙、狠毒，像穷凶极恶的野兽一样冷酷无情。

她的野心也是前所未有地雄大——也许不能用"雄"这个字，因为大多数男人都没有她高深的城府和坚定的意志，她毫不掩饰对权力的渴望。假如她向世界昭告自己的野心，所有人都会为之震惊。

她是如此特别，既是玫瑰，又是枪炮。

在他创造出来的生命中，再找不出第二个比她更特别的了。

她是独一无二的，连鲜血都是独一无二地甘美。

洛伊尔想到她的鲜血，闭了闭眼睛，喉结难以控制地滚动了一下。

他再次感到男性躯体的不便。男人太容易蠢动了，理智也太容易被情感牵着走。当他回味艾丝黛拉的甘美时，几乎是一瞬间，渴欲就沿着喉咙潜入腹部，点燃了罪恶的焰火。

他不得不攥紧手上的书，重重地吸了一口气，才平复了那股悸动。

他真的不该成为男人，但倘若回到黑雾的状态，就不能再体会人类的情感，也不能再体会这种神魂颠倒的感觉。黑雾只有食欲，人却能体会各种各样的欲望，还能兼有人性和兽性。

他感受到自己的虚伪。他居然可以这样贪婪，既想要庄重的神性，又想要人性和兽性。

他怎么可以说艾丝黛拉贪婪呢？艾丝黛拉的目的很明确，她只想当魔鬼，像魔鬼一样去实现她的雄心壮志。可他既想当超凡的神明，又想当肮脏的魔鬼。

这时，艾丝黛拉走出了教室。

他放下手上的《颂光经》，毫不犹豫地跟了上去。

出乎他意料的是，艾丝黛拉并没有走远。她穿过林荫道以后，就在一片茉莉花丛中停了下来，慵懒地赏玩着茉莉花，朝他投去玩味的目光。

她在等他，不，她在等克莱德神甫。

洛伊尔闭了闭眼，一丝嫉妒浮上他的心头。

这个男人除了英俊的相貌和强健的体魄，没有半点儿可取之处，他有什么资格得到她的青睐？

艾丝黛拉不知道他的心理活动。她原本已经对这个人不感兴趣，可当他紧追不舍地跟过来时，她又生出了戏弄他的冲动。

她有时候兴致来了，就会生出一些令人毛骨悚然的恶趣味，比如之前她用尖叫声吓唬司铎的女仆、开枪打死司铎前的恶作剧、说谎恐吓老嬷嬷。

洛伊尔却不知道她想要戏弄"克莱德神甫"，还以为她真对"克莱德神甫"有了不一般的感情，一时间心中的嫉妒更加浓重。

与此同时，艾丝黛拉缓缓地走到他的面前。

"神甫大人，"她笑吟吟地问道，"您好像很喜欢我，是我想的那种喜欢吗？"

洛伊尔眉头微皱，别过头望向一旁，他不想她端详克莱德神甫的脸庞。

艾丝黛拉却猛地冷了脸色，把他的头转了回来："回答我，克莱德神甫。"

她摸了克莱德神甫的下巴。

有那么一瞬间，洛伊尔差点儿被狂怒攥住理智，做出一些无法挽回的恐怖事情。

他沉默了很久，才用嘶哑的声音答道："是。"

然后他控制不住，压抑又嫉妒地问道："那艾丝黛拉小姐喜欢我吗？"

他想，只要她回答"喜欢"，不管她的回答是真是假，他今晚都会掐死克莱德。

谁知艾丝黛拉松开了他的下巴，拿出一条手帕，慢条斯理地擦着手指，露出一个几近恶劣的笑容："不喜欢，一点儿也不喜欢。我最厌恶的就是教士，尤其是你这样道貌岸然的教士，表面上摒弃了欲望，愿意一辈子侍奉神明，实际上对女人渴望得要死。让我猜一猜，神甫大人，您非常渴望我，对吗？"

她不喜欢克莱德神甫。

他还没来得及享受这份狂喜，就被她最后一句话砸得愣了一下。

他的确非常渴望她。

一股燥热在他的脸上蔓延。

他一脸狼狈地转过头，喉结十分剧烈地滑动了一下。

不等他开口回答，艾丝黛拉抬起手，用手帕狠狠地在他的脸上扇了一下，发出一声满是恶意的轻笑："我劝你放弃这种不切实际的幻想，我来这里，不是为了给自己找一个丈夫，而是为了亵渎神明。如果这个世界上每个女人都必须有一个繁衍对象的话，我只会选你们的神。"

她说完，轻蔑地扬手，像扔垃圾一样把手帕扔到洛伊尔的身上，转身就走。

直到她的背影隐没在花丛中，洛伊尔才回过神来。

他半蹲下来，用两根手指捡起地上的茉莉花。他不是克莱德，并不觉得她的言谈举止带有侮辱的含义。他只理解了一层含义——相较于男人，艾丝黛拉对神更感兴趣。

他有可能是神吗？

不管他是不是神，他的体内都有神性。

只要他恢复全部神性，就有机会得到她了。

另一边，被碎瓷片扎伤手的老嬷嬷左盼右盼，终于盼到了觐见教区神使的机会。

神使的助手告诉她，她只有十分钟的时间。

这是神使赐予教职人员的殊荣——每个教职人员，哪怕是级别最低的、年老色衰的神女嬷嬷，都有机会觐见他，向他忏悔罪过。

老嬷嬷连忙朝助手行了礼，捂着受伤的手，颤颤巍巍地走进了布置富丽的房间。

神使坐在落地窗前，双手交叠，面容显得很安详。

他穿着深紫色的长袍，脖子上绕着金黄色的圣带。他的年纪明显不小了，从他深沉稳重的气质就看得出来，不过他有年轻英俊的外貌，尤其是那一双眼睛，简直跟青年人一样锐利有神。

他看着老嬷嬷，神情温和地伸出一只手。

老嬷嬷走上前，毕恭毕敬地吻了吻他的宝石戒指。

"亲爱的索菲娅，"神使亲切地叫着她的教名，"发生什么事了？你好像有点儿狼狈。"

索菲娅嬷嬷立刻哭了："哦，神使阁下……我差点儿见不到您了！您不知道，神殿里来了一个魔鬼！她当着光明神的面，张口闭口就是杀人……她告诉我，她杀死了她的父亲和兄长，还杀死了试图把她拉回正路的神甫……她是一个魔鬼，一个活着的魔鬼，您必须将她绳之以法！"

神使的面色不变："慢点儿说，索菲娅，你把我弄糊涂了，你口中的魔鬼是谁？"

"一个叫'艾丝黛拉'的神女，"索菲娅嬷嬷咬牙切齿地道，"这个小妮子可有心机了，刚来没几天，就把自己的名头弄得尽人皆知。"

"有趣。"神使笑了笑，"就在半个小时前，你的挚友凯瑟琳嬷嬷也跟我提到了她，但她的说法和你的完全不一样，她说这是一个可爱的、虔诚的小天使。你们俩的话，我该信谁的呢？"

索菲娅嬷嬷悻悻地道："我只能保证我说的都是实话，她真的说过那些话……"

"你有没有想过，她其实是在逗你玩呢？她和那位逃跑的女王陛下重名，而那位陛下刚好以弑父杀兄闻名。"神使叹了一口气，"索菲娅，你太不镇定了，脑子里储存的知识也太少了，被人摆了一道就算了，还把这件事捅到了我的面前。我要是因此召见她，她恐怕会在背后笑话我们是两个蠢货。"

虽然神使的语气并无责怪之意，甚至有一点儿开玩笑的感觉，但是索菲娅嬷嬷的心里还是"咯噔"了一下。

她连忙跪倒在地，恐慌地道："对不起，神使阁下，是我太愚蠢了，没有经过详细调查，就把消息贸然禀报给了您。打搅了您的午休，我感到万分抱歉……"

"不用这么惊慌，我的索菲娅。"神使摇了摇头，"你知道的，我的脾气一向很好，不会随便发火。别再犯这样的错误了，你说呢？"

"我不会再犯了，阁下！"索菲娅嬷嬷颤声说道，"给您添麻烦了……我回去以后，会禁足一段时间，好好反思自己犯下的错误。"

"你有这样的觉悟，我很高兴。"神使微笑着说。

索菲娅嬷嬷离开后，神使收起温和的表情，面无表情地看向窗边。他的宽容都是表象，只有妇女和小孩才会觉得神职人员都胸怀宽广，有一副慈父般的心肠。

他表面上原谅了索菲娅嬷嬷，实际上对她充满了厌恶和鄙夷。

这个愚蠢的老妇，被人恐吓了几句，就莽莽撞撞地来找他告状，真是愚蠢透顶。还好他有一对敏锐的耳朵，轻而易举地就听出了真相。

还有那个艾丝黛拉，也不是什么好东西。自作聪明的小姑娘，居然想愚弄两个人，可惜她踢到铁板了。

他能坐到教区神使的位置，可不是什么酒囊饭袋。他和一些被女人宠坏了的英俊教士不同，尽管他相貌出众，体魄强健，被不少少女青睐，却从不放纵欲望。他对女人完全不感兴趣。

在他眼里，女人除了繁衍子嗣的功能，没有半点儿可取之处。

当他每次面带微笑聆听那些贵妇的忏悔时，都觉得她们的声音像老鸹一样刺耳，忏悔的内容也不值一提。啊，这就是女人！她们生命中除了丈夫就是孩子，也只会扮演妻子和母亲的角色。

她们愚昧无知，冲动易怒，软弱无能，走两步路就会不停地喘气，每天光是穿衣服就要花上好些时间，这样的生灵压根儿称不上真正的生命。

幸好至高神使和他的想法一致，没有让女人统治神圣光明帝国，不然活在女人裙摆的阴影之下，还不如去死。

神使轻蔑地想着，拿起桌上的牛颈铃摇了两下。很快，助手就走了进来："阁下有什么吩咐？"

神使沉吟着问道："那个叫艾丝黛拉的神女是谁推荐的？"

"弗莱彻司铎，您认识。"

"他呀。"神使其实已经不记得有这号人物，"你去把他找来，我要仔细问问这位神女的情况。"

他的话音落下，助手却没有离开。他感到奇怪："怎么了？"

助手答道："我不知道怎么说，阁下，我们已经半个月没有收到弗莱彻司铎的消息了。昨天是他上缴小镇税款的日子，但教士们敲响他的房门，却没能得到回应，我们怀疑他已经……"

神使回想起索菲娅嬷嬷的话，觉得有些不可思议，扬起了眉毛。难道弗莱彻司铎真的被那个女孩杀死了？

他立刻吩咐助手去调查弗莱彻司铎的去向，然后命人叫来艾丝黛拉。

十分钟后，艾丝黛拉走了进来。

她的双手叠放在身前，低垂着睫毛，面色甜美而从容地任他打量。

这个女孩的确美得惊人，超出他的想象，却并不令他吃惊。真正令他吃惊的，是她的目光和气质。

他在她的眼睛里看见了只有男人才有的坚韧不拔。她是那么婀娜多姿，身上却有一股男子气，真是难得。

神使一脸赞赏地看着艾丝黛拉。

他很欣赏这个女孩，像男人一样自信、坚强、从容的女孩太少了。

如果她愿意像索菲娅那样诚恳地认错，他很乐意给她一个解释和改正的机会，甚至允许她成为自己的贴身神女。这可是许多神女苦苦哀求都求不来的殊荣。

"艾丝黛拉，对吗？"神使温和地问道，"你知道我为什么召见你吗？"

艾丝黛拉却没有回答他恩赐般的垂问，而是朝他微微一笑，说道："神使阁下，我想忏悔。"

神使皱了皱眉，觉得她这句话非常突兀且不识好歹。

但这才是女人，软弱无能的女人。

如果她一开始就像男人一般察觉到他的意图，并抓住时机，机智地回答了他的提问，赢得了他的赞赏，他反倒要怀疑这副娇美的皮囊下，是否住着一个男人的灵魂了。

"好吧，那就让我们来听听，你想忏悔什么。"

艾丝黛拉听出了他口气里的轻蔑，却并不在意。

她来这里，是为了实施早已制订的计划，而不是扭转这个蠢货对她的看法。他爱怎么看她就怎么看她，与她无关。

假如玛戈在旁边的话，就会发现女王的计划已经有条不紊地实行一半了。

她刚来教区神殿不到三天，就成功赢得了所有神女的喜爱，并且得到了教区神使的主动召见。

要知道，教区神使可不是什么人都会召见的。

他就像教区的一个小君主，掌控着所有属于教区的资源，居高临下地聆听着教区民众的忏悔。就像至高神使的地位比国王还要高一样，他手上的权力也比普通王臣还要大。

表面上他敞开胸怀，愿意聆听所有神职人员的忏悔，可是并不会有神职人员蠢到信以为真，闲着没事就找他忏悔。

他的时间是如此宝贵，有幸被他召见的神职人员都会露出感恩戴德的表情，恭恭敬敬地亲吻他的宝石戒指。

艾丝黛拉却没有露出这样的神态。

她眨着长睫毛，勾起红唇，脸上流露的是一种嘲讽的、迷人的、邪恶的媚态："我想忏悔杀人的罪孽。"

"你知道你在说什么吗？"神使脸上的笑意消失了。

"我当然知道我在说什么，阁下。"艾丝黛拉浅浅一笑，"我还知道阁下召我来，是因为有人向您禀报了我背诵《颂光经》的事迹。啊，也许不只《颂光经》，还有人告诉您，我杀过人，杀的还是家人和神甫。您对我产生了好奇，所以召我来，我说得正确吗？"

完全正确。

神使紧绷着脸，整个人都僵硬了。他还是第一次被人揣测得这么清楚。在艾丝黛拉面前，他就像透明的玻璃一样，毫无秘密可言。

被人看透的感觉糟透了，更糟糕的是，看透他的还是一个女人——他认为愚昧无知、软弱无能的女人！

神使沉声问道："是你收买了她们，故意让她们这么说的？"

"当然不是。"艾丝黛拉歪着脑袋，用手指点了点自己的太阳穴，"能用智慧办到的事情，我为什么要用金钱？"

她的口吻天真又纯朴，却透着十足的傲慢。

除了傲慢，神使还听出了讽刺。她在讽刺他十分愚蠢，居然觉得这种事只有收买才能办到。

神使一直认为自己的智慧和格局只有至高神使才能比拟，因此极少动气。

可是现在，他被一个十六七岁的小姑娘挑拨得紧咬牙关。

她一眼看穿了他的脾性，每一句都准确无误地踩在了他的痛点上。

神使重重地吸了一口气，总算冷静下来。这个小妮子只不过是比较会拿捏人心而已。她过于自信，完全没注意到这是一场危险的对话。只要她稍有不慎，就会被他送上火刑架。

"所以，你是来忏悔杀死弗莱彻司铎的？"他一脸慈爱地设下陷阱，"你后悔杀死了他，希望我帮你掩盖罪行？"

"当然不是，阁下。"艾丝黛拉轻轻一笑，似乎又看穿了他的想法，"我唯一的罪孽，是没有早点儿杀死他。"

"可是你说，你是来忏悔杀人的罪孽。"整场对话已经完全由艾丝黛拉主导了。神使非常厌恶这种感觉，但为了给艾丝黛拉定罪，他只能顺着她的话说下去。

"对，要是我能早点儿杀死他，就不会有那么多人命丧黄泉了。"艾丝黛拉不紧不慢地道，"阁下，您口中的弗莱彻司铎，是一个穷凶极恶的连环杀手，十年间杀死了将近七百个女孩。我千方百计地来见你，就是想请你公开审理此案。"

神使脸色阴沉，盯着艾丝黛拉。

他公开审理此案，帮她成为惩治连环杀手的名人，怎么可能？想都别想。他刚要拒绝她的请求，直接以"谋害神职人员"的罪名判处她火刑，突然，他打了一个激灵。

艾丝黛拉已经在神殿出名了，几乎所有人都知道她的名字，假如他贸然判她死刑的话，必然会引起旁人的探究。

他虽然相当于教区的君主，权力却没有大到能抹去所有人的声音。神使并不是世袭制，而是能者居之，不少有望继任下一任神使的人都盼着他犯错，然后把他拉下马，他不能如此草率地处置艾丝黛拉。

难道他真的要答应她公开审理案件吗？

这时，神使的心里忽然涌上一股寒意。

这个女孩不会是料到了他不会公开审理案件，于是故意当众驳斥凯瑟琳嬷嬷，帮神女们谋利，赢得神女们的好感，让自己在神殿出名，以此胁迫他不得不审慎处理和她有关的案子吧？

有没有一种可能，和他的见面也在她的谋划中？她恐吓索菲娅嬷嬷，告诉她，自己杀了弗莱彻司铎，就是为了得到他的主动召见？

她的心智真有这么可怕吗？连他的召见、他的愤怒、他的顾虑都算计得明明白白，这怎么可能？

一个女人怎么可能有这样可怕的智慧？

神使摇了摇头，把这些无稽的想法甩出头脑。

想要公开审理是吗？那他就故意在法庭上偏袒弗莱彻司铎，把他塑造成一个举世无双的善人，甚至通知整个教区的民众前来观看审理。

他就不信，她一个孤立无援的女孩，能在这件案子上翻出什么水花来。

到时候，她费尽心思赢来的美名，都将成为骂名。

那些喜爱她、信任她的女孩，都将发现她是一个面目可憎的杀人犯，残忍地杀死了德高望重的司铎。

"好。"神使轻笑一声，阴狠地说道，"我如你所愿，公开审理案件。"

艾丝黛拉也无比轻柔地笑了。

她看出了神使的想法，于是有些怜悯地想道：蠢货。

他把司铎捧得越高，摔得就越狠。

她已经迫不及待想要看见那个场面了。

如果这个世界上真的有光明神的话，为什么不来救救他傲慢无知的子民？难道他就这么看着他的子民被她愚弄吗？

第七章
堕落

洛伊尔漫步在神殿里。

他一边摩挲着艾丝黛拉的手帕，一边走进神殿供人参拜的地方。

不知怎么的，他一踏入这里，耳目就变得清静，头脑里蠕动的欲念似乎都消失了。

他仍然能闻到欲望的气息，却不再能尝到甘甜的滋味。他像是被这里神圣的氛围净化了一般，唇舌失去了品尝欲望的能力。

他暂时忘记了一切，包括艾丝黛拉。

洛伊尔闭了闭眼，听凭直觉前行。欲望的气息逐渐被香油的气味取代，艾丝黛拉的一颦一笑，也渐渐变成了每一个前来祈祷的信徒。他们满面愁容，与他擦肩而过。他能感到他们内心的痛苦，也怜悯他们所遭受的一切，但他不会出手帮助他们，一次也不会。

神性不允许他插手俗务。

因为，神的存在不是为了怜悯凡人。

对于凡人来说，这个世界有神就是最大的慰藉。

祭拜的终点，是一架耸入穹顶的管风琴。这架管风琴足有上万根音管，四排黑白琴键，仿佛气势恢宏的银白色建筑般屹立在神殿中央。当管风琴手在这架琴上演奏时，乐声会如山洪暴发般震荡开来，二十公里以外都能听见这绝妙而震撼的史诗级赞歌。

在这样的氛围中，他前所未有地心平气和。

有那么一瞬间，他几乎认为自己可以冷静地应对一切了，甚至可以冷静地应对占有艾丝黛拉的欲望。

他似乎又回到了最初无性别的状态。

没有性别，就没有欲望。

没有欲望，整个世界对他来说就是一个密不可分的整体。他的眼睛不再看见个体，也不会再对个体优待，更不会再因为个体的种种引诱，而堕入七情六欲的深渊。

只要他保持这种冷静和圣洁，就可以重新变得无坚不摧，找到以前的自己，回到至高无上的位置。

但是，他可以吗？

他的头脑已经适应了人类的思考方式，身体也适应了人类的起居作息。

他的手上还拿着艾丝黛拉扔过来的手帕。

不知是否因为沾染过她的体温，这块小而柔软的手帕几乎和她的皮肤一样温暖滑腻。

他拿着这块手帕，就像碰到了她的皮肤，甚至像碰到了她的嘴唇。

她的嘴唇也是这种触感吗？

这个想法刚从他的脑海里闪过，下一秒，他刻意遗忘的画面就全部涌入了脑海，仿佛熊熊燃烧的烈火一般，不可控制地攫住了他的理智。

她的微笑、她的眼神、她的酒窝、她的声音再一次占据了他的耳目。

独占她的欲望，也再一次占据了上风。

他无法遏制地想象，假如他吻她，那会是一种怎样的触感？他可以吻她吗？说来讽刺，她的生命是他赋予的，她活在他创造的世界里，和他创造的人物打交道。他主宰着她的一切，想要她生，她就能一直活下去；他想要她死，她立刻就会香消玉殒。他是如此无所不能，却连她唇瓣的滋味都无从得知，多么讽刺。

圣洁有什么用？他还没有创世的时候，也有圣洁和肮脏之分吗？

为什么禁欲就是洁净的，纵欲就是肮脏的？假如他想要吻上她的唇，就代表他堕落了，那么他一直压抑独占她的冲动和欲望，就能证明他是洁净的吗？

答案已经很明显了，无论他怎么思考，怎么逃避，都想成为一个男人得到她。是的，他承认，他对她产生了男女之间的冲动，他想要占有她、亲吻她，像情人那样去品尝她嘴唇的滋味，像一个男人了解一个女人那样去了解她。

他早该这样坦然地面对心中的欲望，意识到自己想要掌控一切。他的欲望是如此浓重，光明和黑暗，美好和恐怖，理智和欲望，圣洁和肮脏，神性和人性，他居然都想要。

怪不得他会对重欲的艾丝黛拉感兴趣，从某种程度上说，他们是一类人。

一类人？他半闭着眼睛，缓慢地回味着这三个字，然后自嘲地笑了一声。有趣，他竟然这么快就自认为人了。

这时，一道清脆的声音在他的耳边响起："克莱德神甫，您也来参加赞美活动？"

洛伊尔睁开双眼，回头望去，是那个对艾丝黛拉迷恋不已的圆脸女孩。

他还记得她像一只不会走路的小猫似的黏着艾丝黛拉的样子，声音一下子变得十分冷淡："不是。"

圆脸女孩快要急死了，完全没察觉到他的冷淡。

艾丝黛拉不知道去哪儿了，她找了半天也没能找到她的身影。她跟洛伊尔搭讪，只不过是想缓解一下内心的焦虑。

虽然她和艾丝黛拉才认识不到三天，但不知从什么时候起，艾丝黛拉已经变成了她最喜欢的好朋友，一会儿看不到就慌了神。

圆脸女孩抿着嘴，仔细看了看洛伊尔，决定死马当活马医，让他也帮忙找找。"神甫大人，请原谅我的突兀……您还记得艾丝黛拉吗？"见他点头，她继续说道，"她不见了，我找了半天都没能找到她。她刚来神殿没多久，神殿又那么大，我好怕她迷路了。"

圆脸女孩越说越着急："而且，那天您也看见了，她是那么耿直，那么不会说话，一来就当着所有人的面得罪了凯瑟琳嬷嬷……我不是恶意揣测凯瑟琳嬷嬷，我只是担心她被报复……"

洛伊尔用低沉的声音打断圆脸女孩："我知道了，我会找到她。"

"谢谢您，谢谢您！您真是一个好人……"

其实不用找，他只需要一个念头，就能知道她在哪里。

她在教区裁判所的牢房里，等待三天后的公开审判。

过一会儿，教区神使就会将她涉嫌杀害神职人员的消息公之于众。

他还知道，教区神使是受了她的胁迫，才同意公开审理此案。但同意公开审理，并不代表教区神使就此妥协了。

教区裁判所是一个藏污纳垢的地方，牢房里关着的全是穷凶极恶的罪犯，手上基本沾过人血。

和艾丝黛拉关押在同一个牢房的女人，自称是托法娜转世，她为了谋取保险金，毫不留情地谋杀了自己的丈夫和儿子，然后过上了"嫁人、杀人、拿钱走人"的生活，她走到哪里，哪里就是尸骨残骸。

那个女人相当聪明，也相当危险，仅靠想象就制作出传说中能藏毒杀人的戒指。

教区神使把她们关在一起，应该是想看她们自相残杀。

艾丝黛拉需要他，他必须回到她的身边。

这个念头刚从他的心头浮现，他就意识到，之前的沉思和挣扎全是无用功。他从来没有忘记过她，也没有逃离过她的影响力。

不管他是否想要成为男人，只要她有危险或是需要他，他就会回到她的身边。

也许，从他尝到她的欲念的那一刻起，他就完完全全属于她了。

毕竟，他一开始就对她充满了食欲，想把她的欲念含在口中。

只不过这一次，相较于欲念，他更想把她整个人含在口中。

洛伊尔回到艾丝黛拉的手腕上后，第一个察觉到他回来的不是艾丝黛拉，而是他留下来的小黑雾们。

小黑雾们："……"

这讨人厌的玩意儿怎么回来了？

但表面上，它们还是满脸讨好地腾出了空位，十分殷勤地迎接他的回归。

有一些小黑雾趁他不在，偷偷吸收了不少艾丝黛拉的欲念，变得分外肥硕，一缕雾顶三缕雾，它们跟其他小黑雾挤在一起，是那么格格不入。

小胖雾："……"

其他小黑雾："……"

谁能把这个笨东西弄死？

它们正要齐心协力地把那些又笨又胖的小黑雾藏起来，洛伊尔一个冷冷的眼神扫过去，那些偷吃艾丝黛拉欲念的小黑雾就原地爆炸了。

剩下的小黑雾也吓得都炸了。

是它们的错觉吗？怎么感觉大黑雾出去一趟后，变得更加凶残了？

以前的大黑雾虽然也很凶残，但只要它们没有非分之想，他就能容忍它们的存在，可是现在，他却连它们偷吃艾丝黛拉的欲念都容忍不了了……他的独占欲为什么突然变得这么可怕？这日子还能过下去吗？

小黑雾们想到从今往后都要活在洛伊尔恐怖的独占欲之下，都缩成一团，害怕又愤怒地瑟瑟发抖。

洛伊尔没有理会它们的种种情绪。

他化为一条细长的黑蛇，缠绕在艾丝黛拉的手腕上，吐着鲜红的毒蛇信子，温柔而亲密地碰了碰她的皮肤。

艾丝黛拉感受到他的触碰，没有低头，只是轻轻抚了一下他的扁形蛇头："你醒了。"

他很久没被她抚摸，难以遏制地躁动起来，毒蛇信子仿佛野兽嗅到猎物的鲜血般猛烈地震颤着。只要她低下头，就能看见他眼中强烈的渴望和兴奋。

艾丝黛拉却没有当回事，只是轻轻拍了两下他的蛇头，示意他安静。

她在想事情。

她非常清楚自己的处境，教区神使看上去是妥协了，愿意公开审理司铎的案子，但不用想也知道，他肯定不会放过一个戏要过他的女人。

这间牢房就是最好的证明。

她的手上沾着司铎的鲜血，按理说，像她这样的重刑犯，绝不会和其他犯人关在一起。

裁判所却让她和一个瘦弱的金发女人待在同一间牢房。

这种情况，只有一种可能：这个女人也是一个重刑犯，手上也沾着人血，教区神使想看她们自相残杀。

这么想着，艾丝黛拉微微歪了歪头，饶有兴味地看向那个女人。

她似乎在牢里待了很久，金发上布满了油脂，一绺一绺地粘在一起，如同老鼠细长的尾巴。那头蓬乱油腻的金发下，却是一张妩媚动人的脸蛋，任谁看见这张脸，都不会不承认她是一个标准的金发美人儿。

假如她戴上阔边帽和珠宝首饰，穿上漂亮的绸缎裙子，她会是那种男人做梦都想娶进家门的女人。不管有没有爱情，只要看见她倚靠在皮沙发上，一边微笑，一边吃晶莹剔透的紫葡萄，心里都会生出无与伦比的满足感。

艾丝黛拉兴味十足地继续打量金发女人。

金发女人的十根手指都涂着亮红色的指甲油，很好看，但犯人坐牢并不是来享福的，他们每天都必须做苦力，而且是戴着脚镣和铁球做苦力。就算没有活计给他们做，裁判所的教士们也会找一些活儿，让他们没日没夜地干。比如，把车上的货物卸下来，再装上去，如此循环。而所谓的货物，很大的可能是一块沉重的石头。

因此，她的指甲油都斑驳了，露出肮脏发黑的指甲。

艾丝黛拉轻轻地笑起来。

"你笑什么？"金发女人眉头紧皱。

就在十分钟前，一个穿斗篷的教士告诉她，只要她在三天内杀死这个女孩，就能无罪释放。

法典规定，重刑犯即使出狱，也要戴脚镣，并在通行证上写明罪名、刑期，盖上"非常危险"的红章。

这些年来，她一直在帮神殿"处理"不便上法庭的犯人，但没有哪一个犯人能直接给予她"无罪释放"的优待。

教士说，只要她找到机会毒死艾丝黛拉，就能过上自由人的生活，还会得到一大笔补偿金。

金发女人想到狱外逍遥快活的生活，看向艾丝黛拉的眼神中带上了赤裸裸的杀意。

教士把毒戒指还给了她。有了这枚戒指，杀人简直易如反掌。她只需故作关心拍一拍艾丝黛拉的肩膀，这个纯真美丽的小女孩就会像失去水分的鲜花一样耷拉下去，化为一堆残花败叶。

女人并不觉得用别人的性命换取自由，是一件不道德的事情。她早就习惯了踩着骸骨残尸前进，用活人的性命筑起金灿灿的财富。

女人靠着石墙，垂下眼睫毛，盖住了眼底一闪而过的凶光。

这时，艾丝黛拉勾起嘴角，声音甜美地开口："我想到了好玩的事情，当然要笑。"

女人哧笑一声，没有说话。

在她眼里，艾丝黛拉不过是一个乳臭未干、有几分姿色的小丫头，因为得罪了神职人员，被关进了裁判所的牢房里。

至于她得罪神职人员的原因是什么，用脚趾想也知道，肯定是她拒绝了某个大人物的求爱，那个大人物恼羞成怒，给她加了一个杀人的罪名，把她关了进来。

不得不说，女人猜对了一半。

这一切的起因，确实是艾丝黛拉拒绝了弗莱彻司铎的求爱。

女人转念一想，反正这个丫头也活不过三天了，自己不妨跟她多说几句话，现在搞好关系，到时候杀她也容易一些。

女人问道："好玩的事情？什么好玩的事情？"

艾丝黛拉歪着脑袋，脸颊上闪动着两个甜蜜的小酒窝："你中毒了，马上要死了，这间牢房很快就是我一个人住了，你说好不好玩？"

她的话音落下，一阵阴冷的过堂风拂过，牢房外的烛光闪烁了一下，暗淡了下去。

在如此昏暗的光线下，艾丝黛拉的唇瓣却闪现出诡异的红光。那一抹诡异的红光，让她纯美的笑颜生出一股妖媚的、充满恶意的邪气，让人想起传说中伪装成美人、把人敲骨吸髓的羊皮怪物。

女人浑身鸡皮疙瘩直冒。

怪不得这个女孩能让神职人员动心，这面庞的确有一种销魂勾魄的魔力。

不过，中毒？什么中毒？

女人反应过来，警觉地问道："我中毒了？你在说什么，我为什么听不懂？"

与此同时，牢房的铁门被敲打了两下，小门被裁判所的看守员打开，看守员递来了热腾腾的肉汤和麦片粥。

裁判所的囚犯都必须去特定的场所用餐，但她不用，这是她帮神殿做事的"优待"。

为了防止神殿杀人灭口，她要求食物都用银碗银盘盛放，不然就不再帮神殿做事。

裁判官答应了她的要求，菜肴也尽量按照她的口味准备。

但不知为什么，她的食欲却越来越差。尤其是今天，她想到艾丝黛拉故弄玄虚的话语，心里烦躁极了，再加上狱中的菜肴是如此简陋，简直和牲畜的饲料没什么区别。

她在狱外想吃什么就吃什么，每天还能喝半加仑的白葡萄酒，现在呢？她只能吃这种令人倒胃口的猪食！

女人突然愤怒地掀翻了餐盘。

她睁大一双燃烧着怒火的眼睛，直勾勾地盯着艾丝黛拉："你有话就说，我最讨厌别人和我打哑谜了。你再跟我装神弄鬼，信不信我掐死你？"

女人的话音落下，艾丝黛拉没什么反应，她手腕上的洛伊尔却猛地直起身子，紫蓝色的眼瞳里射出冰冷而危险的寒光，他像受到刺激般吐着蛇信子。

女人站起来，猛地后退一步，难以置信地望向艾丝黛拉："你把蛇带了进来？"

艾丝黛拉轻轻拍了拍洛伊尔的蛇头，低声哄道："乖，不生气，我能对付她。"

黑蛇上一秒还在发出警告的咝咝声，下一秒就温驯地匍匐了下去，盘绕在艾丝黛拉的手腕上，眼睛紧紧地盯着女人的一举一动，似乎随时准备暴起。

这样一条凶悍可怕的毒蛇，在她白皙的手腕上居然像小狗一样听话。

女人忍不住打了个冷战。

还好她没有贸然出手，不然死的可能就是她了。

艾丝黛拉并不着急回答女人的问题，她垂下秀美的头颈，温柔地抚摩着洛伊尔的蛇头，对他的忠诚满意极了。

她很喜欢这条听话又强大的小蛇，一时间连对女人说话的语气都柔和了不少："你看看你现在的样子，再想想你以前的样子。你以前也这样烦躁易怒，动不动就掀翻东西吗？"

女人愣住了，下意识地开始回想往事。

以前的她沉着又冷静，怎么可能像现在这样沉不住气，被挑拨两句就气得掀翻了餐盘。

她到底是怎么了？

不知从什么时候起，她的脾气变得极差，动不动就歇斯底里，怒吼乱骂。有一回，她做了噩梦，猛地惊醒过来，看见不远处睡得正香的狱友，竟怒从心起，一拳抡过去，打掉了那位狱友的两颗牙齿。

那还只是开始。在那之后，她越来越容易生气，似乎有一股邪火在她的体内熊熊燃烧。邪火不仅烧掉了她的理智，还烧掉了她的食欲，烧掉了她身上一切正常的欲望。她时常觉得生无可恋，无缘无故地失声痛哭。

她跟裁判所的教士说过自己的情况。

教士却说，这是神对她的恶行降下的惩罚，她只有一直为神殿做事，才能得到神的宽恕。

她信了这种说法，每一次神殿让她"处理"那些重刑犯，她都尽忠职守地完成，身体却越来越糟糕。

就在前几天，她还被曾经的狱友暴打了一顿。几年前，她一拳就能打掉她们的牙齿，现在却虚弱得连还手之力都没有。

难道她真的中毒了？

可是，她为了防止神殿下毒灭口，已要求所有餐具都是纯银材质的，不是纯银餐具盛放的菜肴她看都不会看一眼，为什么还会中毒呢？

艾丝黛拉好心提醒道："的确是你的餐具出了问题。"

"不可能！"女人下意识地反驳，"我还没有蠢到连餐具的材质都分辨不出来！"

她捡起地上的纯银勺子，用力一掰，勺子顿时弯了下去："看，纯银的，怎么可能有问题？"

艾丝黛拉摇头笑了笑，问了一个毫不相干的问题："你知道古罗马帝国吗？"

"知道又怎样，不知道又怎样？"

"那曾是这个世界上最耀眼的文明，无论是光明帝国，还是罗曼帝国，都不曾有它的辉煌，可它却无法控制地走向了灭亡，你知道为什么吗？"

女人焦躁地道："我又不是学校里的教授，怎么可能知道这些没用的知识。"

艾丝黛拉完全不介意她焦躁的态度，不疾不徐地道："古罗马人钟爱一种叫'铅'的金属。铅和银一样柔软，呈灰白色，能制成各种器皿。除了把铅制成杯盘碗碟外，他们还喜欢用它炼制药丸，修补牙齿，给头发染色。

"他们发现，用铅杯和铅壶盛放葡萄酒，葡萄酒会变得分外醇美甘甜，便开始只用铅壶存放葡萄酒。有时为了满足口腹之欲，他们甚至会往酒里加一撮铅粉，但铅可不是什么好东西。"

女人一开始听得很不耐烦，但渐渐地脸色就变了："你的意思是……"

艾丝黛拉微笑着，继续说道："随着铅的滥用，整个古罗马民族都变得烦躁易怒，食欲不振，难以入眠。王公贵族甚至连三十岁都活不到，就纷纷因癫痫发作而死。"

说到这里，她忽然蹙起了眉，摇了摇头："哎呀，一个帝国的衰败和灭亡，怎么可能跟杯盘碗碟的材质有关呢？你当我是胡言乱语吧。"

她说完，闭上双眼，懒洋洋地躺在床上，做出小憩的样子。

女人却彻底明白了她的意思——入狱以后，自己的精神和行为变得那么异常，绝对跟"铅"脱不了关系。

怪不得她要求用纯银餐具用餐时，神殿那么快就答应了她的请求。

神殿从来都没想过放她离开。

什么神罚，什么宽恕，都是胡扯，从她为神殿做事的那一刻起，神殿就为她安排了毒发身亡的结局。

女人脸色煞白，扯住自己的头发，压抑地尖叫了一声。

她想要发疯，想要大喊大叫，想把这些有毒的餐具全部掰烂砸烂，但是她不能，她不能让神殿察觉到她已经知道了真相。

表面上，她还是要为神殿做事，只有这样，她才能找机会报复回去。

不知道过去了多久，女人才从惊涛骇浪般的暴怒中冷静下来。

她抬起头，对上艾丝黛拉充满赞赏的目光。

"你的意志力值得尊敬。"艾丝黛拉说，"你叫什么名字？"

女人哑声答道："西西娜。"

她合上眼睛，疲倦地笑了一声："值得尊敬又怎样？对神殿来说，还不是一个可笑的失败者。"

艾丝黛拉轻笑一声，说："如果我说，我有办法让神殿成为你口中的失败者呢？"

如果是十分钟前，西西娜听见这句话绝对会嗤之以鼻，但现在的她却慢慢回过味来，发现了这个女孩的可怕之处。

她看似天真无害，眼界、学识、观察能力和推理能力都达到了恐怖的程度。是的，恐怖。她肯定一开始就猜到了自己是神殿派来的杀手，于是想办法寻找自己的弱点。

刚好这时，裁判所的看守员送来了食物，她愤怒地掀翻了餐具，这两个动作的间隔不到五分钟，这个女孩就从餐具上看出了端倪，猜到了她是铅中毒。

最可怕的是，她猜中以后，并没有直接说出来，而是一步步地引导自己推测出真相。

人往往更相信自己推测出来的结果。

这个女孩才多大，看上去连她年纪的一半都没有，就把"玩弄人心"诠释到了极致。

想到一开始，她轻蔑地认为艾丝黛拉是一个乳臭未干的小丫头，就羞耻地涨红了脸颊。艾丝黛拉这么聪明，肯定看出了她自以为是的轻蔑。

不过这么聪明的女孩，竟然夸她的意志力值得尊敬。她这么想着，又忍不住高兴起来，盯着艾丝黛拉的眼睛，认真地道："你如果能让神殿成为失败者，不管你做什么，我都会全力以赴地支持你。你让我做什么，我就做什么。"

艾丝黛拉微微挑起眉毛，没想到西西娜这么相信她。

她低头琢磨了一下，想说些漂亮话感谢西西娜的信任，话到嘴边却变成："我会让你知道，你做了一个正确的决定。"

西西娜大笑了起来。

自从被神殿下毒以后，她的心情一直是压抑的、阴郁的，几乎没有开心过。但是这一刻，她却笑得特别开怀，特别大声。

她喜欢这个聪明又傲慢的女孩！

聪明人就该这样傲慢！

一个小时后，神使看着裁判所看守员递来的消息，皱起眉头："西西娜说她找不到机会下毒？"

他躺在胡桃木躺椅上，有一下没一下地抚摸着手上的戒指，闭目沉吟道："她的杀人经验那么丰富，怎么可能连一个小丫头都放不倒？那个女孩比她小了整整二十岁呀！"

助手说道："那个女孩有多狡猾，您也看见了。她像恶魔一样精于算计，连您都敢暗算。您不是说她有一个和男人差不多的头脑吗？西西娜只是一个妇道人家，当然算计不过她。"

神使缓缓点头："你分析得很对，但还是有失偏颇。我承认，她是有不少男人才有的优点，但她永远没办法有一个和男人差不多的头脑。你看过旧教的经书吗？夏娃使人类堕落，达丽拉无情地背叛了参孙，耶洗别迫害古希伯来可敬的先知。先人从未停止告诉我们，女人的眼界是多么浅薄，头脑是多么简单，意志力是多么薄弱。"

他叹了一口气说："女人是永远比不过男人的，你一定要记住。"

助手连连点头，似乎非常赞同神使的见解："您说得对。那现在该怎么办？西西娜找不到机会对艾丝黛拉下手，难道就这样让她平安度过三天吗？"

神使蹙眉，看了他一眼，似乎被他蠢到："不是还有三天吗？她今天找不到机会，难道明天、后天也找不到机会吗？牢房里那么多女囚犯，有句话怎么说来着，有女人的地方就有争端，你不会找人教唆挑拨一下，让她们对骂厮打吗？我就不信混乱之中，那个女孩还能全身而退。"

神使说着，忍不住重重地叹了一口气："你呀，脑子灵活一点儿，不要连一个女人都比不过！"

助手继续连连点头，心里却有些犯嘀咕。

他没有神使的自信，怎么想都觉得自己就是比不上艾丝黛拉和西西娜。

一个年仅十六岁，就把教区的神使耍得团团转。另一个更厉害了，几年时间换了十多任丈夫，光是保险金就拿了几十万银币，并且还没有到处挥霍，而是用这些钱开店做生意。要不是她累积的财富太多，引来了有心人的觊觎，被身边人揭发罪状，她还不一定入狱呢！

他要是有这两个人的脑子，怎么可能还是助手？

不过这些话他只敢在心里想想，借他一百个胆子也不敢说出来。

助手在裁判所的记名册上找了半天，终于找到十个手上有人命的女囚犯。

这还真不好找。

女人不像男人，被逮捕的都是真正的异教徒——想逮捕一个女人太简单了，只要她在教堂上发表自己对神的见解，不管正确与否，都可以用"女巫"的罪名把她抓起来。

助手去看了看这十个女囚犯，很不满意。

繁重的苦工让她们的眼神变得迟钝无光，如同一只只疲惫的运货牛马。

用这些女人去对付艾丝黛拉，就像用下等马和上等马赛跑一样，但他实在找不出更多杀过人的女囚犯了。

在某些方面，女人的确比不过男人，神使的话倒也不无道理。

助手想着，忽然一拍脑袋，不对，这"某些方面"不是杀人行凶吗？杀人又不是什么好事，在这方面比过了有什么值得骄傲的吗？在动物界，只有未经开化的野兽才会随便咬死人啊！

助手想到这里，低下头，看向裁判所的记名册，记录男囚犯的页数明显要比女囚犯厚太多。

受神使的影响，他一直认为男性远远优于女性。

事实也确实如此，男人传教，男人布施，男人受到神启成为神使。

男人是理智的、坚毅的、深谋远虑的；女人则是愚蠢的、软弱的、头脑简单的。

可要是男人真的各方面都优于女人，为什么男囚犯比女囚犯多那么多呢？

有没有一种可能，男人和女人其实没什么差异呢？

助手猛地合上记名册。

这个想法太危险了，他不能再想下去了。

第二天，不到凌晨四点钟，艾丝黛拉就被裁判所的看守员吵醒了。

"都给我起来！"看守员使劲敲打着手上的锣鼓，"你们给我睁开眼睛，打起精神，你们到这儿不是来享福的，而是来赎罪的！你们只有拼命地干活儿，才能让神看到你们赎罪的诚意。假如你们偷懒，这辈子都没办法得到神的原谅……"

西西娜也被看守员的锣鼓声叫醒了。

她听着看守员恐吓的话语，忍不住露出一抹嘲讽的笑容。

她以前是多么相信这些话啊！

她还相信教士不会骗人，只要承诺就会做到，于是忠心耿耿地帮他们做事，可最后她得到宽恕了吗？她得到的不过是一双把她推向地狱深处的手！

从今天起，她再也不会相信这些虚伪的教士。

西西娜想了想，一边穿衣服，一边走到艾丝黛拉的身边，在她的耳边说道："你要小心。我杀不了你，那些教士还会派其他人来杀你的。那些人的嘴脸，我再清楚不过了。他们表面上仁慈和善，实际上比谁都心狠手辣。"

艾丝黛拉打着哈欠，睁开眼睛，睡眼蒙眬地举起一条胳膊，伸了个懒腰。

"别担心。"她含糊地咕哝，"我比他们更心狠手辣。"

西西娜："……"

她看着艾丝黛拉小扇子似的黑色睫毛，粉嫩嫩的脸颊，洋娃娃般小巧娇美的嘴唇，完全没办法把她和"心狠手辣"联系起来。

她承认，这个女孩的确非常聪明，但"聪明"和"狠毒"是两个概念。

那些教士或许没有她聪明，也没有她有手段，更没有她敏锐的观察力，但他们想要弄死一个人，完全可以不用智慧。

人的头脑是灵活的、强大的、无所不能的，但人的肉体却是如此脆弱，除了骨头，就是血肉，尖锐的物体往皮肤上一划，鲜血就会像冲破大堤的洪水一样喷涌而出。

在刀刃和蛮力面前，人根本没有施展智慧的余地。

西西娜本不想告诉神殿的人，她没有机会下手。她知道这样一来，神殿就会派更多的人来刺杀艾丝黛拉。

艾丝黛拉却说，假如她什么都不说，让神殿的人起了疑心，到时候说不定会派两拨人马来刺杀她们。相较于两拨人马，她更愿意应对一拨人。

不过她一个娇弱无力的女孩，到底要怎样应对神殿派出的杀手呢？

艾丝黛拉看出了西西娜的疑虑。

她往后仰起头，用手拢起浓密的黑发，一边编辫子，一边对西西娜眨了眨眼睫毛："等一下你就知道了。"

她梳头的动作惊动了手腕上的黑蛇。

那条美丽又危险的黑蛇沿着她的肩颈蜿蜒爬进了她浓黑厚实的头发里，在昏暗的光线下，它完全和她的头发融为一体，只能看见蛇鳞上一闪而过的冰冷蓝光。

西西娜看得后背一阵阵发冷。

她对毒药研究颇深，却从不把玩毒物。她知道这些毒物的毒有多么可怕，什么蟾蜍、蝾螈、蝎子、毒蛇……尤其是毒蛇，很多人以为蛇是可以驯化的，把它们当成猫狗一样盘弄，甚至与蛇同枕共眠，但她见过太多被自己饲养的毒蛇咬死的养蛇人了。

艾丝黛拉跟蛇这么亲密，甚至让蛇爬进自己的头发里……先不说她的驯养手段多么高明，她敢于在生死边缘游走的勇气就令人钦佩。

也许，这个女孩并没有她想象中那么柔弱？

这时，看守员又开始敲锣打鼓："你们还待在里面干什么？快滚出来干活儿，再不出来，就永远别出来了！"

艾丝黛拉虽然有聪明的头脑，但无法用头脑干活儿。

看守员把最脏最累的活儿都派给了她，还让一个膀大腰圆的老嬷嬷在旁边监督，不许西西娜上去帮忙。

艾丝黛拉只能一只手提着水桶，一只手拎着拖把，老老实实地扫了一上午的厕所。

其间，她不仅要屏住呼吸，强忍着干呕的冲动，把手伸进管道里，掏出里面堆积的头发，还要盯着烦躁的洛伊尔，以防他冷不丁暴起咬死监督她的老嬷嬷。

她干完这些活儿后，脸上浮现出无法形容的疲倦，更多的是心理上的疲倦。

西西娜一脸担忧地看着她惹人怜爱的倦容。

艾丝黛拉太娇弱了，那些被日复一日的苦力磨砺得身强体壮的女囚犯，随便来一个，都可以把她活活吃下去。

她既担忧又好奇，艾丝黛拉到底要怎么对付她们。

中午是最危险的时候，所有女囚犯挤在一起，顶着毒辣的阳光排队领餐。

在看守员严厉的监管下，她们不敢说话，只有沉重的脚镣在叮当作响。但她们不说话，不代表她们心中没有愤怒，顺从了看守员的管束。

看守员也要吃饭，等看守员离开后，她们就会把这种愤怒发泄在狱友的身上。

西西娜之前看女囚犯会生出一种优越感，因为她不用像讨饭的乞丐一样挤在这里领餐。

她以为自己是牢房里最特殊的存在，连看守员都要对她退让三分，亲手把饭菜送到她的面前。

现在想想，她和这些可怜的女囚犯没有任何区别。

她们都是被神殿压榨的牲畜。

半小时后，所有女囚犯都领到了午餐。

看守员腋下夹着棍棒，面无表情地巡视了一圈，见她们都没有提前用餐，而是在等他的命令，满意地点点头："可以吃了。"

然后他又警告道："不要争吵，不要打架，不要浪费粮食！"说完，看守员就离开了。

几乎是在他离开的一瞬间，女囚犯们就吵了起来。她们愤怒地斥骂着，一言不合就去抓扯身边人的头发。有的胃口较大的女囚犯两三口解决了自己的午餐，堂而皇之地抢走旁边人的午餐。

争端就此而起，嘈杂的声响顿时不绝于耳。

西西娜低声对艾丝黛拉说道："你小心点儿，我估计神殿安排的人要对你动手了。"

艾丝黛拉心不在焉地点点头，继续喝汤。

她打扫了一上午的厕所，整个中午又站在烈日下，又渴又累，一点儿说话的欲望都没有。要不是怕西西娜认为她不靠谱，当场反水，她简直想趴在桌子上睡一觉。

西西娜："……"

现在一片混乱，每个人都有可能是神殿安排的杀手，她就一点儿也不着急，是吗？

这时，人群中忽然爆发出一声恐怖的尖叫："你有刀子……你为什么会有刀子？救命啊，阿尔莎有刀子……大家快跑！"

本就无比混乱的场面顿时更加混乱了。

女囚犯们推搡着、厮打着、尖叫着、哭号着，汤汤水水泼洒了一地，疯人院都没有这里壮观。不过，这里也算是另一种意义上的疯人院。毕竟疯人院有可能关着假疯子，这里却都是真疯子。

已经开始有人用锡制的餐具互殴了。

满地都是肉红色的汤汁，今天的汤汁故意熬得特别浓稠油腻，不少人都因为脚底的汤汁打滑，一时间惨叫声此起彼伏。

艾丝黛拉终于喝完了碗里的汤。

她放下锡碗，像孩子似的用舌头舔掉了嘴角的汤汁，叹息道："唉，锡制的餐具就是有一股怪味！"

西西娜："……"

这是重点吗？你没看到阿尔莎一直在往这里挤吗？她手上是真的有刀啊！

阿尔莎是屠夫的女儿，从小就穿着带血的围裙，跟着父亲屠宰牲畜。

她生来就有一种残忍的气质，能面不改色地给牲畜放血。她的身形像铁塔一般壮硕，能轻松扛起两个瘦弱的男人。她是如此强壮有力，却还是像大多数女人一样，在男人的身上栽了跟头。

　　她的丈夫，一个木头杆子般瘦弱的男人，跟另一个木头杆子般瘦弱的女人跑了。他们偷走了她当屠夫的血汗钱，打算逃到罗曼帝国去过小日子。

　　阿尔莎找到他们时，他们正在偷尝幽欢。她推开门，一屁股坐在他们的被子上，把他们活活闷死了。

　　裁判所判了她火刑。

　　然而就在她上火刑架的前一晚，一个教士找到她，说只要她帮神使杀一个人，就能无罪释放。

　　她答应了，有谁会不答应这样诱人的条件呢？

　　至于那个女孩为什么会招致杀身之祸，她并不关心，她鲁莽的头脑里只有一个想法，那就是杀了那个女孩！

　　阿尔莎攥紧刀子，双眼射出令人胆寒的凶光，气势汹汹地走向艾丝黛拉。

　　除了她，另外九个女囚犯也在朝这里逼近，她们手上都有锋利的刀子。

　　艾丝黛拉在劫难逃。

　　西西娜麻木了。该说的，她都说了，她对艾丝黛拉已经仁至义尽了。

　　有女囚犯意识到，这些拿刀的人是冲着艾丝黛拉来的，开始不动声色地后退。

　　人在极度恐惧的情况下最容易盲从。那些女囚犯一后退，其他人纷纷跟随她们的脚步，一时间，人群竟如退潮般自动让出一条通畅的小路。

　　阿尔莎看见这一幕，忍不住狂笑出声。

　　看那个教士发愁的模样，她还以为杀这个女孩有多困难呢，需要十个人一起上。教士老爷真的太谨慎了，根本不需要十个人，这个女孩她一根手指就能碾死！

　　西西娜最后一次劝说艾丝黛拉："现在你逃跑还来得及。等一下我把肉汤泼到阿尔莎的脸上，你用锡碗——椅子也可以，随便什么东西都行，打她的头，趁她头晕的一瞬间逃到外面去。"

西西娜近乎语重心长地说："我知道你的智慧有多可怕，但阿尔莎不是我，她不会听也听不懂你说的话……她是屠夫的女儿，除了杀猪什么都不懂……"

艾丝黛拉漫不经心地看了阿尔莎一眼，颔首道："原来是屠夫的女儿，怪不得这么健壮。"

西西娜："……

重点又错了！果然人想死是劝不住的，我还是自己跑路吧！

西西娜刚要扔下她转身就跑，这时，她忽然摊开一只手掌，用银铃般甜美的嗓音道："洛伊尔。"

一条细长的黑蛇从她浓密的秀发里钻出来，不徐不疾地爬到了她的手掌上。

黑蛇的身形虽然极为细长，但它有一对美丽而冷漠的眼瞳，眼中的肃杀之气比任何一种猛兽都要来得凶猛残暴，叫人毛骨悚然。

有几个女囚犯被吓到，惊疑不定地停下了脚步，不敢继续前进。

"她……她为什么会有蛇？怎么带进牢房的？"

"这蛇有毒吗？"

"我怕蛇……我不想被蛇咬死，我不干了，我退出！"

阿尔莎翻了个白眼，不屑地扫了一眼那些手足无措的女囚犯。"一帮废物，蛇有什么好怕的？这么小的蛇，估计连毒牙都没长出来。"她冷笑一声，"你吓唬她们还行，我可不会被你吓到。什么动物我没杀过？我用嘴嚼毒蛇的时候，你估计还在妈妈怀里嗷嗷大哭吧？"

西西娜停下逃跑的动作，看看阿尔莎，又看看艾丝黛拉，目光闪烁不定。

事情出现了转机，她究竟是逃跑呢，还是站在原地再观望一会儿？

艾丝黛拉没有理会阿尔莎的挑衅。

她优雅地站起身，弯下腰，把洛伊尔放到地上，然后倒退两步。

"不要弄死人。"她微笑着嘱咐道。

阿尔莎听见这句话，拍着大腿哈哈大笑，这个女孩简直天真得可笑，她居然以为这么小的一条蛇能对付她！

在她眼里，这条蛇不过是一条蚯蚓、一条肉虫，她不用刀子，跺一跺脚都能踩死它！

这时，恐怖的一幕发生了。

那条黑蛇的鳞片忽然尽数蠕动起来，散发出诡异的黑色雾气，紧接着它的身躯如同膨胀开来的幽灵一般，迅速撑满了整个餐厅，化为只有在噩梦里才能见到的巨蟒。

要不是艾丝黛拉喊了一声"停"，它的身躯甚至可以撑破牢房。

现在，它一侧的眼瞳就有阿尔莎的身体那么大，如同可怖的紫蓝色灯笼，倒映出阿尔莎渺小的身影。

认为自己可以一脚踩死它的阿尔莎吓得整张脸都僵硬了，涨成紫红色，双手颤抖着，刀子"砰"的一声落在了地上。

不只阿尔莎，所有人都吓呆了。

她们仰头望向巨蟒，张了张嘴，想要害怕地尖叫，却因为过于恐惧无法发出任何声音。

西西娜也吓了一大跳，她难以置信地望向身边的艾丝黛拉。

她有这么可怕的底牌，昨天晚上还跟自己说那么多废话干什么？

天哪，艾丝黛拉是真的想帮她摆脱神殿的控制，不然只要亮出这张底牌，借她一千个胆子，也不敢有毒杀艾丝黛拉的想法。

艾丝黛拉把她从神殿的骗局中拯救了出来，她却在艾丝黛拉遇到危险时转身就跑，还自以为对艾丝黛拉仁至义尽了，她的心胸和格局真的太小了。

艾丝黛拉见所有人都安静下来，不紧不慢地上前一步。

与此同时，巨蟒的蛇头忽然低垂下来。

周围的人纷纷倒吸一口冷气，心脏都快停止跳动了。

艾丝黛拉却伸出一只手，轻轻地摩挲着巨蟒的蛇喙，眉眼间满是对巨蟒的爱惜和怜爱："我不会在这里久待，你们不冒犯我，我也不会伤害你们。你们要是再敢像这样冒犯我，哪怕没有对我造成什么损害，我也会毫不留情地杀死你们。"

她说着，微勾嘴角，眼尾上挑，环视一周，甜甜地笑起来："你们信吗？"

所有人："……"

信，为什么信？你明明有本事把牢房夷平，却还是和我们一样待在这里，这么诡异的事情都发生了，我们还有什么事不信呢！

"什么？"神使皱紧眉头，脸上难得浮现出难以置信的神情，"你说，你叫了十个杀过人的女囚犯去刺杀她，都失败了？现在没有一个女囚犯敢靠近她了，这怎么可能？"

神使跌坐在椅子上，几近颤抖地旋转着手上象征着权力和荣耀的宝石戒指，低声呢喃："这怎么可能……"

他无法接受两次刺杀都失败了。

刺杀的对象还是一个女孩——一个娇弱无力的女孩！

助手紧张地擦了擦额头上的冷汗："我也不知道为什么会这样，为了让阿尔莎她们顺利刺杀，我还特意支开了裁判所的看守员，谁知道还是失败了。"

不过助手的紧张并不是因为刺杀失败，而是担心神使把火气发泄在他的身上。

他其实一点儿也不意外刺杀会失败。

他早说了，艾丝黛拉是一匹少见的上等马，阿尔莎那帮女人充其量不过是一群运货的牛马。

常年套着犁铧的疲惫牛马，怎么可能跑得过精神奕奕的上等马？

助手特别想摇头叹气。他觉得神使太傲慢了，也太小看艾丝黛拉了。假如神使把艾丝黛拉当成旗鼓相当的对手，谨慎地制订对付她的计划，怎么可能连续两次刺杀都失败？

但这些话助手只敢在心里想想，他可不想变成神使的眼中钉、肉中刺。他不是女人，神使可不会对他"手下留情"。

助手吞咽了一口唾液，小心翼翼地问道："阁下，接下来我们该怎么办？"

神使使劲揉了揉眉心，吐出一口气："女囚犯不敢接近她，那就让男囚犯上吧。"

助手难以置信地望向神使。

神使是被艾丝黛拉气疯了？男囚犯和女囚犯关在两个不同的地方，男囚犯连碰都碰不到艾丝黛拉，又怎么可能刺杀她？难道他要把艾丝黛拉关进男囚犯的牢房里吗？

那就不是刺杀了，是明目张胆地谋害啊！

助手简直想摇晃神使的肩膀，劝他清醒一点儿。

"阁下，什么叫让男囚犯上？我不是很明白您的意思。"助手一边说，一边拼命地对神使挤眼睛，试图用生动的面部表情唤起神使的理智。

神使却没有看见下属忠心耿耿的表情。

他揉着眉心，深深地陷在椅子里，整个人被前所未有的强烈的挫败感笼罩着。一道恶魔般的声音不断地回荡在他的耳边：你连一个女孩都杀不死。

不，他不可能连一个女孩都杀不死。

一定是哪里出错了。

是了，那个女孩肯定是一个女巫，只有女巫才有这么诡异的本事和头脑，只有女巫才能接二连三地逃脱他设计的刺杀。

可惜，刺杀都是暗中进行的，无法作为她是女巫的证据，不然他立刻就可以把她送上火刑架。

该死，他到底该怎么办？难道他真的要让她完好无损地出现在审判席上吗？

神使想到艾丝黛拉走上审判席时，可能会对他露出一个轻蔑又讥讽的笑容，嘲讽他连续不断的失败，心都要裂开了。

他闭着眼睛，咬紧牙关，竭尽全力地压抑内心的挫败和恼怒，才不至于失态，一拳砸在桌子上。他一定要弄死这个女孩，他掌控着整个教区，怎么可能连一个无足轻重的女孩都弄不死呢？

先前的失败，一定是因为他下手太轻了，只想着用女人对付女人。

既然女人无法对付那条狡猾的毒蛇，那就让男人去对付她。

那帮男囚犯有多少年没见过女人了？

他视察牢房的时候，见过那帮男囚犯一次。

他们皮糙肉厚，血气方刚，浑身上下都是浓密的汗毛，散发着男人独有的热气和体味。他们是一群在牢房里直立行走的野兽，脉管里奔流着粗俗的血液，每天都在渴望女人。

他就不信，在这样的野兽面前，艾丝黛拉还能全身而退。

神使想到这里，稍稍镇静下来，瞪了助手一眼："你想到哪儿去了，当然不是把她调到男囚犯那边去了。"

他转动戒指，沉吟着问道："男囚犯中，最穷凶极恶的是谁？"

"是一个叫'安德斯'的男人。他曾经是骷髅会在边境的小头目，也是我们唯一在边境抓到的骷髅会成员。"助手说，"他的力气很大，一拳头就能把人打得半身不遂，十个男囚犯都压不住他。看守员如果不拿附着神力的棍棒，根本压制不住他……"

神使听到这些话，表情终于彻底放松下来："就让安德斯去对付艾丝黛拉。"

助手一脸尴尬地道："可是，安德斯并不是我们的人，他压根儿不信神，也不敬重神殿，根本没有教士敢跟他说话。他就像一头被困在笼子里的野兽，我们哪怕只是站在笼子边上和他说话，都有被他咬伤的风险……"

神使停止转动戒指，恨铁不成钢地望向助手："你的脑子为什么这样呆板，我的助手？你都说了，他是一头被困在笼子里的野兽，你不敢去打开笼子，那就诱使他自己撞开笼子啊。假如他真的是一头野兽，撞开笼子后，自己就能循着血腥味找到艾丝黛拉，你明白我的意思了吗？"

助手明白过来，立刻连连点头，不住地称赞神使的智谋。

他表面上对神使的手段赞不绝口，内心却有些反感神使的做法：神使也太恶毒了，居然想把男牢房里最强壮、最凶恶、最具破坏力的男囚犯引去女牢房里……那些女囚犯又做错了什么呢？

让那么多女囚犯去刺杀艾丝黛拉，已经是违背神意、极为不道德的事情了，现在神使居然还想利用男囚犯去整治艾丝黛拉。

假如他有指摘神使的权利的话，真想开口说一句：差不多得了。

但他没有，他只是一个人微言轻的助手，只能点头哈腰地接受神使的命令，去释放"安德斯"这头凶残的野兽。

助手想象中马上要大难临头的女牢房，此刻正处于一种空前和谐的氛围中。

艾丝黛拉说到做到，在女囚犯们纷纷发誓不去主动招惹她后，她就让洛伊尔变回了小蛇的模样。

一时间，所有女囚犯前所未有地安分守己。

一些喜爱惹是生非的女囚犯也不再到处挑事了，让不少处于牢房底层的女囚犯大大地松了一口气，看向艾丝黛拉的目光中不禁带上了浓浓的感激。

看守员被助手支出去转了一圈，回来后发现，女囚犯全部变得像宠物猫一样温驯听话。即使没有强硬的命令，她们也拿起了扫帚和拖把，开始打扫一片狼藉的餐厅。

其中打扫得最卖力的，居然是阿尔莎。

看守员一脸恍惚，反复揉了好几遍眼睛，才相信这是现实。

要知道，阿尔莎可是一个大刺头，仗着结实发达的肌肉、高大健壮的个子、母牛似的蛮力，从不干繁重的活计。只有当看守员用棍棒督促她时，她才会懒洋洋地干上一小会儿。但只要看守员不在旁边监督，她就会把活计扔给其他女囚犯。

为此，看守员们没少抱怨这个女人。

可是现在，她却仿佛一只勤劳的小蜜蜂，包揽了所有的脏活和重活。有身材瘦弱的女囚犯提不动水桶，她居然满面笑容地跑过去，和和气气地接过对方手上的水桶，一口气送到了目的地。

看守员："……"

他离开的这段时间里究竟发生了什么？神迹显灵了？

艾丝黛拉对眼前的景象满意极了。

她喜欢一切变得井然有序。

她微笑着，垂下秀美的头颈，用嘴唇摩挲了一下袖子里探出的蛇头，温柔地道："多亏了你，我的小怪物，你做得太好了。"

她的语气里充斥着小女孩对刚学会走路的小猫的惊喜和怜爱："要是没有你，我真不知道该怎么办。"

黑蛇冷不防被她亲了一下，头部的蛇鳞一下子竖了起来。

表面上，它的眼神毫无变化，吐蛇信子的速度却明显变快，冷冰冰的蛇瞳被薄膜包裹了好几下，蛇尾更是略显急躁地震颤着。艾丝黛拉的夸奖，似乎让它进入了兴奋状态。

西西娜一脸麻木地看着这条蛇。

畜生就是畜生，这么敷衍的谎话也信。

要是在几个小时前，她或许会信这句话。

但现在你告诉她，一个无论是城府还是手段都近乎恐怖的人，会因为没有这条蛇，而对付不了几个只会用蛮力的女人，她怎么可能相信这种鬼话？

西西娜有充分的理由相信，艾丝黛拉用这条蛇去吓唬那些人，只是因为她懒得动弹，上午的活计好像真的把她累坏了。

洛伊尔当然知道这是谎话，他却无法遏制地为这样甜美的谎话心动，就像他无法遏制身上的蛇鳞因她竖起一样。

他仿佛一分为二：一个是高高在上、冷眼旁观的他，那个他虽然也很喜欢艾丝黛拉，却是一种不带欲望的喜欢。在他眼里，艾丝黛拉只是一个完美又普通的造物，仅此而已；另一个则是已深陷欲望泥沼的他，他仿佛处于求偶期的野兽一般，完全无法抗拒艾丝黛拉的一举一动。

她的头脑、手段、气息、声音、鲜血，对他来说均是甜蜜而令人兴奋的毒药。他明知道喝一口就会致命，但为了回味那种抓挠般的悸动，他还是毫不犹豫地吞了下去。

他在堕落，他在冷眼旁观自己的堕落。

最可怕的是，两个他都因为这堕落兴奋不已。

他感到自己卑劣的独占欲在逐渐扩大，如同被烛火侵蚀出一个洞的纸张，谁都无法阻止火在纸上蔓延。

他迫切地想要占有她，不管用什么方式。

化为巨蟒时，他几乎用尽了全身的意志力，才没有如他想象那般将她含在口中。

刚刚她亲吻他时，他的理智更是险些被某种掠夺的本能吞噬，他不得不一次次地闭眼睁眼，才平息了那种狂热的、凶暴的、可怕的激动。

假如有一天，他再也压抑不住这贪得无厌的占有欲，她会毫不犹豫地驱离他吗？

艾丝黛拉不知道洛伊尔的心理活动，她嘴边噙着似有似无的笑，心情很好，从来没有这么好过。

今晚神使估计还会对她下手。

他们下手的次数越多，暴露的弱点就越多，她喜欢这种自乱阵脚的对手，可以省去很多不必要的思考时间。

当然，最让她开心的还是洛伊尔。

她早就想要一只这样的宠物了，可惜没有任何一种动物能满足她的要求，直到她碰见了洛伊尔。

它有着冰冷而美丽的蛇鳞，顶级掠食者般危险又可怕的气势，可大可小的身形，能与人类媲美的智慧，以及小狗一般的忠诚。

她对它的赞美，都是真心真意的。

没有它，她一个人玩弄这些人多没意思。

"对了，"西西娜的声音在她的耳边响起，"那些教士还会对你下手吗？"

"当然会，"艾丝黛拉勾起嘴角，"而且今晚就会来。"

西西娜看了看热火朝天干活儿的女囚犯，疑惑地道："可是所有人都见识了你的能耐，还有谁会不怕死地来找你的麻烦呢？"

艾丝黛拉眉毛微挑，瞥她一眼："你再想想，真的是'所有人'都知道了吗？"

西西娜皱紧眉头，仔细想了想，不确定地道："所有女囚犯都在这儿了……难道他们要买通看守员毒害你？但据我所知，看守员不是神殿的人，不会掺和神殿的事。"

艾丝黛拉颔首道："你说得没错，裁判所的看守员、教区神殿的骑士、法庭的护卫，都隶属于王都的骑士团。他们拥有监管神殿的权利，不过，能否行使这权利，取决于神殿在当地的权威大不大。假如神殿积威甚重，监管权不过是有名无实而已。"

西西娜恍然大悟道："难怪那些教士从不通过看守员联系我。"

她眉头一皱，又露出疑惑的表情："可是这里除了女囚犯就是看守员，那些教士总不至于让隔壁的男囚犯来杀你吧？"

艾丝黛拉微微一笑，像花瓣一样的脸颊上布满红晕。她像嗅到血腥味的野兽一般，不自觉地舔了舔双唇。

她的眼神是如此温柔，微笑是如此楚楚动人，眼里却透着恶狼即将用利爪玩弄猎物的兴奋。

"谁知道呢。"她用两根修长的手指摩挲手腕上的黑蛇，嗓音无比柔和甜蜜，"反正我现在非常期待夜晚的降临。"

西西娜："……"

怎么回事，搞得她也期待起来了。

第八章
偏见

晚上，安德斯拖着疲惫的身躯回到了牢房。

他脱掉汗湿的囚服，"砰"的一声倒在床上，正要像往常一样进入梦乡，额头忽然被什么东西砸了一下。

安德斯敏锐地睁开双眼，一把抓住了那个东西。

是一张小字条——牢门已经打开，抓紧时机离开。

安德斯的睡意立刻消散了。

他攥着字条翻身坐起来，惊疑不定地望向牢门，上面的大锁果然已经不翼而飞。

怎么回事？难道是骷髅会的人来救他了？

可是，边境的骷髅会不是被德蒙控制了吗？德蒙费尽心机取代了他，把他送进了神殿的裁判所，又怎么可能让骷髅会的教众来救他？

那这张字条是谁扔给他的？

安德斯看着字条，百思不得其解，最终他对自由的渴望还是占据了上风，走向了打开的牢门。

这时，又有一张字条被扔到他的脚下——去女牢房，艾丝黛拉会接应你。假如她被神殿策反，格杀勿论。

安德斯再次陷入深深的疑惑中。

艾丝黛拉是谁？为什么一定要去女牢房？

对方都能打开牢门了，就不能让他直接从男牢房的大门逃走吗？

安德斯并没有神使想的那么色欲熏心，一看到女牢房就两眼放光。相较女人，他更渴望自由。

助手也想到了这一点，所以加强了除女牢房以外的巡逻。尤其是男牢房的大门，巡逻的侍卫里三层外三层，简直如铁桶一般密不透风。

安德斯："……"

他只能被迫前往女牢房。

他走到一半，血液忽然灼热起来，这是一种诡异的发热，使他的四肢蕴满了某种不安的冲动。他的头脑渐渐昏沉，双脚也像醉汉似的发麻发软，踩不到实处。

安德斯撑着墙壁，额头上暴起淡蓝色的青筋。

眼前是什么样的情况，他再清楚不过。

很明显，这是一个阴谋。

有人想要陷害他，置他于死地，于是故意给他下药，打开牢门把他引向女牢房。越狱是死罪，男囚犯踏足女牢房也是死罪，有人想要他死！

至于这个人是谁，答案已经呼之欲出——骷髅会边境分会的头目德蒙。

真厉害啊，德蒙，居然把手伸到裁判所来了。

安德斯重重地捶了墙壁一拳。

现在回头肯定不行了，他平常在男牢房作威作福惯了，要是被其他男囚犯发现他大摇大摆地走出了牢房，绝对会被检举。

不管怎么说，女牢房都要比男牢房安全一些。

安德斯只能继续往前走。

那个艾丝黛拉，应该也是德蒙的人。

骷髅会从不接收女性成员，也不知道她用了什么办法迷惑德蒙，让对方如此信任她。

但想想也知道，女人嘛，想要爬上高位，只能利用自己的色相。

安德斯攥紧拳头，狠狠地咬了一下舌头，他尝着血腥味，露出一个轻蔑、嘲讽乃至狰狞的冷笑。

她既然敢跟德蒙合作，设计陷害他，那他在坠入地狱之前，哪怕是拖着她的脚，也要拉她一起陪葬。

说起来，他已经很久没有被兽性控制头脑，也已经很久没有糟践一个女人了。今天他会生出这种粗暴的、愤怒的、野蛮的冲动，完全是被逼的。

他要用艾丝黛拉的性命，去发泄这种被侮辱和被算计的怒火。

安德斯把地板踩得橐橐作响，气势汹汹地冲进了女牢房。

他的脸庞涨得通红，散发着恼恨的热气，脖子也涨得像雄牛一样粗壮。

有女囚犯看见他掠食动物一般的身影，刚要发出尖叫声，就被他一只手扼住了喉咙。

"艾丝黛拉在哪里？"安德斯红着眼睛问道。

女囚犯咽了一口唾液，吞下恐惧的尖叫，颤抖着答道："她在……在最里面的牢房。"

安德斯冷笑一声，毫不留情地扔开了她。

女囚犯被他丢到一旁，后脑勺撞到石壁，两眼一翻，晕了过去。

安德斯就这样边走边问。

他太生气了。

他现在就是一头被激怒的野兽，步履沉重，随时有可能陷入失控的状态。他的体内仿佛有一个加热炉，滚烫的血液是一捆又一捆的干柴，不停地输往炉心。他的血液被蒸发的同时，理智也灰飞烟灭了。

有胆小的女囚犯紧贴墙壁，哆哆嗦嗦地啜泣起来。她们究竟做错了什么，中午被一条巨蟒吓得半死就算了，好歹没受到什么实质性的伤害，谁知半夜睡到一半，又有一个凶恶的男人闯进了牢房……在牢里的生活，怎么比在牢外还精彩？她们不想要这种精彩啊！

胆子大的女囚犯，譬如阿尔莎，则握着牢门的栏杆，咧着嘴，似笑非笑地望向安德斯。

"你找艾丝黛拉？"阿尔莎笑嘻嘻地喊道，"她在最里面的牢房，直走就到了。你快去，快去，再不去看守员就醒了！"

有跟阿尔莎差不多性格的女囚犯，手拍打着栏杆，哧哧地笑起来："阿尔莎，你怎么这么坏呀？"

"我坏？我哪里坏了？"阿尔莎把头一扬，"这个男的比我还健壮，艾丝黛拉肯定喜欢他。虽然我和她只见过两面，但我知道，我和她是同一类人。她有什么喜好，我一眼就看穿了！"

"你就吹吧。"有女囚犯摇头哧笑，"我看，你就是想借刀杀人！"

话音落下，不少女囚犯都哄笑起来。有女囚犯甚至笑得喘不过气，必须扶着牢门的栏杆才能站稳。

安德斯看着这一幕，心里一阵发凉。

难怪总有人说，有女人的地方就有战争。

那个叫"艾丝黛拉"的女囚犯，估计是得罪了这个叫"阿尔莎"的女囚犯，所以阿尔莎一看到他，就迫不及待地给他指路。

其他女囚犯看见这一幕，不仅不觉得心寒，反而开心地笑成一团。

她们就没有想过，自己有一天也可能被这样出卖吗？

安德斯忍不住频频摇头。

女人的格局真的太小了，只能看见蝇头小利。

怪不得骷髅会总部的首领拒绝接收女教众，试想如果这里是骷髅会，艾丝黛拉是骷髅会的核心成员，他是神殿的人，走进来连盘问都不需要，这些女人就因为嫉妒和仇恨，将艾丝黛拉的位置全盘托出。

首领就是首领，真的是太高瞻远瞩了。

骷髅会要是接收女教众，可能过不了几年，就会被神殿消灭得一干二净。

安德斯一边摇头感叹，一边大步走向艾丝黛拉的牢房。

他可怜这个女人。

他知道众叛亲离是什么感觉，假如她能如实说出究竟是谁陷害他，他会极力克制住药性，让她死得有尊严一些。

这是他能给予她的最大的仁慈。

然而离艾丝黛拉的牢房越近，他就越觉得不对劲。

周围的气温太低了，低到不正常，墙壁上的烛光也越来越暗。最让他神经紧绷的是，黑暗中似乎有一双眼睛在盯着他，被窥伺的感觉如影随形。

窥伺他的那双眼睛是如此冷漠，如此阴沉，不带任何感情，仿佛他是砧板上的一块肉，可以用视线随意切割。

自出生以来，安德斯从未体会过真正的恐惧。他是一个身强体壮、血气方刚的男人，头脑如畜生般愚昧，认为只要拳头够硬，任何事都可以轻松解决。

可现在，他却体会到难以形容的恐惧。

他不停地回头张望，只能看见一片漆黑。没有人在看他，他却能感受到那种带有敌意的视线，像预备捕猎的巨蟒一般，危险地跟在他的身后，想趁他一个不注意，以一种压抑的、残酷的、没有声响的方式绞死他。

安德斯定了定神，压下心中的惊惧，深吸一口气，他怀疑是血液里的药物使他出现了幻觉。

他用力捶了捶脑袋，继续前行。

他把这一切都算在了艾丝黛拉的头上。

要不是艾丝黛拉，他也不会有这么离奇的遭遇，更不会像一个娘儿们似的害怕起来。都怪艾丝黛拉。他二话不说把之前许诺的仁慈抛到脑后，只想狠狠地折磨她一番，以弥补受到损害的男性自尊心。

然而，即使他不停地催眠自己，被窥伺的感觉是药物作用，那道冰冷的视线仍像可怖的阴影一样笼罩在他的头上，直到他走进最里面的牢房。

一个女孩正倚靠在牢房门口等着他。

她的头颅和身形都很娇小，穿着简朴的粗布衣裳，浓密的发丝如同黑色流瀑般倾泻而下。

她的眉眼像天使一样纯洁美丽，双唇像洋娃娃一样小巧娇美，脸颊像杏花一样白里透红。

可当她抬头望过来时，安德斯却在她的眉眼间感受到一种隐秘的、浓艳的、几近凶狠的刺激力，这股刺激力让他浑身上下的鸡皮疙瘩都激得震颤了起来。

安德斯控制不住地打了个冷战，呼吸艰难，喉咙发干，暴露了丑态。

"你是艾丝黛拉？"他用沙哑的声音说，"你居然长成这样，该死，该死……难怪外面那帮女人那样嫉妒你！"

艾丝黛拉微微歪头，用一根手指缠绕着一绺黑发，饶有兴味地问道："她们嫉妒我？"

安德斯立刻把外面的事一股脑儿全说了出来。

蹲在角落里的西西娜忍不住翻了一个白眼。

她们哪里是嫉妒艾丝黛拉，分明是看不惯你，想让艾丝黛拉玩弄你、惩治你、吓死你。

安德斯又说："我知道你是德蒙的人，也知道你在帮德蒙陷害我……我最讨厌别人陷害我，我本想杀你泄愤，但看你长得这么惹人怜爱，又不忍心了。"

他顿了顿，声音越发沙哑："我给你两个选择，第一个是跟着我，当我的女人，我会带你杀出裁判所，让你过上所有女人梦寐以求的生活；第二个是我杀了你，你在地狱里继续为德蒙做事。"

艾丝黛拉嘴角微扬，拍了拍手："很棒的选择，但是很可惜，我也有两件事要告诉你。"

安德斯的心"咯噔"一下。

与此同时，那种被窥伺的感觉又回来了。

这一次，那道视线比之前更冰冷、更可怖、更充满敌意，几乎令他窒息。

安德斯明知那不过是幻觉，额头上却还是缓缓渗出一层冷汗。

"第一件事，你被人骗了，我不是德蒙的人。"

安德斯愣住了。

"第二件事，"艾丝黛拉勾起嘴角，一脸恶劣，"我对出狱没有兴趣。如果我想出狱，我的小蛇就可以带我出去。"

她的话音落下，一条巨蟒毫无征兆地显形了。

安德斯在对上那双紫蓝色蛇瞳的一瞬间，就反应过来一直在暗中窥伺他的是这条可怕的巨蟒！

此时此刻，它正居高临下地俯视着他，它身上那如魔鬼一样瘆人的蛇鳞，正徐徐往外散发着梦魇般的黑色雾气。

它的身躯是如此庞大，显形的一刹那，却没有发出任何声响，也没有损坏任何物品。

狭窄的牢房无法容纳它的全部身形，它只能尽量低垂着蛇头，将长而粗的蛇身裹缠在艾丝黛拉的身上，紧紧地，一圈又一圈。

它看上去冷静极了，不像其他顶级掠食者一般充满躁动不安的气息，看向他的竖瞳却压抑着令人胆寒的杀戮欲。

安德斯："……"

你管这叫小蛇？

安德斯终于懂了外面那些女囚犯为什么那样迫不及待地劝他来这里了。

她们并不是嫉妒艾丝黛拉，相反她们十分相信艾丝黛拉能惩治他，不然也不会一个字都没有吐露巨蟒的事情。

什么"有女人的地方就有战争"，他要是能活着出去，绝对把当初告诉他这句话的人狠狠地打一顿！

艾丝黛拉似笑非笑地看着他："现在，你还想带我杀出裁判所吗？"

安德斯："……"

现在他求她带他杀出裁判所，还来得及吗？

安德斯缓缓地摇头，缓缓地跪下，用行动回答了这个问题。

当日凌晨，天还未亮，神使刚从床上起来，还没有披上深紫色的长袍，就听见了从裁判所传来的噩耗。

按理说，这已经是第三次失败了，他无论如何都该比前两次冷静一些。

但他冷静不下来，怎么都冷静不下来。

他攥紧拳头，深深地吸气又吐气，在心里反复地追问：为什么？为什么？为什么？

为什么会这样？

安德斯不是男牢房里最穷凶极恶的犯人吗？他不是一拳就能把人打得半身不遂吗？他不是强壮到连十个男囚犯都压不住吗？他不是一头被困在笼子里的野兽，连人站在笼子边上和他说话都不敢吗？既然如此，为什么连一个女孩都杀不死？

为什么？为什么？

神使闭上眼睛，极度痛苦地对着空气发问。

他是如此轻视女人，从未正眼看过女人，可艾丝黛拉连一个女人都算不上，她的外表还带着一股小女孩的天真稚气，她还是一个娇弱的女孩啊！

他却在这个女孩身上栽了三次跟头，这简直是奇耻大辱！

有那么一瞬间，神使差点儿气得背过气去。

他不得不遣退为他更衣的仆从，蹒跚着走到书桌旁，颤抖地拉开抽屉，从里面拿出一瓶护心药丸，一口气往嘴里倒了几十颗。

几十秒后，药丸起效，堵在他胸口的挫败感、憋闷感和焦躁感总算消退了一些，不至于令他呼吸困难。

他的一生中不是没有经历过失败，却从来没有失败得这么难堪过！

在他看来，女人都是牲畜，肮脏又罪恶的牲畜，对人类的奉献和耕牛差不了多少。

然而，他却在牲畜的手上连续栽了三个跟头，这说明什么？说明他的头脑、手段和城府，连一头牲畜都不如。

想到这里，神使的心简直比被捅了一刀还难受。

要不是那几十颗护心药丸保住了他的心脏，可能他已经晕倒在地了。

他面色煞白，跌坐在椅子上，狼狈不堪地用手撑住额头。他不仅沉浸在败给一个女人的绝望中，还被无法言喻的惶恐和慌乱束缚了手脚。

他不敢再对付艾丝黛拉了。

他怕再来一次，还是失败。假如再来一次还是败给艾丝黛拉，他还有脸说自己的头脑优于艾丝黛拉吗？他还有底气轻视女人吗？

他不敢去试探这两个问题的答案，怕自己的自信心和自尊心被艾丝黛拉彻底击溃。

难道他只能眼睁睁看着她安然无恙地走上审判席吗？

这何尝不是另一种折磨？再失败一次会击溃他的自尊心，难道看着艾丝黛拉毫发无损地站在审判席上，就不会令他的自尊心受到损害吗？

神使越想越痛苦，简直快要晕厥过去。他紧咬牙关，用力地按揉着太阳穴，几乎要把手指头按进脑袋里。

不知过去了多久，直到他无意识地咬破了软腭，嘴角流出一丝鲜血，才慢慢恢复了镇定。

他没有彻底失败。

神使深吸一口气，催眠似的告诉自己。

他还有还手的机会，公开审理司铎的案子时，就是他最佳的还手时机。

这一回，他会完完全全放下偏见，把艾丝黛拉当成一个势均力敌的对手去看待，去对付。

他会拿出争夺神使位置时的决心和耐心，仔细、仔细、再仔细地观察和分析她，必要时甚至会丢下脸面，请身边的智囊团帮忙出谋划策。

他就不信，做到这个份上，他还会失败。

正好艾丝黛拉连续摆了他三道，肯定会对他放松警惕，认为他是一个可以轻易战胜的人，在这种情况下，他再对她使出全力一击，绝对能打她个措手不及，一雪前耻。

神使缓缓吐出一口气，放下按揉太阳穴的手，彻底恢复了镇定自若的模样。

神使的想法很好，到了实施的时候，却不知该如何下手。

他不知道艾丝黛拉的弱点。

平常，他想要摧毁一个对手时，很轻易就能查到对方的弱点，比如父母，比如家庭，但他查来查去，都查不到艾丝黛拉的父母是谁。

一个人不可能无父无母，没有家庭，只能说艾丝黛拉隐藏身份的手段太高明了。

他果然不该把她当成一般的女孩看待。

不过，就算她在家庭上没有弱点，在性格上也一定有弱点。

神使沉吟着，打算斥重金收买一个女囚犯，让她寸步不离地跟着，记录下艾丝黛拉的一言一行，他再从中分析艾丝黛拉的弱点。

谁知收买女囚犯这第一步就卡住了，根本没有女囚犯愿意接这个活儿。

神使听见这句话，差点儿把戴着宝石戒指的手指拧下来。

艾丝黛拉才进牢房多少天，就在女囚犯当中树立起这样可怕的威望，连记录她的行踪这么轻松的活儿都没人愿意接。

他无法控制地想，假如他隐姓埋名住进男牢房里，能像艾丝黛拉一样，在短短两天内树立起这样可怕的威望吗？

答案不用深究，已经浮出水面。

他会被那些粗暴的男囚犯殴打、撕碎、用冷水浇醒，继续殴打、撕碎，再用冷水浇醒。

既然如此，艾丝黛拉又是怎样树立威望的呢？

神使想不通，怎么也想不通。

他比艾丝黛拉强壮，比艾丝黛拉年长，比艾丝黛拉阅历丰富；他浑身上下没有一处比艾丝黛拉差，却又处处比不过她。

最令他心脏疼痛的是，艾丝黛拉不过是一个年轻、柔弱、出身不明的女孩！

他比不过一个女孩。

这句话简直快变成他的心魔，深深地扎根在他的心底，撕扯他的血肉，在他的脉管里流动，令他头昏脑涨，疼痛难忍。

以往，他一上午能处理不少公务，可今天他除了研究艾丝黛拉和自怨自艾，什么都没有做，一上午就这样浪费了。这在以前是从未有过的事，他自乱阵脚了。

最后，还是助手说服了一个女囚犯去监视艾丝黛拉。

说服她的代价是，减少她五年的刑期，再给她的父母两百个金约翰。

然而面对如此丰厚的条件，女囚犯却一脸犹豫，反复确认："只是监视艾丝黛拉，对吧？不是去谋害她，对吧？我可不做害人的事！"

助手："……"

别以为我不记得你之前帮我们做过害人的事。

助手叹了一口气，说："是的，是的，只要你监视她，把她的一举一动记录下来。记住，是一举一动，包括她吃了什么，做了什么，和谁说话，说了什么；看守员派给她活儿的时候，她有无愤怒和不满；她干活儿的时候是否偷懒……事无巨细，全部记录下来，明白了吗？"

女囚犯说："这么多？那得加钱。"

助手笑道："只要你记录得够详细，钱不是问题。"

女囚犯要的就是这句话，她立刻兴奋地搓着手，兴高采烈地去监视艾丝黛拉了。

神使虽然达到了目的，却不怎么高兴，但他想到马上能靠艾丝黛拉的一举一动分析出她的弱点，又振奋起来，静候女囚犯的好消息。

一个人的城府再怎么深，都不可能时刻把自己伪装成一个完美无缺的人。

神使在赌，赌艾丝黛拉会在一言一行之中暴露出自己的弱点。

第二天中午，神使从助手那里拿到了艾丝黛拉的言行记录。

为了防止被气得半死，他提前吞了几颗护心药丸。

然而即使他准备得如此周全，看到记录的一瞬间，眼皮还是连续跳动了好几下。

记录如下——

凌晨四点钟，艾丝黛拉起床，打了五六个哈欠。看守员派她去打扫厕所，她一边编辫子，一边咕哝着问道："怎么今天还是我打扫厕所？"看守员回答："你没有资格问这个问题。"她点点头，真的没有再问，拿着拖把走进厕所，直到中午才出来。

神使："……"

他翻来覆去把这段话看了好几遍，无论如何都不能理解，艾丝黛拉为什么要去打扫厕所。

她不是有城府、有头脑、有手段吗？她完全可以避免这种又脏又累的活儿，为什么不去避免呢？

神使想不通，想破了脑袋也想不通。他似乎一遇到艾丝黛拉的事情，脑子就特别不灵活。是他天生和这个女孩不对付，还是她的一举一动远远超出了他的理解范畴呢？

要是没有前三次的失败，他可能不会这么认为，但一想到艾丝黛拉连续摆了他三道，而他连具体的还击对策都还没有琢磨出来，就忍不住钻起了牛角尖。

是他想多了吗？还是艾丝黛拉的言谈举止真的远远超出了他的理解范围？

整整一个中午，他都在思考艾丝黛拉为什么听从看守员的命令打扫厕所，对这个问题百思不得其解。

他明知道艾丝黛拉不可能在打扫厕所这件事上做文章，却还是控制不住地想——万一呢？万一这是艾丝黛拉的阴谋呢？

另一边，艾丝黛拉揉着眼睛，打着哈欠，无精打采地走到了队伍的末尾，排队领餐。

都怪安德斯，她只睡了一个小时，困极了，也倦极了。她打扫厕所的时候，忍不住枕着洛伊尔光滑的蛇鳞坠入了沉沉的梦乡。

她的小蛇是如此好用。

他们之间不需要交流，他就知道她想要什么。她想要香甜的睡眠，于是他不声不响地变幻出巨蟒的体形，用冰冷粗壮的蛇身紧紧地裹住她的身体，又将扁形蛇头伸到她的头颈底下，让她能安然入睡。

最让她感到贴心的是，他不知用了什么办法，隔绝了所有难闻的气味。一时间，这比她在牢房的木板床上睡得还要舒适。

她醒来以后，脸色明显比早上红润了不少。

这都是洛伊尔的功劳。

怎么会有这么贴心、这么好用的小蛇呢？

她忍不住像对待小猫小狗一样双手捧住他的蛇头，用鼻子充满爱怜地摩挲着他的蛇喙，嗓音甜美地道："你真的太好了，我好喜欢你，我的小蛇，没有比你更讨人喜欢的蛇了。"

他头部的蛇鳞再一次因她的触碰而勃然竖起。

他不是真正的蛇，却总是因为她暴露出蛇类才有的反应，比如蛇鳞竖起，蛇身膨胀，蛇尾震颤。

这些都是蛇类兴奋或处于攻击状态时的表现。

他在她的影响下学会了人性，又在她无意识的引诱下觉醒了兽性。

有时候，他都不知道在她的面前更愿意成为动物还是人类，抑或是两者都想成为。

或许，他所创造出来的人类只是衣冠整齐的动物。

毕竟无论是人还是动物，当被某种燃烧的热望支配时，都不再有区别。

洛伊尔一动不动地注视着艾丝黛拉，小心翼翼地吐出蛇信子，轻轻地碰了一下她的脸颊。

他的欲望还在扩张、蔓延、膨胀。

以前，他只需要轻轻地碰一下她的皮肤，或是嗅闻片刻她的气味，就能得到满足，可现在却觉得远远不够，他需要更多。

他想一直像今天这样，用沉重的蛇身裹住她。

被她短暂地亲吻或抚摩，已经不能让他感到满足了。

他想要一直嗅闻她的气味，想要她的手一直放在他竖起的蛇鳞上，想要她的声音一直萦绕在他的周围。

不知不觉间，他看向她的眼神里，占有欲已浓重得快要溢出来。

艾丝黛拉完全不知道自己小小的一个举动，会让洛伊尔的贪欲更加滞重。

在她眼里，洛伊尔只是一只讨人喜欢的宠物。

她对他的服从很满意，除此之外，再无其他想法。

神使无论如何也想不到，艾丝黛拉听从看守员的命令，乖巧地打扫厕所，只是因为她太困了，懒得说服看守员给她换一个活儿。

他想了一个下午都没能想出答案，眼球都布满了血丝。

晚上，他拿到了艾丝黛拉下午的言行记录。

不看还好，神使看后再次陷入无尽的疑惑中。

艾丝黛拉太守规矩了。

看守员让她干什么，她就干什么，没有半点儿怨言。其他女囚犯跟她打招呼，无论对方高矮胖瘦，她都报以和善的微笑。

她对待女囚犯是那么温和，那她可怕的威望又是怎么树立起来的呢？

神使了解了艾丝黛拉的言行以后，不仅没能分析出她的弱点，心里反而生出了一个又一个谜团。这些谜团像是一团团火焰，在他的胸腔里横冲直撞，灼烧着他的心脏，让他浑身难受，焦灼不安。

他原本计划跟智囊团一起分析艾丝黛拉的言行，可事到临头，他又退缩了。

因为从记录上看，艾丝黛拉太普通了，再普通不过的一个女孩，没有任何值得分析的地方。让智囊团看见这样的记录，他们会怎么想？他们会不会觉得他已经老得神志不清了，连一个普普通通的女孩都对付不了？

当然，不是不能解释，但解释就要把他在艾丝黛拉身上栽过的跟头，从头到尾、仔仔细细地描述一遍，这相当于让他重新经历一遍那些耻辱和恼恨。

连一个女孩都比不过，已经够让他羞耻和恼怒了，还要把这些事告诉一向视他为主心骨的智囊团，这跟把他钉在耻辱柱上供下属观赏有什么区别？

神使痛苦不安，在心里分析着：一方面，是他因为吐露这件事，被下属在私底下取笑；另一方面，是他由于抹不下脸，没有让下属参与进来，再次被艾丝黛拉摆一道，被所有人取笑。

两种做法的结果都是他被取笑，还不如他先被自己人取笑，再在艾丝黛拉的面前狠狠地找回场子，一雪前耻。

对，就是这样，长痛不如短痛，作为男人，要有刮骨疗伤的勇气。

神使深深地吸气，做了许久的心理建设，终于鼓起勇气，邀请智囊团过来讨论此事。

为了让整个场面看上去不那么滑稽，神使特地举行了一场庄重而盛大的晚宴——长长的餐桌上摆满了各式精致的开胃小吃，细颈玻璃瓶里是拿新鲜橘子挤出的果汁。

菜肴还没有送上来，神使准备等他开始讲自己的耻辱史时，再故作漫不经心地摇摇牛颈铃，让仆人呈上丰美的火腿、肥嫩的鹅肝、美味多汁的小鲑鱼。

在这样的氛围下，就算他的遭遇惹人发笑，得到的也会是一阵善意的笑声。

想到这里，神使为自己的聪明才智倒了一杯酒。

于是，他完全没发现，在这样一个金碧辉煌的厅堂，跟一群毕业于帝国顶级学府的教士坐在一起，一边享用丰盛的大餐，一边讨论如何对付一个年纪仅有他三分之一的小姑娘，本身就出大问题了。

还好智囊团来之前曾被助手反复提醒，不能笑出声音，不然真的有可能把持不住。

他们和神使一样，对女子抱有一种天生的蔑视，认为她们头脑简单、轻贱可鄙、愚蠢冲动，再加上他们都是青年才俊，时常会遭遇一些女子拙劣的勾引，这更加证明了他们对女子的轻视和偏见都是正确的。

不错，他们的确有祖母，有母亲，有妻子，有姑母，有许多女性亲戚，所以呢？你见过哪个浪子因为想到母亲，而停止猎艳？

他们带着浅淡的微笑，接过神使递来的言行记录本，随意地翻了翻，就放在了一旁，根本没把上面的文字当回事，还以为神使在跟他们开玩笑。

神使绷着脸，很想让智囊团严肃地对待这件事，却说不出口。

智囊团的反应，跟之前的他何其相似！

这个时候，他仿佛分裂成两个人：一个他为接下来的公开审理感到万分焦急，恨不得舀一勺银汤罐里的热汤，泼到那些自视甚高的智囊的头上，让他们收起脸上的蔑笑，认真地研究艾丝黛拉的一言一行；另一个他则感到一种古怪的宽慰——原来男人都容易犯轻视女人的错误，他之前只不过是犯了全天下男人都会犯的错误，压根儿用不着这么羞耻和愤怒。

最后，还是站在一旁的助手看不下去了，走上前来，低声提醒智囊团："诸位，神使阁下是认真的，请诸位仔细阅读手边的言行记录本。这个女孩真的不简单，我们已经在她的手上栽三次跟头了。"

神使深深地看了助手一眼，"我们"这个词用得妙啊，深得他心。他第一次发现助手原来可以这么机灵。

一个年轻男子打开言行记录本，看了又看，一脸惊讶地道："可这些记录看不出什么特别之处啊。"

助手点点头，说道："这才是最可怕的地方。你们不知道，这个女孩原本不用被捕，是她以非常诡异且可怕的手段算计了神使阁下，借神使阁下的手，把自己送进了牢房……"

助手一口气把艾丝黛拉的光辉事迹说了出来。

比如，她是如何在短短两天内，在新来的神女中出名；她又是如何让两个资历深厚的嬷嬷，先后在神使的面前提起她的名字，引起神使对她的兴趣；接着她又是如何胁迫神使公开审理司铎一案，借神使的手，把自己送进了牢房，并且在牢房里不费吹灰之力，躲过了他们安排的三次刺杀。

话音落下，所有人都沉默了。

他们放下手上的餐刀和餐叉，难以置信地看着手边的言行记录本，心智可怕到这种程度的女孩，还算是女孩吗？

神使看着智囊团惊疑不定的表情，对助手的才干越发满意。

他太欣赏助手了，这么耻辱的一件事，从助手的口中说出来，居然可以变得这么平淡，这么自然，好像他被艾丝黛拉算计得狼狈不堪是一件再正常不过的事情，根本不用那么惊慌失措，倍感受辱。

他以前怎么就没发现助手有这样颠倒黑白的才能呢？

神使想多了，助手其实只是实话实说而已。

毕竟从普通人的角度来看，艾丝黛拉无论是心智、城府，还是手段，都远远超过神使，神使被这样的对手碾压，当然是一件再正常不过的事情，根本不需要感到耻辱。

神使完全不知道自己在不知不觉间接受了比不过艾丝黛拉的事实，胃口大开，吃了不少主菜。

一个蓄着唇髭的男人反复看了好几遍手边的记录本，一脸慎重地开口："阁下，这个女孩的确非常诡异……但好在当地人都认为弗莱彻司铎德高望重，不少信徒都曾在他的引导下目睹神迹。不管他有没有杀死那些女孩，一个能得到神眷的人，能坏到哪儿去呢？我认为，您只需要在法庭上不停地强调司铎的德行多么高尚就行了，剩下的话，围观的民众会帮您说完的。"

另一个男人也冷静地道："我记得王都的戴维斯夫人曾预言了约翰二世的死亡，然后她就被王都的裁判官以叛国罪关进了疯人院……这个女孩的确很聪明，但是又怎样呢？只要人们不相信她说出的每一个字，她再聪明也无计可施。"

"是啊，神使阁下还是太仁慈了，居然真的愿意把一个乳臭未干的小丫头当成平等的对手去看待。"

这句话得到了不少人的赞同。

神使也在这样的溢美之词中困惑起来。

难道真的是他太把艾丝黛拉当回事了？

的确，艾丝黛拉再怎么聪明，也没办法突破性别的桎梏和偏见，让人们对她的话深信不疑。

一边是德高望重、备受爱戴的司铎，一边是心狠手辣、妖言惑众的少女，人们自然更倾向于相信司铎。

司铎既是可靠的男人，又是神明的使者，而艾丝黛拉呢？她除了有一个聪明的头脑和一张巧舌如簧的嘴巴，什么都不是。

她的智慧再可怕，城府再深沉，手段再高明，人们不相信她说的话，难道她还能当众用巫术迷惑人心？

她要是敢当众使用巫术，连公开审理都不用了，他们直接就可以把她绑到火刑架上去。

要不怎么说这帮人是他的智囊团呢，三言两语就让他心头的重担消失了，他真是没白养这帮人！

神使呼出一口气，给自己倒了一杯白葡萄酒。随着酒液从喉咙润泽至胃部，他混乱的心跳总算恢复了平稳，不停抽搐的眼皮也平静下来，他对明天的公开审理充满信心。

神使开始进餐，助手就不用在旁边待命了。

不知为什么，助手总觉得他们想得太简单了。

确实，艾丝黛拉女子的身份会让她在公开审理时受到诸多限制，但同样的，女子的身份也会让她在牢房里受到诸多限制，问题是她受到限制了吗？她简直混得风生水起啊！

助手看着神使信心十足的样子，露出欲言又止的表情，最终他还是决定不去坏了神使的好兴致。

反正神使已经连续失败三次了，再失败一次也无所谓吧？

与此同时，艾丝黛拉结束了一天的苦差事，终于可以躺下来休息一会儿。

她扯下绑粗辫子的发绳，用手指梳了梳有些蓬乱的头发，以一种柔美而放松的姿势躺在了床上。

如果仔细观察，就会发现她的身下隐藏着一条巨蟒。

那条巨蟒丝毫没有因为她的动作被惊动，它无声无息地缠住她两条蜷曲的腿，蛇信子不经意碰了一下她微微弓起的足背，似乎在试探能不能一口咬下去。

只要是一个正常人，都会对这样的场景感到毛骨悚然。

艾丝黛拉却早已习惯和她的小蛇这样亲密。

她连眼睛都没有睁开，不轻不重地踢了一下蛇头，脚趾从蛇喙的边缘滑了过去。

"乖一点儿。"她漫不经心地呵斥道。

西西娜不知道洛伊尔并不是真正的巨蟒，差点儿被这一幕吓得心脏骤停。

据说蛇对会动的东西特别敏感，艾丝黛拉这么做，就不怕她的"小蛇"猛地张开血盆大口，把她的脚趾咬下来吗？

只能说，不是谁都能驾驭这条"小蛇"的。

毕竟，不是谁都能像艾丝黛拉一样，给予它全心全意的信任。

普通人就算再信任一条巨蟒，也会和它保持一定的距离，艾丝黛拉却像完全没有这方面的顾虑，她甚至热衷跟巨蟒亲近，就像一些爱猫狗爱到如痴如狂的女士，热衷亲吻她们的猫狗一样。

不过被训斥以后，巨蟒就不再用蛇信子试探地触碰她，薄膜包裹了紫蓝色的蛇瞳，它一动不动地匍匐在她的脚底。

西西娜感叹着一人一蛇的关系，走向艾丝黛拉的床边。她不敢走得太近，因为那条巨蟒会吐着蛇信子，用一种平静但令人恐惧的目光紧紧地盯着她。

"明天的公开审理，你有信心吗？"西西娜问道，"需不需要我帮什么忙？"

"当然有信心。"艾丝黛拉闭着眼睛，轻声道，"至于帮忙，假如我需要你的帮忙，不用我说，你也知道该怎么帮我。"

"不用提前告诉我？"西西娜一脸愕然问道。

艾丝黛拉缓缓睁开双眼，露出一个玩味的笑容："因为你能否帮忙，取决于我的对手有多蠢。作为一个聪明人，我还是希望对手能聪明一些。"

西西娜："……"

虽然她还是不知道艾丝黛拉需要自己帮什么忙，但总觉得这句话很损，非常损。

那她就衷心地祝愿艾丝黛拉的对手能聪明一点儿吧！

第九章
审判

第二天，几乎整个教区的民众都知道，中午将有一场正义对抗邪恶的公开审判。

正义的一方当然是教区神使一方，他们要当着所有民众的面，审判杀害弗莱彻司铎的凶手。

更让人大跌眼镜的是，杀死弗莱彻司铎的，居然是一个看似无害的女孩。

据说，她原本是一个无家可归的可怜女孩，在马路上失魂落魄地徘徊，差点儿被马车撞死，是弗莱彻司铎好心收留了她，还给了她一个光明的未来，把她推荐到教区神殿当神女。

她却像咬死农夫的蛇一样，狠毒而不知回报，残忍地杀害了德高望重的弗莱彻司铎。

假如不对这种人施以严惩的话，还有人敢像弗莱彻司铎一样不求回报地做好事吗？

这个女孩不仅杀死了弗莱彻司铎，还杀死了千千万万打算像弗莱彻司铎一样行善的好人。

像这样败坏社会风气的毒蛇，实施火刑根本不足以泄愤，应该把她关进刑具里，用尖锐的钢针刺穿她满是毒液的内脏，让她在死亡的边缘徘徊，忏悔犯下的过错。

神使真的太公正了，也太善良了，居然愿意给一条毒蛇当庭说话的机会。

在这样一边倒的氛围里，神使越发冷静从容，信心十足。

他张开双臂，在仆从的服侍下，穿上深紫色的绸缎衣袍，系上金黄色的圣带。当象征着荣耀和权力的宝石戒指戴到无名指上时，他彻底镇定下来，恢复了从前雍容华贵的气度。

神使一边整理着衣领，一边对助手自嘲道："民众的眼睛可比我的雪亮多了，我要是早点儿听见民众的声音，也不至于那么手足无措了。我真的老了，年轻的我可不会被一个小女孩吓成这样。"

助手皱了一下眉头，忍不住说道："阁下，请原谅我说一些不动听的话。我感觉民间的舆论不太正常，像是有人在故意引导……我们都不知道艾丝黛拉原本是一个无家可归的女孩，差点儿被马车撞死，然后被司铎收留。既然我们都不知道，那这个消息是怎么传到民间的呢？有没有可能是……"

神使看了助手一眼，冷漠地叫出了他的教名："戴恩，你知道吗，看你这个样子，很难不让人怀疑你被那个小姑娘收买了。"

戴恩一愣，说："收买？我没有……阁下，请相信我的忠诚，我是真心在为您谋算。"

神使冷笑一声，说："是吗？那为什么我感受不到你的忠心呢？要是我没有把这件事告诉智囊团，可能现在还处于紧张不安的情绪中。我仔细想了一下，这种不安的情绪几乎是你传递给我的。我让你想办法刺杀艾丝黛拉，你却连续失败了三次，然后巧妙地把这三次失败转嫁到我的身上。

"现在，我即将走上审判席，你却告诉我，艾丝黛拉有可能掌控了民间的舆论，再一次试图向我传递不安的情绪。"

神使转过身，用力掐住戴恩的脖子："亲爱的助手，在你眼里，我就这么愚笨吗？艾丝黛拉在牢房里，请问她是怎么隔空引导民间的舆论的？她告诉民众，弗莱彻对她有救命之恩，对她有什么好处？你是我一手提拔的属下，我真不明白你为什么要背叛我。就在昨天，我还在想要不要提拔你当主教，你真的伤透了我的心，戴恩。"

戴恩被神使说蒙了，愣了好一会儿才回过神来。他握住神使的手腕，苍白无力地解释道："阁下，我真的没有背叛您……我只是想提醒您，那个女孩有多诡异……请您相信我！我自始至终都是效忠于您的啊！"

"够了。"神使一脸厌烦地甩手，"我不想再听一个叛徒说话。等我料理完你的主人，就回来料理你。"

戴恩不知道事情为什么会演变成这样。

他跪倒在地上，双手交叠，额头重重地抵在手背上，做出祷告的姿态，希望神能告诉他答案。

他虽然不赞同神使的观点和作风，但从来没想过要背叛神使。他是一个知恩图报的人，始终记得自己是被谁提拔上来的。

神使却蛮横无理地给他扣上了背叛的罪名。

对于一个忠诚的属下来说，再没有什么比"背叛"的指控更严重的了。

老天啊！

戴恩疲倦地想，他早该料到这个结局的。这些年，神使在神殿奢侈安逸的气氛下，变得越来越昏庸无能，刚愎自用。他效忠于这样一个人，早该料到会有这个下场。

他当然知道忠言逆耳的道理，也知道在神使信心十足的时候，最好不要泼冷水，可是外面的风向太古怪了。

弗莱彻是边境小镇的司铎，那个小镇离教区神殿有四个小时的车程，他德高望重的名头却穿越这么远的距离，响彻教区裁判所附近，这怎么可能呢？

作为神使的助手，他非常清楚神使并没有下达宣扬弗莱彻司铎名声的命令。他们打算上了法庭后，再对着民众念出弗莱彻司铎近几年的善行。

这么明显的不对劲……为什么神使会看不出来呢？就因为艾丝黛拉是一个女孩，他就这样轻视对方？

戴恩直起身子，手撑着额头，沙哑地笑了一声。

神使对他失望，他又何尝不对神使感到无尽的失望？

他太看不起神使的自大、愚蠢和刚愎自用了。

在神使面前，他一直保持绝对的忠诚、谦卑和服从，没有任何异议地执行命令。

他炽热的忠心，换来的却是一只掐住自己脖子的手。

戴恩摇了摇头，站起来，整理了一下皱巴巴的黑色法衣，走向公开审理的法庭。

神使忙着开庭，并没有剥夺他助手的职称，他仍然可以行使助手的权力，一路畅通无阻地走到了法庭的观众席。

在看见艾丝黛拉之前，他还抱着一种卑微而愚昧的期望：也许神使是对的，他真的想多了。要是艾丝黛拉真是一个不值一提的对手，他反复告诫神使，要谨慎对付对方，的确有点儿像扰乱军心的叛徒。

但在看见艾丝黛拉的一瞬间，戴恩就知道，他的猜测全是正确的。

民间的消息，绝对是这个女孩授意放出去的。

她面带微笑地站在被告席上，如此优雅，如此平静。

她在牢房里待了三天，鸦羽般稠丽的发丝微微蓬乱，肤色也略显黯淡，不再像瓷人一样苍白，五官却仍旧精心排列在那张鹅蛋脸上。

从后面看，她那天鹅般迷人的脖颈支撑起发育良好的头部，仿佛真是一个纯美无害的女孩。可当她转过头来，就会发现她的美是钻石之于玻璃器皿中的美，粗布囚服也不能掩盖其耀眼的光辉。

她正在漫不经心地打量周围的人，长长的眼睫毛下，是金色的虹膜和黑色的瞳孔。细看她那幽深的瞳孔，恐怕比德谟克利特的井还要深，高高的鼻梁下，小巧的嘴唇正扬起一个邪性而玩味的弧度。

很明显，她对这次公开审理胜券在握，甚至十分期待被当众审判。

这下，戴恩所有卑微而愚昧的期望都破灭了。

他知道神使输定了。

刺杀艾丝黛拉那三次，与其说是神使和艾丝黛拉的对决，不如说是他和艾丝黛拉的碰撞。

他太明白这个女孩有多可怕了。

换成牢房里任何一个孤立无援的女孩，早就死在那三次刺杀里，她却每一次都全身而退，身上还没有一点儿受伤的痕迹。

为什么神使不愿意承认这个女孩的智慧远远超过了他呢？

不错，旧教的经书里的确写道，是夏娃使人类堕落，从此以后，女人都背负着沉重的原罪，独自承受生育的痛苦。但倘若男人的头脑真的优于女人，夏娃让亚当吃下禁果时，他为什么不拒绝也不阻拦呢？

夏娃是亚当的"骨中骨，肉中肉"，她的一切都来自亚当。假如她真的愚蠢无知、毫无意志力，那不是证明亚当也愚蠢无知、毫无意志力吗？

再退一步，就算夏娃真的愚不可及，跟艾丝黛拉又有什么关系呢？

戴恩想不通，神使为什么要拿旧教经书里的人物去证明艾丝黛拉是愚蠢的，是不可能战胜他的呢？

艾丝黛拉又没有受到蛇的诱惑，偷吃善恶树上的禁果。

戴恩越想越觉得，神使才是那个愚不可及的人。

他揉了揉眉心，恨不得审判马上开始，然后他好为艾丝黛拉说几句话，坐实自己叛徒的身份。

万众瞩目之下，公开审判终于开始了。

神使坐在审判席的正中间，右边是教区裁判所的裁判官，左边是王都骑士团的陪审员。

高高的穹顶上则绘制着光明神的艺术形象，他手持秩序之光，表情平和、冷漠、纯洁地俯视着法庭，似乎在那双公正的紫蓝色眼睛的注视下，一切罪恶与肮脏都将无所遁形。

神使站起身，先跟裁判官与陪审员虔诚地祷告了一会儿。

然后，他抬起头，直勾勾地望向被告席的艾丝黛拉。

"艾丝黛拉，你被指控谋杀罪，谋杀的还是一位德高望重的神职人员，你知道神殿培养一个品德高尚的司铎，需要花费多少人力、物力吗？"

神使沉声说道："你杀死的不仅是一条鲜活的生命，更是无数人的信仰，被拯救的途径，神向世间传播启示的奴仆。更重要的是，由于你的行径，无数安分守己的女子都将承受世人异样的眼光。你认罪吗？你感到愧疚吗？"

艾丝黛拉微微笑着，抬头望向穹顶的光明神，大方从容地做了一个祈祷的姿势，这似乎在告诉众人，她接下来说的话都是对光明神说的。

然而从她嘴里吐出来的话却是如此尖刻，如此大逆不道："我不认罪，也不感到愧疚，因为就算神在这里，也会赞同我杀人的行为。"

话音落下，四周一片哗然。

神使一拍桌子，严厉地训斥道："放肆，你过于傲慢了！你没有任何资格揣测神意！"

不只神使，陪审团的人也满脸不赞同地看向艾丝黛拉。

人类史上有七种原罪，分别是色欲、暴食、贪婪、懒惰、暴怒、嫉妒和傲慢。

傲慢看起来罪状最轻，实际上是最原始和最严重的一种罪恶，它是一切邪荡的起始。

人类若没有傲慢，自始至终都安分守己，就不会堕落；王朝若没有傲慢，不将人民当成牛羊奴役，旗帜就不会倒挂在敌人的枪尖上；撒旦若没有傲慢，企图篡夺神的宝座，就不会招致天怒，沦陷于地狱的血盆大口。

这个女孩才多大，就学会了恶魔撒旦的那一套，毫无顾忌地揣测神意。

神的想法，神的作为，神如何审判善人和恶人，岂是她能参透的？

仅仅是傲慢这一条罪，她就足以获刑十年八年的，更不用提谋杀神职人员这样的重罪了！

神使表面上震怒不已，实际上每一块骨头都松懈下来。他摇摇头，取下夹鼻眼镜，用法兰绒眼镜布仔细地擦拭着，他轻蔑地想，助手果然是叛徒，这个女孩一上来就露出一个致命的破绽，根本没什么好怕的。

就连他都不能随意地揣测神意，这个女孩却当着所有人的面那么做了，做之前还做了一个祈祷的姿势，恨不得用红墨水在脸上写：她在藐视神的威严。

蠢到这种地步，她犯下的不是傲慢的罪过，而是愚蠢啊！

可惜没有愚蠢这种原罪，不然他一定给她加上一笔，让她罪行累累地走上火刑架。

就在所有人都以为艾丝黛拉会惊慌失措地忏悔时，她却歪了歪脑袋，略带困惑地道："我不太明白你们在说什么，你们没有读过《颂光经》吗？"

她一边说，一边不疾不徐地背诵道："《颂光经》第九章第二句，'他不会苛待每一位善人，也不会厚待每一位恶人，终有一天恶人必遭报应'。而我……"

她微微笑着，得出结论："就是弗莱彻司铎的报应。"

随着艾丝黛拉的话音落下，陪审席的人们开始翻看手边的《颂光经》。

一个高大英俊的骑士朝她投去诧异的目光："你能背出《颂光经》具体

的章节和句数？”

艾丝黛拉幅度极小地颔首，说出来的话却十分狂妄："确切地说，我能背出《颂光经》里的每一个字，包括章节和句数。"

骑士对她产生了浓厚的兴趣，立刻合上《颂光经》，闭着眼睛翻了几页，然后问道："第七章第六句，写的什么？"

"'在他的手掌之下，王座崩塌，城邑荒凉，土地被仇敌侵占，房屋被仇敌抢夺，妻孩被仇敌杀死，这是因为他们犯了狂傲之罪，神在用他愤怒的手掌惩罚罪人。'"

正确。

骑士点头，翻回书前面，继续问道："第一章第十九句呢？"

"'他创造光明与黑暗，审判善人和恶人，凡是恶人，必被他震怒的手掌施以严惩。'"

正确。

"第二十章第一句呢？"

"'他既可以怜恤子民，也可以降临刑罚。'"

完全正确。

骑士一口气问了十几句话，每一句话都是他临时翻开《颂光经》找到的。

有时候他还没有翻开书，自己都不知道问的是哪句话，艾丝黛拉就已经答了出来。

骑士团和神殿一向不对付，骑士当即似笑非笑地望向神使，调侃道："这个女孩好像比你们的神甫要专业很多啊。我记得之前我的家人去世了，你们给我找了一个神甫做法事，我趁机向他请教了几个问题，他翻着《颂光经》，支支吾吾了半天也没答上来。您别再说她傲慢了，我看，连《颂光经》都背不出来的神甫才是真的傲慢！赶紧请她当你们的第一个女神甫，挽救一下神殿岌岌可危的声誉吧！"

"埃德温骑士，"神使冷冷地开口，"请尊重法庭的秩序，谨慎发言。神殿永远不可能有女神甫，女人不可能当神甫。"

埃德温骑士摊开双手，笑着说道："不要动气，神使阁下，我只是开个玩笑。

这个女孩是如此虔诚，连《颂光经》的章节和句数都一清二楚，有没有可能神真的对她说过什么呢？"

神使一拍桌子，不耐烦地反驳道："不可能，女人不可能得到神启！"

埃德温骑士掏了掏耳朵："我不是很懂阁下的意思。难道阁下是在说，你们的神甫连一个不配得到神启的女人都不如？要知道，你们的神甫可连《颂光经》都背不出来呢！"

话音落下，陪审席的骑士们都笑出声来。

教士们则一脸铁青，用力地攥紧了手上的念珠。

眼看两边的争执一触即发，裁判官呵斥道："肃静，不要谈论与本案无关的事情！"

裁判官说完，转头看向艾丝黛拉，平静地道："就像你说的，只有恶人才遭报应，你说弗莱彻司铎是恶人，可有什么证据？"

神使刚被埃德温骑士扫了脸面，正是需要扳回一城的时候，再加上他太想给艾丝黛拉定罪，也太想把艾丝黛拉送上火刑架了，马上说道："假如弗莱彻司铎都是恶人的话，那这个世界上就没有好人了。

"上法庭之前，我仔细聆听了一下民间的声音，大家都在哀叹一个善人的陨落，哀叹以后恐怕再没有人敢像弗莱彻司铎一样行善。请问，一个敢把陌生女孩带回家、殚精竭虑传道布施的善人，怎么可能是恶人？她不过是想为自己的罪行开脱，才污蔑司铎是恶人罢了。"

裁判官也微微点头："不错，是有不少人向裁判所写信，说他们曾被弗莱彻司铎救济。"

"民众的眼睛是雪亮的，"神使说，"是善人还是恶人，他们一眼就能分清，没有人能蒙蔽和愚弄大众。"

艾丝黛拉一直微笑着，等他们说完了，才慢慢地开口："假如我告诉诸位，弗莱彻司铎收留我，是想将我先奸后杀，你们还会觉得他是善人吗？"

一石激起千层浪，整个法庭都哗然了。

围观的人们面面相觑，都在彼此眼里看见了难以置信的神情。

这个女孩太敢说了，而且她的语气也太平静、太坦然了吧？

好像在她眼里，这件事真的全是弗莱彻司铎的罪过，她一点儿也不为自己疑似被玷污而感到羞耻。

戴恩坐在观众席上，看见这一幕，忍不住缓缓鼓掌。

艾丝黛拉果然不简单！

她明明可以一下子曝光弗莱彻司铎连环杀手的身份，告诉大众，这位"善人"十年间杀死了将近七百名少女，但她偏不。

她在享受用钝刀子剖开弗莱彻司铎腐臭的名声的快感。

妙啊，太妙了！

再看看神使，他的前上司，居然对艾丝黛拉露出一个蔑笑，似乎在嘲笑艾丝黛拉自毁名节的行为。

假如他还是这个人的属下，肯定急得团团转，恨不得跑到其身边，在其耳边大吼：这是她给你设置的陷阱，不要跳进去！

但看神使脸上的蔑笑，戴恩就知道，这个陷阱他跳定了。

他以前怎么就没发现，这个人的眼睛永远不能透过现象看到本质呢？

果然，他的前上司满眼轻蔑地道："我不是很明白你的意思。请问，你是在指控一个德高望重的司铎试图强暴你，还是在指控你自己是一个不知廉耻的荡妇，试图勾引德高望重的司铎？"

戴恩听见这句话，忍了又忍，还是没忍住朝神使投去鄙夷的目光。

你怎么不说艾丝黛拉试图强暴司铎呢？

神使当然想这么说，但他不是也知道这种说法太离谱了吗？

像戴恩这样的人毕竟是少数，不少人都和神使一个想法，听见神使煽动性的话语，顿时纷纷朝艾丝黛拉投去异样的目光。一些来看热闹的懒汉酒鬼，甚至当场用下三烂的目光打量起艾丝黛拉来。

艾丝黛拉始终维持着浅淡的微笑，丝毫不为周围的声音所动。她拥有一颗强大的心脏，外面的人如何评价她，她并不在乎。

只有弱者才会在乎弱者的看法，她是疯狂的、邪恶的、冷酷无畏的强者。

周围人对她的指指点点，最终都会变成刺向神殿的利剑。

见他们说得差不多了，她歪着脑袋，抖动黑睫毛，玩味的眼里闪过流光，继续说道："假如我告诉诸位，弗莱彻司铎曾这样对待将近七百名少女，将她们先奸后杀，再制成药丸谋利，诸位还会觉得我是荡妇，他是善人吗？"

整个法庭都安静下来。

这句话掀起的浪花比之前的还要多还要大。

如果说她之前那句话是千层浪，那这句话就是万层浪、十万层浪，是一堵巨浪形成的百米高墙。

所有人都沉默了。

神使脸上轻蔑的笑容瞬间僵住，一滴汗水无声无息地从他的额头上落下来。

他怎么会忘了这回事？

刚刚他自以为抓住了艾丝黛拉的破绽，迫不及待地想把她钉在荡妇的耻辱柱上，却忘了除了艾丝黛拉，还有将近七百名少女也遇害了。

这个数字太过庞大，哪怕只有七十名、一百名，他都能昧着良心说是那些少女主动勾引的，但是七百名，谁信呢？

神使擦了擦额头上的冷汗，开始颤抖着转动手指上的宝石戒指。

戴恩再明白不过这个动作的意思，这意味着神使开始思考了。

现在才开始思考？戴恩忍不住摇头哂笑一声，早干什么去了？

他在神使的耳边说了多少遍，不要轻视艾丝黛拉，不要轻视艾丝黛拉，谁知他还是一脚踩进艾丝黛拉的陷阱里。

掉进陷阱就算了，他还大摇大摆地在陷阱里走来走去，直到被捕兽夹狠狠地咬住腿脚，才开始思考如何脱身。

晚了！

他训斥艾丝黛拉犯了傲慢的原罪，自己又何尝不是傲慢到极点？

他与艾丝黛拉最大的区别是，艾丝黛拉是又聪明又傲慢，他是又愚蠢又傲慢。

戴恩想到自己曾给这样一个蠢货谋事，耳朵竟火辣辣地烧了起来。

还好神使主动将他推开了，不然以他的性格，可能会忠心耿耿地追随这个蠢货到死，甚至为其付出生命。

神使擦了许久的冷汗，终于勉强冷静下来，沉声说道："你说，弗莱彻司铎谋害了将近七百名少女，有什么证据吗？"

神使想到自己早已吩咐属下烧毁弗莱彻司铎的房子，神情越发镇定，语气也越发威严："没有证据的话可不能乱说，不然你就算没有谋杀弗莱彻司铎，光凭诽谤神职人员这一项罪名，也可以给你判刑。"

谁知艾丝黛拉竟轻笑一声："我当然有证据，而且有很多证据。"

神使心中"咯噔"一下。

艾丝黛拉一旦开始反击，就不会再给对手苟延残喘的机会。

她转头望向陪审席的埃德温骑士，不紧不慢地问道："我听说骑士团有监管神殿的权力，请问，神职人员是否有豁免谋杀罪、随意玷污良家女子的特权？"

"当然没有。"埃德温骑士饶有兴味地答道，"即使是神使阁下，犯了谋杀罪也得被送上火刑架。"

强烈的惶恐侵袭着神使的身体，他感到局面在失控，一时间竟只能强装镇定地呵斥道："不许当庭勾引陪审人员！我要求给予被告人警告，她明显在引诱埃德温骑士！"

裁判官还没来得及开口，审判席上一直没有说话的骑士长冷淡地看了神使一眼："尊敬的神使阁下，骑士团的男人可不像神殿的教士一样那么容易被勾引，这只是审理过程中正常的一问一答罢了。"

言下之意，他是在讽刺神殿教士的德行是一个笑话，只要是一个女人，说几句话都能勾引。

特别是在艾丝黛拉告诉公众，弗莱彻司铎谋害了将近七百名少女后，神使指控艾丝黛拉勾引司铎的话就更像一个笑话了。难不成七百名少女都想勾引一个年老体衰的司铎？

乱了，一切都乱了。

神使额上的冷汗流得更加汹涌。

他只能继续色厉内荏地问道："你不是说有证据吗？证据在哪里？"

艾丝黛拉不徐不疾地说道："证据都在我的侍女手上。我刚刚本想让埃德温骑士帮忙传唤我的侍女的，谁知被神使阁下怀疑我试图勾引埃德温骑士，既然如此，就只好请神使阁下帮忙传唤一下了。"

⋯⋯⋯⋯⋯

他又被耍了！

神使反应过来，艾丝黛拉故意和埃德温骑士搭话，就是想让他当庭训斥她，然后借他的手传唤自己的人。

只有他亲自帮她传唤证人，她的证据才显得真实可信，换了任何一个人，都会被怀疑在传唤的路上证据被动了手脚。

假如他刚刚不出声训斥她和埃德温骑士说话，她无论如何也请不动他帮忙传唤，可他偏偏训斥了。

她把他的心思算计到了极致。

他在她的面前就像一张白纸，毫无城府可言。

电光石火间，神使想到了忠诚的助手曾对他反复谏言——小心艾丝黛拉，可惜已经晚了。

他两只脚都踩进了艾丝黛拉的圈套里，只能沿着她安排好的路线走下去。

神使深吸一口气，想抬手擦拭额头上的汗水，却发现手已经抬不起来。他的双手和声音都像灌了铅一样沉重："你告诉我，你侍女的名字。"

"玛戈。"

"传玛戈。"神使的语气里充满了不甘。

他仍抱着一个可笑的愿望，希望艾丝黛拉口中的证据是在虚张声势，她其实并没有足以给弗莱彻司铎定罪的证据，只不过是在拖延自己获刑的时间。

然而当玛戈走上法庭的一瞬间，神使就知道自己的愿望是多么可笑、多么愚昧。

这个女孩把公开审判一切所需要的证据都准备妥当了。

她就等着这一刻，将弗莱彻司铎的罪行昭告天下。

艾丝黛拉抬头望向审判席的裁判官："大人，请问我是否可以走出被告席，向在座的诸位一一展示和解释那些证据？"

神使刚想驳斥回去，就听见裁判官点头道："可以，不过你要戴上脚镣。"

埃德温骑士勾起嘴角，唯恐天下不乱地举手道："请允许我为这位正义又聪明的小姐戴上脚镣。"

他的请求自然被骑士长驳斥了回去，还被狠狠地瞪了一眼。

有老嬷嬷上来给艾丝黛拉戴上了脚镣。

艾丝黛拉低头一看，竟然是老熟人——那天帮她测量腰围的老嬷嬷。

老嬷嬷没有看她，也没有和她说话，给她戴脚镣的时候，却特意选择了镣环内有细绒布的脚镣。

这种脚镣仅为罪行不大的神职人员提供，艾丝黛拉的罪可大可小，可以算神职人员，也可以不算神职人员，毕竟她只当了两天神女。

老嬷嬷这么做，是在表达无声的支持。

艾丝黛拉的心微微一动，她忽然明白了自己在做的事情的意义。

脚镣戴好以后，她压低声音对老嬷嬷说了句"谢谢"，便大步走出去，开始声音清晰地介绍玛戈带来的证据。

除了记名册，他们还在弗莱彻司铎的房子里找到许多足以定他罪的证据。比如造价昂贵的奇珍异宝、一整套的炼金器皿、庭院里稀奇的毒草，以及还没来得及卖出去的炼金药丸。

艾丝黛拉每介绍一样证据，神使的脸色就煞白一分。

当她介绍完毕，神使的整张脸都灰败了。

他完全没想到艾丝黛拉居然掌握了这么多证据，整个人都慌乱了，额头上流下汩汩冷汗。

他只能将全部希望寄托于智囊团的那句话——只要人们不相信她说出的每一个字，她再聪明也无计可施。

于是，他张口训斥道："这些肮脏的东西真的不是你自己伪造的吗？你有什么办法证明这些东西是弗莱彻司铎的？我再警告你一次，不要试图诋毁神职人员！"

话音落下，他却没有听见附和赞同的声音，反而看见有人朝他投去疑惑的目光。

一道声音响了起来："阁下，你当我们骑士团都是无能之辈吗？我们也是神的子民，也有和神沟通的能力，我们可以借用神的力量回溯这些证物的过去。这些'肮脏的东西'究竟是不是弗莱彻司铎的，问一下万能的神不就知道了。"说话的是埃德温骑士。

神使完全忘了骑士也可以借用神力。

这些年来，至高神殿和王都骑士团越发水火不容，神殿竭尽全力地压缩骑士团的活动空间，遏制他们的权力，以至于很少有骑士还愿意借用神力，利用神力提高办案效率。

但眼下这种情况，借用一下神力也不是不行。

埃德温骑士可太想看这位高高在上的神使吃瘪了。

得到骑士长的点头许可后，埃德温骑士马上从陪审席走下来，开始对着证物吟诵借用神力的咒语。

神使慌乱片刻，再次勉强镇定下来。

他在心中不停地安慰自己：神力不是谁都能借用的，需要极其坚定和虔诚的宗教信仰，才能借用那位的力量。

目前神殿能借用神力的教士屈指可数，连他都借不到神力。

这个骑士看上去如此吊儿郎当，还屡次在庄严的法庭上插科打诨，这么轻浮的人能有什么信仰？

别说借用神力了，说不定他连祷告词都背不出来。

想到这里，神使越发镇定自若。

半分钟过去，埃德温骑士借用神力果然失败了。

他毫不意外地收手，刚要对艾丝黛拉抱歉地笑笑，回到自己的座位上去，就见艾丝黛拉正目不转睛地看着他，黄宝石般迷人的眼瞳里有一种纯真的期盼，她似乎并不知道他失败了，还以为他能帮她主持正义。

埃德温骑士恍惚了一下，竟不受控制地看向骑士长："大人，我能再试一次吗？我有预感，这次一定成功。"

骑士长同意了他这个请求。

神使无声地冷笑了一下。借用神力可不是魔法和巫术，魔法和巫术试上成百上千次，总有一次成功，借用神力却不一样，只要第一次失败了，后面就算试上一万次都会失败。

神的想法岂是能轻易改变的？

他就像崇山峻岭一样难以撼动，眼目清洁，看不见邪僻，也看不见个体。

他绝不会对一个人施予怜悯。

他从来都是广施怜悯，正如他从不对一个人发怒，而是瞬间令山岭发抖，令江海震动。

他的眼中只有世间的秩序，也只会管世间的秩序，怎么可能因为你的几句话就改变主意？

秩序是什么？是光明与黑暗，新生与死亡，潮汐的一起一落，夜空的斗转星移。

个人在他眼里是如此渺小，仿佛一粒沙砾，一片树叶，湖面转瞬即逝的涟漪，完全不值一提。

他根本不会为了一个人的力量改变已经定下的神意。

神使笃定埃德温骑士会再次失败。

谁知他居然成功地借到神力了！

证物飘浮起来，散发出明亮的白光，开始回溯过往的画面。

艾丝黛拉忍不住握紧拳头，藏住嘴角一闪而过的笑意。

她的小蛇果然神通广大。

洛伊尔隐藏在艾丝黛拉浓密的发丝里，睁大一双冷淡的紫蓝色蛇瞳，望向穹顶同样拥有紫蓝色眼睛的光明神。

他比谁都清楚，他刚刚并没有出手，或者说是还没来得及出手。

是穹顶上这位表情平和、冷漠、纯洁的神明自己改变了主意。

洛伊尔吐着蛇信子，不知为什么，他心中生出一股不祥的预感。

他似乎与这个神有一种古怪的联结，他能感觉到这个神的显灵并不是善意的。至少对他来说，这位光明神来者不善。

他无法遏制地弓起了身体，像捍卫领地的猛兽一样，略显急促地吐着蛇信子，看向光明神的眼中蓄满了冰冷而凶暴的敌意。

第一件证物：造价昂贵的珍奇古玩。

白光里的画面，清晰地呈现出弗莱彻司铎是如何"弄"到这件古玩的。

画面里，"德高望重"的司铎先是迷倒了美貌的少女，拿走了她雪白颈子上的翡翠神像，然后扑到少女的身上，腹泻一般发泄了令人作呕的冲动。

直到这时，周围人都没什么感觉。他们大多数是男人，并不能感同身受少女被玷污的屈辱。有几个无耻的小混混甚至面露渴望，似乎十分羡慕司铎的"艳福"。

神使却不能跟混混抱有同样的想法——德高望重的司铎，私底下却如此令人憎恶，如同毒蜘蛛一般摧毁了那些可怜的少女，这对神殿的名声打击太大了！

想到与神殿不对付的骑士团会怎样利用此事行使他们的监管权，神使的脸色变得无比煞白，背上冒出的冷汗几乎把衣袍打湿了。

戴恩说得太对了，他不该轻视艾丝黛拉的，自始至终都不该轻视她。

因为轻视她，他傲慢地同意了公开审判的要求，把刺向神殿名誉的刀子亲手递到了她的手上。

神使后悔了，悔得所有内脏器官都拧在了一起。

他不仅后悔轻视艾丝黛拉，还后悔没有听从戴恩的劝告，对艾丝黛拉的智谋表现出足够的重视。

他后悔得喘不过气来。

然而，一切已经晚了。

白光里回溯的画面只是开始。

弗莱彻司铎接下来的行为才叫残忍恐怖、违背人伦。

连嘴角一直挂着似有似无笑意的埃德温骑士，都因司铎的行径皱紧了眉头。

这种人居然也配当神甫？

教区神使一开始竟然还为这种人开脱，说他是德高望重的善人，还说因为他的死去，一些好人都不敢行善了，神使是怎么敢说出这样的话的？

这种人能被称为善人，才是对世间的善人最大的讽刺和羞辱吧？

回溯的画面里，司铎冷酷而娴熟地用刀子剖开了少女的肚皮，用手捋平她粉红色的皮肤，刮下上面鲜红莹润的脂肪。

他这种行为显然不是一时兴起，脚边还放着许多瓶瓶罐罐，以便于储存少女的皮肤、脂肪、内脏和血液。

他像牛羊一样屠宰少女的行为，严重刺激了周围民众的人伦底线。

他们也是人，也有皮肤、内脏和血液。

只要是有血有肉的人类，都不会容忍司铎这样的人存在，更别说把他当成善人了。

人群中，不知是谁大喊了一声："她说得没错，她确实是弗莱彻司铎的报应！报应得好啊！"

一时间，所有人都涨红了脸，愤怒地喊道："报应，报应！"

"这种人简直是恶魔，是魔鬼，神殿居然让这样一个恶魔当了几十年的神甫……仁慈的神啊，您知道您在地上的奴仆都做了些什么吗？"

一个买过弗莱彻司铎药丸的贵妇忍不住用手帕捂住嘴，发出干呕的声音。

尽管她知道那些药丸含有少女的内脏和脂肪，却从来没有想过，那些内脏和脂肪是如何加进药丸里的。她在看到确切的画面后，才后知后觉地发现，自己竟也是挥向那些少女的一把冰冷的屠刀。

有体虚的贵妇甚至当场晕倒在女仆的怀里。

神使的嘴唇疾速颤抖着，他想要说些什么，挽救一下神殿的声誉，却完全不知道能说什么。

在真实的画面前，言语是如此苍白。

白光里的画面还在继续，已经开始回溯第二件证物、第三件证物……

每一件证物，都是一名惨死的花季少女。

她们的皮肤有白有黑，还有狐狸毛一般鲜亮的火红色，头发有黄有红有黑，笑容或明媚或忧郁，穿着昂贵或廉价的裙子。有的少女去拜访弗莱彻司铎时，还在头发上戴了一朵鲜嫩的雏菊，然后她就像被车轮碾轧的雏菊般迅速枯萎，变成了一摊印着车轮印的烂泥。

有夫妇发现白光里一闪而逝的少女竟然是他们失踪多年的女儿，不禁号嗬大哭起来。

他们一直以为女儿是跟哪个小子私奔了，没想到她是被玷污，被杀死，被剖开，被装进深瓮里捣成烂泥，换成鲜血淋漓的金币。

他们看到这个结局，觉得还不如她和一个小子私奔到不知名的村落里结婚生子，在他们看不见的地方安然老去。

这时，玛戈想要选择的男爵一家，也在回溯的画面里发现了自己的亲人。

艾丝黛拉还是低估了他们一家人的感情。

他们家失踪的是二女儿，大女儿——也就是男爵的妻子，从小到大极为疼爱瓷人似的妹妹。妹妹失踪后，她几乎每天晚上都梦见妹妹金灿灿的秀发，要不是她自己还有一双儿女，差点儿跟着母亲一起跳河自尽。

弟弟就更不用说了，大姐出嫁以后，可以跟他聊心事和神学的，只剩下美丽善良的二姐。

他们全家人都对这个虔诚的金发女孩宠爱到极点，然而她却死在他们无比信任的神甫手上，不可谓不讽刺。

尽管男爵和神学院的教授极力阻止，他们一家人还是不顾礼教观念，冲到了证物的面前，悲痛万分地呼喊着二女儿的名字。

弟弟红着眼睛看向裁判官，声嘶力竭地喊道："我的家人每年都会给神殿捐赠数万银币……我姐姐死后，为了让她安息，我们甚至捐赠了一个牧场，没想到杀死她的居然是她生前最信任的神甫……"

他说着，竟当场抽泣起来："老天啊，我居然还想当神甫，居然还想以神甫的身份去抚慰她的灵魂……天哪，我究竟在想什么？"

眼看着失控的人越来越多，神使的耳朵一阵嗡嗡响。

他已经听不见这些人在说什么了。

他睁大眼睛，却只能看见一辆横冲直撞的马车，穿过浓浓的黑暗，发出雷鸣般的响声，朝这里"轰隆隆"驶来。

巨大的车轮无情地碾碎了教区神殿积累多年的声誉，正如弗莱彻司铎无情地碾碎了那些可怜的少女的性命一样。

明亮的阳光从云层渗漏下来，驱散了周围的黑雾，四面八方竟全是残缺的尸首。人们满脸愤怒地搂着这些尸首，向神殿讨要说法。

神使浑身颤抖着，头上的冷汗已经变成了热汗，热气附着在夹鼻眼镜的镜片上，使他眼前的画面变得无比模糊，就像哭过了一样。

此时此刻，他已经顾不上艾丝黛拉了，民众愤怒的讨伐声就足以令他毛骨悚然了。

然而，艾丝黛拉的证据并没有全部呈上来。

她还有证据！

神使的后脑勺像被敲了一闷棍，身体摇晃了一下，差点儿从审判席上栽下去。

这是他生平第一次恐惧的情绪达到顶点，不管是念珠还是祈祷书，都不能使他镇静。

他一边擦热汗，一边握住无名指上的宝石戒指，想像往常一般从中汲取力量。可他一想到这枚戒指象征着整个教区神殿，而民众愤怒的唾液马上就要淹过神殿的地基了，他就恨不得把这枚戒指扔得远远的，逃避即将到来的惩罚。

他一脸恐惧地想，至高神使要是知道了这件事，会把他活剐了的！

他错了，真的错了。他不该因为被艾丝黛拉摆了一道，就盲目地包庇弗莱彻司铎；他也不该不听戴恩的话，三番两次地轻视艾丝黛拉。

他知道错了，他真的知道错了，再也不敢了。

神使想要道歉，想要忏悔，想要使尽浑身解数挽救眼前失控的局面，可他的双腿阵阵发软，人还没有站起来，就跌坐了回去。

"该怎么办……我该怎么办？"神使抓住自己的头发，自言自语，"镇静，镇静，不能慌，要想办法……想办法还击。对了，女巫，说她是女巫。就算死，也要拖着她一起下地狱……"

神使自言自语的声音极小，裁判官并没有听见他恶毒的低语，但骑士长的耳力极佳，把他的盘算听得一清二楚。

骑士长冷淡地扫视他一眼，摇了摇头。

到了这种关头，这个人不想着反思自己的行为，挽救自己和教区神殿的声誉，第一反应竟然是污蔑艾丝黛拉是女巫，要把她也拖下地狱。

教区神殿的名誉毁在这种神使的手上，真的一点儿也不冤枉。

戴恩作为整个教区最了解神使的人，就算没有听见神使的自言自语，也知道神使在想什么。

果然，神使已经无药可救了。

也许神使并不是愚蠢，而是恶毒。他因为太过恶毒，完全看不到面前还有别的选择，只想着蝇头小利，以及如何整死他人。

就像一开始，他因为被艾丝黛拉讽刺了几句，就无视弗莱彻司铎的罪行，一门心思想送她上火刑架，结果自己却被接连摆了好几道……有没有可能从那时起，他就掉进了艾丝黛拉的圈套呢？

当时艾丝黛拉是故意激怒他，扰乱他的思路，让他无法在司铎的事情上做出正确的决断？

可这样做对她有什么好处呢？

难不成她和神使有私仇？

戴恩想了一会儿，没能想出答案，也就没再纠结这个问题。

他现在只想看神使自取灭亡。

与此同时，艾丝黛拉呈上的最后一件证物——记名册，也完成了画面的回溯。

当那本厚厚的硬壳记名册散发着耀眼的白光，飘浮至半空中，向人们一一展示司铎是如何面带微笑地写下那些少女的名字，又是如何用心满意足的表情抚摸这本记名册时，正常的言语已经无法表达人们的愤怒了。

就像悲痛到极点的人只能发出动物般的嚎叫一样，围观的民众也只能用震耳欲聋的怒吼声来宣泄心中暴涨的怒意。

神使有一句话说对了，民众的眼睛是雪亮的，是善人还是恶人，他们一眼就能分清，没有人能蒙蔽和愚弄大众。

最后一件证物几乎把司铎的罪行钉死了，就算是至高神殿的神使来了，也不能指鹿为马，说司铎无罪。

神使深知大势已去，也知道自己迟早丢掉神使的职位，他现在什么都不管了，只想竭尽全力地拖艾丝黛拉下水，让她没法活着走出法庭。

他勉强打起精神，站起身来，用力拍了拍桌子："诸位，听我说，在弗莱彻司铎的事情上，我的确判断有误……"

有人挥着拳头，嘶喊道："你还叫他司铎呢，那个老东西根本不配当司铎！"

"我的女儿被他杀死了……被神殿的人杀死了，神殿要怎么补偿我们？"

"神殿对得起我们的信任吗？"

男爵的妻子捂住嘴，失声痛哭："如果可以，我恨不得替我的妹妹去死……她死的时候才多大，还不到十六岁，她还有好多地方没有去过……我好想用自己的性命换她活过来……"

男爵叹息一声，走到妻子身边，不再阻拦她声嘶力竭地痛斥神殿，把她搂到怀里，不停地轻拍她的后背。

像这样痛斥神殿的人还有很多很多，神使连看都看不过来，他也懒得看他们。

他的眼睛自始至终都盯着艾丝黛拉，脑中只剩下一个执念——我完蛋了，你也别想活着。

"大家听我说，"神使拿出当年宣讲的气势，掷地有声地道，"我会在这件事上判断失误，都是因为这个女孩迷惑了我。她是一个女巫，一个邪恶的、可怕的、能迷惑人心的女巫……她故意诱导我包庇司铎的罪行，想要毁坏神殿的名声……请大家相信我，千万不要被她骗了。在弗莱彻司铎的事情上，我会给大家一个严肃的交代。但在此之前，先要处决这个可恨的女巫！"

他的话音落下，埃德温骑士先笑了。

他转过头，用一双含笑的蓝眼睛凝视艾丝黛拉，摊开双手说道："这个人疯了。"

艾丝黛拉勾着嘴角，似笑非笑地看着神使，并未将他的指控放在心上。

神使也知道这种指控完全站不住脚，但只有女巫的罪名能给艾丝黛拉定罪了。

而且，在他眼里，艾丝黛拉就是女巫，也只能是女巫。

只有艾丝黛拉是女巫，才能解释她为什么这么聪明，才能解释他为什么从头到尾都被她耍得团团转。

普通女人的智慧怎么可能超过男人，只有女巫才能做到！

艾丝黛拉就是女巫！

既然她是女巫，那她就该上火刑架！

他可以失去荣耀，可以失去权力，可以失去现有的一切，但艾丝黛拉必须上火刑架。

神使死死地盯着艾丝黛拉，目光比杀人的弗莱彻司铎还要毒辣。

裁判官不是傻瓜，很轻易就能分清谁对谁错，他对神使的行为感到强烈的不耐烦，但他们毕竟共事过几十年，看在曾经的情分上，他耐着性子说道："你不能空口无凭地指控她是女巫，要拿出证据来，不是你说她是女巫，她就是女巫。"

裁判官说着，拿起秩序之槌，用力敲了敲审判席的桌子："肃静，审理还未结束，都安静，闲杂人等回到自己的位子上去，不然一律以扰乱司法罪论处！"

神使以为裁判官维护法庭秩序的行为是在偏袒他，立刻说道："我有证据，我当然有证据！她被关进裁判所的牢房后，我先后找了三拨人去刺杀她，但每次刺杀都古怪地化险为夷了。你把那些刺杀过她的人传唤上来，问问他们艾丝黛拉是不是女巫，就能真相大白了！"说完，他用孩童般清澈的眼神看向老同事。

裁判官："……"

你当着这么多人的面说你刺杀过艾丝黛拉，还刺杀过三次，疯了是吧？

愤怒的民众："……"

神使究竟是不拿他们当外人，还是觉得他们不能对他怎么样呢？

一时间，民众抗议得更激烈了。

神使当然疯了，从他看见马车碾碎神殿名誉的那一刻起，他就已失去了所有理智。

他之所以还没有栽倒在地，就是想看着艾丝黛拉以女巫的罪名被判处火刑。

他怀着这样疯狂而单纯的愿望，不停地催促裁判官传唤西西娜、阿尔莎、安德斯。

　　裁判官低声劝了他几句，见无论如何也打消不了他想要当庭出丑的念头，只能摇着头传唤了这几个人。

　　西西娜走上法庭以后，才明白艾丝黛拉昨晚说的那句话是什么意思。

　　"因为你能否帮忙，取决于我的对手多蠢。"

　　她能被传唤，纯粹是因为神使已经无计可施，只能以这种伤敌一千自损八百的方式，去毁坏艾丝黛拉的名声。

　　西西娜想到这里，不由得暗暗诧异，艾丝黛拉已经聪明到这种地步了吗？她还没有走上法庭，就预测到神使失败后的疯狂。

　　神使的想法很简单——这几个人和他一样落败于艾丝黛拉的手上，肯定和他一样心里充满了不甘，想找机会报复艾丝黛拉，而他非常愿意当这个好人，给他们报复艾丝黛拉的机会。

　　神使想到艾丝黛拉马上会以"女巫"的罪名获刑，立刻兴奋地催促裁判官："你快问他们，艾丝黛拉是不是女巫。"

　　裁判官无奈地说道："神使问你们，艾丝黛拉是不是女巫？"

　　神使目光炯炯地看向西西娜等人，期待他们说出他渴望听见的答案。

　　然而西西娜等人给出的答案，完全与他的期望背道而驰。

　　"女巫？什么女巫？她就是一个普通的小姑娘。"西西娜一脸疑惑。

　　"你胡说八道，她哪里普通了？她长得那么漂亮！"阿尔莎反驳道。

　　"艾丝黛拉是谁？我根本不认识艾丝黛拉。"安德斯说，"你们疯了吧，我住在男牢房里，怎么可能认识女囚犯？"

　　神使快要被这三个人的回答气得晕过去："你们是被艾丝黛拉收买了吗？你们明明刺杀过她！"

　　"冤枉，冤枉啊，裁判官老爷！"阿尔莎嚷嚷，"我们根本听不懂神使老爷在说什么，我们干不出来刺杀这种事啊！"

　　想到阿尔莎曾一屁股坐死一男一女，裁判官很无语。

　　西西娜没有阿尔莎那么不要脸，她蹙眉说道："我虽然不明白神使阁下为什么要说艾丝黛拉是女巫，但我相信，神使阁下这么说，一定有他的道理。只是，我真的没有做过刺杀这种事。再过半年我就刑满释放了，我不可能在刑期将满的时候还做这种违反律法的事情。"

西西娜的话语尽管比阿尔莎的温和不少，但只要是知道内幕的人，都忍不住一个劲地翻白眼：你的刑期为什么会从死刑变成还有半年刑满释放，不就是因为你帮他们刺杀过不少人吗？

不过神使倒台了，不代表他们也会倒台，这些人并没有站出来为神使说话的打算。

两个女囚犯都装傻，安德斯更不可能承认自己去过女牢房。无论神使怎样盘问，他都坚持说自己不认识艾丝黛拉。

神使冷汗淋漓地跌坐在椅子上。

有那么一瞬间，他看见那辆"轰隆隆"驶来的马车在碾碎教区神殿的名誉后，横冲直撞地朝他驶来。他的手脚都像灌了铅般沉重，完全无法躲开马车的冲撞，只能满眼不甘地死在马车的车轮底下。

他一脸颓然，捂住额头，不敢相信自己死到临头，连拖艾丝黛拉一起死都做不到。

这时，他突然灵光一闪，想到了忠心的助手——戴恩肯定愿意帮他！戴恩是他一手提拔上来的，他了解戴恩的性格，这个人有着愚昧的忠诚，愿意为了顶头上司赴汤蹈火，甚至献出自己的生命。

只要让戴恩上来做证，他曾经找过这些人刺杀艾丝黛拉，他们的谎言就不攻自破了！

神使立刻把这个想法告诉了裁判官，请他帮忙传唤戴恩。

裁判官叹息一声，说："别胡闹了，克里斯托弗。"他叫出了神使的教名，试图唤回对方的理智。

神使却一把攥住裁判官的手腕，低声哀求道："算我求你了，传唤戴恩吧，他肯定会帮我的。你也不想看我被一个女孩耍得团团转，对吧？求你了，曾经的老朋友，就当是可怜可怜我吧。"

裁判官又是一声叹息。

就像神使说的那样，他传唤戴恩，只不过是可怜曾经的老朋友。

很快，戴恩站在了法庭上。

裁判官问道："戴恩，你作为克里斯托弗神使的助手，是否找过西西娜、阿尔莎、安德斯等人刺杀艾丝黛拉？这是神使要问你的话。"

戴恩看了神使一眼。

他的前上司此时正一脸期待地看着他，似乎不记得自己上法庭之前曾掐着他的脖子说要料理他。

很明显，这就是一个愚蠢、卑鄙、自私自利、脑满肠肥的废物。

他当神使几十年，睿智、镇定和翩翩风度全是装的，真实的他是如此不堪，以至于一个比他聪明的艾丝黛拉就能让他像倾覆的大厦般，无法控制地朝失败的路上滑去。

这就是他曾经效忠的人，一个再自私卑鄙不过的蠢货。

他已经清醒了，怎么可能还给这种人卖命？

"裁判官大人，"戴恩轻声说道，"我可以发誓，我并没有见过这些人，也没有让他们去刺杀艾丝黛拉。我不明白神使阁下为什么要这样说，可能他是怨恨我上午和他吵了一架吧。但是，没有就是没有，我不能为了让他原谅我出言不逊的行为，就污蔑这些无辜的人。"

戴恩的话，是最后一把刺向神使的利剑。

神使顷刻间像失去巨额财富的人一般瘫坐在地上。

他不明白，不明白自己为什么会在转眼间沦落到这种地步。

为什么所有人都背叛了他，倒戈向艾丝黛拉？

三个卑贱的囚犯背叛了他，忠诚的戴恩也背叛了他，接下来还会有谁背叛他呢？不会是裁判官吧？

他的心脏被撕裂，眼睛在滴血，他哭了，像老母鸡"咯咯"叫似的抽噎起来。

在遇到艾丝黛拉以前，他是多么骄傲，多么不可一世呀。他甚至不屑看任何女人一眼，当那些女人一扭一扭地走到他身边，他只会烦躁不堪地推开她们，怕她们玷污了自己。

而现在，他却不敢抬头看向四面八方的女人。

这是他第一次在女人面前感到强烈的自卑。

他知道自己现在有多狼狈，也知道自己哭泣的样子有多丑陋。

他曾经那么英俊，拥有健壮的体魄和温文优雅的气质，轻浮可鄙的女子一见到他就倾心于他，疯了似的渴望他的亲吻和拥抱。

但是现在呢？没有女子会喜欢他了，哪怕是最轻浮可鄙的女子，也不可能喜欢他了。他虽然看不起她们，却需要她们的爱恋来浇灌脆弱的男性自尊心。

意识到这一点后，神使感觉整个世界都灰暗了。

他什么都失去了，名誉、权力、地位……现在，就连最廉价和最容易得到的女人的爱慕也要失去了。

这一切都是艾丝黛拉造成的。

律法制裁不了这个不知廉耻的人，他就亲自制裁她！

神使摸到了无名指上的宝石戒指。

他在收缴了西西娜的毒戒指后，第一时间就命令能工巧匠，在自己的戒指上也做了同样的改动。只要他按下机关，就能弹出涂抹过砷毒的毒针。

艾丝黛拉死定了！

神使按下戒指的机关，朝着艾丝黛拉冲了过去。

这一刻，他爆发出了全部的潜力，奔跑的速度快得可怕，连离艾丝黛拉最近的埃德温骑士都没能反应过来。

然而，没等他靠近艾丝黛拉，把毒针刺进她的身体里，一道圣洁、令人生畏的白光倏然降临，猛地把他们分隔开。

神使被那道白光掀出将近五十米远，后背"砰"的一声撞到墙上，然后重重地摔落在地。

他呕出一口鲜血，不甘到了极点。

作为神使，他非常清楚刚才那道光是什么，那是非常非常强大的神力。

至高无上的神在保护她。

神想要保护一个人，就算千军万马朝她而去，都不可能伤她一根毫毛。

神既然决定偏袒她，用万能的手掌护住了她，谁又能让他的手掌收回呢？

克里斯托弗神使瞪大双眼，最后不甘而愤怒地大喊了一声，瘫软在地上。

他空洞的目光停留在刚才白光出现的地方。没人知道，他在生命的最后一刻在想什么。他在忏悔自己的罪过吗？他在请求神的宽恕吗？他知道自己到底错在了哪里吗？没人知道。

人们只知道神使因为包庇罪大恶极的司铎，还试图刺杀惩治司铎的英雄，被全知全能的神赐死了。

这下，艾丝黛拉彻底出名了，成为教区的传奇。

第十章
拒绝

克里斯托弗神使死得突然又耻辱，神使的位置只好暂时由主教代理。

主教在陪审席看见了神使死亡的全过程，不禁一阵心惊肉跳。

这件事他虽然不像戴恩助手参与得那么深，但是也略有耳闻。

克里斯托弗神使的确派过西西娜、阿尔莎、安德斯等人去刺杀艾丝黛拉，却都谜一般失败了。

失败就算了，他还亲手将复仇的刀柄递到这三个人的手上，只要他们口径一致，承认艾丝黛拉是女巫，艾丝黛拉就能被判处火刑。可他们一齐否认了这种说法，说明艾丝黛拉在他们心中的地位已远远超过失败的不甘和神使的权威。

艾丝黛拉究竟对他们做了什么？

主教只好奇了一瞬，就没再好奇了。

他不是克里斯托弗神使，因为不敢承认一个女孩的智慧完完全全超过了自己，而陷入歇斯底里。

他只是一个普通人，勇气不足，胆子很小，雄心也不大，能坐到神使的位置已经是意外之喜。接下来，他只想好好地守住这个位置，能守多久算多久，守不住他也不强求。

他会永远记住克里斯托弗神使的死状，以警醒自己不要轻视任何人，尤其是女人。

不对，无论是女人、老人还是小孩，他都不会轻视。克里斯托弗神使的下场太惨了，被全知全能的神赐死，这比在街市当着民众的面被刽子手千刀万剐还要屈辱。

从此以后，他的家族、他的后代、他的名字都将蒙受难以言喻的羞耻。人们一听到"克里斯托弗"这个名字，就会想到这是被神惩罚的人，而不再是名字的本意——"神的信徒"。

克里斯托弗神使死得倒是轻松，千千万万和他同名同姓的人，却会和他一起被钉死在让神震怒的耻辱柱上。

主教想得很明白，他无论如何也不能重蹈克里斯托弗的覆辙，而最快与克里斯托弗撇清关系的办法就是，对艾丝黛拉表现出足够的尊重，尊重她的每一个选择。

于是，他在穿上神使深紫色的衣袍后，就以十二万分的热情召见了艾丝黛拉。

艾丝黛拉刚洗完澡，流瀑般的黑发上还挂着莹莹的水珠，就被主教叫了过去。

她饶有兴味地挑了挑眉，一只手披上外衣，把手腕上的洛伊尔放进被子里，就和主教的助手走了过去。

尽管主教已经见过艾丝黛拉很多次，但每一次见到她，他都会由衷地感到惊讶。

不仅因为她有一张美丽得过分的脸庞，还因为他有一种模模糊糊的感觉，美丽不过是她身上最小的魅力。她浑身上下真正令人难以忘怀的，是那双金黄色眼睛。

在她那双眼睛里，他既看见了孩子似的纯真无邪，又看见了恶狼一般的邪性和残忍。

更让他感到惊讶的是，她似乎从神使的死亡中攫取了力量，眼中的恶意比之前更加浓烈。与此同时，她的容颜却变得更加天真纯洁了。

这太诡异了，好似美杜莎凌乱而有剧毒的蛇发之下，是一张天使般纯美的小脸，又好似浓艳的玫瑰花盛放到极致，反而给人一种脆弱又无害的感觉。

不，这都是错觉，是她故意营造出来的错觉，他要谨记克里斯托弗神使的失败。他完全不敢怠慢和轻视艾丝黛拉。

他先是殷勤地和她打了声招呼，然后说道："你现在出名了，大家都把你当成贞德一样的女英雄。除了不能当神甫，你想干什么都没人拦着你。"

说到这里，他似乎想到了埃德温骑士在法庭上讲的笑话，"哈哈"笑了两声："你想好以后要干什么了吗？"

艾丝黛拉却没有和主教一起笑出声，显然她认为"女人不能当神甫"这种笑话并不好笑，脸上只维持着淡淡的微笑。

"我的理想一直没有变过，"她慢条斯理地道，"我想当至高神殿的神女。"

"有志气！"主教连忙夸了一句，"虽然至高神殿没有神女，但我相信，至高神使在听说了你的事迹后，绝对会允许你成为至高神殿的唯一神女。"

主教说完，简直无法掩饰内心的喜悦。她想去至高神殿，好啊好啊好啊好啊，这可太好了！

他说什么也要帮艾丝黛拉去至高神殿，只要她不留在这个教区，在他的身边虎视眈眈，她想去王宫当女王他都举双手赞成！

艾丝黛拉洞悉了他的心思，被他的表情逗笑："那就请神使阁下在至高神使面前多多美化一下我的事迹了。"

"一定，一定。"主教连连点头，又连连摇头，"不对不对，你的事迹哪里需要美化，就凭神出手庇佑你这一点，至高神使怎么说都得让你当神女。"

艾丝黛拉的眉头无法控制地皱了一下。她面不改色地和主教寒暄了几句，就起身离开了。

克里斯托弗神使的事情，从头到尾都在她的计划之内。从索菲娅嬷嬷觑见他的那一刻起，她就为克里斯托弗神使安排了被毁灭的结局。

他的轻视，他的愤怒，他的不甘，他的疯狂，都在她的意料之中。

唯一在她意料之外的，则是末尾的"神罚"。

她知道克里斯托弗神使会对她下手，于是特意吩咐洛伊尔不要出手。

不管什么毒素，都不能对她造成致命的伤害，却能让克里斯托弗神使背上谋杀的罪名。

一场审判，两个罪犯，一个道德沦丧，一个歇斯底里，并且都是神殿德高望重的神职人员，绝对能让神殿的名誉扫地，让民众对他们丧失信心。

她甚至都预见了民众会如何批判神殿。

谁知，一道冰冷而圣洁的神罚彻底打乱了她的计划。

成为神殿的英雄，并不是她想要的结果。

艾丝黛拉忍不住用手撑着额头，细细思量，不明白自己哪里得到了神的青睐。

她并不虔诚，就算知道了神的存在，也无法对他生出半点儿敬畏心。神殿所推崇的怜悯、谦虚、诚实、公正、恩慈、忍耐，她更是一个也没有。

与其相反的品质，比如冷漠、傲慢、虚伪、有仇必报等，她倒是应有尽有。尤其是冷漠和虚伪，她甚至视为生存之道。

她非常明白自己是怎样的人。她就是一个坏人、一个恶人，只有野心，没有善心，只有恶意，没有善意，不懂得谦虚，也不懂得怜悯。

一个连怜悯弱者都不会的人，居然会得到神的青睐？她不相信。

她怀疑神并不是在保护她，而是在故意破坏她的计划，毕竟计划一旦成功，倾覆的将是他的神殿。

这个解释完全合情合理。

一时间，艾丝黛拉不由得对神产生了反感。

假如他不是神，而是普通人，她不至于这样反感他的存在，可他偏偏是神，神是全知全能、无所不在的。

他是如此强大，以至于她连他的存在都感受不到，只能像信徒那样去想象他的模样。他却能从任何一个角度观察她、揣测她、接触她，或许连揣测都不用，他直接就能看透她的想法，而她连他的视线投向哪里都不知道。

这种感觉太难受了，她讨厌不能掌控的人或事。

她如此喜欢洛伊尔，除了他确实好用以外，最关键的一点就是，他愿意被她掌控。

他是一条被驯服、强大而美丽的小蛇。

其实强弱与美丑都是其次，她最在乎的是他的忠诚。

洛伊尔给她一种感觉，只要她愿意，他会永远匍匐在她的脚边，供她驱使。

她喜欢这种感觉。

她知道很多人都喜欢依附于强者，成为强者的一部分，臣服于强者的权力、能力和荣耀。

她不一样，她更渴望成为强者，让别人来依附她，臣服于她的铁腕、权力和荣耀。

她想要统治其他人，而不是被人统治。

或许在神的信徒看来，神的青睐、神的庇护，是一件值得炫耀的事情，但她想要的不是神强大的庇护，而是他手上的权力。

艾丝黛拉揉着眉心，缓缓吐出一口气。

她要牢记这一点，不能臣服于他的统治。

他并不是在庇护她，而是在摧毁她反抗的意志，让她屈服于他的主宰。

她和他注定水火不相容。

除非，他愿意从居高临下的宝座上走下来，听从她的支配。

两次都被光明神夺走了先机，洛伊尔意识到，他不能再以蛇身待在艾丝黛拉的身边了。

神不知为什么对艾丝黛拉青睐有加，令他感到强烈的焦躁不安，再加上他与这个神有一种古怪的联结，大致知道神在想什么。神似乎注视了艾丝黛拉很久，对她产生了浓厚的兴趣，想要了解和探究她。

更令他难以忍受的是，神对她的兴趣，并不是造物主对造物的兴趣，也不是统治者对臣民的兴趣，而是男人对女人的兴趣，这让他怎么忍受？

据他所知，造物主并没有性别，就像他一开始也没有性别一样。这个神却在出现的一瞬间，就以男性充满侵略性的目光注视着她。

艾丝黛拉感受不到神的视线，他却能清晰地察觉到。神的目光缓慢地扫过她美丽的脸庞，天鹅般的脖颈，优美而脆弱的咽喉。

神和他一样无处不在。

他可以让空气、阳光和雾气充当他的耳目，如同云雾鉴赏飞鸟一般，肆无忌惮地鉴赏艾丝黛拉，神也可以。

他们似乎是一体的，又似乎不是。

假如他们不是一体的，为什么他能察觉到神的想法、神的兴趣、神的视线？假如他们是一体的，为什么他会对神的存在感到焦躁和妒忌？

他十分不愿意神注意到艾丝黛拉，也不愿意神用他们共有的耳目去打量和感受她。

他不想和神分享艾丝黛拉，无论分享的方式是什么。

神殿与神殿之间传递消息的速度极快。第二天清晨，至高神殿就收到了主教寄来的信件。

当底下的人将这个消息禀报给至高神使时，他正站在祭坛前静静地翻看经书。

至高神使一共有七个，分别掌管神职部、传信部、册封部、公教部、神赦部、礼仪部和裁判所。

眼前的男人掌管神职部，是至高神使中权力最大和年纪最轻的一位。

他穿着白色长法衣，长法衣剪裁流畅而式样古朴，飘逸的衣摆垂至膝盖，露出马裤和黑色短靴。这种打扮也只有他才能显出超凡脱俗的味道，换了任何一个人，哪怕是其他几个至高神使，都会显得过于世俗。

他是游离于世俗与超世俗的掌权者，是光明神在人世间的具象化。

他看上去像一个过于英俊，几乎显得有些貌美的年轻男子，实际上他早已摒弃世俗的欲望，无论女人怎么引诱，他的面色都不会有半点儿变化。

自他来到至高神殿起，就将一切献给了至高无上、全知全能、完美荣耀的光明神。

"阿摩司殿下，这是边境教区寄来的加急信。那边的代理神使用了万分紧急的封口漆，还在信封上写明要您亲启。"

阿摩司接过信封，一边用拆信刀划开信封，一边温和地道："代理神使？我记得边境的神使是克里斯托弗。"

"您真是好记性，那边的神使的确是克里斯托弗。为什么会有代理神使，我也不清楚，可能信上有写原因吧。"

这时，信封被拆开。

阿摩司打开信纸扫了一眼，就全明白了。

"克里斯托弗被神赐死了，"阿摩司道，"他犯了谋杀、傲慢、藐视律法、触怒神明等罪过。神很久没有对个人降临神罚了，他将是他们教区、家乡、家族的千古罪人。"

属下也诧异地道："神罚？这简直像传说中的事情……克里斯托弗究竟做了什么，惹得神如此震怒？"

阿摩司把信递给他。

属下仔细地看了一遍信，也明白了过来。

但说实话，这个案子算不上罪大恶极，他们处理过比这更血腥、更恐怖、更棘手的案子。比如几十年前，有一位著名的毒药女巫，在她火热而令人恐惧的熔炉里，熔化了将近两千个婴儿，她把他们的油脂制成"黑弥撒"所需的人油蜡烛。

这个案子举世震惊。

为了查清原委，给她定罪，最高法庭传唤了四百多个人，女巫自始至终拒不认罪，还高声挑衅光明神。神却并没有像弗莱彻司铎一案般降下惩罚，似乎认为她的罪过不值一提。

当时参与审判的人，都不觉得神的做法有什么问题。神怎么可能时刻关注一个人的举动，对一个人出手呢？

世间万物虽然各有因果，恪守秩序，都有定时，但就算不循因果，不守秩序，违背定时，报应也不会即刻就到。就像这个女巫，她在法庭上叫嚣了好几个月，最终还是被判处了火刑。

可克里斯托弗这件事，却像神一直在关注一般，一有异状就赐死了克里斯托弗。

为什么会这样呢？

忽然，属下瞪大眼睛，指着信上的名字说道："艾丝黛拉，这不是前女王的名字吗？"

阿摩司早就看见了艾丝黛拉的名字，却不以为意："同名而已。女王陛下是一个没有信仰的人，神不可能庇护她。"

他这么说着，却无法遏制地想起了艾丝黛拉。

与其他几位神使不同，他并不轻视艾丝黛拉，也不认为她以女子的身份即位是异想天开。

他知道她有这个能力，也见识过她的能力，并为之赞叹。

他不赞同她即位的原因是，她没有信仰。

没有信仰的国王会动摇整个光明帝国的根基。

所以，即使他知道没有他的支持，她很快就会倒台，他还是选择了冷眼旁观。

他也必须冷眼旁观。

说起来，他早已习惯了在远处旁观她的一举一动。

一开始他是因为好奇。

他生来就是至高神使，上一任至高神使找到他，说他的体内蕴藏着一丝圣洁的神性，他注定是至高神殿的掌权者。

从此，他被禁止接近女子，被禁止踏出王都半步，只能通过书籍了解整个世界。

十四岁那年，他终于被允许接触女子，而艾丝黛拉是唯一他能接触的女子。

当时她才十二岁，不过在有的地方，女子十二岁就算成年了。他不能离女子太近，只能在远处看着她。

他还记得她那天的穿着。她戴着镶有花边的宽檐草帽，穿着像鸽子羽毛一样柔软蓬松的白蕾丝晨衣，手上是和草帽镶有同式样花边的白蕾丝手套。

她似乎刚醒，甜美稚嫩的脸上满是倦意，边打哈欠边走到他的面前，很不得体。

他闻到了她身上爽身粉的芳香，令他的身体微微紧绷。但是紧接着，更让他身体紧绷的事情出现了，他看见了她金色的眼睛里一闪而过的阳光斑点，太晃眼了，也太漂亮了。他垂下双眼，下意识地屏住了呼吸。

有那么一瞬间，他隐隐意识到，神殿对他的培养完全是错误的。

他们不该视女子为洪水猛兽，也不该禁止他接触任何女子，不然他怎么会一见到女子就如此狼狈？

后来的事情，他都忘得差不多了，只记得他始终不敢离她太近，只敢保持二十英寸左右的距离，跟在她的身后。

他甚至不敢抬头，因为那一刻，他的感官莫名发达——阳光、晨雾、微风、树叶、小草，都成了他的眼睛，都从四面八方望向她，都将视线的焦点集中在她一个人的身上。

即使他没有抬头，也知道她正慵懒地坐在草坪上，双腿如美人鱼般倾斜交叠。

侍女送来一篮子草莓和饼干，她就趴了下来，两只胳膊肘撑在柔软的草坪上，把一颗新鲜的草莓送到嘴里。鲜红的汁液流到她的下嘴唇上，却并不比她的嘴唇鲜红多少。她漫不经心地用戴手套的手指擦了擦草莓的汁水，继续吃草莓。

她吃得随心所欲，他的手却一直在宽大的袖子里颤抖。

他从未这样难受，也从未觉得法衣的衣领是如此勒喉咙。

这时，他又意识到"洪水猛兽"的形容是正确的，他从未对这个词语理解得这样深刻，简直到了沦肌浃髓的地步。

最后，还是她主动打破了沉默。

"殿下，"她歪着脑袋，用牙齿咬住戴白蕾丝手套的手指，把沾过草莓汁液的手套扯下来，"你跟了我一上午，到底是来干什么的？传教？讲道？还是来看我玩耍的？"

他的头脑空白了一下，几秒后才说道："公主不必叫我殿下。"

"那我叫你什么？"她仰头望着他，甜甜地微笑着，"我听说你是神选中的人，体内有一丝神性，甚至可以说是神的一部分，难道你想我称呼你为冕下？"

说着，她耸了耸肩，不再看他，继续吃饼干："这我可不敢叫，我怕被送上火刑架。"

她这些话让他冷静了下来。

他察觉到她没有信仰，有信仰的人不会这样说话。

这一刻，他的心中莫名生出一种使命感，想要将她引向正途。这种神圣的使命感压制了蠢蠢欲动的感官，一时间，四面八方都风平浪静，莫名多出来的"眼睛"也消失了。他不再受感官的挟制，半跪下来，以一种庄严郑重的态度为她朗读和讲解《颂光经》。

她睁大眼睛，诧异地看了他一眼，却没有阻拦他的行为。当他讲完一个章节时，她甚至会提两个问题，以便他接着讲下去。

就这样，三个月过去了。

一天，他再次去拜访她时，却被告知她不方便接待客人。

当时，王宫时常有毒杀的事情发生。他看着侍女躲闪的眼神，还以为她出了什么事情，一瞬间竟顾不上礼教观念，一把扣住侍女的手腕，低声逼问道："她到底在哪里？"

几分钟后，侍女在他冷漠而强硬的逼问下，哆哆嗦嗦地说出了实情。

她去打猎了。

在神圣光明帝国，女子身穿男装和使用燧发枪都是不小的罪名，她居然一次犯了两个罪过。

他眉头微皱，心事重重地走进王宫的树林，刚好看见她骑马归来。

看见她的那一刻，他的手再次在宽大的袖子里颤抖起来。与之前的她不同，马背上的她完全变了一个模样。他有一种预感，这才是真实的她，褪去伪装的她。她的神情是那么冷淡，那么漫不经心，穿着棕黄色马裤和黑色长筒靴的腿，驾轻就熟地蹬着马镫。她肯定不是第一次去打猎了。

她对上他的眼睛，一点儿也不紧张，反而饶有兴味地笑起来。他在她的眼里读出了兴奋。

他是至高神使，看见她穿男装和使用燧发枪，即使她是帝国的公主，也可以直接给予她禁足的惩罚，甚至是更严厉的体罚，她却笑得这样兴致盎然。

突然，她的手背到身后，取下背上的燧发枪，两三下装填完弹丸，将黑黢黢的枪口对准他。

当她眯缝起一只眼睛瞄准他时，脸上几乎流露出一种邪性的、兴奋的、挑衅的神色。

她在恐吓他。

他的心跳也确实停止了一下，却不是因为她手上的燧发枪，而是因为她脸上生动的表情。

原来，他之前对她的了解都是流于表面的。真正的她如狼一般美丽又贪婪，整个脸蛋都流转着野性的充满攻击性的光芒。

他知道她不会开枪，她不是那么疯狂的人，不会为了逞一时之快，开枪打死神职人员。

在她看来，她的性命肯定比他的性命重要太多，她无论如何也不会跟他一命换一命。

谁知，她还是开枪了，子弹打在了他身后的树干上。

"砰"的一声，烟雾四溢。

她甜蜜而恶劣地微笑着，轻启红唇，吹了一下滚烫的枪口，驾着马踱到他的身边，居高临下地问道："殿下要惩罚我吗？"

她身上刺鼻的火药味、动物的血腥味和树叶腐烂却清新的气味开始往他的鼻子里钻，现在，他的手不仅颤抖，而且还发汗。

她离他越来越近。

他看见她的鼻子上闪现一层细密的汗珠，鬓角也浮动着亮晶晶的汗水。

他体内古怪而蠢蠢欲动的感官又被她激活了，他的眼前闪过她打猎的情景——她一只手拽着缰绳，另一只手抽出燧发枪，两条腿的力量完全不像少女该有的，牢固而强硬地夹住马鞍，往前倾身，把燧发枪的枪托架在肩上，瞄准远处的跳羚。

"砰！"

跳羚中弹，躺在血泊中。

她却只是微勾嘴角，并没有勒住缰绳，停下来查看中弹的猎物。

她一点儿也不在乎猎物的生死，她只渴望杀死猎物那一瞬间的快感。

跳羚倒地时，她快活极了，脸上、耳朵和脖颈甚至泛起甜美的红潮。

他们根本不是同一类人。

他不该接近她，不该试图将她引向正途，因为她的轻佻、残忍和邪恶是天生的，就像他生来就无情无欲，能面不改色地维护公正一样。

他没有请求她停止杀戮，也没有要求她改变本性，那样太傲慢了。

他只是说："我是来和殿下告别的。殿下太聪明了，我已经没什么可教殿下的了。"

"是吗？"她从马背上跳下来，把发烫的燧发枪扔给一个侍女。另外两个侍女则拉起一条比硬壳书扉页的白色米纸厚不了多少的布帘，让她在里面更衣。

他立刻将视线移向别处，但那该死的感官又开始蠢蠢欲动了。

他简直想挖掉那些不道德的眼睛。

或许是感受到他的抗拒，四面八方的眼睛没再出现，听觉和嗅觉却放大了十倍不止。

他闭着眼睛，近乎绝望地听着她在帘子后面脱衣服、穿长筒袜的动静。

她的动作很慢，慢慢地卷起长筒袜，套在脚趾上，一点儿一点儿地往上拉扯，窸窸窣窣，窸窸窣窣，他差点儿被这种细微的声音折磨疯了。

她穿完袜子，就开始穿束腰。

他第一次知道，听觉也可以代替视觉。

他完全可以用耳朵"看见"，她的束腰是如何附上她的十二对肋骨。她对细腰不怎么感兴趣，十二对肋骨呈现出自然灵动之美。她穿完束腰，腰身轻轻一扭，开始穿上衣和罩裙，层层叠叠的纱裙笼罩在她的身上，完美地盖住了她猎杀跳羚时的杀戮之气。

她偏着脑袋，一边编辫子，一边和他擦肩而过："神使殿下最好说话算数，别再来烦我啦。"

他们朝夕相处了一百多天，他向她告别，她却连一点儿留恋都没有。

其实，他也不该有半分留恋，但看着她的身影消失在拐角后，他却忍不住一拳打在旁边的树干上。

她身上有一股躁动的杀戮之气，他又何尝没有？

只不过他必须压抑，必须克制，不能让贪婪、戾气和疯狂占据他的头脑和情绪。

从那时起，他再也没去见她，却不时能在至高神殿里听到她的消息。

后来，约翰二世去世了。

他亲自主持的葬礼，亲口朗读的悼词。

那是这些年来，他第一次见到她。她似乎长大了不少，又似乎没有，童稚之美怪异地停留在她的脸上。

她的演技比从前精进不少，演起一个天真伤心的孩子来，几乎让他信以为真，甚至是感到心疼。

直到她的兄长突然发疯，他才意识到不对，微微愕然地望向她。

她却一边伤心地抽泣，一边对着他眨了眨眼睛。

他的头脑是如此敏锐，一下子就反应过来，是她杀死了她的父兄——也许不是她亲自动手，但绝对和她脱不了干系。

杀戮的本性在她的体内潜伏了那么多年，最终还是以狰狞的面目完全暴露了出来。

葬礼上，她哭得非常伤心，睫毛和手套全打湿了，小巧红润的嘴唇颤抖着，十分惹人怜惜。但每当他看向她时，她就会用一种嘲讽且挑衅的眼神回望过来，似乎在问他，他会如何选择，告发她？训斥她？像几年前一样试图将她引回正途？

他选择避开她的目光，什么都没有说，什么都没有做。

他告诉自己，这并不是因为私心，而是她就算继承了王位，也没办法在王位上久坐。

除了他，还有六个至高神使，那六个至高神使是无论如何也不会让一个女子继承王位的。

他站在高处，冷眼旁观她加冕为王，冷眼旁观她被赶下王座。

她被判处火刑的那天，他的手又像他第一次见到她那样颤抖起来。感官开始灵敏，化为一团黑雾想从他的体内逃出去，前往她的身边，缠绕住她的手脚，从外到内地保护她、占有她，让她免受世间的一切伤害。

但他可以这样做吗？这样做是否有失公正？

他这样偏袒她，是否对其他人不公？

他怜悯她，不想她死在神殿的火刑架上，那其他人就该死在火刑架上吗？

他既然选择了当至高神使，就不能再以普通人的目光去看待整个世界，更不能再以普通男人的目光去看待一个人。

　　他不能有私欲，不能成为一个男人。

　　作为世俗和超世俗的统治者，他必须把自己的躯干掏空，尤其是那些激烈的、牢固的、蠢动的、粗野的、一触即发的欲望。

　　他不能让这些欲望影响自己的判断和抉择。

　　她行刑的前一晚，他破天荒没有去祭坛前朗读经书。

　　他半闭着眼睛，倚靠在椅子上，手里拿着玫瑰念珠，默诵着经文，想要使躁动不安的心恢复平静。

　　然而，无论他怎么默诵经文，体内的黑雾都蠢蠢欲动。

　　它们疯了似的在他的体内挣扎与翻滚，想要摆脱他的控制，前往他此刻最想去的地方。

　　有那么几秒，他甚至都从椅子上站了起来。

　　但救下她以后，他这辈子又算什么呢？

　　他的使命，他的志向，他竭尽全力维护的公正和纯洁都将在顷刻间变成一个笑话；他十几年的禁欲生活，视女子为洪水猛兽的礼教观念，也将变成一个笑话；他体内的那一丝神性，更将变成笑话中的笑话。

　　他吞了两颗助眠的药，试图入睡。

　　这两颗药却没能让他入睡，反而让他头脑里紧绷的弦松弛了下来。

　　理智一退让，情感和欲望就占据了上风。

　　它们是汹涌的潮水，冲垮了他竭力维持的理智。他闭着眼睛，躺在床上，从平静无波躺到大汗淋漓，炽热的鲜血流遍他的血管。

　　现在的他不再是平时的他，而是被黑暗雾气填满的他。

　　黑雾四处弥漫，化为一条条隐形的、纤细的、长无边际的蛛丝，从他的躯壳连接到她的身体。他的耳旁渐渐嘈杂起来，响起她胸腔内搏动的心跳声、血液的流动声、喝水的吞咽声……蛛丝越来越多，到最后，他几乎能看见她模糊的背影，她美丽动人的侧影。

　　随着她的模样越来越清晰，他的理智也越发接近垮台，原则也快要崩塌了。

也许等药的效力过去，他就会赶到她身边，出手救下她。

然后，她从寝殿里逃走了。

连绵不断的蛛丝也断开了，他大汗淋漓，不禁松了一口气。

更让他松了一口气的是，或许是神听见了他无望的祷告，自从艾丝黛拉逃离王都后，那些黑雾就像消失了一般，再也没来困扰他。

她应该不会再回王都了。

这样也好，只要她不在王都，他就能一直保持理性。

至于这个艾丝黛拉……

阿摩司十分冷淡地看着手上的信纸。

至高神殿从前没有神女，以后也不需要神女，他并不会因为她和艾丝黛拉一个名字就高看她一眼。

他想也不想就拒绝了边境主教的请求。

主教怎么也没想到，阿摩司至高神使会拒绝他的请求。

这可是被神眷顾的女人啊！

他心里不免犯起了嘀咕，虽然所有人都说阿摩司至高神使是神在人间的化身，但是他从未听说阿摩司至高神使被神眷顾的传闻。

他想来想去，只想出一种不太可能的可能：阿摩司至高神使拒绝艾丝黛拉成为至高神殿第一位神女，是怕艾丝黛拉分走神对自己的宠爱。

主教忍不住啧啧称奇，想不到阿摩司至高神使也有嫉妒心啊。

不过主教并没有死心，他是不可能让艾丝黛拉留在教区神殿的。

在他看来，艾丝黛拉就像一条在他的枕边酣睡的毒蛇，花纹斑斓艳丽，美则美矣，两枚毒牙流出来的毒却能毒死成百上千像他这样的弱者。

如果可以，他恨不得把艾丝黛拉推进至高神殿里，再把神殿的大门狠狠地锁上，然后脖子一伸，嘴巴一张，吞掉钥匙，让她永远都没办法出来。

但这种好事他只敢在脑子里想想，不管是至高神使还是艾丝黛拉，都是他惹不起的人物。

主教下定决心要让艾丝黛拉进至高神殿的大门，于是一口气给阿摩司写了十几封信，每一封都是十万火急的加急信。

阿摩司的耐心和脾气极好，每一封信都客客气气地回复了，但是在艾丝黛拉的事情上却一直没有松口。

主教意识到，阿摩司至高神使只是看上去温和，实际上态度比另外六位至高神使还要强硬。

他决定的事情，无论底下的人如何恳求，如何哀诉，都不会有半分改变，有一种类似于神的无情。

就是因为他在精神和气势上跟神太像了，又有一种神没有的温柔和人情味，他才会位居至高神使之首。

但与神相像的人，即使再有人情味，也十分有限。

主教转了转眼珠子，改变了对策，开始给另外六位至高神使写信。

其他六位至高神使，有的看也没看他的加急信，更别说给他回信了。这在主教的意料之中，不然他也不会一开始就给阿摩司至高神使写信。尽管阿摩司至高神使骨子里冷漠又强势，却会维持表面的温文尔雅。有的则劝他不要把加急信用在这种地方，毫无意义，浪费大家的时间。

好消息是，神赦部和公教部的至高神使对艾丝黛拉很感兴趣；坏消息是，这两位至高神使并没有什么实权。

他们听说主教在阿摩司至高神使那里碰了十几次壁，都有些犯怵，但他们太好奇艾丝黛拉为什么会得到"神眷"了。

要知道，这可是有记载以来，神第一次对一个人表现出特殊的青睐。

阿摩司至高神使的体内虽然有一丝神性，但他遇到危险时，却从未被神这样庇护过，这让他们怎么不好奇？

两位至高神使琢磨半天，决定先斩后奏，让主教把艾丝黛拉送到至高神殿来考察一番。

假如她真的被神眷顾，在神学方面又有极高的天赋，破例收她一个神女也不是不行。

主教收到这个消息后，简直欣喜若狂，连夜收拾出一个包袱，恨不得长出一对翅膀，把艾丝黛拉丢到至高神殿去。遗憾的是，他没能长出翅膀，也不能替艾丝黛拉做决定，他得先征求艾丝黛拉的意见，看她什么时候愿意出发。

艾丝黛拉听见"阿摩司"的名字时愣了一下，才想起他是谁。

她对这个人没有特别深刻的印象，只记得他非常严肃，非常正直，几乎到了教士模板的地步，小小年纪就将教士的迂腐和自我克制表现得淋漓尽致。

在某种程度上，他也是一个统治者，一个独裁专制的领袖，跟旧教的教皇没什么区别。

唯一的区别是，神殿比旧教更加虚伪，不愿称最高统治者为"父"，也不愿称他为"皇"，认为这样有损神的荣美。实际上，至高神使和教皇的职能相差无几，都是终生任职，没有任何人能罢免他。

当时，尽管他注定是至高神使之首，整个神殿的领袖，却始终过得十分清贫，浑身上下只有一条玫瑰念珠较为稀有。

她不信他没有世俗的欲望，经常在他面前铺张浪费，展现奢靡的作风。

一个昂贵的六层塔式蛋糕送上来，每一层都是涂满蜂蜜奶油的海绵蛋糕，以及五颜六色的碎砂糖和坚果碎末，周围还有一圈栩栩如生的奶油花蕾。最上层是一个缩小版的神殿，那是甜点师耗时四个白天，用纸箱子、巧克力和金箔纸制作而成。

她却只是扫了一眼，用手指挖走了最底层的奶油花蕾，放进嘴里尝了一口，就让侍女撤了下去。

他显然十分不赞同她浪费的行为，冷冷地盯着她的手指看了很久。

她之所以对这件事印象深刻，是他虽然看上去一脸冷淡，却有些馋那个蛋糕，脖颈间的线条绷得极紧，对着她的手指做了好几下吞咽的动作。

她不由得有些可怜他——女孩对吃不饱的小狗小猫的那种可怜，有点儿想让侍女切一块蛋糕送上来，给他尝尝。但她想到他又不是她的狗，没必要喂饱他，这种情绪很快就消散了。

艾丝黛拉漫不经心地想，也不知道这位高高在上的至高神使还记不记得自己曾对一块蛋糕馋成那样。

这就是艾丝黛拉对阿摩司的全部印象。

她甚至不记得自己曾在葬礼上挑衅地看过他。

她的性情变化无常，有着非同一般的勃然兴致。在那种情况下，任何一个人望过来，她都会露出那样的眼神，吓他们一跳。

跟主教敲定出发时间后，艾丝黛拉回到自己的房间，像往常一样，把手伸进被子里。

洛伊尔却没有像往常一样吐着蛇信子，自然而亲近地爬到她的手臂上。

艾丝黛拉不由得眉头微皱。

洛伊尔这几天外出得也太频繁了。

之前就算她半夜醒来，也能看见他安静地盘绕在她的枕边，沉沉地熟睡着，蛇瞳被白色的薄膜包裹着，隐隐还能看见紫蓝色的虹膜。

现在她醒来，多半只能看见一团空气。

难道他真的进入发情期了？

他最近频繁地外出，是去外面寻觅合适的雌蛇了？

艾丝黛拉蹙眉，说不清楚心里是什么感觉。

她以前没养过宠物，只养过一堆能化蝶或不能化蝶的幼虫，不知道这种情况该怎么办。

假如洛伊尔是一条真的蛇，且没有与人类相似的智慧的话，它在外面如何繁衍生息她都不会管它。

可他有智慧、有头脑、有判断，还有无与伦比的忠诚，会精准地服从她的每一个命令。

她不知道两条蛇会如何繁衍后代，但她给两只蝴蝶配过种——抓住它们彩色的翅膀，让它们的腹部尖梢相接触，配种就完成了。

想到这样忠诚的洛伊尔会与另一条毫无灵性的雌蛇繁衍生息，哪怕只是像蝴蝶配种一样迅速结束，她还是感到无法形容的反感和厌恶。

她不愿意洛伊尔的注意力被分走。

另一边，洛伊尔化为一团黑雾，找到了骷髅会边境分会的头目德蒙。

自从上次召唤出黑暗神以后，德蒙又试了几次，均是失败。

他不由得怀疑，那天在郊外看见黑暗神降临，是一种恐怖又美好的幻觉。

难道真的是他的幻觉吗？可是，那么多教徒都看见了啊！

再过一个月，骷髅会就要举行内部的例行会议了。

到时候，所有分会的大小头目，包括骷髅会总部的首领都会聚在一起，商讨大事。假如他在会议上告诉众人，他能和黑暗神交流，绝对能成为整个会议的中心。

首领一开心，说不定会给予他更大的权力，甚至让他成为骷髅会的副首领。

而且，据说有个大人物也会参加这次的内部会议。那个大人物在帝国的底蕴深厚，炙手可热，要是能得到他的另眼相待，自己也就不用在边境的小镇待着了。

德蒙越想越热血沸腾，然而无论他怎么召唤，面前的棺材都没有动静。

他炙热的心渐渐凉了下去。

他想象中的前景再美好，无法与黑暗神对话，都是空谈。

当他准备合上棺材，放弃召唤时，一团黑雾忽然从四面八方弥漫过来。

很快，整个屋子就陷入了黑暗之中。

德蒙站在黑雾的中心，感觉温度骤降，不由得冷汗涔涔，浑身僵硬，觉得自己好像过于大胆了，一个人也敢召唤黑暗神。

与此同时，棺材里冒出白光，缓缓凝聚成一具高大而灵活的人类骷髅。

这一次对话，与上次截然不同。

上一次，黑暗神是借用棺材里的骸骨与他对话，这一回却自己创造出了一副骨架。

只见那副骨架正在一点儿一点儿地长出流畅而优美的肌腱，然后慢慢地覆盖上新生却坚韧的皮肤。

当他的头发、眉毛完全长出来时，一个俊美的男人便出现在德蒙的眼前。

他有着高大而强壮的身材，却丝毫不显得笨重，线条优美而富有雄性魅力。他过于突出的锁骨、手腕关节、手指关节、脚踝线条，以及手背上凸起的淡蓝色静脉，让他看上去多了几分轮廓分明的艺术美感。假如辉煌的殿堂一定要展示一具比例完美的男性雕塑，再没有比这副躯体更好的选择了。

然而这些在他的脸庞前，都是其次。

他的眉眼狭长而冷峻，鼻梁高挺，却因为五官的排列搭配过于和谐，显得几近美丽。

好在他的嘴唇和下颌的线条极其凌厉，以至于头发稍长也不会把他认成女性。

当他睁开双眼时，那股清澈美丽之气更是被冷漠而凶狠的攻击性所取代。

他的眼睛居然是紫蓝色的竖瞳。

他的瞳孔像蛇类一般，只剩下两条令人毛骨悚然的线。

德蒙看得目瞪口呆，过了几秒才反应过来，他应该跪下给黑暗神行礼。

跪下以后，他又反应过来，应该给黑暗神冕下找两件得体的衣服。

说起来，黑暗神冕下为什么长得这么眼熟？他肯定在哪里见过这张脸。

德蒙抓耳挠腮，搜刮着脑海里的记忆。

十几秒后，他终于发现这张脸为什么这么眼熟了——这不是神殿至高神使之首阿摩司的脸吗？

德蒙忍不住倒吸一口凉气，难道至高神使阿摩司是黑暗神的卧底？

他们绞尽脑汁地对抗神殿，反抗裁判所的暴行，到处收买人心，黑暗神冕下却早已打入敌人的内部？

第十一章
唯一

德蒙立刻高声呼唤男仆，让他找几件昂贵且干净的衣物送过来。

黑暗神却阻止了他。

他抬起手，一团白光闪过，剪裁合体的衣物就覆盖了赤裸的身体。

他似乎不喜烦琐，变幻出的衣服简朴又雅致，但他的气质却让这些任何人都能买到的衣服变得像高级教士的法衣一样高雅脱俗。

有了白色衬衫、黑色马裤和没有装饰马刺的长筒靴，还需要一件外套。

洛伊尔看了看德蒙身上的礼服大衣，变出了一件更长、更大、更合体的淡灰色大衣。

同样是礼服大衣，同样是衣摆垂至膝盖，同样是腰部的线条略微收紧，显出人体的曲线，德蒙被洛伊尔衬得像连环漫画里鼻子如蒜头、下巴如锄头、手脚似火柴的土包子，第一次来到繁华的城市，穿着清洗后缩了水的肮脏大衣。

德蒙却丝毫不觉得窘迫，能成为黑暗神的陪衬是他的荣幸，他为什么要为这种光宗耀祖的事情感到窘迫呢？

"冕下……降临属下简陋又粗鄙的房舍，"德蒙搓着手，一脸谄媚地问道，"是有什么吩咐吗？"

洛伊尔看着他谄媚的样子，几不可见地皱了皱眉头。他讨好艾丝黛拉的时候，也这么丑陋吗？

他心里想的是艾丝黛拉，变幻出人身也是为了艾丝黛拉，说出来的话却淡漠而威严："我需要更多的力量。"

德蒙挠挠头，以为黑暗神在暗示骷髅会应该扩大地盘，招收更多的教众，毕竟只有这样，他才能拥有更多的力量。

谁知洛伊尔的下一句话却是："带我去你们的牢房。"

德蒙百思不得其解，却不敢违抗黑暗神的命令，连忙吩咐男仆准备马车。

洛伊尔再次阻止了他。

"告诉我牢房的位置。"

德蒙详细地描述了一遍牢房的方位，怕黑暗神没有听清楚，又拿出地图，指出确切的位置。

没等他把地图放回去，周围的场景竟像有生命般搏动起来，线条、明暗、温度、气味都在一瞬间发生了变化。

德蒙只不过是转了个身，他们就已站在骷髅会牢房的入口。

这是德蒙第一次见识到神的力量。

光明帝国不是罗曼帝国，普通人只有在罹患重病时，才能见到可以借用神力的医官。即使是胆子大、不怕被神殿发现的有钱人，也只能请到能力不一的女巫，而不是可以借用神力的教士。但不管是巫术、魔法还是神殿借用的神力，都无法瞬间改变环境，就连罗曼帝国斥巨资修建的传送阵也做不到这种程度。

德蒙拍了拍胳膊上的鸡皮疙瘩，咽了一口唾液。

黑暗神能在转瞬间改变位置，就能在转瞬间摘下他的脑袋。

一时间，德蒙连大口呼吸都不敢，屏住呼吸走向一棵普通的椴树，打开了树洞里的机关。

"吧嗒"一声，覆盖着枯枝烂叶的暗门开启。

一条深不见底的旋转楼梯出现在他们的面前。

德蒙刚要拿出打火石，点燃树洞里的烛台，洛伊尔就伸出一根修长的手指，一簇火焰在他的指尖燃起。

那簇火焰飘浮起来，仿佛一个祈愿的金红色灯笼飞向前方，驱散了浓重的黑暗。

"走吧。"洛伊尔对着楼梯扬了扬下巴，言简意赅。

德蒙看呆了。黑暗神为什么能变火？

神果然是万能的！

德蒙二话不说，跟着那簇火焰走了下去。

就像记载的那样，骷髅会的起源是为了反抗神殿裁判所的暴行，但随着他们势力的壮大，他们意识到想要约束教众，像裁判所那样的惩罚机制是必不可少的。

于是，恶龙还没有倒下，他们先化为了恶龙。

骷髅会的高层讨论出不少匪夷所思的酷刑，比如瘴气、毒蛇、毒蚁缠身。除此之外，他们也会模仿神殿的酷刑，比如拔掉叛徒的指甲，又比如把叛徒扔进满是老鼠的土坑里。

过于严酷的刑罚会让一部分人惶惶不安，继而安分守己，也会让一部分嗜好残忍手段的人陷入兴奋的状态，从而对骷髅会更加忠诚。

有人屈从，有人拥护，有人屈从又拥护。

一个庞大的权力建筑就这样建立了起来。

几分钟后，他们总算走到了旋转楼梯的底部。

这是一个阴暗潮湿的地下牢房，每一个牢笼都是环形石墙的一个窟窿，它们堆砌在一起，往上延伸。放眼望去，这就像一个高高耸立的黑色蜂巢。

这里可以说是整个边境恶念最浓重的地方。

裁判所的牢房虽然恶念也很浓重，但裁判所的牢房有骑士团的人监管，两方势力互相挟制，神殿的人迫于骑士团的压力，行刑的时候不会下死手。骷髅会却不一样，他们折磨手底下的犯人时，并不会有人在旁边监督。

权力是一部分人交出的自由。

骷髅会的教众交出自由时，根本没想到权力的刀刃落下来时是那么疼痛，那么残忍。

洛伊尔闭上眼睛，飘浮的火焰在他鼻梁的一侧投下阴影，看上去就像光明把他锋利而美丽的五官污损了一般。

他抬起一只手，缓缓张开五指。

刹那间，数不清的黑气如蚂蚁般朝他汹涌而去。

尽管他以恶念为食，但一瞬间吞噬这么多恶念，根本无法感到愉悦。

有那么几秒，他的血管在膨胀，血液在发热，热血疾速流过密布的血管，涌向怦怦响的心脏。

他感到闷热，感到呼吸困难。

各种恶念在他的头脑里燃烧、交融。

这是一种相当怪异的感觉。

他似乎在靠近一扇满是罪恶、烈火熊熊燃烧的窗户，里面是人间百态。有人被掐死，被勒死，被枪杀，被绳子勒死；有人被拳打脚踢，被冷热交替的暴力轮番折磨，被生不如死的悲伤笼罩着；有人被欲望蛊惑，与不该在一起的人紧紧相拥，直到骨骼咔咔响，身子震颤。

他看着窗户里的罪恶，感觉体内的神性在消融、在泯灭。

不，它并没有消融，它不仅没有消融，而且在发酵膨胀，散发出刺鼻的气味。

他确实堕落了，堕落到七情六欲深渊的底部。

但洛伊尔与其他人不一样，一个身心圣洁的教徒的堕落，是因为他沾染了欲望，欲望使他的信念崩塌了，而洛伊尔却是直接变成了欲望本身。

洛伊尔猛地睁开双眼，紫蓝色的眼珠隐隐透出被情焰灼烧的猩红色。

吞噬恶念还在继续。

但那些恶念已不再是恶念，而是帮助他欲望生长的养料。

吞噬的恶念越多，他对艾丝黛拉的占有欲就越强。

到最后，他甚至产生了一种颠倒的错觉——不是他渴望独占艾丝黛拉，而是渴望艾丝黛拉独占他。

权力的来源，是一方支配另一方，另一方主动献出自己的自由，让对方拥有主宰和支配自己的权利。

艾丝黛拉还没有使用他交出去的权利，他的头脑、欲望和意志力就彻底被她支配了，心甘情愿地拜倒在她的裙边。

一个小时后，他终于吞噬完了整个地牢的恶念。

德蒙不知道黑暗神对囚犯做了什么，但能看到囚犯的精神状态。

这些人被关在深不见底的地牢里，本来就精神萎靡，被洛伊尔吞噬恶念后，更是像枯萎的花草一样耷拉了下去。

地牢里有几个刺头，一开始还在那儿重重地拍打栏杆，像猿猴似的怪叫，随着黑气的流失，他们渐渐变得神色恍惚，双目呆滞，"砰"的一声倒在地上。

德蒙看见这一幕，浑身上下的汗毛都竖起来了。

黑暗神不会把他们都杀了吧？

德蒙小心翼翼地看向黑暗神。

他的表情还是像之前一样冷淡，眼神却略显餍足，不知是不是那些黑气的原因，他的双唇从无色变得有些殷红。一般来说，英俊的男人嘴唇泛红，会显得有些女气。这种情况在洛伊尔的身上却完全不存在，红色不仅没有让他的轮廓线条软化，反而让他看上去更加冷峻锋利。

德蒙莫名想到了一句话——越是致命的掠食者，外表越是鲜艳夺目。

这时，洛伊尔看了德蒙一眼。

德蒙撞上他淡漠的目光，吓得心脏都骤停了，连忙垂下头，不敢再窥视他的脸庞。

幸好黑暗神没有追究他冒犯的举动，抛下一句"明天继续"，就化为一团黑雾在原地消失了。

德蒙不由得在心中感叹，当神真好，想去哪儿就去哪儿，不用坐马车，像他就得坐马车回去……不对，他不是坐马车过来的，甚至连男仆都没带。

德蒙："……"

他膝盖一软，差点儿跪倒在地。

就在他跪下去的一瞬间，一个散发着白光的传送阵浮现在他脚下，他踩进去，就回到了自己的房间。

德蒙重重地松了一口气，又有些疑惑，为什么黑暗神的神力和光明神的一样，都是白色呢？难道这玩意儿所有神都一样？

他没有深究，反正无论怎样，黑暗神都不可能和光明神有关系。

洛伊尔回到了艾丝黛拉的房间。

她似乎陷入了熟睡。

他犹豫了一下，还是变幻出人形，走到她的身边。

他在其他人的面前变幻出人形，与在她的面前变幻出人形，完全是两种感觉。

他回想起那扇满是罪恶的窗户，呼吸略微粗重。

这时，古怪的事情发生了。窗户里混乱的人影全部变成了艾丝黛拉，她被他一只手扼住喉咙，被他用燧发枪顶着，被他用套索勒住脖颈。他粗暴地抱住她，力气大到他们的骨骼都在响。

不到几秒，他们的身份就互换了。她翻身扼住他的喉咙，用发烫的枪口顶住他的胸膛，用套索勒住他的脖子……他被这些幻象折磨得有些痛苦，手掌变得像火炭一样滚烫。如果这时他把手掌贴在冰块上，绝对会发出滋滋的声响。

要变回蛇吗？

人性是克制，兽性是放纵。

变成蛇会发生什么，他自己都不确定。

他可能会因为过于兴奋，张口咬住她的脖子或手掌，不受控制地吮食她的鲜血。

他不想再喝她的鲜血。

他保护她的欲望，早已超过了吮食她鲜美血液的渴望。

他甚至不想再吞噬她的欲念，因为他每一次吞噬完，她都会露出疲倦的神态。

他只想守在她的旁边，仅仅是守着，连进一步的想法都没有。他不想伤害她。

尽管他只要一看见她，体内就会流动野兽般的掠夺欲和破坏欲。

洛伊尔转过身，刚要出去冷静一下，这时，一个柔软的身体贴上了他的后背，熟悉的芳香钻进了他的鼻子里，那是肉豆蔻、广藿香和玫瑰的香味，是艾丝黛拉的气味。

她醒了。

或者说，她从来就没有熟睡过。

她靠过来后，他的第一反应不是欣喜，而是嫉妒。

他这具躯体是第一次出现在她的面前，她压根儿不知道他是谁，就这样亲密地靠了过来。

他无法不嫉妒。

下一秒，撕裂般的剧痛从他后背传来。

湿热的感觉很快浸透了衬衫，他忍不住闷哼一声，艾丝黛拉用匕首刺穿了他的心脏。

扎进血肉的匕首很难再拔出来，她却用一条胳膊勒住他的脖子，就像窗户里的情景，她将大半边身体都压在他的背上，使劲一转匕首，让空气流入伤口，拔出了嵌在肉里的匕首。

假如她刺穿的是别的地方，他不一定会有什么反应，但她刺穿的是心脏，是浑身上下最重要的器官，是所有内脏正常运作的基石。鲜红的心破裂了，就算他可以用神力修复它，也要狼狈地踉跄几下。

洛伊尔感到剧痛的同时，又不受控制地心醉神迷。

她从后面抱住了他，这让他怎能不心醉神迷？

洛伊尔闻着血腥味和艾丝黛拉身上的玫瑰香气，强忍住回头抱住她的冲动，头也不回地逃走了。

艾丝黛拉眉毛微挑，看向手上血淋淋的匕首。

这是她见过的最愚蠢的贼，进屋以后什么都没拿就算了，被她捅了一刀都不知道还手。

也许是她下手太狠，这个人已经没力气还手了。

艾丝黛拉漫不经心地扔掉匕首，用浸在脸盆里的湿帕子擦了擦沾血的手掌。

她并不在意那个贼的死活，只在意一件事——这么晚了，她的小蛇为什么还没回来？

临近清晨时，艾丝黛拉迷迷糊糊翻了个身，总算摸到了她的小蛇。

她没有睁眼，凭着直觉把洛伊尔搂进了怀里。

"你真不乖，"她低低地"哼"了一声，咕哝着说道，"太不乖了，这么晚才回来。我要惩罚你。"

她说着，一把攥住洛伊尔的七寸，把蛇头放在自己的下巴和颈部之间，用下巴重重地压上去。

这的确是一种惩罚，假如他真的是一条蛇的话，会因为动弹不得而感到焦躁不安，但他不是。

他被她搂抱着，被迫埋在她的颈间，只觉得神魂颠倒。

为了修复破裂的心脏，他耗费了不少神力，回来时已经有些昏昏欲睡，被她一抱，睡意又一下子烟消云散了。

他第一次知道，她的体温原来可以这样高，气息原来可以这样温暖，如同炉子里沸水的腾腾热气，热烘烘地往他的脸上扑。

在她的怀抱里，他几近胸闷气短，不知所措。

好在再过一个小时就天亮了。

原以为天亮后，艾丝黛拉就会把他放开，谁知她仍然攥着他的蛇头，另一只手像平时把玩自己的发丝一般，轻柔地绕着他的蛇尾。

在这样亲昵的玩闹下，他头部的蛇鳞无法遏制地竖了起来。这是第多少次，他在她的触碰下，控制不住地暴露出动物的本性了？

"你告诉我，"她玩够后，撑起上半身，把头往前一俯，浓黑的发丝如瀑布般流泻在他的蛇鳞上，"昨晚你去哪儿了？"

他的身体不由得微微一僵，不仅因为她的发丝拂到了蛇鳞上，令他一阵心乱，还因为她的话。

难道她知道了昨晚的人是他？

不，她应该不知道。

以她的脾气，要是知道了他可以变成男人，就不会那么亲近他了。

他卑劣地变成一条蛇，就是为了从她那里窃取短暂的温存。

见他不说话，她蹙着眉，用一根手指抬起他的头："怎么不说话？是怕我不准你出去找雌蛇交配吗？"

他愣了两秒，才答道："什么雌蛇？"

艾丝黛拉收起手指，状似不在意地道："我怎么知道。难道你频繁地外出，不是因为发情了，想找雌蛇繁衍后代吗？"

她仰躺下来，平直而顺滑的长发蒙在脸上："如果不是，当我没说。"

"发情"两个字令他的心陡然提了起来，因为他最近的行径确实与动物发情相差无几。

他怕惹她厌烦。

可她的举止却不像厌烦，更像是一闪而过的窘迫和害羞。

她的羞涩并没有持续很久。她对情绪的控制能力太强了，他刚反应过来她有可能在害羞，她就恢复了常态，又撑起身子，用拳头支着脸颊，目不转睛地盯着他："那你会发情吗？"

不等他回答，她就说道："我不会给宠物找配偶，也不希望宠物自己出去找配偶，换句话说——"

她直勾勾地注视着他，一字一句地道："假如你在外面勾三搭四，我会把你阉掉或丢掉。我不希望你关注除我以外的人。"

自从有意识起，他的心脏就没有跳得这么快过。

他几乎能听见心脏在体内跳动的声响，一下一下，震得他的蛇鳞都战栗了起来。

这可能是他这辈子最兴奋、最激动、最喜悦的时刻。

他渴望独占的对象也想要独占他。

此时此刻，他多想变幻出巨蟒的躯体，粗暴地缠住她，紧紧地、牢牢地缠住她，像真正的巨蟒绞缠猎物一样，让她永远留在他的纠缠中。

不，仅仅是这样，他根本得不到满足。他想要她成为他的一部分，或者他成为她的一部分，只要他们能融为一体，永远都不分开，无论怎样他都可以。

他当然不会关注除她以外的人，他的眼睛从来就没有看见过其他人。

他之前学习人世间的俗务时，曾一眼扫过不少与情爱有关的小说和诗集。现在，那些抒情的话语如潮水般涌到他的口中，他又想变成人，像小说里沉默却狂热的疯子一样攥住她的手腕，按住她的后背，重重地抱住她，直到两个人的心跳声交融，直到彼此再也没有距离。

但他不敢冒这个险，他不想被她驱逐。

他只能用低沉的声音道："我不是动物，不会发情，也不会和其他动物繁衍后代，我的眼睛里只会有你。"

艾丝黛拉满意了。

她将一侧的头发捋到耳后，垂下秀美的头颈，亲了亲他蛇鳞仍未平复下去的脑袋，声音甜蜜地道："真乖，我就喜欢乖乖的小蛇。"

玛戈进来时，刚好看见了这一幕。

她忍不住暗暗咋舌，她还是第一次看见女王对人或动物这么亲密。

她以前以为女王养了一屋子的幼虫，是因为相较于毛茸茸的小狗、小猫，她更倾心花纹艳丽的蝴蝶和爬虫。

谁知女王的确对蝴蝶有一种特别的偏爱——当那些胀鼓鼓的幼虫化茧为蝶后，她就把它们钉在玻璃盘子里，挂在卧室的墙上，每晚都会兴致勃勃地欣赏一番。

这条蛇不知道给女王灌了什么迷魂汤，竟然能和女王这样亲近。

玛戈把装着洗漱用品的托盘放在桌上，忽然看见地上有一摊凝固的鲜血和一把沾血的匕首，吓了一大跳："主人，您受伤了？"

"不是我的血，是一个笨贼的。"艾丝黛拉简单地描述了一遍昨晚的情景，回头瞥了洛伊尔一眼，低声道："你还说眼睛里只有我呢，还没有玛戈关心我。"

玛戈："……"

她才跟女王分开几天，地位就比洛伊尔低了是吗？

玛戈能在艾丝黛拉的身边待那么久，除了她确实对女王有用之外，还因为她会用一些狠毒的小手段争宠。

这些年来，不是没有人想替代她在女王心目中的地位，但都被她狠狠地除掉了。这个洛伊尔最好别让她抓住把柄。

玛戈想着，抬头瞪了洛伊尔一眼。

谁知，洛伊尔也在看她。

他看艾丝黛拉的眼神是温柔的、痴迷的，看她的眼神却是冷漠的、恐怖的。

在艾丝黛拉的手上，他就是一条随便把玩的小蛇，无论怎么抚摸，都不会露出尖利的毒牙。玛戈只不过是瞪了他一眼，他就像进入捕猎状态的顶级掠食者，对她露出充满压迫感的目光，仿佛下一秒就要对她发起攻击。

玛戈："……"

她真想对女王说，看看那条蛇，他有两副面孔！

玛戈忍气吞声，移开目光，决定暂时不招惹这个畜生。

她拿起鬃毛梳，开始帮女王梳头发——从中间分缝，编成两条辫子盘在两侧，后颈留出一缕头发搁在肩上。这个发式原本只需要留一缕头发，但女王的头发太多了，几乎到了丰美的地步，梳子分出来的发缝几乎看不见就算了，后颈剩下的一缕头发，也像鸦羽一般浓密厚实。

玛戈不禁满眼羡慕地摸了摸女王的长发，触感像绸缎一样，坚韧又光滑。

她刚摸了两下，就感受到一道冰冷而蓄有敌意的视线。

她回头一看，果然是洛伊尔。

洛伊尔对女王的占有欲简直到了病态的程度，连她梳完发式，顺手摸两下都不行。怎么会有嫉妒心这么强的蛇？

玛戈真想转头就揭穿洛伊尔的真面目，但她想到女王那么喜爱他，就算揭穿他的真面目，他估计也不会受到什么惩罚，反倒是她，事后可能会遭到他的报复。

再过两天，他们就会踏上前往至高神殿的旅程，这条蛇最好别被她抓住什么把柄，不然她会撺掇女王把他扔在荒郊野岭。

让玛戈、洛伊尔都没想到的是，除了主教一行人，和他们一起上路的居然还有裁判所牢房里的西西娜、阿尔莎和安德斯。

玛戈："……"

洛伊尔："……"

对上两个人或质问或愕然的目光，艾丝黛拉笑容甜美地眨眨眼睛，觉得自己相当无辜。

主教说可以答应她一个要求，她想到牢房里的西西娜精通用毒和经商，可能对她非常有用，就随口说了句想让西西娜当她的侍女。

西西娜一口答应下来。临行前，这个消息不知怎么传到了阿尔莎和安德斯的耳朵里，这两个人魔怔了似的吵着闹着要跟着她，阿尔莎甚至在牢房里打起滚来，引起了不小的骚动。

主教不堪其扰，舰着老脸来问艾丝黛拉，愿不愿意捎上这两个刺头。

对艾丝黛拉来说，这些人都具有不小的利用价值，她当然愿意收下了。

对玛戈来说，不管是妖媚动人的西西娜，还是铁塔似的阿尔莎，抑或是野兽般雄壮的安德斯，都不会像洛伊尔一样威胁到她在女王心目中的位置。

那条蛇实在太会争风吃醋了。

她其实一点儿也不介意他们的加入，但洛伊尔就不一样了。

她假装不经意地瞥了那条蛇一眼。

果然，他头部的蛇鳞已经全竖起来了。

三个人，再加上她，那条蛇估计会嫉妒得把自己的毒牙咬断。

想到这里，玛戈的心情又好了起来。

果不其然，在前往至高神殿的路上，洛伊尔一直冷冷地盯着这三个人。

出乎玛戈意料的是，新来的三个人竟完全不敢招惹洛伊尔。他睁着眼睛时，他们甚至都不敢离艾丝黛拉太近。

玛戈这才想起，洛伊尔的原形是一条巨蟒，紫蓝色的蛇瞳比她的个头还要大。

这段时间，他在艾丝黛拉的面前总是以温顺小蛇的形象示人，搞得她都忘了，他化为巨蟒时身躯是多么庞大，仅是蛇尾就足以把人压死。

玛戈："……"

她想岔了，这条蛇并不是"人前一副面孔，人后一副面孔"，他是光明正大地有两副面孔！

怪不得女王那样疼爱他，谁不想要一头被自己驯服又凶狠的猛兽呢？

不过这种猛兽也只有女王才能制服，普通人光是被他的竖瞳冷冰冰地扫一眼，都会双膝发软。

其实，西西娜并不是特别害怕洛伊尔，毕竟她曾和他在同一间牢房里待过三天，知道他不会在艾丝黛拉的眼前行凶。

她非常敏感，轻而易举就看出来，与之前相比，洛伊尔对艾丝黛拉的占有欲变强了。

而且，这种占有欲显然不是宠物对主人的占有欲。

没有哪只宠物会在主人和朋友说话时，用攻击状态对着主人的朋友。

真正的宠物只会讨好主人的朋友，以获得主人的夸奖。

洛伊尔明显没有将艾丝黛拉当成主人。

在他眼里，艾丝黛拉是唯一被允许接近他的人类，是他独占的伴侣和情人，是他竭尽全力想要守护的宝物。

所以，他才会用戒备的眼神看向每一个试图接近艾丝黛拉的人。

想到这里，西西娜忍不住挑了挑眉，假如自己告诉艾丝黛拉，这条蛇对她有了不该有的心思，她会怎么做呢？

西西娜饶有兴味地琢磨着。

她还没有想好要不要告诉艾丝黛拉，破坏那条蛇的"好事"。这时，她冷不防对上洛伊尔冰冷的紫蓝色蛇瞳。

她不是第一次看见这双蛇瞳，但每一次她都会被这美丽的瞳色震撼到。

怎么会有这么清透的眼睛，如同弥漫着浅紫色雾霭的幽深群山，又如沉落在浅海沙滩的蓝宝石，让人分不清他的眼瞳到底是蓝色还是紫色。

西西娜望着洛伊尔的眼瞳，眼神逐渐空洞。

她真想一直看下去，看下去，直到分辨出真正的颜色为止。

不对，这条蛇是故意的！

他在催眠她。

西西娜猛地回过神，吓出了一身冷汗。

她只不过是在心里想了想要不要告诉艾丝黛拉，他对其有那方面的心思……她只是想了想，没有说话，也没有表露在脸上，他就看出来她在想什么了？这怎么可能！

难道他会读心术？

西西娜这么想着，冷汗流得更加汹涌。

她深吸一口气，勉强镇定地看向洛伊尔。

他不再维持小蛇的模样，有意变得粗壮了一些，盘绕在艾丝黛拉浓黑稠密的发髻里，扁平的蛇头往前微俯，以毒蛇般凶猛、残忍、可怕的眼神扫视每一个试图接近艾丝黛拉的人。

主教似乎是一个大智若愚的人，他明明看出来洛伊尔有着非同寻常的智慧，却没有深究，他和艾丝黛拉说话时，甚至会假装看不见这条蛇。

像主教这样的人，就没有得到洛伊尔太多的注意力。反倒是玛戈、安德斯和自己，几乎是被洛伊尔严密地监视着。

西西娜感到心惊肉跳的同时，又非常好奇。

刚刚那个催眠……到底是真的，还是巧合？如果是真的，这条蛇未免太可怕了一些。

她究竟要不要把这件事告诉艾丝黛拉呢？

这只是一个一闪而逝的想法，连她自己都没有发觉这样想过了，洛伊尔却向她投来一个冷冷的目光，几乎带上了森然可怖的威胁意味。

他真的会读心术！

西西娜惊惧不已，倒退一步，不敢再想与艾丝黛拉有关的事情。

她经商那几年，各种能人异士都见过一些，也去过罗曼帝国，感受了一下魔法不受限制的自由气息。

虽说魔法不受限制，其实也只有金字塔顶端的那一拨人才能享受到魔法带来的便利。

底层人民，无论在哪个国度、哪片土地，过的都是一样的苦日子。

然而，即使是罗曼帝国魔法力量最为充沛的术士，也做不到阅读旁人的心声。

这是神的能力，只有神才能倾听造物的想法。

一时间，西西娜连与洛伊尔对视的勇气都没有了。

她微微颤抖着掏出手帕，擦了擦额头上直往外冒的冷汗。

人总是会对无法解释的力量产生本能的敬畏。

她不敢再有打搅洛伊尔"好事"的想法了。

另一边，阿尔莎和安德斯没有西西娜那么敏锐的观察力，完全没发现洛伊尔异乎寻常的力量。

尤其是阿尔莎，她虽然知道洛伊尔可以化为巨蟒，却对洛伊尔的实力一无所知，她以为他只是一条体形大、服从性高、对主人有着古怪占有欲的巨蟒。

她在发现只要她一靠近艾丝黛拉，洛伊尔就会像被激怒的猫似的，竖起头部的蛇鳞，一动不动地紧盯着她以后，就像打开了新世界的大门，经常以此故意激怒他，和他"玩闹"。

有一天傍晚，进餐的时候，她趁艾丝黛拉不注意，飞快地在艾丝黛拉的脸颊上啄了一口。

艾丝黛拉只是淡淡地看了她一眼，继续吃涂了金黄色糖浆的面包。

洛伊尔却被她这个举动刺激得浑身上下的蛇鳞都勃然竖了起来。

他冷冰冰地盯着阿尔莎，往前探出一截身子，蛇喙像真正的毒蛇那样张得极大，露出血红色的口腔和两枚尖锐的毒牙。

毒牙的顶部已隐隐渗出淡黄色的毒液，眼看就要滴落在桌子上。

西西娜："……"

她虽然猜到会有这种事发生，但没猜到阿尔莎的胆子这么大，居然敢亲艾丝黛拉的脸颊。

阿尔莎瑟缩了一下，也意识到玩笑似乎开得太过分了。

她好像触碰了洛伊尔的底线，以至于他在艾丝黛拉的面前暴露出了野兽一般可怕的攻击性，仿佛只要艾丝黛拉默许他的行为，他就会像捏死一只蚂蚁那样毫不留情地捏死她。

安德斯看见了这一幕，一点儿也不惊讶。

他对上洛伊尔蛇瞳的第一眼，就看出洛伊尔对艾丝黛拉有一种强烈的独占欲。于是，平时不管是用餐还是休息，他都离艾丝黛拉远远的，生怕洛伊尔认为他对艾丝黛拉有意思，一尾巴拍死他。

他听说阿尔莎是因为一屁股坐死了丈夫和情妇才进的牢房，智商果然不高。只要是一个正常人，都能察觉到洛伊尔对艾丝黛拉近乎恐怖的占有欲，洛伊尔就差变成巨蟒时时刻刻缠在她的身上，挡住四面八方投向她的目光。

阿尔莎却当着他的面，三番五次亲近艾丝黛拉，他不露出毒牙才不正常。

安德斯摇摇头，脑子里只有一个想法——等一会儿他们打起来时，别波及他就行。

玛戈作为女王最亲近的侍女，打开一罐糖渍紫罗兰，舀了一勺蘸着砂糖的紫色花瓣铺在女王的糖浆面包上，然后倒退一步，不动声色地看着他们。

现场的气氛渐渐僵硬、凝滞，一场杀戮似乎一触即发。

安德斯甚至悄悄往后挪了挪椅子，做好了逃跑的准备。

唯一不受诡异气氛影响的，只有艾丝黛拉。

她一口吞掉了甜得发腻的面包，一边舔手指，一边朝洛伊尔伸出一只手："睡觉了，小蛇，跟我进屋。"

洛伊尔合上大张的嘴，冷淡地看了阿尔莎一眼，慢慢爬到艾丝黛拉的肩头，像猫用脑袋的气味腺标记领地一般，反复用蛇头磨蹭阿尔莎亲过的地方。

一人一蛇走上旅馆的二楼，身影逐渐消失在走廊的拐角处。

所有人都松了一口气。

西西娜瞪了阿尔莎一眼："你难道看不出那根本不是一条普通的蛇吗？"

阿尔莎很纳闷："不是蛇，那是什么？"

"谁知道呢，"西西娜说，"我只知道，洛伊尔看艾丝黛拉的眼神绝不是动物看人的眼神，更像是男人看女人。下次你别再做这样的蠢事了，大家会被你害死的！"

阿尔莎一脸震惊，张大嘴："那条蛇把自己当男人？还用男人看女人的眼神看艾丝黛拉？"

安德斯耸耸肩："你不是嫁过人吗？怎么连这都看不出来？"

阿尔莎一脸迷茫，摇摇头："我没看出来。我和男人结婚，是为了找一个人看家，我太忙了，要在屠宰场杀牛。"

安德斯："……"

那你还不如买条看门狗。

西西娜也不赞同地摇摇头："你如果只是为了有人看家的话，完全没必要嫁人。帝国的法典不承认妻子是活生生的人，只承认你是丈夫的财产。你嫁人后，你的房子、你的首饰，你屠牛的手艺，你卖出去的每一分力气，都会变成你丈夫的东西。"

她喝了一口水，慢条斯理地建议道："所以，如果你没有十足的把握杀死丈夫而不进监狱，最好不要嫁人。"

安德斯："……"

他被威士忌呛到了。

西西娜挑高眉毛，似笑非笑地望向他："您这么惊讶，是有什么高见吗？"

安德斯连忙摆手："没……没有，我困了，想睡觉了！"说完，他迅速地溜了。

玛戈若有所思地看着这三个人，对他们的本事有了大致的判断。

至高神殿位于帝国的极北之巅，整个世界再找不出第二个这般宏伟的建筑群：整座神殿建立在潺潺的湖水之上——如果说那是湖水，湖面却辽阔如海洋；如果说那是海洋，却一眼能看到浅浅的湖底。

艾丝黛拉和玛戈都来过至高神殿的外部，并不怎么惊讶。

西西娜他们却震惊得说不出话来。

他们没有去过教区神殿，只去过教区的小教堂，一直以为至高神殿不过是大一点儿的教堂——教堂再大又能大到哪儿去呢？

他们在目睹了至高神殿后，才知道以前的自己多么肤浅。

这儿根本不是稍大点儿的教堂，而是一个像王都般辉煌雪白的建筑群。大理石制成的殿门足有百米高，顶部描绘着神创世的传说，却因为殿顶太高了，他们仰头只能看见模糊的、鲜艳的、丰富的颜色。

潺潺的水声中，他们穿过巨大的殿门，映入眼帘的是一个空旷的广场。

广场中央立着一座巨型神像。

那是一个面部如古希腊雕塑般冷峻的年轻男子。

他手持秩序之光，双眼冷漠、平和、宽容地注视着广场上来来往往的人。据说镶嵌在他眼中的宝石，是迄今为止发现的、唯一一块打磨出来后，会在阳光下折射出紫蓝色光芒的蓝宝石。

《颂光经》里记载："他的眼目，既是包容的蓝天，又是华美的紫布。"

人们传来传去，就变成了神有一双紫蓝色的眼睛。后来，有研究神学的学者分析，用紫布形容神的眼睛，只不过是因为紫布最为稀有，染一块紫布需要付出极为高昂的代价。《颂光经》只是想用紫布来形容神的眼睛有多么华美，并不是说神的眼睛就是紫色。

由于神殿的穹顶彩绘是不同时代的画家花费几百年共同完成的，一些画家受民间的影响，把神的眼睛画成了紫蓝色，于是这种说法就渐渐保留了下来。

主教解释完神眼睛颜色的来源后，见他们似乎对广场的神像特别好奇，笑着说道："你们是不是以为这就是至高神像？其实不是。真正的神像只有阿摩司至高神使才能看见，这只不过是光明神的艺术形象。"

他的话音落下，却看见这几个人纷纷松了一口气，尤其是阿尔莎，甚至用手甩掉了雨滴一般的汗水，不由得疑惑地问道："你们怎么了？"

西西娜："……"

她一时间不知道这主教是大智若愚，还是真的愚蠢了。

紫色的眼睛已是极为罕见，罕见到整个帝国只有一个生病的女童是紫色的眼睛，紫蓝色的眼睛就更不可能随处可见了。

你没看见一直跟着我们的那条蛇就是紫蓝色的眼睛吗？

好在主教解释了一句，这是民间的传说，不然他们真的很难不把那条蛇联想到光明神的身上去。

虽然他们对神没什么敬畏心，但没有敬畏心是一回事，看到神和他们待在一起，还像发情的野兽似的跟他们争风吃醋，谁都会觉得震惊乃至震撼。

还好，还好，那只是民间传说。

神不可能如此重欲。

主教将艾丝黛拉一行人安置在至高神殿的客房后，换了一套干净的法衣，就去觐见神敕部和公教部的至高神使了。

谁知，那两位至高神使正在被阿摩司至高神使训斥。

主教蹑手蹑脚地靠近至高神殿的主祭坛。

他不敢离得太近，据说阿摩司的感官极佳，只要他想，能听见至高神殿的任何一处动静，仿佛整座至高神殿都是他的耳目，与他同呼同吸一般。

主教猜想，这应该只是上位者维护统治的一种手段，就像国王总是吩咐画家，在自己的肖像画上多画几只具有威慑力的耳目一样，以警告臣子不要在暗处谋划见不得光的事情。

这个想法还没有从他的脑海里完全成形，一道低沉、淡漠、疏冷的声音就响了起来："弗朗兹代理神使，我知道你在外面。"

主教大吃一惊，心想传说竟然是真的！

他连忙躬身走进祭坛里。

圣洁的烛光环绕着他，周围的布置极其简洁，似乎有一种苦修者的清寂。他却完全不敢多看，甚至不敢抬头看向阿摩司至高神使的脸庞。

见到阿摩司本人后，他才发现以前的自己是多么胆大妄为。

他居然一口气给阿摩司至高神使写了十几封加急信，真的不知道是从哪儿来的那么大的胆子。

他只在神殿内部发行的报纸上见过阿摩司至高神使的画像。

主教深知不能以貌取人，却还是受了阿摩司外貌的影响，以为他至多不过是一个高屋建瓴、深谋远虑、博学多闻的年轻人，阅历和气势无论如何也比不过年长的至高神使。主教见到他本人后，才知道这个想法简直是大错特错。

从来没有哪个人平淡地看他一眼，就让他生出跪地膜拜的冲动，阿摩司做到了。

主教咽了一口唾液，尽量让声音显得不那么颤抖："阿摩司殿下，我真的很抱歉，不该自作主张……"

阿摩司打断他的话："我知道你把人带来了。"

主教屏住呼吸，大气都不敢出，也不敢抬起头，只敢盯着阿摩司白色法衣上的金线，以及他飘逸衣摆下的马裤和黑色长靴。

整个至高神殿，只有他能这么穿，也只有他能把如此世俗的衣物穿出超凡脱俗的味道。

阿摩司顿了顿，又问："那些人现在在哪儿？"

主教报出客房的位置，紧张地道："殿下，人已经来了……我们赶了半个多月的路，您真的不见见她吗？她真的是……"

一时间，主教也不知道如何形容艾丝黛拉，只能干涩地道："是一个很特别、很特别的女孩。"

"假如每个日夜兼程赶到这里的人，我都要见上一面，恐怕这辈子我都没办法处理神殿的事务了。"阿摩司平静地道，"不过，等一下我可以用神力送你们回去，免去你们风餐露宿的烦忧。"

主教只能愁眉苦脸地答应下来。

他是真没想到，阿摩司至高神使的意志居然如此难以动摇。

他们都走进了至高神殿的殿门，只差一步就能见到他，他却始终不松口，连看一眼艾丝黛拉都不愿意，态度强硬到仿佛谁都不能让他改变主意一般。

怪不得总有人说，阿摩司至高神使有一种几近于神的冷淡。

主教今天算是彻底明白这句话的意思了。

看来他是没办法把艾丝黛拉这尊瘟神送走了。

主教苦着脸，唉声叹气，走出了主祭坛。

第十二章
眷顾

阿摩司看着主教离开的背影，忽然皱了皱眉。

当他毫不犹豫地拒绝了主教的请求时，一阵熟悉的、悸动的、非同一般的疼痛猛地袭上他的心头。

这种感觉他以前也有过一次，在她——另一个艾丝黛拉行刑的前一晚。

当时他闭着眼睛，半睡半醒地躺了一晚上，被炽热的血液烧得大汗淋漓，辗转反侧。他不管睁眼还是闭眼，总能模模糊糊看见她的身影，被她时而清晰时而朦胧的侧影折磨得焦躁不安。

现在，这种感觉又回来了。

难道这个艾丝黛拉和她有什么关系？

阿摩司的眉头越皱越紧。

自从她离开王都后，他就再也没有体会过心乱的感觉。

可现在，他却无法遏制地心乱了，不仅因为想起了那些刻意遗忘的记忆，还因为那个艾丝黛拉离他太近了，真的太近了——他连走到她的面前都不用，只需要一个意念就能看见她，验证她的身份。

但是，他看见以后呢？无论是不是她，他都不能像正常男人一般向她求爱，俯身亲吻她的纤手。他只能像从前一样，站在高处，以一种雕塑般无情无欲的眼神看着她的一举一动。

不，不对，既然他可以看她，为什么不看一下她呢？

他不能偏袒她，不能爱上她，不能以男人的目光勾勒出她的面部轮廓，必须时刻保持灵魂的公正和圣洁，难道他连看一下她的权利都没有了吗？

阿摩司闭上双眼，喉结微微滑动了两下，回想起主教说的客房的位置。

几乎是立刻，房内的情形就出现在他的脑海里。

只需一眼，他就认出她是他的艾丝黛拉。

相较从前，她的相貌变了很多，那种古怪的童稚之美消失了，取而代之的是浓厚的、邪性的、极具刺激力的奇异之美。但仔细一看，就会发现，这种邪恶的奇异之美大多来自她的眉眼。

她的眼睛太诡邪，太像野心勃勃的恶狼了，虹膜是灿烂的金色，瞳孔却是幽深的黑色。

不过只要她垂下眼睫毛，那种极具刺激力的奇异之美就会从她的脸上消失，整个人又会变得如天使般纯真无邪。

除了她，再没有人能露出这样特别的眼神，只有她，他的艾丝黛拉，他过去、现在以及未来可望而不可即的心上人。

她竟然回到王都了，还来到了至高神殿，他耳目无处不在的地方。

只要他允许，她就能成为至高神殿唯一的神女……

只要他允许……

即使他永远无法以男人的身份占有她，也能像这样在暗处以男人的目光卑劣地窥视她。

他不说，她不知道，谁又会发现呢？

只有神看见他如此卑劣、下流、不道德的一面，但神会对他降下惩罚吗？

他把一切都献给了神，包括信仰、智慧、情感、命运和性别，换取了至高无上的权力和无情无欲的心脏，以确保每一次决策都是公正无私的。

但他是人，不是神，不可能每时每刻都清心寡欲。人世间到处是情感和欲望，他作为至高神使之首，职责就是代替神在人世间处理公务，几乎每天都在情欲之间穿行。

他一不留神，就会被各种各样的欲望乘虚而入。

他对金钱、名望、权力都不在乎，也没有强烈的口腹之欲，唯独爱欲这一关，因为他脑海里总是浮现艾丝黛拉的脸庞，无论如何也没办法跨过去。

他总是忍不住想，假如一开始，他不是以至高神使之首的面貌认识她，而是以正常男子的身份接近她——能亲吻她的手背、和她跳舞、向她示爱的正常男子，他们有可能成为情人吗？

和她成为情人后，他的生活会比现在更加丰富有趣吗？

他不必再宵衣旰食地处理公务，也不必再待在至高神殿里，可以去更高、更远、更广阔的地方。

她是一个聪明得可怕的女孩，比他见过的大多数人都要聪明，语言天赋极高，不仅会拉丁语和罗曼语，还会几近失传的列托罗马语，以及一些他都很少看见的生僻文字。假如他们在一起，肯定不会像其他夫妻那样缺少共同语言。

可惜，一切都是假如。

他这一生已经属于神殿了，即使把她关在至高神殿，每一分每一秒都能看见她，但除了徒增痛苦，也没有任何益处。

他不想去深究她来这里的打算，克里斯托弗神使的死亡是不是她一手谋划？所谓的神眷又究竟是怎么回事？

他多了解她一分，痛苦就多一分。

他宁可渎职，也不想再被浓重的欲望挟制。

就这样吧，他倾心于她，已经是对神明的亵渎了，没必要再将她留在身边，干扰和折磨自己。

阿摩司轻吐一口气，刚要抹去脑海里的景象，却又忍不住看了她一眼。

他告诉自己，这是最后一眼。

这一眼以后，无论他多么不舍，多么不甘，多么情思澎湃，都不能再看她了。

谁知下一秒，他猛地看见了一种意想不到的生物。

那个生物有着梦魇一般漆黑的蛇鳞，像毒蛇一般细长的身躯，鳞片闪闪发光，却绝不是毒蛇。这个生物原本沉睡在艾丝黛拉浓密的发丝里，然后像是感觉到他的注意一般，突然直起身体，吐着鲜红的蛇信子，蜿蜒着爬到了艾丝黛拉的手腕上。

艾丝黛拉似乎非常喜欢这个生物，丝毫不介意被其可怖的蛇鳞擦过娇嫩的皮肤，她跟旁边人说话时，甚至会用手指亲昵地玩弄其丑陋的蛇尾。

普通人可能看不出这个东西的原形，他却一下子看出了。

这是那团黑雾，从他体内逃逸的黑雾，其居然逃到了艾丝黛拉的身边。

阿摩司的神色没什么变化，藏在宽大袖子里的手却缓缓攥紧。

这团黑雾接近艾丝黛拉就算了，令他无法接受的是，其得到了她的喜爱。

这团黑雾只不过是他体内的一部分，他体内最肮脏、最卑劣、最下流的一部分，做梦和祷告时都想丢弃的一部分，凭什么得到她的喜爱？

有那么一瞬间，他就像被毒蛇咬了一口似的，身体都微微晃了一下。

他无法相信，也无法接受，那团黑雾能和艾丝黛拉如此亲密。他和艾丝黛拉认识了将近五年，曾朝夕相处一百多天。在那一百多天里，他们几乎每天都见面，从早上待到傍晚，可即便如此，他也没有在她的心目中留下深刻的印象。

这团黑雾才离开他多久……有半年吗？才几个月，它就夺得了艾丝黛拉的喜爱，他完全不能接受。

他与黑雾曾为一体，密不可分，无论是智慧还是力量，都极其相似。

就像只有这团黑雾能感觉到他的窥视一样，他也能看见它身上别人看不见的东西。

比如，它去过哪里，力量来自何处，此刻在想什么。

它以恶念为食，大多数时间都待在艾丝黛拉的枕边，此刻正像受到攻击的野兽一般，忌惮着他的存在。

它对艾丝黛拉有着近乎恐怖的独占欲，不允许任何人接近她，只要有人试图对她做出亲密的举动，它就会立刻进入捕猎状态，冷冰冰地看向对方，猛地张开蛇喙，威胁似的露出血红色的口腔和尖锐的毒牙。

最关键的是，艾丝黛拉极其纵容它，从不训斥也不反感它像情人一样占有她。

阿摩司闭着眼，深吸一口气，心都快要裂开了。

他抑制住过于激动的情绪，继续看这畜生的经历。

当他看见这畜生变成男人，并以人类一般充满世俗欲望的眼神看向艾丝黛拉时，他的理智终于尽数垮台了。

很明显，如果他继续冷眼旁观下去，这个畜生会变成人，以男人的身份和他的外貌——是的，几乎与他一致的外貌，接近艾丝黛拉，靠着他那野兽似的滑稽举止讨好艾丝黛拉，再次博得她的喜爱。

而他作为这畜生的创造者，对艾丝黛拉来说什么都不是。

也许到时候他想要见艾丝黛拉一面，还得靠与这畜生极其相似的相貌，才能引起她的注意。

这让他怎么不暴怒，怎么不妒忌？

他倾心于她将近五年，却连告诉她的机会都没有。那团黑雾原本是他对她的渴欲，从他的体内逃逸，才有了自主意识，却先他一步得到了她的青睐。

阿摩司睁开眼，唇色几乎有些发白。

他绝不会给这个畜生得到她的机会。

他可以把艾丝黛拉留在身边，为什么不那么做呢？

只要他不越雷池，不让理智屈从于欲望，不渴望像男人一样体会爱情的滋味，就不算违背对神、对神殿、对民众的誓言，神也无从指责他。

他完全可以把她留下来，为什么要将她送走呢？

弗朗兹代理神使不是说了吗，连神都眷顾她，他多看她两眼又怎么了？

神的眼睛能看见一切因果，神既然眷顾她，就应该想到她有可能因为神的眷顾成为至高神殿的神女，来到他的身边，让他心乱，影响他公正无私的做派。

神对眷顾她的后果是如此清楚，却还是庇佑了她，让她来到了至高神殿，这说明什么？说明神并不介意她来到至高神殿。

既然神都不在乎，他为什么要抗拒呢？

阿摩司渐渐恢复了冷静。

他这一生从未如此冷静过，冷静得头脑几乎有些迟钝，只剩下一个念头：留下艾丝黛拉。

他别过头，看向站在一旁的助手，冷漠地吩咐道："你告诉弗朗兹代理神使，我改变主意了，允许艾丝黛拉成为至高神殿唯一的神女。"

助手正在心中感叹，阿摩司至高神使对女子的态度也太冰冷、太强硬了，不愧是从不近女色的至高神使。艾丝黛拉作为唯一被神眷顾的女子，都无法让他的意志动摇，然后助手就听见了这句话："啊？"

发生了什么？

主教告诉众人，阿摩司至高神使不愿留下艾丝黛拉时，除了玛戈等人，几乎所有人都毫不意外。

阿尔莎不知道阿摩司身份的分量，傻乎乎地嚷道："怎么可能？艾丝黛拉在法庭上不是得到神的眷顾了吗？一道白光，那个神使老爷就像被马的蹄子踢到一样飞了出去！她都被神庇护了，又怎么可能连个神女都当不上？"

阿尔莎的身形如铁塔一般魁梧粗壮，声音也像铁塔里的大钟一样浑厚洪亮。她习惯像屠宰场的屠夫一样扯着嗓门嚷嚷，只要她说话，整个房间必定都是她的声音。

文雅的教士们哪里见过这样的女人，纷纷嫌恶地皱起眉头。

不知是谁冷笑一声："谁知道她的'神眷'是真是假，说不定她在法庭上用了巫术呢。自创世以来，神就从未明显地偏爱过谁。阿摩司殿下作为至高神使之首，都没能得到神的偏爱，我不信一个女人能得到神的眷顾……"

主教听得眉头紧皱，不赞同地扫了一眼周围的教士——当着瘟神的面说她的坏话，是活得不耐烦了吗？

教士们面面相觑，都一脸茫然。

他们只是觉得阿尔莎的嗓门太大，并不是对艾丝黛拉有意见啊。

再说了，当时是公开审判，几乎所有人都看见艾丝黛拉得到了神的眷顾，那道白光的神力是如此之强，只要感受过神力的人，都不会再怀疑那道白光的来源。

艾丝黛拉就是得到了神的眷顾，这无可争辩。

究竟是哪个人在出言不逊？

教士们开始寻找声音的来源。

说话的人却堂而皇之地从客房的门口走进来。

他打扮得像教士，却不是至高神殿的教士，而是一个神学教授，被至高神殿的神学院聘请为讲师，给一群七八岁的孩子授课。因为他总是出入至高神殿，时间一长，他就觉得自己勉强算一个高级教士了。

实际上，并不能这么算。

神学教授的工作是研究宗教神学，比如宗教的起源、发展，信徒的精神和行为，对它们进行分析与概括。

教士却是一种长久的修行，有的教士可能终生都不明白《颂光经》的含义，却因为足够虔诚，愿意奉献自己去接济他人，便仍然是一个值得尊敬的教士。

这位教授在高级教士堆里待久了，尽管知道自己远远不如高级教士虔诚，也从未像他们一样苦修过，凌晨两点钟还要起床夜祷，但他总觉得自己混迹在高级教士的圈子里，就是高级教士的一员，也该享受到高级教士的待遇，像他们一样高高在上，对旁人颐指气使，尤其是对一个女人。

要知道，这里可是至高神殿，一个几乎见不到女人的地方。

他作为在这里授课的教授，饱受尊敬，当然可以趾高气扬地对艾丝黛拉点评一番。

主教沉声说道："这位先生，我不是很明白您的意思。您说女子不可能得到神的眷顾，但我们都看到艾丝黛拉小姐被神明庇护。难道您是在暗示，我们在帮艾丝黛拉小姐造假吗？"

"我当然不是这个意思。"教授说，"我是说，这个女子可能用了什么不入流的手段误导了大家，让大家误以为她被神眷顾了。要知道，神从来没有眷顾过任何一个人，也从来没有眷顾过任何家族，他只眷顾过我们国家。神是尊贵的、圣洁的、全知全能的，如此崇高而伟大的神，怎么可能独独眷顾一个人？"

教授用怀疑的目光看向艾丝黛拉："而且，假如你真的受到了神的眷顾，阿摩司殿下怎么可能不让你待在至高神殿？大概是阿摩司殿下看穿了你的谎言，才不想留下你。你要是还有廉耻心，就该跪在广场的神像前，承认和忏悔自己伪造神迹的过错。"

教授虽然说得义正词严，但话中流露出的恶毒之意，连阿尔莎都感觉到了。

她毫不犹豫地反驳道："你这阴险的瘦鸡，别以为拐弯抹角大家就听不懂你的意思！伪造神迹是重罪，艾丝黛拉要是承认自己伪造神迹，她将被判火刑。你长得文质彬彬的，说话做事怎么这么恶毒啊？"

她越说越生气，口中唾沫四溅，喷了这位教授一脸："我们在屋子里说自己的事，根本没邀请你进来，你大摇大摆地进来就算了，还往我们头上扣了一个痰盂盆子。我看你穿得这么整齐，这么考究，还系着小领结，怎么一张口就是难闻的粪臭味……"

教授一脸恼怒，抹了一把脸："说话放尊重点，女士！我不是阴险的瘦鸡，我是罗伯茨教授！我一点儿也不恶毒，我只是在推测，这位得到'神眷'的女子有可能用了巫术欺瞒大家……"

阿尔莎笨嘴拙舌，说不过这个教授，就打算捋起袖子，一拳头把他砸成鸡肉饼。这时，艾丝黛拉走到她身边，轻轻地握住了她钢浇铁铸般的拳头。

阿尔莎的怒气瞬间消散。

她黄褐色的脸上泛起红晕，她放下手，不好意思地退到了后面。

艾丝黛拉别过头，看向罗伯茨教授，微微笑着开口："罗伯茨先生，您是教授，想必十分熟悉《颂光经》。"

罗伯茨教授像是受到侮辱一般，不高兴地道："我是研究神学的教授，当然十分熟悉《颂光经》了。"

他以为话音落下，会收获一片尊敬的目光，毕竟能到至高神殿的神学院授课的人是少数。

谁知他想象中充满敬仰的目光却没有落在他的身上，倒是有不少教士用同情的目光扫了他两眼。

艾丝黛拉嘴角微勾，轻声慢语道："您对《颂光经》如此熟悉，应该记得第 235 页第 2 句写了什么吧？"

罗伯茨教授却语塞了。

他怎么可能记得每一页都写了些什么？

这个女孩纯粹是在恶意刁难他！

他的性子十分火暴，在神学院授课时也是动不动就厉声呵斥，用藤条鞭笞孩子的手心。他刚要翻脸斥责艾丝黛拉不怀好意，就听见她徐徐背道："'你在神面前不可冒失开口，也不可心急发言，因为神在天上，你在地下，所以你的言语要寡少。'"

有教士看热闹不嫌事大，递给罗伯茨教授一本《颂光经》。

他满脸不服地接过《颂光经》，翻开一看，果然是这句话。

罗伯茨教授哑口无言了。

艾丝黛拉继续背道："还有第265页第7句话——'他根据人们的所作所为，给以审判。'"

罗伯茨连忙翻到第265页，谁知艾丝黛拉背的又是对的。

艾丝黛拉抬起头，似笑非笑地看着他："您作为教授，却不知道不能随意揣测神意，也不知道在神的面前应该言语寡少，不可冒失发言。您从进门开始，就一直在揣测神意，自以为是地评判神的作为。"

她抱起胳膊，伸出一根手指点着自己的下巴，微微歪了歪脑袋，仿佛很疑惑："难道教授的意思是，神想要眷顾一个人，还得经过您的同意？那这就不是妄图揣测神意的罪名了，而是傲慢的重罪啊。"

罗伯茨教授拿着《颂光经》的手开始颤抖，额头上冒出大颗大颗的汗珠。

"而且，我当时得到的根本不是神眷，而是神对恶人的惩罚。克里斯托弗神使试图掩盖弗莱彻司铎的罪恶行径，后者杀死了将近700名少女，让无数家庭支离破碎，在法庭上失声痛哭。神只不过是怜悯他的子民，才降下愤怒的惩罚，当场赐死克里斯托弗神使。"

艾丝黛拉顿了一下，语气逐渐变得凌厉："正如第265页第7句的前一句写的那样，'他的惩罚如同他的怜悯一样的伟大'。怎么到了您的口中，就变成神为了一己私欲，不顾公平正义，随意施舍神眷？"

罗伯茨教授吞了一口唾液，额头上的冷汗已经像小溪一般汩汩流下。很快，他脖子上的假领子就湿透了。

他没想到这个女孩对《颂光经》如此熟悉，也没想到神降下惩罚的前提是，有人杀了将近七百名少女。

帝国消息闭塞，再加上这件事并没有见报，他只是听见同事在讨论，说有一个女孩因为得到了神明的眷顾，竟生出了妄想，想要成为至高神殿唯一的神女，甚至先斩后奏来到了至高神殿。还好阿摩司殿下头脑清醒，从不受女色所惑，拒绝了她想要成为至高神殿神女的请求。

他像大多数教士一样，对女人轻蔑又鄙视，立刻跑过来，想要羞辱艾丝黛拉一番，谁知，他竟然反被她羞辱了！

更让他的脸火辣辣的是，艾丝黛拉羞辱他的话语全部引用自《颂光经》。

这样一来，他就连驳斥的余地都没有了。

周围那么多教士，他不可能为了反驳她，就对《颂光经》进行一番曲解，那样的话，他的罪名就不只"傲慢"了，而是"异端分子"这种足以判处火刑的死罪。

最让罗伯茨教授没想到的是，他以为艾丝黛拉会极力维护她被神眷顾的名声，然而她却像根本不在乎神的眷顾一般，主动说成这是神在惩罚恶人。

几句话下来，他被她堵得无言以对，连一开始指责她为了名利，使用巫术欺瞒大众的话都说不出来了。

周围是如此安静，罗伯茨教授却感觉那些沉默的人在无声地嘲笑他，似乎马上就要爆发出一阵刺耳的笑声。他的脸庞不禁涨得像被人打了几巴掌一般通红。

他过来高谈阔论一番，不过是想让这个不知天高地厚的女人成为小丑，谁承想最后沦为马戏团失足跌倒的滑稽小丑的竟是他自己。

一时间，罗伯茨教授简直想挖个地洞，钻进去逃之夭夭。

主教摇摇头，转头望向自己的教士，用眼神告诉他们：看见了吗？这就是招惹瘟神的下场。以后和瘟神共事，你们千万不要主动找瘟神的麻烦。

教士们纷纷一脸赞同地点头，看得阿尔莎直挠后脑勺，不明白他们怎么就点起头来了。

玛戈早已经习惯了这样的画面，心里毫无波动，她只想回房去收拾行李。

安德斯看着艾丝黛拉窈窕迷人的身影，想起一句他曾经非常不屑的话——知识就是力量。

当时他怎么也想不通，为什么知识就是力量。如果想用力量征服人，直接抓住那个人揍一顿不就完了。

但是他在看见艾丝黛拉的一举一动后，才发现知识确实就是力量，拳头打在人的身上，只能让人感到疼痛，就算把对方打死，也没办法痛击对方的灵魂。

可知识不一样，灵活地运用脑中的知识，却能让对手感受到被痛殴的痛苦和耻辱，就像眼前的罗伯茨教授一样。

他的脸色难看极了，一会儿泛红，一会儿发白，远比被揍了一顿要精彩太多。

安德斯琢磨着，要不他也去买本《颂光经》，用知识揍人？

不过他也知道，艾丝黛拉能把这位罗伯茨教授说得面红耳赤，不仅因为她读过《颂光经》，还因为她能把《颂光经》里的每一句话都背下来，并用那些话准确无误地反驳对方。

就算他买一百本《颂光经》，没有艾丝黛拉的头脑和记忆力也是白搭。

罗伯茨教授变了一会儿脸，就冷静了下来。

他深吸一口气，扯了扯脖子上的领结，催眠似的告诉自己：就算这个女孩对《颂光经》十分熟悉，那又怎样？她还是没办法成为至高神殿的神女，而他却是至高神殿神学院的教授。

他们之间，谁高贵、谁下贱，谁被神眷顾、谁被神鄙弃，周围人一眼就能看出来。

这个女孩当众驳斥他，让他丢了脸面不假，但她马上要被阿摩司殿下送出至高神殿了。

这个女孩千里迢迢从边境的教区赶到至高神殿，却连阿摩司殿下的面都没有见到……这个女孩回到边境的教区后，肯定会成为当地的笑话，他才是最后的赢家。

他承认，她确实长得有几分姿色，足以迷惑主教帮她说话，但又有什么用呢？

只要是正常的男人，都不会娶这样急功近利的女孩。她为了成为唯一的神女，日夜兼程地赶到至高神殿里来，谁会喜欢这样野心勃勃的女孩呢？

他能感觉到她的雄心，她的不安分，她头脑里海量的知识，假如她是一个男人，这些都将是她闪耀的优点。但她是一个女人，他只会觉得可怕，不知道她懂那么多是想干什么。

这样的女人，是不可能有男人喜欢的。他笃定她回到边境的教区后，下场会很惨，男人们都惧怕她，不敢在她的扇子上登记，也不敢和她跳舞。她会成为一个孤独的老处女，怀揣着那些可怕的知识，在教区神殿待到老死。

罗伯茨教授冷笑着，畅想着艾丝黛拉凄惨的未来，渐渐出神入迷，忘了自己身处何处，直到一道声音打破了他美妙的幻想。

"弗朗兹代理神使，还好你们没走。"

他对这道声音再熟悉不过，是阿摩司至高神使助手的声音。

阿摩司殿下作为至高神使之首，他的助手自然也是精英中的精英。他和阿摩司殿下有着非常相近的气质，都是至圣至洁之人。

阿摩司殿下不能离开王都，他的助手就是他的手足，忠诚地替他跑遍帝国的每一个角落，代他布施行善。他不忙的时候，甚至会帮乡下的农场主给牛羊接生。

罗伯茨教授始终记得底层教士间流传的一句话——"见到助手就如同见到神使本人"，因为他们终其一生都见不到至高神使，能见到他们身边的助手已是莫大的荣幸。

罗伯茨教授连忙跪了下去，然而助手的下一句话却令他如遭雷劈。

"殿下说他改变主意了，愿意让艾丝黛拉小姐留下来，成为至高神殿唯一的神女。"助手语气平静地说完这句话，无视一众人震惊的眼神，看向艾丝黛拉："鉴于您是殿中唯一的女子，殿下把您的房间安排在了主祭坛附近，远离神殿里的男性，您同意这样的安排吗？"

艾丝黛拉偏了偏脑袋："主祭坛？"

"只有殿下住在主祭坛，平时几乎没有人会出现在那里。"助手说，"您毕竟是一个女子，殿下是为了保护您，才做出这样的安排的。"

"那我们呢？"阿尔莎脱口问道。

西西娜怕她莽撞的询问会惹怒阿摩司的助手，把他们都赶出去，连忙拽住她的胳膊，柔声细语地向助手道了歉。

助手微微一笑，丝毫不介意阿尔莎的粗鲁无礼："各位作为艾丝黛拉小姐的……"他停顿了一下，似乎在等他们补充。

"我们都是艾丝黛拉小姐的仆人。"

助手点点头："各位作为艾丝黛拉小姐的仆人，可以住在至高神殿的外部，就像这位……"

他看向跪在一旁的罗伯茨教授，想了好一会儿也没能想起对方的名字，只能说道："就像这位先生，他是我们向民间聘请的神学教授，在神学院给孩子们上课，平时就住在这里的客房。"

阿尔莎心直口快地道："原来这位教授是从外面请的啊，我还以为他是神殿内部的人呢！他刚刚可傲慢了，空口无凭地污蔑我们主人，说她被神眷顾，是用巫术伪造的神迹。"

她说着，眼珠子一转，难得聪明了一次："现在，我们主人是至高神殿的神女了，他这样做算不算侮辱神职人员？"

阿尔莎的话音落下，就收到了不少赞同和夸奖的目光，这在以前是从未有过的，她不由得扬扬得意。

助手皱了皱眉，冷冷地看了罗伯茨教授一眼："当然算侮辱神职人员了。罗伯茨先生，下次请不要这样了。艾丝黛拉小姐作为至高神殿唯一的神女，地位超然，十分受阿摩司殿下的重视。之前阿摩司殿下拒绝她，是因为担心她的名节受到损害。现在阿摩司殿下安排她住在主祭坛，也就是阿摩司殿下自己的住所，这种顾虑当然就没有了。"

助手的语气加重："请您不要再散布谣言，艾丝黛拉小姐是真的受到了神的眷顾，并没有用下作的手段蒙骗阿摩司殿下。"

罗伯茨教授连说话的力气都失去了，只能一边擦拭滚滚而下的冷汗，一边不停地点头。

这个女人也太邪门了，被神眷顾就算了，就像她说的那样，有可能是神想要惩罚恶人，顺手庇护了她，令他觉得无比离谱的是，阿摩司殿下明明拒绝了她，却在转瞬间改变了主意……作为至高神使之首，阿摩司殿下从未有过朝令夕改的情况，从来都是冷静果断、理性睿智、说一不二的形象。

这个女人究竟有什么奇特之处，能让至高神和至高神的化身都为她违背自己的原则？

罗伯茨想了想，就不敢再想下去了。

现在的他已经失去了最初的高傲，不敢再像刚开始那样谁都瞧不起了。这次的经历是一记重锤，敲断了他傲慢的脊梁骨。

整个房间的人心思各异，有喜，有忧，还有难以置信。其中最兴奋喜悦的不是艾丝黛拉，而是主教。

要不是阿摩司至高神使的助手还在这里，他差点儿压制不住内心的狂喜，哈哈大笑起来。这尊瘟神最终还是走了！

可是艾丝黛拉的注意力却不在这件事上。

洛伊尔不知怎么了，一直躁动不安地在她的发丝里钻来钻去，弄得她的头皮又痒又麻。

当着这么多人的面，她不可能把洛伊尔拿出来训斥一番，只能用手指捏住其蛇头，警告其别再乱动。

谁知洛伊尔居然发出不悦的"咝咝"声，猛地张口咬了她一下。

艾丝黛拉眨了眨眼睛，看向手指上的牙印，很浅，连血都没流，但洛伊尔以前从未攻击过她，这是头一回。

洛伊尔到底怎么了？

洛伊尔实在无法控制体内的嫉妒和愤怒。

他能察觉到有人在窥视艾丝黛拉，却不知道那个人在哪里。

那个人的目光中带着压抑的克制的欲望，缓缓丈量过她裸露在外的每一寸皮肤。

他将自己当成一把尺子，不带感情地打量她的身体，仿佛这样就可以避免躁动的渴欲萌生一般。

洛伊尔尽管看不见这个人，却能感受到他那种自欺欺人的虚伪。

他似乎在费尽心思地说服自己，这只是一次普通的打量。他可以压抑住自己的感情，不会让它沸腾，不会让它兴奋，不会让它熊熊燃烧起来。

可他打量艾丝黛拉的目光，就连洛伊尔都能感觉到其火热痴迷的程度。

洛伊尔对他的目光又厌恶又忌惮，不动声色地扫视了一周，却发现只有自己能感受到那个人的视线。

原因很简单，要么是那个人的实力远远超过了这些人，要么是对方和他有一种特殊的联结，就像他和那个令人厌恶的光明神一样。

不管哪一种可能，都是他不想看见的。

最重要的是，那个人虚伪至极。

他表面上在压抑自己对艾丝黛拉的感情，转头却把她安排在自己住的地方。

洛伊尔有一种预感——那个人也察觉到他的存在。

那个人做出这样的安排，不仅有独占艾丝黛拉的意图，还有向自己宣战的意思。

只是，他凭什么向自己宣战呢？

他了解她吗？得到过她的青睐吗？他被她用含着笑意的眼睛专注地注视过吗？他知道她真正开心时，会先眨一下眼再笑起来吗？他见过她脊梁骨美妙的曲线吗？他知道当她对一件事感兴趣时，肩胛骨会不自觉地收紧吗？

那个人什么都不知道，怎么好意思向自己宣战？

洛伊尔烦躁不安，盘绕着蛇身，吐着鲜红的蛇信子。

因为过于烦躁，他甚至生出了冰冷彻骨的杀意，想要杀死眼前这些聒噪的人——羞辱艾丝黛拉的教授，总是试探他底线的阿尔莎，看出他心思的西西娜，令人厌烦的玛戈、安德斯……

杀意攫住了他清醒的头脑，以至于艾丝黛拉伸手碰他时，他明知道那是她的手，她柔软白皙的手，也还是忍不住咬了一口。

嫉妒、杀戮欲和破坏欲在他的体内翻涌着，令他狂躁不安，远不是咬一口就能缓解的。要不是他在最后关头冷静了下来，甚至想用毒牙刺穿她的皮肤。

但相较于自己的心上人，他更想用毒牙咬死那个虚伪的、仍在暗中窥探他们的人。

他头一回对一个人产生如此强烈的敌意。

仿佛他们是两头注定斗争到死的雄狮，仅仅是闻到对方的气味，都会被激发出不死不休的好斗心。

就算把他们分隔开，也无济于事。只要让他们当中任何一方知道对方还活着，并有可能抢走艾丝黛拉，斗争就会继续下去。

这不仅是因为他当久了野兽，感染了动物的习性，变得像野兽一样好斗，还因为他有一种预感——只要那个人存在，他就无法独占艾丝黛拉。

不管怎样，他都会和那个人斗争到底，直到一个活着，一个死去。

作为至高神殿唯一的神女，艾丝黛拉得到了一件特制的法衣。

这是一件式样与至高神使差不多的白色法衣，但至高神使的法衣不会像这样前摆短、后摆长，几乎像古罗马的长裙般拖到地上。领口、袖边和裙摆均缝制着美丽的金线，在微弱的烛火下都闪动着金粉般灿烂的光芒。

艾丝黛拉垂下眼睑，轻抚着这件华美的法衣。

她没有谦逊的美德，对自己能走到这一步非常满意，一切都在按照她的计划进行。她作为曾被至高神殿审判的犯人，来到了这座尊贵圣洁的神殿，成为这里唯一的神女。

她从大权在握，到丢掉王冠，再到又抓住了一点儿权力。

再次抓住权力时，她明显感觉到自己的变化——精神和肉体上都有。精神上的变化没有肉体的明显，毕竟她的野心从未变过，自始至终都想头戴王冠，坐上那个炙手可热的王座；肉体上，她感觉自己更加强壮有力了。

她不用再装小女孩，没再控制自己的食量，每天几乎和安德斯吃得一样多。有时候她饿极了，甚至会胃口大开，一顿饭吞掉两大盘煎得柔韧浓香的牛里脊肉。

每顿都吃饱以后，她几乎能感觉自己在飞快地生长。睡觉的时候，她甚至能听见骨节发出愉快的噼啪声。

她的身高增添了将近三英寸，腰身和髋骨也不再像孩子似的纤瘦。每次她照镜子，看见那十二对健康舒展的肋骨，都会对自己良好的发育感到由衷的欢喜和满意。

要不是条件不允许，她还想匀出一些时间去练习打枪、剑术和骑马。尤其是骑马，自从阿摩司不来给她上课后，她就没机会溜出去打猎了。这么多年过去，她生疏得差不多了。

她似乎太贪婪了，什么都想要，什么都想学。

但这种贪婪可以让她容光焕发，变得健康而充满活力。她为什么要像人们常说的那样摈弃它呢？

艾丝黛拉微微一笑，双手背到身后，解开罩裙的系带，脱下了上衣和裙子，然后一只脚踩在凳子上，"咔嚓"一声打开吊袜带，褪下薄长袜，换上了至高神殿准备的衣裳。

穿戴完毕后，艾丝黛拉转身看向旁边的等身镜。

虽然她每天都能感觉到自己的成长，但猛地看到全身，还是感到惊讶。

原来女人身体的生长速度也可以像男人一样惊人。几个月过去，她的身形、体态和骨架都已经无限接近成人。

她扑闪着眼睫毛，情不自禁地搂住自己的肩膀，皮肤温润，透着强烈的健康的热气。

这说明她的生命力异常旺盛，精力充足，有很多力气去实现自己的抱负，无论是头脑还是身体，都禁得起命运的打击。

这样的变化令她无比惊喜。

她第一次生出只有正常人才能感受到的那种愉悦，找到了一点儿活着的真实感。

果然，只有变强才能感受到真实的愉悦。

艾丝黛拉提着裙子，走出房间，朝至高神殿的主祭坛走去。

洛伊尔没有待在她的头发里，不知道去哪儿了。自从来到至高神殿，他就变得十分奇怪。

她愿意给他一点儿时间，让他适应陌生的环境，慢慢化解心中的焦躁不安。

主祭坛在至高神殿的最高处，也是整个帝国神力最为充沛的地方。

听说这里供奉着真正的光明神像，历代至高神使之首都能在这里直接与神交流。

她之前特别想来这里，就是因为不相信这个传言，想过来亲自验证一下。

234

现在，她有了答案。

这里的确有神。

他就在某一处居高临下地俯视着她，视线像突如其来的微风一般，拂过她的后脖颈和胳膊上细小的绒毛。

然而当她抬头望过去时，他的目光又毫无征兆地消失了。

她只能看见一团圣洁、辉煌，仿佛太阳般闪耀的白光，如同清澈华美的霞光笼罩着主祭坛的殿顶。

一道低沉、淡漠的声音在她的身后响起："那是神的恩赐，可以让主祭坛永不日落。"

艾丝黛拉回头一看，是阿摩司，她曾经的老熟人。

几年不见，他的面部轮廓更加冷峻锋利，举手投足也更加高雅大方，眉眼却仍然像从前一样狭长，显得几近貌美。

他穿着剪裁合身的白色法衣，领边、宽袖和衣摆的边缘均由金线缝制。

即使是一个从不了解神殿的人，看到他的第一眼，也会认为他是一个品德高尚、兼爱无私的苦修者。

有的教士修行一辈子，也磨砺不出这样神圣不可侵犯的气质。

他今年才多少岁，就变得像在神殿里待了一辈子似的波澜不惊，似乎任何事都无法牵动他的感情一般。

这样的人，无趣又有趣。

无趣和有趣都在于……艾丝黛拉一脸玩味地想，就算她一把扯开他的领口，他的第一反应都不会是训斥她，而是皱着眉捂住散开的领口，然后用一只禁欲的手扣上去。

要是他不是至高神使之首，她肯定会这样逗他一下。

可惜他是。

她不能像对待其他人一样，对他开一些恶劣的玩笑。

至于在他面前，她逃跑女王的身份是否会败露，她则完全没考虑这个问题。

在她看来，他们几年前的相处是如此短暂且不愉快，哪怕后来她加冕为王，他在旁边看完了整个加冕仪式，也不可能认出现在的她。

毕竟当时她用了巫术遮掩外貌，现在又长开了不少，就算他的记忆力极佳，也不可能直接认出她，顶多会觉得她有些眼熟。

假如艾丝黛拉能听见阿摩司的心声，就会发现她完完全全揣测错了。

这可能是她生平第一次对人心揣测失误。

他不仅认出了她，还知道她究竟哪里长开了。

她比从前更加饱满的额头，更加浓密的眉毛，更加卷翘的眼睫毛，还有那金色玻璃珠般的虹膜，漆黑如墨玉的瞳孔，小巧娇美的红唇……几年过去，他居然一点儿也没有忘记她的外貌，就连她侧脸靠近耳垂的那一颗小痣，他都记得清清楚楚。

他想起《颂光经》里骇人听闻的魔鬼。她不是魔鬼，却像魔鬼一样对他具有致命的诱惑力。

他完全遏制不住自己对她动心。他这样违背戒律，也许死后会下地狱。但即使他沉沦至地狱最肮脏最可怕的那一层，也会记得她那令人心动的侧影。

阿摩司闭了闭眼，刚想转移话题，带她在主祭坛走一走，忽然，一片巨大的阴影掠过他的头顶。

主祭坛不可能有阴影。

他眯起眼睛，冷冷地看过去。

是那团黑雾，它真是胆大包天。

它居然敢在至高神殿的主祭坛露面，还化为一条蛇鳞散发着梦魇般幽黑雾气的巨蟒，无声无息地缠紧了艾丝黛拉的身体，挡住了他投向艾丝黛拉的目光，以一种野兽般冰冷又粗暴的眼神自上而下紧盯着他。

艾丝黛拉对它的出现毫无反应，说明它用了一些无耻的手段蒙蔽了她的感官，让整个主祭坛只有他能看见它。

它以这种只有畜生才想得出来的可笑方式，向他宣告对艾丝黛拉的独占欲，真是卑鄙、下流、下作的黑雾。

阿摩司冷漠地看着它，缓缓攥紧了一只手。

第十三章
分辨

艾丝黛拉饶有兴味地打量了一圈主祭坛，回头却见阿摩司正冷淡地盯着某一处，脸上似乎有些敌意。

她从来没有在他的脸上见过这样的表情，不由得有些好奇："殿下，您怎么了？"

"没怎么。"阿摩司移开目光，喉结滑动，大步走到她前面，"你初来乍到，我带你参观一下主祭坛吧。"

不知什么事影响了他的心情，他的口吻变得几近生硬。

艾丝黛拉眨了眨眼，倒是不介意阿摩司冷冰冰的态度。

不知是不是她的错觉，她总觉得阿摩司的冷脸并不是给她看的，更像是给周围的空气。

她记得，她以前喜欢逗弄他，就是因为他总是露出这种会激起她玩心的表情。

比如有一次，她在他面前吃一个巧克力蛋糕，深棕色的糖霜如同山峰的青苔般覆盖在绵软的奶油上。

她对甜食完全无法抵抗，立刻用手指挖了一块沾满巧克力糖霜的奶油，送进了嘴里。

她一脸享受地品尝美味时，他却合上了双眼，仿佛她吃的不是蛋糕，而是一只血淋淋的、被残忍肢解的羔羊。他对这样罪恶的画面感到痛苦，只有闭上眼睛，才能维持内心的平静。

这位冷漠严肃的阿摩司殿下可能这辈子都不会知道，他那沉默的、克制的、高雅的表情对她的诱惑力有多大。她几乎是耗尽了全身力气，才压制住内心的恶趣味，没有像猫用爪子玩弄垂死的耗子一样玩弄他。

艾丝黛拉不知道的是，她根本不用像猫玩弄耗子一样玩弄阿摩司，只需要几个眼神，就能让阿摩司为她心乱如麻了。

为了不让自己失控，阿摩司头也不回地走在她的前面，避开了她和那条下作的蛇的目光。

他刻意不去看她，不去想她，不去嫉妒那条紧紧贴着她的蛇，不然在恐怖而暴烈的妒火的炙烤下，他会做出什么，连他自己都不知道。

阿摩司忘了，他并不止脸上这一双眼睛。

即使他目不斜视地望向前方，也能看见后面的情况。

那条蛇在她身上缓慢地移动着、缠绕着。

它只是蒙蔽了她的感官，并没有隐形，冰冷坚硬的蛇鳞摩擦过她温润白皙的皮肤时，会留下红红的印迹。

它似乎知道他的眼睛无处不在，他看向哪里，它就用蛇身遮住哪里。

他一想到它那如冷肝脏般滑腻的蛇鳞，会渐渐吸收她皮肤散发出来的温热，手指就因嫉妒震颤起来。

他没有像之前那样攥紧拳头，因为他的情绪在逐渐失控，力量也在逐渐失控，要是他用力攥紧拳头，骨节肯定会发出碎裂般的声响。

他不想引起她的注意，让她察觉到这条蛇的存在。

可嫉妒并没有因为他的忍耐而消失，它始终如残酷的火焰一般，在他的心头熊熊燃烧。

有好几次他都忍不住想，反正他已经违背至高神殿的清规戒律，喜欢上了不该喜欢的人，陷入了世俗之爱，他都这样堕落了，为什么不能再堕落一点儿呢？

他为什么不能像那条卑鄙的蛇一样，无耻地接近她、靠近她，直到能闻到她头发上的玫瑰香气呢？

他知道，这个世界不可能变成那种人人和爱的理想世界，神职人员也不可能个个虔诚仁慈，神也不会因为人的心中有一点儿恶，就对他降下严厉的惩罚。

所以，他为什么要费尽心思地维护神圣和圣洁呢？

他是人，生来就是凡胎肉体，流着浑浊腥臭的血液，除了头脑比畜生更敏捷，很多地方都与畜生毫无区别。

不然此时此刻，他为什么想一把扯掉手套，一拳狠狠地打在那条蛇的头上呢？

那条蛇是他的，她也是他的。既然它可以卑鄙无耻地纠缠她，为什么他不行？

这时，一道声音打断了他的思绪："殿下，有一份文书需要您签署。"

是他的助手。

阿摩司短暂地恢复了冷静，低声问道："什么文书？"

"您忘了？也是，您这么忙，忘了也很正常。是至高神殿外部的一个教士，他前年考进了至高神殿，进入至高神殿时，他在外部的祭坛发过誓，为了侍奉神明，决心一辈子保持贞洁，再也不和世俗的妻子以及亲人来往……"

艾丝黛拉微微歪了歪头，问道："至高神殿的教士一辈子不能结婚，也不能和亲人来往？"

助手答道："是的，艾丝黛拉小姐。但是至高神殿以外的教士都能结婚，只有至高神殿的教士不行。因为一旦踏入这座神殿，就代表你的世俗身份已经死了，你彻彻底底变成了神的仆从。神的仆从不是谁都能做的，你必须对神付出绝对的忠诚和贞洁。"

阿摩司没有说话。

艾丝黛拉一脸兴味地道："所以，那个教士没能守住自己的贞洁？"

保持忠贞，对至高神殿的教士来说是一件再正常不过的事情。

助手点点头，语气自然地道："是的，他没能把持住，屈从了诱惑，和他过去的妻子见面了。两个人私通了将近半年，才被身边人揭发检举。按照规矩，他将被流放到边境的教区，也就是弗朗兹代理神使的教区，终生不得返回至高神殿。

"原本一个星期后，他才会踏上前往边境教区的路，但弗朗兹代理神使刚好在这里，也同意带这位有罪的教士一起离开，我就来找殿下了。"

说完，助手把手里的文书递给阿摩司："殿下，请您过目。"

阿摩司接过文书，变幻出一支羽毛笔。

助手并没有说完。

除了被流放，那个教士将再也见不到他的妻子，哪怕他们曾是亲密无间的夫妻。

虽然他被流放到偏远的教区，但仍要遵守至高神殿教士的守则。

他不能再结婚，也不能再接触女子，更不能再产生任何世俗的感情。同时，他还失去了一切晋升的机会，这辈子都将是一个孤独的、身份低微的普通教士。一旦他再次因为感情问题被人检举，等待他的可能是无可饶恕的死罪。

阿摩司签过很多这样的文书，但没有哪一份比手上这份沉重。

他要在艾丝黛拉的注视下，在这份冷酷无情的文书上签下自己的名字。

这一签，是否代表他从此以后，就再也没有机会向她表露爱意？

也许有一天，她在察觉到他的心意后，会以一种讥讽的表情谴责他道德低下，表面上是整个至高神殿的表率，实际上却早已违背清规戒律，对一个女子动了世俗的感情。

在这种情况下，他居然还签署了那么多份和他有着同样情况的教士的判决文书。

当他居高临下地判决别人的命运时，就没有想过控制一下自己卑劣的感情吗？

当他毫不犹豫地流放别人时，就没有想过也流放一下自己吗？

他凭什么享受和别人不一样的命运？就因为他的体内有一丝强大的神性吗？

"殿下、殿下……"助手从来没有见过阿摩司在处理公务时出神，不禁有些担心，"您是不是太累了？需要我去传唤医官吗？"

"不用。"阿摩司简洁地回答，两三下签完了文书，将它还给助手，再转头看向艾丝黛拉："你还想参观主祭坛吗？不想的话，我想失陪一下。"

他的话音落下，就对上了那头畜生略显得意的目光。

也是，他说这话的语气太粗暴了，艾丝黛拉一定对他产生了不好的印象。

阿摩司闭了闭眼，把目光移向别处。

他仍然对那条蛇感到难忍的嫉妒，他想要杀死它。他胸腔内恐怖的妒火就没有熄灭过，可处理完这个教士的事情后，他实在没有精力再面对艾丝黛拉了。

人疲惫的时候最容易失控，他不能失控。

他以为艾丝黛拉会像从前一样急于摆脱他，谁知她偏了偏脑袋，摇了摇头，声音几乎有些甜腻地道："再带我看看主祭坛吧，不会耽误您多少时间的。"

说完，她对他眨了眨眼睛，看向他的目光也变了，从文静、淡漠、疏远变成了兴致盎然，眼中满满的都是顽劣的坏心眼。

他记得这个眼神。当她还是一个小女孩时，每当她露出这个眼神，他都要吃一番不小的苦头。

她的玩心太旺盛了，而且每次都是毫无征兆地生出兴致，突如其来地和他开个玩笑——比如，冷不丁在他的耳边打一个响指，或是如夜行动物般低吼一声。这些还是最轻微的玩笑，最恶劣的玩笑是那次她将燧发枪的枪口指向他。

他明知继续陪她参观主祭坛不会有好事发生，却还是答应了下来。

他完全无法拒绝她。

助手拿着文书离开了。

他们继续前行，走进了一条长而空旷的侧廊。金红相间的天鹅绒墙衣，色彩鲜艳丰富的穹顶画，紫宝石和红宝石似的镶嵌玻璃窗上描绘着神创世的传说。

神坐在悬空的宝座上，伸出无所不能的手掌，首先创造了光明，然后是秩序、时间、法则、自然、生命、智慧和生死。

人们永远不能忘记神创世的恩德，也永远不能忘记供奉神，不能献给他残缺的、有病的、不洁净的供物，否则神会降临天灾，惩罚那些失去敬畏之心的人。

供物尚且如此，要是神在人间的化身、至高神使之首、神圣不可侵犯的阿摩司殿下被玷污了，神会怎么做呢？会对整个至高神殿降下惩罚吗？

艾丝黛拉不知道，但她非常感兴趣，而且愿意一试。

"殿下，"她走到阿摩司的身边，露出两个甜甜的酒窝，笑意盈盈地问道，"每个被玷污的教士都会被流放吗？"

阿摩司看她一眼，顿了片刻才说道："他们没有被玷污，而是没有抵挡住诱惑。"

"那您抵御得住诱惑吗？"她问。

这样的问题已经越界了。

他应该冷漠地呵斥她，让她不要再问这样会引人误会的问题。

可他看到那条蛇躁动不安的眼神，又改变了主意。他看着她狡黠的双眼，平静地说道："人只要还活着，就会面对无穷无尽的诱惑。这不是能否抵御诱惑的问题，而是诱惑与信仰孰轻孰重的问题……"

他理智冷静的发言骤然中断。

她猛地把他推到神创世的玻璃窗上。

他狭长的眼睛略微睁大。

她用两条胳膊环住他的脖子，姿态优美地踮起脚，重重地吻上了他的双唇。

这是惩罚，还是美梦？阿摩司不知道，他只知道这是他第一次被女孩——或者说女人亲吻。

他的头脑完全混乱了，理智全部停转，思绪如同脱缰的野马似的开始乱跑。

她为什么要吻他？她的嘴唇简直像花瓣一样芬芳柔软。他想起一种以玫瑰花蕾为原料的甜点，吃起来就像在咀嚼玫瑰花蕾。

这是一个危险的联想，可他无法阻止想象，把她的嘴唇和娇嫩的花蕾挂钩。他甚至还像品尝玫瑰花蕾甜点似的，用唇摩挲并回应她的亲吻。

这是错误的。

他回过神，猛地往后退一步，短暂地离开了她的嘴唇。

可是，她却上前一步，使劲搂住他的脖子，又一次吻住了他。

她的唇像是胶水，粘在了他的唇上，抑或是他的唇胶粘在了她的唇上。

不知从什么时候起，连他都不知道，主动的人变成了他。

他用一只手掌扣住她的后脑勺，另一只手掌紧紧搂住她的腰身。他真是无耻透顶，居然如此自然地搂住了她的腰。但他不想放开，甚至为了更好地亲吻她，还将手指插进了她的发丝里。她的头发浓密而顺滑，带着她温热的体温，显得有些潮湿。

他的手指开始发麻，仿佛触碰的不是柔软的发丝，而是一簇簇尖锐的钢针，再抚摩一会儿，他的手指就会血流如注。

可是他不想放开她，谁也无法让他放开她。

在强烈的、幸福的、灼烧似的眩晕中，他对上了那条蛇惊愕乃至暴怒的眼神。

这眼神不仅没有令他清醒，反而加剧了他体内暴烈燃烧的渴欲与妒火。

既然它想看，他就让它看个够。

他就不信它会当着艾丝黛拉的面现身，让她知道它一直在跟踪她、纠缠她和监视她。

阿摩司主动加深了这个吻。

过去的幻想在这一刻尽数实现。

他似乎又回到了那个大汗淋漓的夜晚。

她被判处火刑，他想要偏袒她，想要维护她，想要救下她，却因为无法违背原则和理智而痛苦不已。

尽管现在的他仍然痛苦不已，但他突破了自我设置的限制。他终于违背了自己的信仰，污损了自己的忠贞，朝着地狱前进了一步。消失的渴欲又回来了，来势汹汹，比从前更加强烈。他几乎是凶狠而疯狂地吻着她，以大火燃烧般的热情，紧紧地拥着她。

他是一个又饥又渴的旅人，在荒芜的沙漠里无望地步行了将近五年，终于喝到了梦寐以求的生命之水。

沉重的、激烈的、滚烫的拥抱中，不知是谁的骨头被挤压得发出了声响。

阿摩司以为自己古怪的热情会让艾丝黛拉感到不适，谁知她竟像感到有趣般迎合着他，不疾不徐地逗弄着他。

她每一个轻描淡写的回应，都会激起他更加疯狂的进攻。

他再清楚不过她为什么会引诱他了。

这是一个陷阱，她是胜券在握的猎人，用枯枝烂叶掩藏住捕兽夹，她站在旁边，笃定他会走过来，踩进陷阱。

其实根本不需要捕兽夹，只要她一个眼神，他就会心甘情愿地成为她的猎物。

阿摩司沉迷于接吻，没注意到他和艾丝黛拉逐渐被一片肮脏的阴影笼罩。

洛伊尔化为黑雾，冷漠地俯视着这两个人。

洛伊尔比自己想象的要平静，简直如磐石般平静，或者说当炉火和暴怒燃烧到一定程度，就会进入这种灰烬般的平静状态。

洛伊尔不是没有想过割掉阿摩司罪恶的嘴唇，一拳狠狠地打在他的脸上，打到他吐血或是死亡。

可是，洛伊尔要怎么跟艾丝黛拉解释他的人身呢？他可以变成高大强壮的男人，却始终以小蛇的模样匍匐在她的膝头，纠缠着她，讨好着她，卑鄙地骗取她的亲吻和温存。

她亲吻阿摩司，是因为阿摩司对她有用。

他对她也有用，但对她而言，他的用处跟凶猛可怖的看门狗没什么区别。

假如他过早地暴露自己可怖的占有欲，她可能会毫不犹豫地换一条狗。

他真的是她的一条狗，直到现在，他还在从她的角度思考问题。

这时，洛伊尔忽然发现，黑雾能轻而易举地融入阿摩司的身体。

他可以像蜘蛛用编织的细网控制和捕捉猎物一样，控制和捕捉阿摩司的感官。

至于原因，他没有细想，毕竟他们一开始就有一种特殊的联结，能共享感官也正常。

而且，沉浸在亲吻里的阿摩司比他还要像蛇。

洛伊尔看着阿摩司用力托起艾丝黛拉的下巴，双唇胶贴着她，嘴角微微上扬。

不知道当阿摩司发现他也能感受到这个吻时，是否还能吻下去？

洛伊尔闭上双眼，自虐一般融入了阿摩司的身体。

蜘蛛用细丝缠住了猎物的手脚。

刹那间，猎物的手脚变成了他的手脚，猎物的感官变成了他的感官，猎物的心跳变成了他的心跳。

他们密布的血管逐渐重合，他们的骨骼化为一体，他们头脑里的神经网络如同两张蛛网般精准无误地连接在一起。

洛伊尔睁开眼睛，用阿摩司的耳朵听见了艾丝黛拉的呼吸声，用阿摩司的眼睛看见了她红润的脸颊，用阿摩司的嘴唇吻住了他的心上人。

与此同时，潮水般汹涌滞重的回忆涌入了他的脑海。

一切都清晰明了了。

怪不得在遇见艾丝黛拉之前，无论那些恶念如何美味，都不能勾起他想要独占的欲望。

只有艾丝黛拉能让他苏醒，能让他产生渴望，能让他断然来到她的身边。

因为，他本就是为她而生的。

他原本是阿摩司的一部分，是其无意识产生的一种冲动。这种冲动在人类涉足文明社会之前，就潜藏在他们的体内。他本来没有意识，也没有思想，是阿摩司对艾丝黛拉的感情唤醒了他。

阿摩司每时每刻都想要得到她，像野兽追捕猎物一样得到她。

他表面上高高在上、冷静理性、无情无欲，实际上体内的感情就像蛇一样阴暗黏湿，充满兽性的粗暴和过激，已经快要压制不住。

他越是压制，野兽般暴烈的感情就越是躁动，到最后他生出了自我意识，自我意识毫不犹豫地离开了他。

换句话说，他就是阿摩司，阿摩司就是他。

怪不得他能够创造生命，能从神殿以及神殿的信仰汲取力量，能随意越过世界的法则对造物进行处罚，能被信徒的祷告激发出体内的神性。

因为阿摩司是神的化身，而他和阿摩司是一体的。

不，他们从前是一体的，现在是一体的，却不代表以后也是一体的。

既然他已经有了自我意识，就绝不会再受这个人的控制。

自己会想尽办法吞噬他、杀死他，让他消失得无影无踪。

这也是艾丝黛拉第一次亲吻一个人的嘴唇。

阿摩司的反应令她感到有趣。这个人远比她想象的要容易引诱，她几乎没有感受到他的拒绝，他就接受她的亲吻了，甚至还开始主动回吻她。

他的吻让她想起了他当年对着蛋糕做出的吞咽动作，现在她似乎变成了他的蛋糕。他的喉结迅速地滑动着，他发狂似的吻着她，仿佛一只饿了很久也馋了很久的小狗。

她一边回应他，一边不紧不慢地拍着他，试图安抚他那类似于饥渴的情绪。

不知过去了多久，她都有点儿不耐烦了，他却仍沉溺其中。她忍不住蹙眉，拍了拍他："够了，阿摩司。"

她贴着他的嘴唇，抓起他的袖子擦了擦自己的下巴，含糊地抱怨道："可以结束了。"

洛伊尔本想听从她的命令，将她松开，但在看到她湿润的下巴和红肿的嘴唇后，又不想服从她了。

他和阿摩司的融合并不稳固，很快，阿摩司就会夺回身体的控制权，他要赶在阿摩司夺回身体前，把他在艾丝黛拉嘴上留下的痕迹全部抹去。

于是，他第一次违背了艾丝黛拉的意愿，一只手托起她的下巴，另一只手扣住她的手腕，强势地把她压在了侧廊的玻璃窗上。

艾丝黛拉闷哼一声，低声骂了一句。

洛伊尔不想她看见阿摩司的脸庞，于是松开她的手腕，一只手捂住她的眼睛，俯下身，重新吻了上去。

这是一个真正的、如野兽一般的、疾风骤雨的吻。

他两只手牢牢地扣着她的脸庞，重重地吻着她、咬着她、吮着她，像是要用她的唇延续自己的生命一般。在他不顾一切的亲吻中，她的头发全散开了，如流瀑一般垂落下来，拂过他的手背。一秒间，他的意志力被这抓挠似的轻拂尽数瓦解，罪恶的烛焰升腾。之前也有过这种情况，是他借用边境教区神殿的教士的身体时，他没想到阿摩司的自制力比普通教士还不如。

246

洛伊尔立刻松开了艾丝黛拉，倒退一步，他不想阿摩司的罪恶污损了她。

刚好这时，阿摩司也夺回了身体的控制权。

阿摩司刚刚看清艾丝黛拉蓬乱的头发、绯红的脸颊、微肿的唇瓣，就被她用手套使劲扇了一记耳光。

"没想到殿下是这样不道德的人，"她一边擦着自己的嘴，一边抽噎着谴责他，演技和以前一样高超，难分真假，"我只不过是想和您开个玩笑，您却把我弄成了这样……我一直以为您是一个忠贞的教士，亏我以前还特别崇拜您！"

这是赤裸裸的污蔑，换了任何一个人都不会被他轻饶。他却没有生出任何惩罚她的想法，而是思考刚才身体为什么会失去控制。甚至他在明知道她是在说谎的情况下，还鬼使神差地问道："你……崇拜我？"

"是的，"她愤恨地道，"在我很小的时候，我就崇拜您了。"这是她头一回对他花言巧语。

他回味着她的吻，几乎是着了魔似的听着，恨不得把每一个字都刻进心里。

她边说边哭，他情不自禁地想要为她擦掉眼泪，手却被她狠狠地打开。

"您刊登在报纸上的每一篇讲稿我都记得清清楚楚……我至今还记得，军队出征前，您在广场上演讲的风姿。上一任至高神使之首，宁愿帝国被其他国家侵略，也不愿发动战争……您和任何一任至高神使都不一样，您圣洁的外表下有一颗征服者般残忍的心……如果没有您的默许，约翰二世不可能从其他国家带回这么多黄金。"

她睁大通红的眼睛，直勾勾地盯着他："我就是钦慕您这点，既虔诚又冷酷，既是神的化身，又是残忍的征服者。"

他几乎要信了她说的这些鬼话，因为她的确会崇拜征服者，难道她真的崇拜他？

后来她还说了些什么，他渐渐听不清了。

他的眼中只剩下她一开一合的红唇，心里也只剩下一句话：既然她吻了他，还说崇拜他，似乎对他有感觉，他为什么不试着追求她呢？

反正他的理性已经濒临垮台，他的道德还差一步就会被彻底污损，他为什么不试试呢？

这个想法刚从他的脑海闪过，一双紫蓝色的蛇瞳便蓦地出现在他面前。

这条巨蟒再一次缠住了艾丝黛拉，以庞大的身躯挡住了他的目光。

他怎么能忘了这条巨蟒。

他刚才突然失去意识，应该和它脱不了干系。

阿摩司闭上眼睛，仔细回忆了一遍失去意识前后的事情。

他之所以会被艾丝黛拉扇耳光，是他不顾她的意愿强吻了她。可即使他彻底失去清醒，也不可能做出这么不道德的事情。

那么，只剩下一种可能——这条巨蟒强行夺走了他身体的控制权。

也就是说，刚才强吻艾丝黛拉的其实是这条巨蟒。

阿摩司倏地睁眼，望向洛伊尔。

也许，事情比他想象的还要糟糕。

这条巨蟒已经发现了他们之间的联结，暂时与他融为一体，是为了想办法抢夺他的身体，彻底抹杀他的意识。

一时间，阿摩司看着洛伊尔的目光森冷无比，也阴郁无比。

他想要铲除它的冲动前所未有地强烈。

转眼间，一个星期过去了。

艾丝黛拉极迅速地适应了至高神殿的生活。

她比神殿里苦修的教士还要刻苦，几乎每时每刻都在找书、看书。

普通神殿的教士和教女每天只需要祷告三次，分别是晨祷、晚祷和睡前祷。至高神殿的教士却需要祷告七次——凌晨两点钟一次，清晨六点钟一次，早晨九点钟一次，中午十二点钟一次，下午三点钟一次，下午六点钟一次，晚上九点钟一次。

很多教士想尽办法考到至高神殿，又想尽办法调离出去，就是因为无法忍受这样苛刻的作息时间。教士也是人，普普通通的人，只要是人，都会厌倦和逃避刻板的生活方式。[1]

---

1 表述参考［英］艾琳·鲍尔《中世纪人：全景式再现中世纪1000年里民众日常社会生活史》第四章。

凌晨两点钟祷告时，总有几个教士忍不住打瞌睡。艾丝黛拉却像是天生的神女，面上没有半点儿倦意，始终带着天真又妩媚的微笑，声音柔和地朗诵祷告词。

在她的带领下，一些本来喜欢在夜祷时间小憩的教士都不好意思偷懒了。

之前阿摩司巡视夜祷的祭坛，总能抓住几个睡着的教士，但自从艾丝黛拉来到至高神殿，那些教士比他在旁边监视时还要聚精会神，几乎是一脸恍惚地望着艾丝黛拉的背影。

阿摩司冷峻美丽的面孔上不由得掠过一道阴影。

旁人不知道他是吃醋了，还以为他又抓到了夜祷偷懒的人，吓得赶紧打起精神，以免被他赶出神殿。

谁知他们越是精神奕奕，阿摩司越是妒忌不已。

最后，他神色冷漠地离开了，留下一群教士胆战心惊，面面相觑。

阿摩司过来巡视时，艾丝黛拉自始至终都没有抬头看他一眼，却能感觉到他的目光一次又一次焦躁不安地投向她。

她忍不住微微勾起嘴角，合上书，享受似的摩挲着《颂光经》古老而神圣的封面。

在她进入至高神殿之前，这本书在祭坛放置了几百年，从来没有被女人的手触碰过。就像那位高高在上的殿下，从来没有被女人亲吻过一般。

现在，无论是这本书，还是那位殿下，都被她毫不留情地玷污了。

当然，她用"玷污"这个词，并不代表她是脏污的一方。她只是觉得这种说法很有趣，有一种摔碎精致瓷器、毁灭美好事物的快感。更何况，这种说法还是用在她讨厌的神殿和神职人员身上，就更令她愉悦了。

这些天，她除了在祭坛扮演温柔庄重的神女，还在至高神殿的藏书殿里看了不少书。

这可能是整个至高神殿她最喜欢的地方。一眼望去，如石砖般整齐垒起的书置于将近六十五英尺高的深红色书架上，整个宏伟的殿堂足足有二十个这样的巨型书架，这里是真正的知识的海洋。

殿堂中央的台座上，有一本红皮革封面，流转着纯净白光，平摊开来的魔法书，只要用手指点一点上面的书名，就能拿到自己想要的书籍。

还好至高神殿不禁魔法，不然这么高的书架，光是搬楼梯、爬楼梯找书，上上下下就要花费好几个小时。

不同等级的教士只能借阅与自己职位相等的书籍。比如，那天不自量力羞辱她的神学教授，就属于至高神殿的编外人员，是整个神殿级别最低的一类人，只能借阅普通的藏书，连测绘得稍微精准一些的地图都没办法翻看。教士们则根据职位的高低，可以借阅一些与政治相关的卷宗和书籍。

在普通神殿里，神女其实是仆人般的存在，就像低级教士一样。但低级教士有晋升的空间，他们可以凭借自己的能力，一步步往上爬。可神女只能日复一日地苦熬，直到熬成老神女，靠着年纪与阅历，得到他人施舍般的尊重。

艾丝黛拉以为自己就算成了至高神殿唯一的神女，在借阅藏书的权限上，最多也和普通教士差不多，谁知阿摩司直接给了她最高的权限。

上至地图卷宗，下至人文历史，全部任她阅览。

艾丝黛拉忍不住眯起眼睛，心想这位殿下是不是有点儿缺心眼？

但阿摩司敢借，她就敢看。

短短两天时间，她就把各个神殿的卷宗都翻看了一遍，然后发现了一个非常有意思的现象。

神殿的收入主要分为两部分，一部分是帝国的税收，另一部分则是人头税、教产税、裁判所的诉讼费以及信徒捐赠的财产和土地。一开始信徒的捐赠只占少数，但是从三十年前开始，信徒的捐赠陡然增多，甚至一度超过其他的收入。

阿摩司下令严查，底下的人不敢怠慢，立刻呈上详尽的账单——捐赠人的姓名、住址、家境，捐赠的是土地还是金钱，每一笔都记得清清楚楚。

三十年间，仅凭捐赠，神殿就得到了上千亩的土地，怎么想都不可能。

艾丝黛拉饶有兴味地收起卷宗。

她还在王宫时，能看见和听见的都十分有限，只能根据那些王臣的一举一动，去推测和想象外面的世界。

要不是那些愚忠的信徒把她拽下了王位，赶出了王宫，她可能这辈子都不知道外面的世界是如此精彩，神殿的漏洞是如此之多。

她之前以为神殿是坚不可摧的大厦，需要先放一些蛀虫在他们的基石里，等基石被蛀得千疮百孔后，才能推倒这座牢固的大厦。谁知，它本身就满是蛀洞了。

等她查清这些"捐赠"的来源后，她非常乐意站在阿摩司的身边，把神殿的罪状一宗一宗地念给他听，等待他做出公正无私的判决。

当然，在她念给他听之前，这些触目惊心的罪状首先会公布在神殿的信徒面前。

自古以来，黄金和白骨密不可分。

每一个深孚众望、穿金戴银的贵族和发迹者，背后都是成堆成山的骷髅。一个冉冉升起的富商，要吮食成千上万个穷人的骨髓，把他们的血液和汗液都榨得干干净净，才能筑起金碧辉煌的公馆，聚敛起可观的财富。

个人尚且如此，更何况是庞大如山的神殿呢？

阿摩司要是知道他一心一意维护的神殿是如此罪恶，那张冷漠的脸上会不会露出痛苦与绝望的表情？

要是他的痛苦能够取悦她，她不介意再亲他一口。

洛伊尔意识到，想要彻底击败阿摩司，不被他抹杀，必须形成和扩张属于自己的势力。

他想起德蒙曾提到的骷髅会内部会议，变幻出人身，准备降临到德蒙的身边。

洛伊尔看着镜中与阿摩司一模一样的脸庞，面沉如水，打算给自己换一副五官。就在这时，房门开了。

他正在艾丝黛拉的卧室里，此时此刻想要变回蛇身已经来不及了。他只能一动不动地站在原地，面色僵硬地看着艾丝黛拉越走越近。

"殿下，"她甜美的声音响起，带着银铃般的笑意，似乎心情很好，"您进我的房间干什么？"

洛伊尔胸口的妒火被她轻描淡写的一句话点燃了。

阿摩司作为一个身材高大、英俊得令人厌恶的男人，进她的房间能干什么？她为什么不立即把他赶出去，而是含着笑意和他说话？

在遇见艾丝黛拉以前，他连嫉妒是什么意思都不知道。

在遇见她之后，他却每天都在嫉妒。有时候她多看陌生人一眼，都会激起他卑劣的妒火。

有时候，他真的希望自己是一条不通人性的巨蟒，没有意识，没有思想，只有冷酷凶狠的兽性，一举一动全凭直觉。

野兽不会像人类一样，拥有廉耻心和慈悲心，它们只会掠夺与索取，没有自制力，体味过一次享乐的感觉后，就会难以自拔地沉溺其中。

反正他现在是阿摩司的模样，犯下的错都会算在阿摩司的头上，他为什么不去做一些想做的事情呢？

洛伊尔狠狠地闭了闭眼，再睁开眼睛时，紫蓝色的竖瞳已隐隐泛红。

当然，他不会伤害她，永远都不会伤害她。

他只是想要重温被她亲吻的感觉。

只有他和她，没有那个虚伪的人横亘在中间。

洛伊尔一言不发，转过身，慢慢走向艾丝黛拉。

他自以为伪装得毫无破绽，实际上，当他锋利英俊的眉眼完全暴露在明亮的光线下时，艾丝黛拉就知道他是她的小蛇。

她并没有往洛伊尔和阿摩司是同一个人的方向想，只当他是最近受到了太多冷落，才会变成阿摩司的样子，想从她这里夺回曾经的关注。

她神色柔和地端详着他。

除了五官，她的小蛇和阿摩司一点儿也不像。阿摩司的眼睛是淡漠的，很难从他的眼中看出明显的情绪起伏；洛伊尔的眼中却充满赤裸而凶狠的攻击性，还有纯粹的、狂热的爱慕。

即使他们的瞳色一样，她也不会认错。

人和兽的眼睛，她怎么可能认错呢？

他走到她的面前，停下脚步，一只手抚上她的脸颊，似乎想要吻她。

然而几十秒过去，他都不敢俯下身，覆上她的唇。

艾丝黛拉并不介意和洛伊尔亲吻，在她看来，他还是一条蛇的时候，他们就已经亲热过不下百次。接吻对她而言，没有示爱的意义，也没有特殊的寓意，更像是一种有趣的、可以玩弄和掌控他人的游戏。

假如这种游戏能让她的小蛇平静下来，她很愿意用玩弄阿摩司的方式让他躁戾的情绪平定下来。

艾丝黛拉又耐心地等了一会儿。

洛伊尔还是没有动作。

她只好仰起头，主动搂住他修长的脖颈。他闭了闭眼，喉结滚动的速度明显变快，却始终没有进一步的动作。

当她用胳膊搂住他的脖子时，他的肩膀甚至紧绷了一下，他拿下她的手，用低沉而嘶哑的声音问道："你……"

她眨着期待的眼睛，歪着脑袋看着他："嗯？"

他沙哑的声音就像压在喉咙里，被声带勉强振动出来一般："你为什么要这么做？"

"什么这么做？"

"搂住我。"他一脸嫉妒地问，"你知道我是谁吗？"

艾丝黛拉轻轻地叹息了一声。

她重新搂住他的脖颈。

这一回，他再也无力抵抗，任由她扑到怀里。

他原本想利用阿摩司的身份，暴露出可憎的兽性，肆无忌惮地亲吻她，彻底覆盖阿摩司留下的痕迹。可当他真正站在她的面前时，无论他的渴欲怎样燃烧，都无法迈出那罪恶的一步。尤其是当她柔软的胳膊搂住"阿摩司"的脖颈时，妒火差点儿让他粗暴地推开她，夺门而逃。

但他还是留了下来，不抱任何希望地问了一句话。

她知道他是谁吗？

他想从她的口中听见怎样的答案呢？

洛伊尔不知道。

这种时候，他除了是阿摩司，还能是谁？

"我当然知道你是谁。"艾丝黛拉搂着他的脖子，软软地靠在他的身上，踮起脚，亲了一下他的脸颊。

这个吻简直像是可怕又美妙的惊雷在他的耳边轰然炸开。

她又主动吻了他。

"你是我的小蛇。"

他的心跳声几乎与这句话同时响起。

有那么几秒，他的头脑混乱，手指颤抖，眼前发黑，完全与自己的理智失去了联系。

等他回过神时，已经化为一条漆黑粗壮的巨蟒，紧紧地缠在了艾丝黛拉的身上。

第十四章
野兽

艾丝黛拉被洛伊尔扑倒在柔软的地毯上。

他就像刚学会捕猎的小猫，几乎是急切地磨蹭着她，焦躁地用头在她的脸上蹭来蹭去，两只蛇瞳射出诡异的、激烈的、兴奋的亮光。

任何一个人被这样粗壮的巨蟒重重地纠缠，都会感到恐慌，艾丝黛拉却欢快地轻声尖叫一声，欣然地张开双臂，搂住了洛伊尔的蛇头。

"我的小蛇……"她像抚摸小猫般轻抚他头部竖起的蛇鳞，柔声说道，"你为什么会觉得我认不出你呢？"

"我无论如何都会认出你的。"她将脸颊贴在他丑陋的蛇喙上，满含怜爱地道，"在遇到你之前，我从来没有正经地喜爱过什么，在遇到你之后，我才懂了喜爱的意思。"

他似乎在听，又似乎没有，蛇身莽撞地在她的身上缠来缠去，快如闪电地吐着蛇信子。

他暴露的动物本性越多，艾丝黛拉就越是对他怜爱不已。

她一边轻柔地抚摩他，一边若有所思地道："我是一个古怪的女孩，我妈妈一直这样说我。她说我养的宠物令人恶心，让人想吐……其实，我只不过是养了一堆可以变成蝴蝶的毛毛虫。"

这是她第一次和人倾诉过去的事情。

很奇怪，即使洛伊尔似乎失去了理智，根本听不见她在说什么，她还是觉得奇怪，下意识地想说几句谎话，藏起真实的自己。

她做不到把自己的情绪赤裸裸地呈现在另一个人面前，哪怕那个"人"

是一条失去理智的蟒蛇。

于是，她自然而然地往自己的倾诉里添了几句谎话——无伤大雅的谎言，顶多让她的童年形象听上去更加坚强。然后，她继续说道："唯一和我亲近的人是玛戈，但我伤害过她。"

她的城府太深，心思又太重，再加上任何事都无法在她的心中激起强烈的回响，使她没办法和人建立起亲密无间的关系。

她胆大、淡漠，热衷于刺激的事情。在她很小的时候，就可以面无表情地把玩一条带刺的毛毛虫，研究一把随时会走火的燧发枪，把充满生命力的蝴蝶钉死在玻璃盘子里。

她和玛戈认识，是因为她识破了玛戈细作的身份。她把玛戈从一群普通的侍女里揪了出来，对玛戈实施了残忍的刑罚，然后又给了玛戈一颗甜蜜的糖果。恩威并施之下，她才把玛戈变成了自己的手下。

她知道，玛戈对她十分忠心。

可她总是忍不住想，为什么呢？

假如有谁可能威胁到她的生命，她肯定会毫不犹豫地杀死对方，就像当初她从王宫里逃出来遇见的侯爵长子——她看出了他的胆怯、软弱，以及被怯懦包藏的一颗色心。

他既想占有她，又敌不过恐惧想把她交出去。所以，即使侯爵长子对她的威胁几乎可以忽略不计，她还是毫不留情地杀死了他。

玛戈却忠心耿耿地追随了她那么久。

艾丝黛拉可以坦然地利用玛戈，却始终对她的忠心感到不解，也没办法对她敞开心扉。

她能对洛伊尔敞开心扉，最主要的原因就是洛伊尔不是人。

他的眼里没有复杂的人性，不会让她感到困惑和危险。

但凡养过动物的人都知道，动物的眼睛是这个世界上最纯粹、最干净的东西。

动物只有本能，没有算计。

见过被驯养的野兽吗？

艾丝黛拉见过。

野外凶狠无比的狮子和豹子，只要在小时候被人亲手喂过乳汁，就会对人产生信任。就算后来它们被人虐待得骨瘦如柴，粗糙的鬃毛里爬满了虱子，也不会暴起伤人。

这就是动物的感情和信任。

尽管她永远不会对一个人产生这样的信任，却向往又迷恋这样的信任。

她在洛伊尔的身上看见了这种特质。

所以，她怎么会区分不了人和兽的眼睛呢？

差别太大了。

洛伊尔眼中深沉、炽烈、单纯的感情，是阿摩司那双冷漠沉稳、习惯强权在握的眼睛里一辈子也流露不出来的。

艾丝黛拉捧起洛伊尔的蛇头，又轻轻地吻了吻他。

半晌，这条躁动的蟒蛇总算慢慢平静了。

他在她的耳边低声道："我喜欢你。"

艾丝黛拉毫不惊讶，微微一笑："我也喜欢你。"

她偏着脑袋，用手指挠了挠他下巴上漆黑的蛇鳞，温柔地道："我从小到大几乎没有对什么东西投入过感情……不知道什么是喜欢，但我愿意为了我的小蛇试一试、学一学。"

洛伊尔听见这句话，用薄膜包裹了一下蛇瞳，急躁的情绪终于彻底平静下来。

他想，她把他当成宠物了。

他自上而下地看着她，她也回以灿烂的微笑。

她浓密光滑的长发如丝绸般披散开来，盖住了他粗壮的蛇身与她一侧苍白迷人的脸颊。她是他的欲望，他的狂热，他的折磨，他的聪明、残忍、恶毒的小天使。

只要她喜欢他，无论是怎样的喜欢，无论是否真诚，无论其中是否夹杂着利用，他都甘之如饴。

洛伊尔终于被她安抚好了，化为一条细长的小蛇钻进了她丰厚的发丝里。

艾丝黛拉眨了眨眼睛，无师自通地领悟了一些驯兽的小技巧。

另一边，阿摩司正在主祭坛批阅公文。

一开始，一切都很正常。

他批阅文书的速度很快。假如他的体内没有神性，他将是一个天生的政治家，在军事和外交的嗅觉上极其敏锐，各地递交上来的文书，他只随意地扫一眼，就能知道问题在哪里。

可他有了一丝神性后，就必须像神一样处理公务。

比如，艾丝黛拉察觉到有问题的"捐赠"，他就不能插手，因为那将是神殿历史上的一次重大转折。贪婪的恶人都将在这次转折中堕入无尽的深渊，触目惊心的罪状都将化为革命的号角，在芸芸众生的耳边呼号。

他不能利用自己超世俗的智慧和手腕，把那些罪恶的枝丫剪掉，只能任其生长蔓延。

他甚至不能告诉旁人，那些卷宗哪里有问题，该怎么去处理，只能冷眼旁观。即使他的心里十分清楚，放任罪恶肆意生长，就是在杀死一些无辜的人。

但神性就是如此。

神从不是救世主，不会拯救世人，只会给予世间万物定期定时。

当罪恶堆积到一定程度，自然会滋生出一条条蠕动的细虫子，把恶人站立的地方啃啮得干干净净，让他们坠入火山一般滚烫的炼狱里。

阿摩司只要不想起艾丝黛拉，不想起那条和他争风吃醋的蛇，就能像神龛里的神像一样，冷淡严肃地处理公务。

他的确有一副仁慈宽容的心肠，愿意让助手去救济和自己毫不相干的人，但前提是那些人不会影响到整个世界的运转。

假如有一场战争注定要发生，他只会去挽救一些没必要死去的生命，而不会直接阻拦两个国家开战，甚至抹去战争的存在。

不然，为什么总有人说他像神一样冷漠无情呢？创世神本就是无情的。

阿摩司在最后一份公文上签了字，他刚要合上文书，一个画面就从他的脑海中飞速闪过。

那条卑鄙的蛇变成了他的模样，骗取了艾丝黛拉的亲吻。他不动声色地看着，既感到嫉妒，又觉得喜悦。之前那个吻如同一场异常凶猛的大火，把他的原则和挣扎全烧光了。

以前的他看见这种情形，出于对神的敬畏，还会扪心自问一下，是否该感到嫉妒。现在的他却彻底服从了本能，完全承认了对艾丝黛拉的爱慕。

即使明知道这样下去他的道德会被污损，名誉会被玷污，也无法阻拦他生出一种缠住她的冲动。他仿佛一条阴暗黏湿的蛇，必须缠绕着自己美丽温暖的猎物，才能填满心中那种如饥似渴的空虚。

他的喜悦并没有维持多久。

很快，他就被激起了暴风雨般冰冷沉庆的杀意。

艾丝黛拉认出了那条蛇。

那条巨蟒扑倒了她，她像迎接小猫一样把它搂进了怀里。那条巨蟒游动着、缠绕着，几近急切地磨蹭着她，漆黑尖锐的蛇鳞一片片擦过她的皮肤。她苍白的皮肤上很快浮现妖艳的红痕，不可饶恕，它却还在纠缠她。令他极度痛苦的是，无论那条巨蟒怎样纠缠她，无论它的躯体看上去多么丑陋可怖，她都十分温柔地拥抱着它，仿佛它真的是一只乖巧的小猫。

阿摩司嫉妒到极点，甚至产生了一种错觉——他也是那条蛇。

他再一次与洛伊尔建立起了千丝万缕的联系，之前是洛伊尔强行融入了他的身体，这一回却是他主动成为那条肮脏罪恶的蛇。

为了不惊动洛伊尔，他只是借用了它的感官，并没有强行夺走它的身体控制权。

他几乎没有任何不适，就适应了蛇的身体，仿佛他合该是一条冷冰冰的蛇。

他感受到洛伊尔所能感受到的最细微的触感，触碰了洛伊尔所能触碰的地方……她的腰身，她的胳膊，她的脊椎沟，以及每一根细小而轻柔的汗毛。对于他的触碰（真的是他的触碰吗？），她并不是毫无感觉的。她那一根根细软的汗毛，正随着他的缠绕（真的是他的缠绕吗？）逐渐竖起。

但她并没有抵触地推开他，反而用脸颊轻贴他丑陋的蛇喙，回应了他本不可能得到回应的感情。

联系到此断开。

阿摩司睁开双眼，冷汗淋漓，清醒过来。

他看着面前的文书，看着自己不久前签下的名字，想到体内那一丝圣洁无情的神性，突然间，他感受到一种强烈的下坠感。

这次下坠仿佛没有尽头，他不知道自己会坠落到哪里。

德蒙收到黑暗神的神谕——他将在骷髅会举行内部会议的时候降临。

一时间，德蒙紧张到了极点，也期待到了极点，连即将出现在内部会议的大人物都顾不得了，满脑子都是黑暗神降临后，骷髅会的教众会如何激动，首领会如何赏赐他。

为了让众人大吃一惊，德蒙没有把黑暗神的事情告诉任何人。

所以，当首领在会议上宣布，那位即将加入骷髅会的大人物找到了与黑暗神沟通的方式时，德蒙还以为自己被黑暗神抛弃了。

更让他没想到的是，那位大人物竟然是光明帝国的尼古拉斯·德·卡莱尔侯爵。

据说，女王被剥夺王位继承权后，本该由尼古拉斯·德·卡莱尔侯爵继位。但不知为什么，至高神殿的阿摩司至高神使一直没有公布这个消息。

眼看王位空悬了将近几个月，至高神殿都没有公布下一任国王的人选，尼古拉斯·德·卡莱尔侯爵终于按捺不住，主动联系了骷髅会的首领。

一开始，骷髅会的首领并不想掺和王室的纠纷，毕竟他们的教众大多数是平民百姓，在街头巷尾长大，没钱去神学院读书，也没有亲戚推荐他们到神殿当低级教士，不然也不至于加入骷髅会，信奉一个连记载都少得可怜的黑暗神。

他们是被神抛弃的人。

首领十分清楚这一点，所以一直避免和王公贵族来往——在普通人眼里，王公贵族都是被神眷顾的人。

尼古拉斯·德·卡莱尔侯爵却告诉他，他找到了与黑暗神沟通的办法，愿意把这个宝贵的秘密分享给骷髅会的教众，前提是骷髅会要帮他杀死一个人。

首领相当心动，却也明白骷髅会能发展到这一步，全靠贫穷阶层的支持。倘若他去蹚上流社会的浑水，绝对会激起一部分教众逆反的心理，认为骷髅会抛弃了平民百姓。

于是首领召开了这次内部会议，让尼古拉斯·德·卡莱尔侯爵自己用手上的筹码去说服那些不愿意帮他的教众。

尼古拉斯·德·卡莱尔侯爵欣然同意。

在他看来，骷髅会只是一帮乌合之众，之所以一直没有被神殿歼灭，并不是他们实力雄厚，而是神殿从头到尾都没有把这帮乡巴佬放在眼里。

他所谓的与黑暗神沟通的办法，不过是高价从罗曼国女巫那儿买来的一个障眼法，除了看上去吓唬人，没有任何实质性作用，但用来蒙骗这些愚蠢的贱民，应该足够了。

尼古拉斯·德·卡莱尔侯爵深知，骷髅会的实力是不足以对抗神殿的，他也没想过用骷髅会对抗神殿。或者说，他从来就没有想过自己可以对抗神殿。

在他的心目中，神殿就像是无边无际的苍穹。凡人可以埋怨苍天，怒斥苍天不公，但绝对没有可能反抗苍天——人的力量，怎么能和天比呢？

他只是想利用骷髅会的力量追杀艾丝黛拉。

他长子的死似乎和艾丝黛拉有关，这只是他追杀艾丝黛拉一部分的原因。真正的原因是，艾丝黛拉一日不死，他就一日没办法名正言顺地继承王位。要是能抓住艾丝黛拉，把她的尸体扔在至高神殿的殿门前，他就有把握逼迫至高神使尽快决定王位继承人的人选了。

这就是尼古拉斯·德·卡莱尔侯爵的全部想法。至于骷髅会可能根本抓不住艾丝黛拉，他根本没想过。

他可以说是看着艾丝黛拉长大的，他知道那个天真的小女孩身体孱弱得要命，她简直是童话故事里的豌豆公主。

记得有一次她过生日，他随手送了一条丝绸裙子给她。那条裙子只是在仓库放的时间长了一些，就让她起了一身红疹子。

这件事让她委屈得要命，几乎每次举行晚宴的时候，她都要哭哭啼啼地抱怨一遍，弄得他这个做伯父的很长一段时间都抬不起头。

像她这样娇滴滴、爱耍性子的小姑娘，离开富丽堂皇的王宫只有死路一条。但古怪的是，这几个月来，他把光明帝国翻了个底朝天，也没能找到她的踪影。

他不是没有听到一个名叫艾丝黛拉的女孩成为至高神殿唯一神女的消息，但用脚趾想也知道，那个女孩绝不可能是艾丝黛拉。

那个艾丝黛拉在成为至高神女前，曾经历了可怕的牢狱之灾，又在法庭上有条不紊地舌战群雄，勇敢地捍卫了自己的清白。

他的小侄女尽管相貌甜美，宛如一只从蚕茧里飞出来的美丽小精灵，头脑却愚蠢至极，不然怎么可能在法庭上说出"我的确是一条毒蛇，而且是一条想盘绕在光明神像上的毒蛇"这样的蠢话。

就算她并不愚蠢，所作所为都是一层精妙的保护色，就凭她这句毫无敬畏之心的话，也不可能成为至高神殿唯一的神女——除非至高神使疯了，才会让"一条想盘绕在光明神像上的毒蛇"成为唯一的神女。

尼古拉斯·德·卡莱尔侯爵推测，艾丝黛拉应该是逃去乡下或边境了。

乡下和边境是骷髅会的地盘，只要他控制了骷髅会，就等于扼住了艾丝黛拉的咽喉。

不出尼古拉斯·德·卡莱尔侯爵所料，骷髅会的教众果然是一帮愚民。

他彬彬有礼地自我介绍时，这帮愚民还在嚷嚷着绝不可能帮贵族子弟做事。在他抛出黑暗神这个重量级筹码后，这帮愚民就安静了下来，不再胡乱起哄。

尼古拉斯·德·卡莱尔侯爵看着这些人虔诚的模样，忍不住在心里哧笑，这个世界上怎么可能有黑暗神？

《颂光经》上写得明明白白——"神创造光明与黑暗"，只有这群穷得读不起书的贱民，才会认为这个世界上有黑暗神。

尼古拉斯·德·卡莱尔侯爵懒得和这些贱民多言，低声念了一段咒语，使出了罗曼帝国女巫教给他的障眼法。

只见一缕缕黑雾汹涌而来，如同传说中闻一口就会身患绝症的瘴雾，极迅速地染黑了煤气灯罩、天鹅绒墙衣和镶嵌画的木制画框。但这些诡异的黑雾只停留了两三秒，就消散得一干二净。

端坐于长桌两端的骷髅会教众不由得面露惊讶。

"你能召唤瘴雾？"

"你真的能和黑暗神沟通？"

"我在骷髅会待了三十多年，还是第一次见到有人能召唤瘴雾……"

一个年轻男子低呼："撒旦啊……要是我们大家都能召唤瘴雾，就不用去哪儿都怕被神殿狗抓住了！"

一个小小的障眼法，就把这帮乡巴佬哄得哇哇乱叫。

尼古拉斯·德·卡莱尔侯爵禁不住对这些贱民越发轻视，表面上却温和地道："我也想把这个办法教给大家，这样一来，我想交给大家的任务就能很快完成了。但遗憾的是，目前黑暗神只允许我一个人召唤瘴雾。等我再次觐见黑暗神时，绝对会把这个意愿转达给他，让大家都学会这种神奇的法术，怎么样？"

他作为光明帝国最尊贵的王公贵族之一，眼神是那么威严，仪态是那么气派，言谈举止却如此谦逊有礼，一些教众不禁对他改观不少，觉得他不像那些鼻子抬得比眼睛还高的政府官员。

就在大家低声讨论，是否要帮尼古拉斯·德·卡莱尔侯爵办事时，一道不合时宜的哧笑响起来。

所有人回头一看，居然是边境分会的德蒙。

德蒙为人谨慎，从不轻易得罪人，见谁都微笑以待，因此人缘极好，谁都愿意和他来往，不然也不会在他把上一任头目安德斯送进裁判所的监狱后，还有那么多人支持他接管边境的分会。

他不可能在这种严肃的场合无缘无故地发笑。

有人皱眉问道："德蒙，你笑什么？难道你认为尼古拉斯·德·卡莱尔侯爵阁下在骗我们吗？"

另一个人立刻反驳道："这么多年过去，只有尼古拉斯·德·卡莱尔侯爵阁下能召唤瘴雾，有胆量跟大家担保有办法联系黑暗神。就算他高贵的身份令大家不喜，也不该被当众嘲笑。除非，那个人也有办法联系黑暗神。"

说着，他意有所指地看了德蒙一眼。

这个人的话可谓诌媚到了极点，尼古拉斯·德·卡莱尔侯爵也对这个人轻视到了极点，语气却仍然温和："黑暗神并没有说过只有我能和他沟通，假如你们早已找到与黑暗神沟通的方式，我愿意收回之前的话，不会强行要求大家帮我办事。"

有沉不住气的人慌了："尼古拉斯·德·卡莱尔侯爵阁下，您千万不要和德蒙这种小人计较，他哪里懂什么和黑暗神沟通……黑暗神不可能和他说话，他就是一个小人！您可能不知道他都干过哪些缺德事，但大伙儿都清清楚楚……"

"够了，大家都闭嘴，不要让侯爵阁下看笑话。"首领看不下去了，皱眉训斥道。

要是以前，德蒙为了自己的前途一片光明，绝对不会违背首领的意愿，继续说些吃力不讨好的话，但现在，他的背后是真正的黑暗神，侯爵算什么，首领又有什么好怕的？

德蒙继续哧笑道："我的确是一个小人，但在座的各位谁不是小人？大家都是黑暗神的信徒，难道还是什么品德高尚的光明神教徒吗？"

德蒙语气强硬地撑完骷髅会各个分会的头目，又毫不客气地把矛头指向尼古拉斯·德·卡莱尔侯爵："侯爵阁下，恕我直言，你刚才那个咒语根本不可能联系黑暗神，更像是一个障眼法。"

尼古拉斯·德·卡莱尔侯爵好脾气地解释道："这位先生，我从来没有说过这个办法可以联系黑暗神，我只是说它可以召唤瘴雾。至于黑暗神……真的不是我等想联系，就能联系到的。举个例子，阁下，你知道至高神殿的阿摩司殿下吗？连他都没办法时刻和光明神保持联系，更何况我们这些普通人。"

德蒙差一点儿就脱口而出——阿摩司其实是黑暗神的卧底！

幸好他及时闭紧了嘴巴，没有透露黑暗神的安排，不然破坏了黑暗神的计划，整个骷髅会恐怕都会吃不了兜着走。

德蒙不得不吞下这个惊天大秘密，低调地道："其实，我这次来参加会议，就是为了告诉大家，私底下我已经和黑暗神见了两次面，边境的教众可以为我做证。"

德蒙的话音落下，大家都觉得他疯了。

为了驳尼古拉斯·德·卡莱尔侯爵的面子，他居然吹了一个这么大的牛？

他能联系黑暗神？

他怎么不说自己能联系光明神呢？

要是他一个小小的边境头目就能联系到黑暗神，首领至于违背原则，把尼古拉斯·德·卡莱尔侯爵请到他们的秘密基地来开会吗？

首领也认为德蒙在胡说八道，怒斥道："德蒙，你今天到底是怎么回事？你再这样扰乱会议的秩序，我就要采取一些严厉的手段惩罚你了！"

尼古拉斯·德·卡莱尔侯爵站在一旁，看着这番闹剧，忍不住摇头失笑。

贱民就是贱民，就算手握强权，也没有本事驯服手下。一个小小的边境头目都敢三番四次地给首领难堪，荒谬，实在是太荒谬了，这样的情景永远不可能出现在王室和神殿。

要是他有机会接管骷髅会，绝对会把这个松散混乱、不成体统的组织从上到下清洗一番。

不对，不用那么麻烦。等他们杀死艾丝黛拉后，他就以骷髅会擅自处决神殿逃犯的名义，直接把这群贱民清理了，一举两得。消灭了这么一个不入流的教派，说不定还能给他增加一些民间的好口碑。

尼古拉斯·德·卡莱尔侯爵开始慢悠悠地畅想未来。

首领正在沉思如何处置德蒙，没有看见尼古拉斯·德·卡莱尔侯爵的眼神，德蒙却看得清清楚楚。

这位侯爵是如此轻视他们，以至于眼中的贪婪、鄙夷和狠毒都快溢出来了。

在他眼里，骷髅会就是一帮卖命的蝼蚁，而他是一头强悍的大象，大象面对蝼蚁，根本没必要掩饰眼中轻蔑的情绪。

刚好这时，也到了黑暗神降临的时间。

德蒙转头对自己的助手说道："你去准备献祭用的供物，我来请真正的黑暗神降临。"

"够了，真的够了，你有几分能耐大家还不清楚吗？"首领冷冷地道，"你别在这里丢人现眼了，滚回自己的房间面壁思过去！"

尼古拉斯·德·卡莱尔侯爵却想继续看好戏："首领阁下，我倒想看看这位头目阁下怎么请黑暗神降临，万一我们联系黑暗神的方式不谋而合呢？"

首领一脸烦躁地道："他根本不会联系黑暗神，他只会捣乱！献祭根本没办法得到黑暗神的回应。"

尼古拉斯·德·卡莱尔侯爵却坚持要看德蒙出丑："还是让这位头目阁下试试吧，万一成功了呢？"

看来躲不过一顿嘲笑了，首领叹了一口气，允许德蒙的助手去准备献祭的供物。

所有人都目不转睛地看向德蒙。

有人摇头；有人叹息；有人憋着笑意；有人像猿猴似的起哄，恨不得德蒙立刻出丑；有人则在拍手叫好，认为德蒙不给尼古拉斯·德·卡莱尔侯爵面子的行为非常硬汉。

当黑漆漆的棺材内注满鲜红的血水时，德蒙望向首领："要是我成功地让黑暗神冕下降临，首领大人能向我道歉吗？"

首领一脸不耐烦地道："我给你跪下都行。"

其他人也起哄，许下了一些不切实际的承诺——

"我这里有一袋金币，你要是能召唤成功，这袋金币就是你的了！"

"金币算什么，你要是能召唤成功，我直接把我的职位给你。"

一个女头目一拍桌子，大大咧咧地许诺道："我把我的丈夫和孩子给你！"

她的话音落下，众人都哈哈大笑起来。

首领的脸色却不怎么好看。

他见识过尼古拉斯·德·卡莱尔侯爵属下的纪律，不仅比这帮人安静，而且比这帮人谦卑太多，根本不会出现下级驳斥上级的情况。

他没有意识到自己和尼古拉斯·德·卡莱尔侯爵来往几天后，也沾染了侯爵身上那种贵族鄙夷贫民的习气。

一片欢声笑语中，德蒙开始念诵黑暗神给他的咒语。

刚开始大家还笑嘻嘻地听着，可随着房间里的气温越来越低，光线越来越暗淡，所有人的表情都严肃起来。

没有对比就没有伤害，与德蒙的咒语相比，尼古拉斯·德·卡莱尔侯爵召唤的瘴雾的确像是不入流的障眼法。

德蒙的咒语念完，不仅屋内被浓黑的雾气笼罩，就连屋外的夜空也变得黑黢黢的。

有人喃喃："难道……黑暗神真的要降临了吗？"

"不可能，以前我们也是这么祭祀黑暗神的，黑暗神却从来没有回应过我们，他应该不喜欢这些供物……"随着黑雾越来越浓，那个人的声音也变得越来越小。

与此同时，棺材里闪现富有魔力的白光，一条粗壮漆黑的巨蟒猛地从血水里钻了出来。

所有人都被这条巨蟒吓了一大跳，尤其是尼古拉斯·德·卡莱尔侯爵，几乎被吓得不敢动弹。他没想到这种简陋的献祭居然真的能召唤出邪祟的生物！

德蒙也被吓了一跳。

他万万没想到黑暗神居然会以巨蟒的形态出现。

当德蒙不知所措，不知该如何介绍巨蟒时，巨蟒慢慢直起身子，变幻为一个身材高挑的男人。

他穿着垂至膝盖的黑色大衣和黑色衬衫，戴着黑色手套，无论是个头还是气势，都碾压站在一旁的尼古拉斯·德·卡莱尔侯爵。堂堂侯爵阁下，皇亲国戚，竟然被一个莫名出现的男人衬得像一个俗气的暴发户。

男人眉目狭长，鼻梁高挺，面部轮廓冷峻而凌厉。但不知为什么，他用一条略宽的黑丝缎遮住了一侧的眼睛，再加上室内光线都被黑雾覆盖，让人看不清他的具体面容。

不过即使他遮住整张脸庞，那种恐怖、冰冷、生人勿近的强大气势，也让人有一种跪地膜拜的冲动。

假如这个男人不是黑暗神，那么谁还会是黑暗神呢？

首领冷汗直流，重重地咽了一口唾液，他意识到自己站错了边，就要给男人跪下。这时，男人突然抬起头，用一侧的眼睛看向尼古拉斯·德·卡莱尔侯爵。

他仅仅是一个眼神扫过去，尊贵的尼古拉斯·德·卡莱尔侯爵就化为一堆肉红色的齑粉，随风而逝了。

这下，整个骷髅会的教众都被吓得跪倒在地。

首领想起自己曾几次阻挠德蒙召唤黑暗神，双膝一软，差点儿被这一幕吓得晕厥过去。

德蒙也被黑暗神可怖的手段吓到了。

之前黑暗神去骷髅会的地牢，张开修长的手指，吸收了不少黑气，看似"杀"死了许多囚犯，实际上那些囚犯一点儿事也没有。那些人不仅没事，醒来后也不再像以前一样浑身冒戾气，就像被某种神秘的力量净化了一般。

德蒙还以为黑暗神轻易不开杀戒，谁知道他不开则已，一开居然直接让一个大活人消失了！

德蒙连忙跪下来，颤抖着声音说道："冕……冕下息怒，我们也不知道这人哪儿来的胆子，敢以您的名义招摇撞骗，我们以后会杜绝这种情况……"

洛伊尔口吻淡漠地打断了德蒙的话："我不在乎这个。我杀他，是因为他对我的妻子动了杀心。"

"您……您的妻子？"德蒙蒙了。

洛伊尔淡淡地瞥他一眼。

德蒙明白了，黑暗神妻子的身份是绝对的禁忌，不能随便提起。

首领为了在黑暗神面前挽回一点儿形象，用双膝爬到洛伊尔的脚边，讨好地问道："不知道黑暗神冕下降临有什么吩咐？"

洛伊尔居高临下地看了首领一会儿，突然微笑道："我需要力量。"

不知为什么，即使德蒙知道黑暗神获取力量的方式不会伤害任何人，也还是忍不住打了个寒战。

艾丝黛拉还以为洛伊尔被她哄好了，没想到那天过后，他又消失了。

她找遍了主祭坛都没有找到他，就把这条神出鬼没的小蛇暂时抛到了脑后——她还有自己的事要做，不可能整天围着一条坏脾气的小蛇转悠。

这些天，她一直在调理西西娜的身体。

她从阿摩司那里请到了整个光明帝国最好的医官，让他彻底祛除了西西娜体内的铅毒，并用最好的药物给她调理身体，然后把她送进了王都最富丽堂皇的歌剧院。

尽管西西娜已经年近四十岁，但在艾丝黛拉的悉心照料下，她竟奇迹般恢复了二十岁的容颜与风韵。

当她身穿火红色的裙子，沐浴着煤气灯营造出来的假月光，一边朝观众席抛媚眼，一边像夜莺般鸣唱起来时，疾风骤雨般的掌声差点儿把穹顶的水晶吊灯震落下来。

不到三天，西西娜就成了整个王都最闪耀的歌剧明星。

她本就是天生的尤物，擅长把男人勾引得神魂颠倒。歌剧明星的身份宛如两面对立的镜子，一下子把她的魅力折射到无穷大。

黄金源源不断地流向她的发髻、手套、扇子和裙摆，有时候她的吊袜带"咔嚓"一响，都会叮叮当当地落下一堆金币。

艾丝黛拉对西西娜的表现很满意，西西娜也对艾丝黛拉这个"上级"满意极了。

西西娜并不是没有给别人这样卖过命，但其他人都是想尽办法榨干她的价值，认为她只要没有和男人躺在同一张床上，就没办法展现自己的魅力。甚至他们还会像操控木偶一样，让她机械地按照他们的想法去办事，不给她任何独立思考的空间和自由行动的机会。

艾丝黛拉和那些人完全不一样。

艾丝黛拉相信她的才华，尊重她的任何决定。当她们的意见发生分歧时，艾丝黛拉甚至不会用上级训斥下级的口吻要求她服从自己的命令，而是会用学生请教老师的语气，询问她的看法。

假如西西娜的看法确实比她的成熟，她就会赞同西西娜按照自己的想法行事，甚至会学习西西娜的优点；假如西西娜的思路并没有她的完美，她就会把定夺的权利交给西西娜，让西西娜自己考量和决定。

西西娜太喜欢这样的上级了。

西西娜想到这样甜美、温柔、善解人意的小姑娘（西西娜选择性遗忘了艾丝黛拉的强项是玩弄人心）正在被一条阴郁恐怖的巨蟒当成雌性觊觎，犹豫再三，还是决定把这件事告诉艾丝黛拉。

这天，艾丝黛拉身穿白色斗篷，坐在包间深红色的天鹅绒坐垫上看完了西西娜的表演。她走到歌剧院的后台，微笑着夸了西西娜两句，刚要转身离开，就被西西娜低声叫住。

"怎么了？"艾丝黛拉回头看向她，柔声问道。

西西娜一边用热水洗掉脸上花花绿绿的妆容，一边吞吞吐吐地道："主人，您不觉得那条蛇和您太亲密了吗？"

艾丝黛拉微微歪了歪脑袋："我不明白你的意思。"

"我觉得洛伊尔好像喜欢您。"

"哦，"艾丝黛拉了然地点点头，"我也很喜欢洛伊尔。"

艾丝黛拉的面色越天真无邪，西西娜就越为她担心，完全忘了"天真"是她的这位小主人的保护色："您弄错了，不是这种喜欢，是男女之间的那种喜欢……"

她说完，胆战心惊地捂住嘴，张望四周，像是怕被谁发现一般，把声音压得很低："您千万别告诉洛伊尔是我说的。"

艾丝黛拉忍不住挑起眉梢。

回去的路上，她一直在琢磨西西娜的话，什么叫男女之间的那种喜欢？

洛伊尔像男人喜欢女人那样喜欢她？

难怪一个黏糊糊的吻就能让他立刻安静下来。

可是，她从来没有想过自己有朝一日会喜欢上一个男人，更没有想过自己有朝一日会像女人喜欢男人一样喜欢上一条蟒蛇。

她对洛伊尔的感情很纯粹，纯粹到只有对宠物的怜爱和占有欲。

她对玛戈、西西娜、阿尔莎和安德斯等人都是单纯的利用，唯独对他，除了利用，还有一丝柔软的怜爱。

所以，哪怕有一天他的能力消失，没办法再为她所用，她也愿意像养小猫小狗一样养着他，可是这种喜欢远没有到男欢女爱的程度。

艾丝黛拉又茫然又好奇。

她好奇洛伊尔为什么会对她生出男女之间的感情。

可惜小蛇不在她的身边，不然她肯定会捏住他的七寸，认认真真地盘问一番。

艾丝黛拉回到至高神殿后，本想先去藏书阁借两本书，一路上却看见周围的教士都在行色匆匆地赶往一个地方。

她随手拦下一个教士，一脸疑惑地问："发生什么事了？为什么大家都这样匆忙？"

那个教士对艾丝黛拉很有好感，要是平时被她拦下，肯定会和她闲聊几句，但现在事出紧急，他只能快速答道："至高神殿里混进了一只十分危险的魔物，估计是罗曼帝国女巫饲养的顶级魔物。不知道为什么，禁魔石居然一点儿动静都没有！艾丝黛拉小姐，现在神殿非常危险，阿摩司殿下正在与诸位至高神使商量对策，恐怕没时间顾及主祭坛，请您一定要保护好自己！"

那个教士说完，就转身离开了。

艾丝黛拉眉头微蹙，感到大事不妙。

魔物，十分危险，禁魔石没有动静，所有的线索都指向洛伊尔。

难道是洛伊尔被至高神殿的教士察觉了？

怎么可能？

他不是强大到能越过生与死的法则吗？

艾丝黛拉皱着眉头，快步赶往自己的卧室。

她有一种无法形容的直觉，洛伊尔肯定在她的房间里。

果不其然，她刚刚推开门，就有一个粗壮的黑影以捕获猎物的姿势猛地朝她扑了过来。

艾丝黛拉没有设防，被他重重地推到了墙上。

她的后背第一次如此剧烈地撞上墙壁，不禁闷哼了一声。

听见她吃痛的声音，他不仅没有停下来，反而"咝咝"地吐着蛇信子，用冰凉光滑的蛇身把她缠得更紧。

一阵一阵的眩晕里，她感觉洛伊尔正在居高临下地用蛇信子触碰她的睫毛、耳朵、脸颊、嘴唇、脖颈……每个部位都是一触即离，他似乎在分辨她是谁。

她知道，蛇的视力很差，有时候只能通过吞吐蛇信子来判断猎物的位置。

可洛伊尔并不是真正的蛇，为什么也会这样？

艾丝黛拉深吸一口气，强忍着眩晕和撕裂般的疼痛睁开眼睛，就看见一个巨大的蛇头正一动不动地对着她。

不对，洛伊尔并没有看着她，他紫蓝色的蛇瞳被一层厚厚的白膜包裹住了。

蛇只有即将蜕皮时，眼睛才会被这种厚膜包裹住。

这段时间的蛇，因为视力差到极点，只能看见模模糊糊的影子，会变得极端焦躁易怒，攻击性也会变得极强，任何进入它攻击范围的东西都会被它视为猎物。

怪不得他会被神殿的人发现呢，现在的他可以说是彻底变成了一头粗暴莽撞的野兽。

第十五章
禁锢

洛伊尔是真的失去了意识。

他像是回到了诞生之初，没有意识，也没有人格，只有赤裸而直白的本能和冲动。

他在寻找一个人。

那个人是谁？他不知道。他只知道，当她露出甜美而狡黠的微笑，趴在翠绿的草坪上，漫不经心地吮咬着一颗火红的草莓，任由鲜红的甜蜜的果汁流满她那苍白的手指时，他就诞生了。

起初，他并没有想过脱离阿摩司的身体，也没有想过独立地活着，是她给予了他独立活下去的冲动。

每当她微笑一下——无论是怎样的微笑，甜美的、天真的、可爱的、邪恶的、恶毒的、冰冷的，他都能从中汲取到可观的生命力，开始想要成为一个独立的生命体。

为什么？因为他对她生出了卑鄙的占有欲，他想要独占她。而只有变成一个独立的生命体，他才能迷恋她、品尝她、占有她。

他想起了蛇。在他所创造的世界里，蛇总是邪淫的象征。人们像惧怕恶鬼一样惧怕蛇的毒腺和毒牙，怒斥它血液冰凉，没有感情，仿佛这个世界上再没有比蛇更加可憎的动物。人们比喻令人厌弃的欲望时，也总是拿蛇来比较。

然而只要是人，就会沉溺于他们眼中蛇似的欲望。

他起先不明白，直到看见了她，才明白为什么一些人既厌恶蛇，又想当一条卑鄙可耻的蛇。

从他对她着迷的那一刻起，他就想缠绕她、黏附她，不用耳目，而是用触感去感受她。

　　当他在骷髅会的各个地牢里吸收了上万人的恶念时，这个想法就变成了他唯一的本能，唯一的冲动，唯一的欲望。

　　于是他化为一条长而粗壮的蟒蛇，嗅着她的气味，一路横冲直撞地闯进她的房间。

　　一路上，他隐隐约约听见了不少惊恐的尖叫声，有人低声喊道："快去通知阿摩司殿下……至高神殿进了魔物，这是从未有过的事情！这头魔物可能实力极其强大，不是我们能对付的……快去！"

　　他似乎引起了很多人的注意。

　　这些人会和他抢夺她吗？不，她只能是他的。

　　为了不引起更多人的注意，他在她的卧室里焦躁地转来转去，想找一个地方躲起来，却不小心用蛇尾撞倒了她的衣柜。

　　刹那间，柔软的丝质衣物纷纷扬扬地洒落下来，盖住了他的头身。

　　他看不清那些衣物的颜色，也看不清它们的形状，只能感受到它们如花瓣般娇嫩轻盈的触感，就像是被无数双散发着她的气味的纤手抚摸了一般。

　　有那么几秒，他以为自己被什么攻击了，僵在原地，一动也不敢动。

　　刚好这时房门那里传来了响动，他立刻快如闪电地滑过去，猛地把误闯者压在了墙上。

　　猎物的气息他很熟悉，也很喜欢，既像火红的玫瑰，又像略带刺激性的麝香。

　　他不自觉地吞吐着蛇信子，想要品尝这美味。

　　猎物的身形他也很熟悉。

　　他的头颅微微垂下，想要看清她的身形，可无论他怎样集中注意力，都只能看见一个朦胧斑驳的色块。

　　他不禁焦躁起来，"咝咝"地吐着蛇信子，缠绕上她的身体，试图用捕猎的方式去估量她的身形。这个办法果然好用，他很快估量出了她两只脚掌的形状，脚趾很长，脚底的弧度很大。然后是腿，修长、健康、笔直，他估

274

量的时候还被它们充满活力地踹了两下。接着是柔美的腰身，很适合被他紧紧地缠绕。他也想在这里停留得久一些，但因为感觉到她蓬勃的怒意，便只是潦草地绕了一圈，就来到了她的肩部。

他越往上，她的身体就越紧绷。

他不得不改变策略，试图用蛇信子去"丈量"她的五官。

他慢慢地碰了一下她的眼皮，她不高兴地眨了眨眼睛，又浓又密的眼睫毛轻轻地扇动两下。他看不出她眼睛的颜色，却能感受到她的虹膜是灿烂的金黄色。她的鼻梁很高挺，呼吸很急促，双唇又薄又小，仿佛玩具娃娃精巧的嘴唇。

她似乎抱怨似的"哼"了一声："洛伊尔，你把我弄得很痛……"

她是在取悦他吗？不然为什么要用这种细声细气的腔调说话？

他也确实被她取悦了，遏制不住地把她缠得更紧了一些。

他漂亮的猎物却使劲扇了他一记耳光："你重死了，快从我的身上滚下去！你再待在我的身上，我非被你压死不可。"

他受到了攻击，该反击吗？

他犹豫的时候，出于本能已经张开了嘴，朝她露出血红色的口腔和尖锐的毒牙。

他只是想警告她，别再有攻击性的行为。

她却丝毫不怕他的警告，甚至一把抓住他的毒牙，贴着他张得极开的上下颌，发出甜蜜而娇媚的低语："我的小蛇，你想咬我吗？"

明明她的手指就在他的口中，只要他轻轻一用力，毒牙就会擦破她的皮肤，轻而易举地把她毒死，他却像尝到了她分泌出来的毒素一般，猛地往后一退，甩开了她的手指。

他盘绕在房间的角落里，不敢再靠近她。

她太脆弱、太莽撞，也太天真了。

她似乎笃定他不会伤害她。

她却不知道，只要他靠近她，闻到她身上散发出来的芬芳，感受到她皮肤透出的蓬勃而健康的热度，就想以蟒蛇捕食的姿势粗暴地缠紧她，一口将她吞进腹中。

她相信他，他却不相信自己能克制这样旺盛的食欲。

尤其是当他发现体内除了食欲，还有其他危险的欲望在膨胀、蔓延、生长。

洛伊尔终于不再压在她的身上。

艾丝黛拉仰起头，深吸一口气，挣扎着坐起来。她又低着头吸气，简单地检查了一下自己的身体。

她没有出血，没有骨折，内脏摸上去也没什么异样。

谢天谢地，她这段时间吃得比较多，不然以她从前那副弱不禁风的身板，被推到墙上的一瞬间可能就晕倒了。

艾丝黛拉其实有点儿想发火。

踹他两脚、扇他一耳光，远不够她宣泄心中的怒气。

不知是否受了这条笨蛇的影响，她也沾染上一丝粗野的兽性。相较于扇他耳光，她更想用两条胳膊搂住他的蛇颈，在他的蛇头上重重地咬一口。

但是她见他盘成一团蜷缩在墙角，又心软了，想走过去，像以往那样哄哄他、摸摸他。

这时，一道礼貌的敲门声响起来。

"请问，我可以进来吗？"阿摩司低沉冷淡的声音响起。

这个人怎么来了？

艾丝黛拉蹙眉，不假思索地道："不可以，阿摩司殿下，我在换衣服。请问您有什么事吗？"

阿摩司顿了顿，说："至高神殿闯进了一头危险的魔物，我过来确定你的安全，你今天还好吗？"

"谢谢关心，我挺好的。"艾丝黛拉滴水不漏地答道，"我也听说了这件事，希望那头可恶的魔物没造成什么伤亡。我这边暂时没什么动静，如果我有那头魔物的消息，一定会告诉您的，请您放心。"

"好。"

对话到此结束。

外面却没有响起阿摩司离去的脚步声，阿摩司仍在她的房门口站着。

为什么？

难道他的感官比她想象中敏锐，隔着一扇房门都能感受到洛伊尔的存在？如果是这样的话，那他之前为什么没察觉到洛伊尔的存在？

还是说，他其实并不知道洛伊尔在她的房间里，但她说自己在换衣服，却久久没有脱衣服和穿衣服的动静，让他起了疑心？

艾丝黛拉在至高神殿待了那么久，当然听说过阿摩司的感官极佳，几乎能与整座至高神殿共同呼吸的传言。

她为了快点儿把人赶走，"咔嚓"一声解开了吊袜带，脱下了肉色的长筒袜，又把荷叶边的领子拽下来再拉上去，制造出窸窸窣窣的声响。

果然，在她解开吊袜带的那一刻，门外就响起了脚步声。

阿摩司离开了。

艾丝黛拉蹬掉脚上的长筒袜，仰起头靠在墙上，松了一口气。

但不到两秒，她的脊背又紧绷起来。

洛伊尔不知什么时候滑到了她的脚边，吐出的蛇信子碰到了她的大脚趾。

阿摩司还没有走远。

艾丝黛拉不轻不重地踹了他一下，竖起一根手指抵在自己的唇上，示意他不要发出声响。

洛伊尔看不见艾丝黛拉的动作，只知道自己被她一脚踹开了。

他躁动不安地吐着蛇信子，阴郁地想，她只不过和外面的男人说了两句话，就开始拒绝他的触碰。

她的注意力被其他男人分散了。

他不允许这样的事情发生。

与此同时，阿摩司淡漠且严肃的声音又在门外响了起来："艾丝黛拉小姐，那头魔物十分危险，如果你有那头魔物的任何消息，请一定要告诉我，我会竭尽全力保护你的安全。"

这个人怎么还没走？

艾丝黛拉的眉头第一次皱得这样紧。

她还没想好怎么敷衍阿摩司，洛伊尔就再次吐出冰凉的蛇信子，触碰她的脚趾。

她刚想一脚踹开他，谁知洛伊尔突然张开了上下颌。

于是，她的脚直接踹到了蟒蛇可怖的口腔里，和他的蛇信子一样冰凉黏湿。

艾丝黛拉并不嫌弃洛伊尔的口水，可这种动作也太古怪了一些。

她俯身过去，打算握住洛伊尔的上下颌，把自己的脚拿出来，洛伊尔却做了一个吞咽的动作。她清晰地感受到他的喉咙在蠕动，似乎想把她的脚吞下去。

…………

同一时刻，门锁"吧嗒"一声打开了，阿摩司直接用钥匙打开门走了进来。

他进来之前，以为屋内的场景只不过是那条巨蟒缠绕在艾丝黛拉的身上，没想到那条巨蟒竟不知廉耻地以蛇喙包裹着她的脚，而她也是一副毫不介意的模样，只是眉眼间略有些苦恼。

阿摩司闭了闭眼，冷漠而平静地道："艾丝黛拉小姐，这就是你口中的'挺好'吗？"

眼前的场景是如此诡异。

晦暗的房间里，黑发白肤的女孩眉头微蹙，俯身于一条凶猛、可怖的巨蟒身上，试图从其布满毒牙的口腔中取出自己的脚。

她的皮肤本就白得像牛奶，在那条巨蟒血盆大口的衬托下，更显得无比苍白，仿佛流尽了鲜血一般令人触目惊心。

苍白与鲜红，脆弱与残酷，理性与野蛮，美丽与丑陋，如此令人毛骨悚然的画面，或许只有疯子、流氓、神经质的学者和崇拜残暴阿波罗的艺术家才会喜欢。

阿摩司却感觉自己的喉结也诡异地滑动了一下。

那条巨蟒肮脏的涎液流满了她的脚趾，显得她的脚像一只刚破壳而出的娇柔的爪子，正在滴落母体温柔的透明的热液。

他多想走过去，握住她的脚，帮她擦掉那些令人恶心的东西，但是他知道这样的情景绝不可能发生在他们的身上。

那为什么能发生在这条巨蟒的身上呢？

这条巨蟒究竟对她做了什么？

假如当初他没有认为自己的欲望荒唐、卑鄙、丑恶，没有排斥自己的欲望，没有为了所谓的公正而抑制想要救下她的冲动，而是任由欲望在体内蔓延……此时此刻，他是否也可以像这条蛇一样，卑鄙无耻地亲近她？哪怕他所能亲近的只是她的一只脚。

这种想法一旦冒出，就再也无法加以遏制。

阿摩司冷冷地看着洛伊尔。

连他自己都没有发现，他又开始像上次那样，想要与洛伊尔建立起千丝万缕的联系。

他和艾丝黛拉的相遇，很明显是一个错误。

从未见过女子的他第一次见到女人，就见到了如此漂亮、如此特别、如此讨人喜欢的她。

假如他这辈子都不能与女人相爱，就不该让他接触女人。

既然他已经见到了她，爱上了她，被狡狯的蛇引诱着吃下了错误的禁果，逐渐明白了爱情的滋味，就再也回不去没有无花果叶子遮挡的时刻。[1] 既然他已经堕落了，被赶出了纯洁的伊甸园，来到了肮脏的兽穴，为什么还要假装无事发生呢？

阿摩司不知道洛伊尔曾像蜘蛛用蛛丝捕猎一般捕捉他的感官，融入他的身体，与他合二为一。

所以，他也不知道现在的自己几乎和当初的洛伊尔一模一样，都是用蛛丝般的精神力锁住对方的神经，试图用这样的方式控制对方的感官。

然而，他却没能像洛伊尔一样成功。

洛伊尔吞噬了太多恶念，实力增强了不少。

他察觉到阿摩司的入侵，像被激怒的野兽似的猛扑了过去。

---

1 亚当和夏娃偷吃伊甸园里智慧树上的果子后，知道自己是赤身裸体，便用无花果树的叶子为自己编作裙子，用来遮羞。

阿摩司眉头微皱，反手挡了一下。

他还没有想好怎么处置这条巨蟒，他完全是出于自我防卫，挡下了洛伊尔的攻击。

但几乎是洛伊尔攻击他的一刹那，艾丝黛拉恳求的声音就响了起来："殿下，请不要伤害它，它不是魔物，只是我养的一条小蛇。"

他伤害洛伊尔？

明明是他被攻击，她却恳求他不要伤害那条进攻的巨蟒。

假如——自从和她重逢以来，他几乎每时每刻都在做假设，她知道他和洛伊尔是一体的，她会像怜爱洛伊尔一样怜爱他吗？

不知从什么时候起，他已经变得如此卑微，居然开始幻想和一条巨蟒分享她的宠爱。

阿摩司有些失神。

与此同时，洛伊尔抓住时机，闪电般咬了他一口。

洛伊尔所变幻出来的巨蟒身体，是现实中毒蛇和蟒蛇的结合物，因此既有毒蛇的毒腺，又有巨蟒倒钩般的利齿。这一口，几乎硬生生撕扯下阿摩司的一块肉。

阿摩司感觉刺痛的一瞬间，反而有一股血脉偾张的快意。

原来他一直盼望着能和这条巨蟒来一场决斗。

他想起当初艾丝黛拉朝他开出的那一枪，那充满刺激性的火药味似乎穿透了似水流年，在他的鼻子前萦绕。

他再一次意识到，自己不过是一个人，一个活生生的人。

只要是人，就有兽性和人性。

兽性是人性与深渊对视时的回声，它不知节制，不可遏制，藏在人性理智、克制、道貌岸然的外衣下。

每个人都以为自己与野兽有着天壤之别，实际上他们追求享乐、渴望激情、迷恋暴力的本能和野兽一模一样。[1]只是大多数人的道德观念都能把这样的本能粉饰或扼杀，但仍有一小部分人愿意释放兽性，不然为什么会有人崇拜鞭子、

---

1 这句话受了列夫·托尔斯泰《复活》的影响。

轭具和恶毒残酷的达丽拉[1]？

那时的他以为自己主动离开她，是因为看见了她野兽似的杀戮本性。

现在想想，他之所以选择主动离开她，是不想因她失去理智，被激发出潜藏在体内的兽性。

他的理智就是参孙的头发，而她是美丽却残忍的达丽拉，终有一天，他的理智将毁灭在她的手上。

但即使他的理智将因她垮台；即使他的道德、名誉将因她污损；即使她野心勃勃，潜入至高神殿是别有用心，只要她用那双甜美却冰冷的金色眼睛看他一眼，他仍然会不顾一切，抛弃原则爱上她。

假如能重来一次，当她朝他举起那把填完弹丸的燧发枪时，他不会再一动不动，而是往前一步，俯身吻上她手中蓄势待发的燧发枪的枪口，以示臣服。

可惜没有假如，他醒悟得太晚了。

这些想法产生在几秒间，等阿摩司回过神时，洛伊尔已发动第二轮进攻。

尽管他的蛇瞳包裹着一层厚重的白膜，却仍然能感觉到他眼中冰冷刺骨、充斥着戾气的杀意。

他是真的想杀死阿摩司。

不过，他只在阿摩司失神的那一瞬间占据了上风，之后就再也没碰到阿摩司的衣摆。

趁着一人一蛇打得不可开交，艾丝黛拉扶着墙壁，小心翼翼地站起来，躺在旁边的沙发上。

她看出来了，阿摩司和洛伊尔的实力不相上下，就算打到地老天荒，也不可能打出结果。

洛伊尔失去了理智，只知道盲目地进攻，他的攻势看上去凶猛强势，实际上却连阿摩司法衣的衣摆都没有弄皱。

---

1 达丽拉利用美貌诱骗参孙说出自己力量的来源，残忍地剪掉了参孙的头发，让他成为腓力斯人的阶下囚。

不过阿摩司也没有占据绝对的上风，在洛伊尔近乎密不透风的进攻下，他最多只能做到游刃有余地防守，而不是进攻和防守都游刃有余。

艾丝黛拉意识到一人一蛇最多打个平手后，就不想管他们了。

等他们打到精疲力竭，自然会安静下来。

她靠在沙发柔软的扶手上，像小孩子似的把自己的脚抬到面前，用手帕擦了半天上面的口水。

几分钟后，她蹙眉闻了一下，觉得自己还是得去洗个脚，甚至是洗个澡。

除了给自己洗，等洛伊尔恢复神志后，她也会掰开他的嘴，用刷子和洁牙剂把他那张讨人厌的嘴仔细地清洗一番。

艾丝黛拉想到这里，坐了起来，在被洛伊尔弄乱的衣物里翻出一条浅绿色的睡裙，走向房间的浴室。

她的动作让一人一蛇都停顿了一下。

与此同时，浴室的沐浴间响起了潺潺的流水声。

阿摩司和洛伊尔冷冷地交换了一下眼神——他们都意识到对方可能和自己一样，拥有无所不在的感官。

于是，斗争升级。

阿摩司伸出一只手，摊开手掌，日光般澄净的火焰在他的手上燃烧起来。

他将这团光芒抛至半空中，化为一座无形的牢笼禁锢住洛伊尔所有的感官。

洛伊尔正处于蜕皮期，视觉和听觉本就极差，只能靠触感和冷热分辨周围的事物。

阿摩司禁锢住他的感官以后，他就像回到了黑雾时期，不能听，不能看，无法越过理智做出选择，只能眼睁睁看着心爱之人被判处火刑。

他用包裹着白膜的蛇瞳死死地盯着阿摩司，一次又一次地张开上下颌，发出野兽示威似的声音。

阿摩司不为所动，只是漠然地看着他。

其实，仅凭他的力量，是不可能完全禁锢住洛伊尔的。所以，他卑劣地借用了神的力量——只是试探着借用了一下，没想到神居然允许了，允许他将神力浪费在这样毫无意义的斗争上。

阿摩司不想去深思神为什么允许他借用神力，他怕思考出来的答案不是他想要的。

他想要什么样的答案呢？

神允许他借用神力，是因为允许他深陷欲望，允许他成为一个完整的男人，允许他罔顾清规戒律从高处坠落？

怎么可能，这应该只是一个巧合。

这时，艾丝黛拉洗完澡，用毛巾擦拭着湿漉漉的头发，光着脚走出了浴室。

她的头发太多了，只有在被打湿成一绺绺时，才能看见那浓黑的青丝下，白皙的耳朵和粉红色的耳垂。她换上了那条浅绿色的睡裙，荷叶边的衣领被湿发浸得紧紧地贴在圆润的肩头上，裙摆如烟雾般蓬松垂落。

阿摩司看见她的一瞬间，就倏地转过头，闭上了双眼。

这条裙子并不修身，也不轻薄，假如房间维持之前的光线，是绝不可能看见裙子内部的美丽的。

但屋子里多了一个禁锢洛伊尔感官的牢笼，那个牢笼散发出来的刺眼光芒，不仅照亮了她蓬乱湿发下的美貌，还照亮了她浅绿色的纱裙下绵延起伏的美妙轮廓。

艾丝黛拉也看到了那个亮闪闪的牢笼。

她低头看了看身上的裙子，似笑非笑地瞥了阿摩司一眼。

洛伊尔不知道发生了什么，却隐约听见了艾丝黛拉的脚步声。

他转过头，两只眼无神地望向她，焦躁不安地吐着蛇信子，他似乎想通过品尝空气来确定她的位置。

艾丝黛拉不由得有些心疼。她走到他的身边，伸出一根手指，递到他"咝咝"吐着蛇信子的嘴边。

洛伊尔舔到她的手指后，冷静了不少，头部竖起的蛇鳞也慢慢平复了下来。

"殿下，我早就说了，这只是我养的一条小蛇，并不是什么魔物。你看，你们……"她歪头思索了一下，用了一个比较温和的词语，"彼此'试探'了那么久，至高神殿的禁魔石都没有反应，说明它只是一条普普通通的蛇。

我养了它很久，真的很喜欢它，你可以让我继续养着它吗？"

她一边慢条斯理地说着，一边用手指抓挠洛伊尔的下巴："我保证它以后会很乖的，不会再出去捣乱。"

假如是其他人听见这番漏洞百出的谎言，肯定会以为她在把阿摩司当傻瓜糊弄。

阿摩司却知道，她是看出了他和洛伊尔之间某种微妙的联系，在用这种话试探他们的关系。

她的观察力还是如以前一样敏锐。

阿摩司的手指一动，消除了牢笼过于明亮的光芒。

屋内恢复了之前的晦暗。

他终于可以睁开双眼，转头看向她。

她还在给那条巨蟒抓挠下巴。

她的五根手指是如此美丽、纤细、娇嫩，手指和手指关节均泛着漂亮的玫瑰色，指甲盖都发育得很健康，粉红透亮，闪闪发亮。这样一双无比娇美的手，给这样一条丑陋的生物抓挠按摩，简直是暴殄天物。

阿摩司看了片刻，居然鬼使神差地借用了神力，取代了洛伊尔的感官。

艾丝黛拉完全不知道，她抓挠自己小蛇的下巴时，也在抓挠这位高高在上、淡漠禁欲，可以随意借用神力的阿摩司殿下的下巴。

她更不知道，在她轻飘飘的抓挠下，他的喉结不受控制地滚动了好几下。

几十秒过去，阿摩司才用低沉而沙哑的声音开口："要是我不同意呢？"

艾丝黛拉皱起眉头，似乎不明白他为什么会这么说："殿下肯定会同意的。"

她松开洛伊尔的下巴，走到阿摩司的面前，用两条柔软的胳膊搂住他的脖子，金黄色的眼睛直勾勾地盯着他，她似乎想要吻上他的唇。

阿摩司也以为她想用吻换取洛伊尔。

他不禁屏住呼吸，攥紧了一只拳头，不知待会儿该怎么拒绝她。

可她却露出一个恶劣的微笑："因为我不是在请求殿下为我办事，而是在替殿下分担烦恼。"

他问："什么意思？"

"没什么意思。"她的表情很无辜，眨巴着的眼睛里却闪烁着狡黠的算计，"我的小蛇第一次变人，就变成了殿下的模样，我猜，这和殿下肯定没什么关系。至高神殿的基石就是由禁魔石建成的，别说魔物了，就连在魔物身上停了一下的蝴蝶都飞不进来。洛伊尔却以魔物的形态在至高神殿里横冲直撞，我猜，这和殿下肯定也没什么关系。"

她说着，伸出一根手指缠绕起他脖颈间紫色的圣带。

紫色的圣带，象征着忏悔和禁戒，他可能是在忏悔室侧耳聆听教士的忏悔时收到了洛伊尔的消息。

之前她在路上碰见的教士说，他正在与其他至高神使商量对策，可能没有时间顾及主祭坛。

可她一回到自己的房间，他就赶了过来，还用备用钥匙打开了她的房门。

这说明，他在过来以前就知道洛伊尔在她的房里。

有两种可能。

第一种，传言是真的，整座至高神殿确实都是他的耳目，只要他想，就能听见任何一处的动静；第二种，他和洛伊尔有着某种微妙的联系，以至于他能清晰地感应到洛伊尔的位置。

艾丝黛拉更倾向于第二种可能。

当然，这并不意味着她不相信第一种可能的传言，而是因为她从未见过洛伊尔对谁抱有这样强烈的敌意。

她知道，洛伊尔对所有接近她的人都会生出极强的嫉妒心，但他很懂分寸，只是冷冷地警告和排斥，从未真正伤害过谁。

阿摩司是他第一个想要杀死的人。

不，不是杀死，是使其消失。

他想要阿摩司消失，从肉体到灵魂，彻底地泯灭、消失。

而他们仅仅是第一次见面。

这太不正常了。

想到这里，艾丝黛拉一边把玩着阿摩司的圣带，一边继续说道："殿下是神的化身，洛伊尔却是我随手捡来的小蛇……你们的身份有着云泥之别，绝不可能有任何关系。所以，我的小蛇第一次见到殿下，就想杀死殿下，肯定也是巧合。"

她仰起头，朝他露出一个带着酒窝的微笑："我只不过是想养一条和殿下毫无关系的小蛇，殿下为什么不同意呢？"

他看着她，觉得她太聪明了。

她仅从他和洛伊尔的嫉妒心，就看出了他与洛伊尔之间千丝万缕的联系。

但她只是猜到了他可能和洛伊尔的存在有关，却没有猜到洛伊尔就是他。

毕竟，她再怎么聪明也不可能想到，他表面上公正无私、冷淡无情，绝不可能生出世俗的欲望，也绝不可能爱上任何一个女人，可实际上他早已如饥似渴地爱上她，甚至连体内的欲望都浓重到生出了自我意识，开始与他抢夺她。

别说她想不到，就连他都不知道自己能疯狂到这一步。

这时，阿摩司的脑中突然闪现一个更加疯狂的想法。

仿佛地狱刮来的一阵散发着浓郁香气的微风，让他的头脑陷入混乱。

假如现在他告诉她，洛伊尔就是他，她会是什么反应呢？

假如他告诉她，他早就知道她是艾丝黛拉，对她脸上的每一个五官、每一颗细小的雀斑和黑痣都无比熟悉……假如他告诉她，他几乎每天都会梦见她——骑马打枪的她、轻舔奶油的她、头戴王冠的她，她会是什么反应？她那个聪明得可怕的大脑，会令她露出怎样的表情？

他太想知道这些问题的答案了。

阿摩司一动不动地看着艾丝黛拉。

直到现在，他才发现原来他对她这个聪明绝顶的头脑是如此欣赏，又是如此痛恨。

他知道她狡猾、冷酷、野心勃勃，渴望至高无上的王座和荣耀。她是那么聪明，即使被判死刑，也能绝处逢生，任何有关阴谋的蛛丝马迹都逃不过她那双美丽的眼睛。哪怕她成为侍女一般的低级神女，也能进入至高神殿，与他肩并肩站在一起。

她聪明得令人惊叹。

可她从来没有想过用那个聪明的头脑思考一下他对她的感情。

他对洛伊尔的嫉妒已经表现得如此明显，甚至像那些粗暴又愚蠢的决斗者一样与洛伊尔大打出手。

她却始终没有往暧昧的方向思考，而是以为他和洛伊尔之间有什么不可告人的秘密。

他的秘密只有一个，那就是对她盲目而冲动的爱情。

阿摩司的喉结迅速滑动了一下，然后猛地扣住了艾丝黛拉的手腕。

这是他第一次表现出如此强烈的攻击性，简直与处于嫉妒状态的洛伊尔一模一样。

艾丝黛拉抬起头，倍感诧异地望向他。

她感受到他过于激烈的脉搏，一下一下，几乎从他扣住她的手指穿透到她的手腕上去。

她猜对了？洛伊尔真的是他豢养的魔物？他被她话里隐含的威胁意味激怒了？

没等她思考脱身的办法，他突然把她推到旁边的墙上，俯下身，冷漠而凶狠地吻上了她的唇。

这一回，他吻得比上一次还要激烈，还要强势，还要像野兽。

他重重地扣着她的后脑勺，不允许她有任何反抗，表现出与身份完全不符的重欲和侵略性。这时的他彻底失去了超凡入圣的气质，也失去了无情无欲的特征，不再是高高在上的神的化身，而是一个普通的、爱恋女人和容易被诱惑的成年男人。

艾丝黛拉被他吻得很困惑。

虽然她不太明白阿摩司为什么要吻她，但送上门的猎物，她绝不会任其跑掉。

于是，她自然而然地搂住他的腰，仰起头想要回应他。

她的动作却引来了他更加冷漠和强势的压制——他用一只手牢牢地扣住她的双手，不允许她搂抱他，也不允许她搂住他的脖子。他的另一只手则用力插进她浓密潮湿的发丝里，把她的嘴压得更紧了一些。

他在用行动告诉她，他只是想吻她，并不需要她的回应。

为什么？

他勾起了她的好奇心。

她并不反感他的吻，也不反感他强迫的动作，体力上的压制不会对她造成任何困扰。而且，她看见了他眼中的疯狂和痛苦。表面上他充满攻击性，把她控制得动弹不得，实际上，他却被自己的情绪控制了。

而她永远不会被情绪控制。

艾丝黛拉冷静地分析着阿摩司的心理，冷静地接受他的吻。当他因她的顺从稍稍放松下来时，她就会恶劣地噘起嘴回应他一下，让他知道，她仍是清醒的，仍在不徐不疾地逗弄着他，愚弄着他。然后，她微微张开嘴，等待他回味过来后，更加疯狂和绝望的亲吻。

艾丝黛拉被他吻得很愉悦——不是嘴上的，嘴被他吻得火辣辣的，明显肿了，无法感受到半点儿愉悦，是心理上的。

她觉得这个吻不像游戏，更像一场决斗。

她在这场决斗中，一直占据着主导地位。

只有理智的人才能占据主导地位。

她对自己的表现感到非常满意。

许久，亲吻终于结束了。

阿摩司搂着她的腰，将额头抵在她的肩上，急促地低喘着。被吻得一脸绯红的艾丝黛拉却神色镇定，呼吸平稳，还伸出一只手轻轻地拍了拍他的后背。

他想，她的感情比自己还要淡薄。

十几秒过去，阿摩司终于冷静下来，他抬起头，自上而下地看着艾丝黛拉。

但真的是这样的吗？

他扣住她的下巴，说出了早就想好的说辞："你错了，你的小蛇并不是和我毫无关系。"

他的这句话，完全出乎她的意料。

艾丝黛拉的表情终于微微变了。

也许是受她的折磨太深又太久，他居然对她这样的表情产生了一种病态的喜爱。

艾丝黛拉很快恢复了镇定。

"那你们是什么关系呢？"她偏了偏脑袋，用天真女孩的声音问道，她试图用那双纯美的金黄色眼瞳重新吞噬他，"他是你豢养的魔物？你别急着回答，让我猜一猜。你想要王位，所以在罗曼帝国收服了小蛇。为了让小蛇更好地供你驱策，你利用神力，赋予了小蛇超出其他魔物的智慧和能力，却没想到小蛇有了智慧后，就从你的身边逃走了。"

这也能解释为什么一开始她是从一尊神像里发现的洛伊尔了。

阿摩司微微勾了勾嘴角，漠然地用两根手指摩挲了一下她的下巴："很完美的推理。"

不知为什么，这个简单的动作竟比冷漠强势的亲吻还要具有压迫感。

艾丝黛拉眉头紧蹙，想抽出被他握紧的手，一把打开他的手。

他却把她的两只手腕握得更紧，继续说道："可惜全错，陛下——"

他在她几近震惊的目光中，冷淡地叫出她曾经的尊称："很惊讶是吗？你肯定没想到，你那个聪明的大脑也有出错的时候吧？或者说，艾丝黛拉小姐？"

艾丝黛拉的脸上彻底失去了笑意，她一脸平静地问："你早就认出了我？什么时候？"

"你还在外殿的时候。"他说。

她闭上眼睛，缓缓呼吸，迅速平定起伏的情绪，浅浅地笑起来："妙啊，阿摩司殿下，你是第一个把我耍得团团转的人。这段时间，你看着我拙劣地勾引你，是不是觉得很有趣？"

阿摩司的回答却再次出乎她的意料："不是。"

"你撒谎。"她冷冷地道。

他却没有为自己辩解，而是回到了上一个问题："你知道你的推理哪里出错了吗？"

这一回，占据主导地位的人换成了阿摩司。

艾丝黛拉抿了抿嘴唇，她很不喜欢这种感觉，却只能循着他的话问下去："哪里？"

"一开始就错了。"阿摩司垂下眼睫毛，看着她因挫败而抿紧的嘴唇。这两片小巧娇美的嘴唇，比任何时刻都要令他情动，因为这副表情是独属于他的。

　　"洛伊尔并不是我豢养的魔物……"

　　他低下头，举起她的手，吻了吻她娇柔的手指关节，又往前俯下身，将双唇贴上她的唇，吻了一下又一下。

　　"洛伊尔就是我，"他紧贴她的唇，说，"我就是你的洛伊尔。艾丝黛拉，效忠于你的自始至终是我。"

　　艾丝黛拉彻底愣住了。

　　"你知道为什么你改变容貌后我还能认出你吗？"他闭了闭眼睛，用平静得可怕的声音自问自答，"因为我爱你。"

番外
阿摩司

他不会和女人产生任何交集，哪怕那个女人是艾丝黛拉。

"噢，天哪！真不敢相信，我们的目的地是这样一个荒凉的小镇！"

"妈妈，"格蕾西脸红了，"这个小镇一点儿也不荒凉。您看，有那么多牛和羊。"

"我这辈子最讨厌牛、羊，还有马，它们只会吃和拉，然后让我去收拾。你爸爸从来不会管那些畜生吃什么、拉什么，只会问酒在哪里。我为了拉扯你长大，起码有半辈子陷在牲畜的粪堆里……"

格蕾西连忙安抚母亲："但我们不是熬过来了吗？我们不仅熬过来了，而且马上要见大人物啦！"

"大人物？"母亲的语气稍稍缓和，却还是冷哼一声，"我不信这个破镇子会有什么大人物。难道王公贵族还会来这儿牧羊放牛不成？"

"妈妈！"格蕾西涨红了脸，觉得母亲市侩得有些过了头，"他虽然不是王公贵族，却远胜于任何一个王公贵族！都怪我，平时应该多给您读读报纸的……不过就算没有我给您读报纸，您也应该听说过他的名字……"

母亲颇不耐烦："哎呀，你直接说他是谁就行了。"

格蕾西立刻捂住母亲的嘴巴，神色慌张："妈妈，你对他的态度不能那么不敬，他可是神在凡间的化身！噢，天哪，真希望神刚刚在打盹，不然我们全家都会受到神的惩罚的……等一下要多买点儿赎罪券才行。"

母亲一愣，也慌张起来："神……神在凡间还有化身？"

格蕾西愁眉苦脸，一边在心中祷告，一边回答母亲的问题。半天过去，她终于跟母亲解释清楚了来龙去脉——她们所处的这个畜牧小镇，正是至高神使之首阿摩司殿下接济的一个小镇。

自从阿摩司殿下接济这里以来，这个小镇摇身一变，成为方圆几百里有名的观光胜地。不少人宁愿花大价钱租马车，也要到这里来欣赏风景。就连有钱人也不再在乎这里的烂泥和马粪，只要途经此地，必会走下马车，来踩一踩这片被神眷顾的土地。

格蕾西越说越窘迫。她总觉得有人在用惊奇的目光打量她们，对方一定是听见她妈妈愚昧的发言了。

母亲听完，既震惊又兴奋，连忙走下马车，要沾沾地上的"神"气。母女俩边走边聊，很快就到了旅馆。

格蕾西跟母亲介绍："明天阿摩司殿下就会降临这个小镇，在镇上的教堂倾听人们的祷告和忏悔。殿下是一个好人，听说他忙得跟国王一样，每天几乎是宵衣旰食地处理公务……每到这个日子，他还是会抽出时间来垂听我们这些普通人的琐事。这种机会一年只有一次，所以我才那么急急忙忙地拽您过来。"

母亲转了转眼珠子，想到一件事："听说神殿不同于旧教，教士也能结婚……那位殿下既然是神的化身，肯定很有钱，也很有地位。你不如想办法嫁给他，或者跟他亲近点儿，肯定能得到不少好处……"

格蕾西差点儿被母亲这番惊世骇俗的言论吓死："妈妈！阿摩司殿下是至高神使，凡是在至高神殿任职的教士都不能结婚，甚至不能和女人有过密来往！您千万别再说这样的话，要是被其他人听见，我们可是要坐牢的！"

母亲表面上满口答应，心里却不以为意，以为是女儿太过害羞，随便编了一句谎话在吓唬她。

她是一个乡下妇人，不识字，也不知礼数，粗野又莽撞，认为女人想要过上好日子，就得想办法嫁给一个有钱又有地位的男人。那个阿摩司真要像她女儿说的那样，地位堪比国王，是神的化身，普通人连说两句他的坏话都不行……她女儿为什么不能想办法攀上这样的人物呢？

第二天，母女俩心思各异地起床。

格蕾西提了水桶，去街上的水泵那儿打水，准备洗澡。虽然旅馆的浴缸里也有热水，但那都是别人剩下的——洗澡水非常珍贵，除非肉眼可见浑浊不堪，否则旅馆老板是不会让伙计重新烧水的。

要是平时，格蕾西绝对不会这么大费周章，但今天她要见的是阿摩司殿下，她怎么能用那样的水打理自己呢？

母亲则在心里暗暗盘算，怎样才能让那个阿摩司看上自己的女儿。

九点钟，格蕾西洗完澡，换上了新裙子，还没来得及梳头，外面就传来了沸腾的欢呼声。从窗帘的缝隙望去，满大街都是人，形形色色的人。这个简陋的畜牧小镇，因为阿摩司殿下的到来，变得像王都一样热闹。格蕾西其至看见了帽子上镶嵌钻石的贵妇，太奢侈了。

"王都也来人了。"她喃喃。

母亲则有些懊恼，不知道女儿能否竞争过那些花枝招展的王都少女。

阿摩司十点钟在教堂发表演说，母女俩虽然提前了半小时赶过去，却还是被人群挤出了教堂。

母亲都快要急死了，生怕女儿得不到阿摩司的青睐，一个劲儿地把她往前推。格蕾西害怕母亲当众大喊大叫，只得硬着头皮往前挤，居然硬是挤到了最前方。

然而，阿摩司殿下并不像她们想象的那么温和、宽容，充满怜悯。

他正在处罚一个教士。

只见他一只手拿着用金箔和皮纸装订的《颂光经》，另一只手自然垂下，平静而冷漠地看着跪在地上的教士。

"弗雷德教士，"他的声音也非常平静，却极具压迫感，"不知你是否还记得你曾经发下的誓言？"

"记得，"弗雷德教士低声答道，"至高神殿只要全心全意侍奉神的人。一旦进入至高神殿，就必须忘却凡尘俗事，再也不能结婚和亲近女子。除了忏悔和举办婚丧仪式，不得与女子交谈，与女子对视，到女子家中去……"

"那你是如何履行这些教规的？"

"我没能履行这些教规。我很抱歉，殿下。"弗雷德教士满脸羞愧地道，"我甘愿接受任何惩罚，但我有一个小小的请求……"

阿摩司冷冷地打断他："你没有任何资格跟我讨价还价。"

弗雷德教士说："我知道，我当然知道……但我还是抱着卑微的幻想，想要恳求您，不要处罚那个女孩。她还年轻，什么都不懂……她是被我诱骗的！她以为至高神殿的教士能像教区神殿的教士一样随意和女子来往……求求您，不要责罚她。除此之外，我再无请求。"

阿摩司没有回答。

弗雷德教士没有放弃，他当着所有人的面求了又求。所有人都看见了他痛哭流涕的一面，为女人舍弃尊严的一面。对男人来说，最重要的是尊严；对教士来说，最重要的则是贞洁。弗雷德教士却为了女人，将两样都舍弃了。这简直是一桩莫大的丑闻——一个教士，一个前途无量的教士，为了女人和爱情，放弃了自己的名誉和前途，真是前所未有的丑闻！

在场的人都满脸唏嘘，用鄙夷的目光打量这个至高神殿的罪人。他们希望阿摩司殿下用最冷漠和最严厉的手段惩治这个罪人，阿摩司也确实做到了，直到弗雷德教士把额头磕得鲜血淋漓，他都没有回应弗雷德教士的恳求。

这时，不知是因为恳求无望，还是因为恼羞成怒，弗雷德教士居然当众咒骂起阿摩司来。

"'教士不得接触女子'，这是什么规定，我其实一点儿也不理解这条规定的意义所在！朱莉娅是一个非常可爱、非常虔诚的女孩，她对《颂光经》的理解，比一些老教士还要深刻！她聪慧机灵，完全有当教士的天赋……我不忍心她的天赋埋没于田野里，才经常去探望她。我和她的友谊就像白鹭的羽毛一样洁净，是你们满脑子都是肮脏污秽的想法！算了，我说了你们也不信。我虽然是一个男人，却从不理解女人不能进入至高神殿这条规定。她们也是人，和我们一样有头脑，有眼睛，有见解，有心胸，可以感受和理解神的语录……为什么不能进入至高神殿？阿摩司殿下，我本以为你会理解我，对朱莉娅网开一面，没想到……我之前有多么敬重你，现在就有多么看不上你！你放心，我不会再恳求你，现在我只想诅咒你。"

相较于暴跳如雷的弗雷德教士，阿摩司自始至终冷冷淡淡，尤其是那双平静清醒的眼睛，几乎让人感受到丝丝寒意。

"你想诅咒我什么？"他问。

弗雷德教士笑了："你觉得我会诅咒你什么？"

所有人都认为他疯了，居然敢这样跟阿摩司殿下说话。有教士忍不住呵斥道："弗雷德教士，你还记得你在跟谁说话吗？太放肆了！"

"我当然记得，一个化成灰我都不会忘记的男人——阿摩司殿下，传说中神的化身，自出生起就注定是至高神使之首的男人。冷静、聪明、完美、至高无上的男人！我能诅咒他什么呢？就算我像骷髅会一样，对着满是血污秽物的棺材跪拜，只为诅咒他明天就流落街头，估计也不会灵验，但我就是要诅咒他，诅咒他会落入一个女人的手中！"弗雷德教士说道，"当万能的神想要惩罚一个男人，就会把他交到女人的手中。我相信，即使是阿摩司殿下，也无法在女人的手中全身而退。到那时，今天所发生的一切，都将变成一个天大的笑话！殿下，我非常期待那一天的到来！"

"你疯了。你的妄想根本不可能实现。"有教士说道，"阿摩司殿下绝不可能与女人来往。既然殿下不与女人来往，又怎么可能落入女人的手中呢？"

在场的百姓纷纷用污言秽语辱骂起弗雷德教士来，场面一度混乱不堪。最终，弗雷德教士被姗姗来迟的警察带了下去。直到被拖出教堂，他还在大喊那句话——

"当万能的神想要惩罚一个男人，就会把他交到女人手中……你将落入女人的手中，这是你的报应，你的报应！"

人们都为这句话气愤不已，阿摩司却毫无表情，像是根本没听见这句话似的。于是，人们渐渐又安静下来，认真地听他演说。

格蕾西的母亲看见这一幕，不禁一阵心惊肉跳——女儿说的居然都是真的，至高神殿的教士不能结婚，甚至连跟女人接触都不行。天哪，她差点儿就把女儿往火坑里推了！

阿摩司冰冷而强硬的气质也震慑了她，几乎令她感到畏惧。这位母亲从小生活在乡镇，见过的派头最大的人是镇上的乡绅。但即便是镇上最有钱的乡绅，也不会令她感到畏惧，阿摩司却让她产生了一种膜拜的冲动。

不过想要膜拜阿摩司的人多了去了，她还没决定要不要拜，就被挤到了人群的外围。

格蕾西找到母亲，小声说："妈妈，我没跟您说笑吧，真的不能对这位殿下不敬！"

母亲连连点头，然后催促她："你不是说可以向这位殿下忏悔吗？那你还不赶紧去排队！"

"忏悔"是阿摩司给予每个人的恩赐，不然像她们这样的平民，就算排上一百年的队，也没办法跟阿摩司说上话。

尽管如此，格蕾西还是排了将近五个小时的队。等轮到她的时候，她因为过于疲惫和激动，头脑一片空白，早已忘了自己想要忏悔什么。

阿摩司却没有训斥她，自始至终态度温和，目光平静，让她慢慢想，不要着急，与最开始的严厉模样形成鲜明对比。

是啊，假如不是那位教士做错了事，阿摩司殿下又怎么会责罚他呢？他不知悔改就算了，居然还公然诅咒阿摩司殿下，说他会落入女人的手中。阿摩司殿下可是神的化身，神作为高高在上的造物主，就算"落"到了女人的手中，女人又能拿他怎样呢？

格蕾西想到这里，紧张而又虔诚地道："殿下，我的事和您的事比起来简直微不足道，我希望您不要在意那位堕落教士的话，您的为人大家都看在眼里……您绝对不是那种会跟女子来往过密的教士！我相信也不会有女子会蠢到去勾引您，除非她自私又狡诈，内心毫无信仰，才会做出这样的行为！但在光明帝国，人人都是有信仰的人！那个人的诅咒除了让他显得更为滑稽以外，没有任何用处。"

格蕾西原以为阿摩司殿下会对她赤诚的发言大加赞赏，谁知他只是看了她一眼，声音冷淡："现在是忏悔时间。"

格蕾西的脸顿时涨得通红。

啊，她才是最愚蠢的人，居然蠢到想去安慰阿摩司殿下。她连忙道歉，抹着眼泪，为自己唐突的行为忏悔了将近两分钟，才抽抽噎噎地离开。幸运的是，没人在意她的哭泣——经常有人因为跟阿摩司殿下说上话而痛哭流涕，已经不值得在意了。

直到零点的钟声敲响，阿摩司才离开小镇的教堂，朝着马车走去。

听了整整一天的忏悔，即便是他，也有些疲惫。这些忏悔中，有人是在真心悔过，有人则是在借机攀关系，还有人在耍小聪明，试图在短短几分钟内展现自己的聪明才智，以博得他的欣赏和提拔。也有像那位女子一样的，并不想忏悔自己的过去，只想利用忏悔的机会来安慰他，或者说讨好他。

换作以前，即使那些人说得再过分，他也不会打断他们，只会不动声色地听着。

然而今天，他却几次打断那些人的话，原因仅仅是不想听见"女人"两个字。

因为他只要一听见，就会想起一个女人，一个他竭尽全力想要忘记的女人——艾丝黛拉·德·布兰维利耶。

他们有好几年没有见面了。可一提起"女人"两个字，他第一时间想到的居然还是她——他们认识的时候，她甚至还不能算"女人"，充其量只能算"女孩"。

弗雷德教士的诅咒激活了他的回忆。原来他从未忘记她，甚至记得她身上的气味，一种甜蜜、温暖，仿佛鲜艳玫瑰的气味。他还记得她最擅长扮演女孩，尤其是天真无邪、懵懂无知的女孩。实际上，她一点儿也不天真，也不懵懂，并且堪称冷酷，能毫不迟疑地用枪杀死一只知更鸟。

要知道，即使到了猎鸟的季节，也很少有人会去猎杀知更鸟。因为这种鸟叫声动听，外形可爱，胸前胀鼓的橘红色羽毛更是让它染上了神圣的色彩。甚至有人认为，只有毫无信仰的人，才会毫不犹豫地猎杀知更鸟。

毫无信仰？

"我相信也不会有女子会愚蠢到去勾引您，除非她自私又狡诈，内心毫无信仰。"

乡村少女的话回荡在他的耳边。他闭了闭眼，一时间竟不知道自己是在抵触艾丝黛拉的冷酷和毫无信仰，还是在期待被她勾引。

他用手撑着额头，重重地吞了一口唾液，喉结上下滑动了好几下。只看外表的话，谁也看不出他冷峻面目下的心猿意马。

他却无法欺骗自己——仅仅因为堕落教士的一句诅咒，他就像怀春少女般浮想联翩了。

艾丝黛拉的确自私又狡诈，毫无信仰，却绝不是一个愚蠢的女人，会愚蠢到来勾引他。

他也不可能被她勾引。

每个人来到世上，都有属于自己的职责。

他的职责就是成为至高神使之首，维护神殿的公正和秩序，传道布施，将试图破坏秩序的人驱逐出去。

不管那个人是教士，是普通人，还是艾丝黛拉。

教士要破坏秩序，他就惩治教士；普通人要破坏秩序，他就惩治普通人；艾丝黛拉要破坏秩序，他就惩治艾丝黛拉。

他绝不可能失去内心的公允，去偏袒任何一个人。

的确，民间的确有这个说法：当万能的神想要惩罚一个男人，就会把他交到女人的手中。

可他没有欲望，也没有感情。尽管他有男人的相貌和特征，却绝不能算是一个男人——教士都不能算是男人，就算把他交到女人的手中，又能怎样？

他不会和女人产生任何交集，哪怕那个女人是艾丝黛拉。

阿摩司相信，要是有一天艾丝黛拉影响了神殿的正常运作，影响了他做出公允的判断，他会毫不犹豫地将她处决，就像他以近乎漠然的态度处决弗雷德教士一般。